父母

Romance *of*

珍存集　下册Vol.3

刘静 著

Our Parents

爱情

北京长江新世纪文化传媒有限公司
www.cjxinshiji.com
出品

目　录
CONTENTS

第三十一集　　　　　　　・001
第三十二集　　　　　　　・034
第三十三集　　　　　　　・065
第三十四集　　　　　　　・103
第三十五集　　　　　　　・135
第三十六集　　　　　　　・161
第三十七集　　　　　　　・192
第三十八集　　　　　　　・250
第三十九集　　　　　　　・291
第四十集　　　　　　　　・322
第四十一集　　　　　　　・352
第四十二集　　　　　　　・390
第四十三集　　　　　　　・424
第四十四集　　　　　　　・458

第三十一集

1 傍晚 江卫东房间

江卫东在收拾东西，江卫国在一旁帮忙。

江卫国递过来家人的合影：这个可别忘了带。

江卫东：那是一定的！什么都忘了，这个也不能忘！

江德福下班进来了，胳膊下夹了一包用报纸包着的东西。打开报纸，是两条中华烟。

江德福拿了一条，抽了江卫东屁股一下。

江德福：听说你学会抽烟了？给，你学习有功，奖励你一条大中华！

江卫东乐了：爸爸，这也太高级了！这哪是我这个级别抽的烟！

江德福：你不是中校团长吗？中校可以抽这个烟了！

江德福说着又给了江卫国一条：这条你带上，回去分给战友抽！不能空着手回去！

江卫国：哪能空手呢！姑姑都给我们准备好了，很丰富，够给我们长脸了！

江德福：到了部队好好干，好好给我们长脸！

兄弟俩都立正站好，同时回答：是，首长！

江德福高兴地笑了。

2　白天　码头上

江家兄弟要走了，许多人来送行。江昌义站在人群边上，有些受冷落。江卫国挤了过来，手搭在他肩上：大哥，你要多保重！

江昌义：谢谢你，兄弟。

江亚宁凑了过来：大哥，你们在说什么？

江卫国逗她：你是在叫哪个大哥？

江亚宁不好意思：两个都叫。

江卫国哈哈大笑，连江昌义也难得地笑了。

江亚菲听到笑声，生气地望着他们。

船徐徐地离开了，大家互相招手，江亚宁挤到亚菲身边。

江亚宁：我想哭。

江亚菲斜了她一眼：你哭呗，谁不让你哭了！

江亚宁：姐姐。

江亚菲：滚一边去！谁是你的姐姐！

3　白天　马路上

江亚菲在前边走得很快，江亚宁在后边追得也快。江亚菲放慢了脚步，江亚宁也跟着放慢，像尾巴似的甩不掉。

江亚菲突然一个急刹车，江亚宁差点儿撞到她的身上。江亚菲怒目而视，江亚宁吓得够呛。

江德福坐在吉普车上看见了这一切，他让车停下，探出头来：你俩这是干什么呢?

江亚菲:你问她!

江亚宁带着哭腔:姐姐不理我了。

江德福:你为什么不理她呢?

江亚菲:你问她!

江德福:我不问她!我就问你!

江亚菲:因为她是汉奸走狗卖国贼!

4 白天 江德福家外屋

江亚宁在帮江德华洗衣服。江德华捶着后腰,一副疲惫不堪的样子。

江德华:哎哟,老了!洗不动了!

江亚宁:姑姑,你洗得太多了!谁让你一下洗这么多的!

江德华没好气:谁让你们有这么多脏衣服的?谁让你们不洗的?

江亚宁:我们要洗,你又不让,说我们洗不干净!

江德华:你们要是能洗干净,我还能不让你们洗?哼!哎哟!你们那个娘哟,啥时候能回来呀!

江亚宁:这个大哥不走,我妈是不会回来的。

江德华叹了口气:唉,谁说不是呢!

5 白天 路上

江亚宁跟一个小女孩儿一起走着,路过篮球场,见一个人在那儿反反复复地练习投球。

小女孩儿:哎,江亚宁,听说那人是你们家的?

江亚宁:嗯,那个,那个什么……

小女孩儿：我听人家说，他是你哥哥，是你的亲哥哥！

江亚宁：他是你哥哥！是你的亲哥哥！

小女孩儿：我怎么会有这种哥哥？我爸又没在老家结过婚，怎么会有这种农村儿子！

江亚宁：你放屁！放狗屁！

小女孩儿：江亚宁，你怎么骂人哪？

江亚宁：我就骂你，怎么了？

小女孩儿：你哥在那边，我敢怎么着你呀！

小女孩儿说完一个人走了。

6　白天　操场上

江昌义在投球，满头大汗，看起来心情不错。

江亚宁跑了过来：哎！哎！

江昌义抱着篮球跑了过来，笑眯眯地：放学了？

江亚宁：你管了！

江昌义一惊，手里的篮球掉了下来。

江亚宁：你不老老实实地在家里待着，跑出来干啥？

江昌义：……

江亚宁：你还会打篮球？哼！

7　傍晚　江卫民房间

江卫民和江昌义正在下军棋，江德福推门进来，江昌义赶紧起身。

江德福：你来一下。

江昌义紧张得不知如何是好，江卫民小声地：叫你呢，你还不快去!

江昌义出去了,江卫民也跟了出去。

8 傍晚 江亚菲房间

江亚菲在看小人书,江亚宁在看小说。

江卫民进来了:哎,爸爸找那个人单独谈话了。

江亚菲:什么时候?

江卫民:刚才,现在。

江亚菲放下小人书,起身往外走,江卫民和江亚宁也跟了出去。

江德福房门紧闭,江亚菲耳朵贴上去,也没听出名堂来。她扭身就往门外走,卫民和亚宁又跟了出去。

9 傍晚 江德福卧室窗外

江家兄妹躲在窗外,偷偷往里边看。

江亚宁:爸爸跟他说什么呀?

江卫民:肯定没好事!你没看见爸爸的脸色?

江亚宁:那会是什么事呀?

江亚菲:亚宁,你去给爸爸送杯水,听听他俩在说什么。

江亚宁摆手:我不去!我不去!我不敢去!

江亚菲去看江卫民。

江卫民也摆手:你别看我,我也不去,我也不敢去。

江亚菲:都是些废物点心!

江卫民:你自己怎么不去?

江亚宁:就是!

江亚菲生气地望着他俩。

10　傍晚　江德福卧室

江德福和江昌义在谈话。

江德福：海军，东海舰队，在宁波。

江昌义眼睛发亮：我去，我去。

江德福：去了就要好好干。当兵不是去享福，你要有吃苦受累的思想准备……

江昌义：我有！我有！我有思想准备。

江德福不悦：我说话的时候你别插嘴！

门开了，江亚菲端着一杯水进来了。

江亚菲：爸爸，请喝水。

江德福望着她不说话，江亚菲也盯着他不说话。

江德福没好气地：放那儿吧！

江亚菲：爸爸，你这是什么态度？人家好心好意给你送水喝，你还这种态度！

江德福不得不换了语气：好好好，谢谢你，放那吧！

江亚菲将杯子重重地放下，"哼"了一声离开了。

11　傍晚　江德福家外屋

江亚菲带上门出来，江亚宁和江卫民凑了过来。

江卫民：怎么样？怎么样？

江亚宁：听见他们说什么了吗？

江亚菲高兴地：当然听见了！他在挨爸爸的训，（学父亲）"我说话的时候你别插嘴！"哎呀，真过瘾！

12　晚上　江亚菲房间

江亚宁在洗脚，江亚菲在脱衣服准备睡觉。江卫民闯了进来。

江亚菲：哎呀！讨厌！你怎么不敲门就进来！

江卫民顾不上辩解：告诉你们个消息，又好又不好！

江亚宁：什么消息？

江卫民：那个人要去当兵了！

江亚菲：这算是好消息还是坏消息？

江卫民：对你来说，这当然是好消息了。

江亚菲：那坏消息呢？

江卫民：你们知道他要到哪儿当兵去，当什么兵吗？

江亚宁：当什么兵？

江卫民：当海军！东海舰队的海军，在宁波，离上海很近！

姐俩你看看我、我看看你，不知说什么好。

13　傍晚　江德福家厨房

昏暗的灯光下，江德福和江德华在小声地说话。

江德华：照就照吧，孩子就提了这么一个要求，答应他算了。

江德福叹了口气：行吧，那就照吧！

江亚菲突然进来了，狐疑地望着他俩。

江亚菲：你们在说什么呀？贼头贼脑的？

江德福和江德华一起举起手来，吓得江亚菲一溜烟跑掉了。

14　白天　照相馆

江德福、江德华跟江昌义分别合了影，三人又一起照了一张。

15　白天　江昌义的房间

床上放着大包小包的，江亚菲和江亚宁在翻看着。

江亚菲：哼！东西带得还挺全！

江亚宁：都是姑姑给他准备的。哎呀，我一想到姑姑也是人家的姑姑，我这心里就难受！

江亚菲白了她一眼：我一想到爸爸也是人家的爸爸，我这心里更难受！

江卫民：是呀，也不知道爸爸带他到哪儿去了！

江亚菲：肯定带他到服务社买东西去了！

江亚宁：那咱去看看吧？

江亚菲一摆头：走！

16　白天　服务社

江亚菲和江亚宁在到处乱看。

售货员：亚菲呀，你们买什么？

江亚菲：不买什么！

售货员：那是不是找人呢？

江亚菲：不找人！

售货员：那是干什么？

江亚菲：不干什么！

江亚菲和江亚宁出了服务社，在门口碰上了江德福、江德华和江昌义。

江亚宁：姑姑，你们干什么去了？

江德华吓了一跳，支支吾吾地说不出话来。

江亚菲：你们肯定干什么坏事了！

江德福：我们就是干坏事了，你怎么办吧！

江亚菲：干坏事不行！

江德福：怎么个不行法？

江亚菲气得说不出话来了。

17　白天　码头

江德福、江德华、江卫民在码头上招手。望着徐徐开走的轮舰，江德华长长地出了口气。

江德华：娘啊！可走了！

江德福不满地看了她一眼，她抿着嘴乐了。

18　白天　房顶上

江亚菲和江亚宁站在房顶上，向海里眺望。

汽笛响了，姐俩笑了。

江亚宁：他终于走了！

江亚菲：可惜呀！他到那么好的地方去当兵，还是海军！比大哥二哥他们都神气，真气人！

江亚宁：宁波好吗？

江亚菲：当然好了，离上海那么近！爸爸真讨厌！对他这么好！

江亚宁：他是爸爸大老婆生的大儿子，爸爸当然对他好了！

江亚菲：唉！也不知爸爸的小老婆什么时候回来，我都有点儿想她了！

江亚宁：我早想了！非常非常想！

19　白天　服务社

江德华带着江亚菲、江亚宁和丁小样从服务社里出来。

江亚宁：姑姑真抠门，就买这么点儿。要是我妈在就好了！也不知我妈什么时候回来。

江亚菲：我妈可真有志气，说不回来就不回来了！

江亚宁：咱妈真不回来怎么办？

江亚菲：那是不可能的！她会回来的，只是不知道什么时候回来而已！

江德华站住了脚：我有好办法了！

江亚宁：什么办法？

江德华：咱给你妈拍电报，就说你爸病危了。

江亚菲不干了：怎么不说你病危了？

江德华：那你妈也得回来呀！你这个孩子！干吗说我病危了？

江亚菲：你干吗说我爸病危了？

江德华摇了摇头：看看！看见了吧，关键的时候就知道对谁亲了。

突然丁小样叫了起来：看，舅舅！

大家顺着小样的手指望了过去，看见了站在房顶上远眺的江德福。

江德华咂着嘴：啧啧啧，看看！看看！你们的爹想你们的娘了！

20　白天　江家房顶上

江德福望着远处的大海发呆，江亚宁悄悄地爬了上来。

江亚宁：爸爸。

江德福吓了一跳。

江德福：你上来干什么？

江亚宁：爸爸，你是不是想妈妈了？

江德福摸着她的头：你不想吗？

江亚宁：我也想。

江德福叹了口气。

江亚宁：你为什么不写信让她回来呢？

江德福又叹了口气：写了，不管用啊！

江亚宁：妈妈真讨厌！

江德福点头：是够讨厌的！

21　晚上　江亚菲房间

江亚菲睡着了，江亚宁在煤油灯下写信。

22　白天　青岛的街心花园

长椅上，安杰在那儿读信。

江亚宁的画外音：天寒地冻，爸爸爬上厚厚积雪的房顶，深情地眺望着远方。姑姑说，爸爸那是想妈妈了。我也问爸爸，"你是不是想妈妈了？"爸爸叹了口气，反问我"难道你不想⋯⋯"

安杰流泪了。

23　白天　长途汽车站

长途车站熙熙攘攘，安杰和江德华竟然碰上了。

江德华：哎呀！老天爷呀！咋就在这儿碰上你了呢？这不是在做梦吧？我掐你一下吧？

安杰：你掐我干什么？你掐你自己吧！你这是要到哪儿去呀？

江德华：我能到哪儿去？我哪有什么地方去呀！我是出来接你的！你男人派我到青岛去接你！

安杰笑了：他自己怎么不来？

江德华：他要是能来，还不早八辈子跑出来了，还能等到今天！你也是，心肠咋就那么硬，一走就走这么长时间！

安杰：这我还不想回来呢！

江德华：那咋又回来了？

安杰叹了口气：唉，还不是为了孩子，为了这个家嘛！

江德华：是啊！谁说不是啊！哎呀，咱赶紧走吧，抓紧点儿，没准儿还能赶上最后一班船呢。

24　白天　船舱里

安杰吐得一塌糊涂，江德华拍着她的后背。

安杰：我算是让你哥给坑苦了！

江德华抿着嘴乐：那你还跑回来干啥！

安杰：谁说不是呀！我跑回来遭这个罪干什么！呕……

江德华拍着她的后背，捂着嘴笑了。

25　傍晚　码头上

安杰被扶上码头，江德福殷勤地上去搀扶，安杰看了他一眼，挣脱了他的手，江德福笑了：奶奶的，还是晕得不够！

安杰白了他一眼，他笑得更欢了。

安杰被扶上车，江德福刚要上车，被江德华拉到了一边。

江德华：看她可怜的，要不就告诉她得了！

江德福一瞪眼：你敢！那事打死也不能说！记住了？

吉普车开走了，江亚菲和江亚宁望着远去的汽车，俩人嘀咕着。

江亚宁：你说，你说咱爸咱妈能和好吗？

江亚菲：当然能了！你没看咱爸都笑成一朵花了！

26　傍晚　吉普车上

江德华坐前边，江德福和安杰坐后边。

江德福抓住了安杰一只手，安杰想挣脱却挣脱不了。江德华从后视镜中看见了这一切，抿着嘴笑了。

27　白天　老丁家

安杰带着许多礼物来了。江德华在高兴地试衣服，安杰东瞅瞅西看看，在樟木箱子上发现了那些照片。

安杰一张张地看着，江德华吓得要命，衣服穿了一半，不知该怎么办好。

安杰看完，将照片丢床上，站起身来：行了，我走了。

江德华：你，你再坐会儿吧？

安杰头也不回，扬长而去。

江德华抓起电话：总机呀，你给俺接俺哥！不对不对不对！你给俺接江司令！

28　白天　江德福办公室

江德福在接电话：什么？你再说一遍！

江德福皱着眉头：不是再三嘱咐你要收好吗？你是怎么搞的？连这点儿事都干不好，你是干什么吃的！

江德福扣了电话，坐立不安。

29　白天　安杰家

安杰回来，到处翻找。江亚菲和江亚宁凑了过来。

江亚菲：妈，你找什么？

安杰：我找照片。

江亚宁：什么照片？

江亚菲：你说呢？还不快去拿出来！

江亚宁不得不拿出了照片，安杰一张一张地看起来。

安杰问江亚菲：怎么没有你？

江亚菲一摆头：你不在，我才不跟他们照呢！

安杰又去看江亚宁，江亚宁吓得直往后退。

江亚宁：是他们硬拉我照的。

江亚菲：你没长脚呀？你不会跑呀？

江亚宁一脸为难地望着安杰，安杰也望着她：还有吗？

江亚宁摇头：没有了，就照了这两张。

安杰又去看江亚菲，江亚菲也点头：真的，真这两张。

安杰挥挥手：行啦，你们出去吧！

30　白天　大门口

江亚菲出来打开水，碰上下车的江德福。

江亚菲：爸，告你一声，我妈好像又不高兴了。

江德福下意识地点头：嗯，我知道。

江亚菲：哎，你是怎么知道的？

江德福没理她，快步进了家。

31　白天　安杰卧室

安杰坐在那生闷气，江德福悄悄进来了，吓了她一跳。

江德福赔着笑：对不起，对不起，吓着你了吧？

安杰不理他，江德福继续没话找话说：一个人在这儿想什么呢？

安杰伸出手来：拿来。

江德福装傻：拿什么？

安杰抬高了声音：拿照片来！

江德福笑着：你不是都看过了吗？

安杰声音更高了：我就想看看你藏起来的那些！

江德福：都藏起来了，就是不想让你看嘛。

安杰：为什么不想让我看？

江德福：不是怕你生气嘛。

安杰不说话了，胸口起伏着。

江德福：别生气了，也别看了，他临走前就这一个要求，哪能拒绝呢，你说是不是？

安杰还是不说话。

江德福：如果你一定要看，我就去拿给你，照片都放到办公室了，压到抽屉底下了，我去给你翻出来。

安杰起身往外走。

江德福：你还看不看？

安杰头也不回：你藏好吧！千万别弄丢了！

江德福不相信似的望着她，自言自语：就这么过去了？

32　傍晚　教师办公室

浑身是土的丁小样（7岁）推门进来。

丁小样：舅妈，咱们走吧。

安杰：值日做完了？

丁小样：做完了。

安杰：哎哟！你怎么这么脏啊？地上的土都扫到你身上了？

丁小样不好意思地笑了，安杰掏出了手绢给她擦脸。

葛老师：以前都没见你对自己孩子这么好过！

安杰：是吗？我对自己的孩子不好吗？

葛老师：起码没这么耐心过。

安杰：这倒是！这说明两个问题，一是说明自己老了，对小孩子有耐心了；二是说明这孩子是人家的，自己总归是要客气一点儿的。（看着丁小样）好了，咱们走吧！跟葛老师说再见！

丁小样：葛老师再见！

葛老师：丁小样再见！

丁小样问安杰：舅妈，老师也可以喊别人的外号吗？

安杰笑了：老师也不能喊！明天舅妈再批评她！

33　傍晚　安杰家房顶

江德华在房顶上做被子，安杰回来了。

江德华：下班了？

安杰吃惊地：就那么两床被子，你还没做完呢？你在磨洋工吧？

江德华笑了：做着做着活，让太阳给晒困了，就眯了一会儿。

安杰：你也不怕冻感冒了！

江德华：守着被子呢，还能冻着！

安杰：哎呀！你就那么盖了？

江德华：可不！我还能在这上边脱衣服吗？

安杰气得不说话了。

江德华笑了：看把你干净的！我没盖你的被子，我盖的是棉花套！

安杰：那更不好！棉花套还不能洗呢！

电话铃响了。

江德华：行啦！你快接电话吧！来了好几次了，也不知道是谁！

安杰进屋去了。

34　傍晚　安杰家客厅

安杰接电话。

35　傍晚　总机室

穿着军装的江亚菲在值班。

江亚菲：哎呀妈，你怎么才回来？

安杰的声音：刚才那几个电话是你打的吗？

江亚菲：是呀！你干吗不接？

安杰的声音：你一天能往家里打八十个电话，一个正事没有，我接什么接！我懒得接！

江亚菲：妈，这次可是正事了！你想不想听？

36　傍晚　安杰家客厅

安杰接电话：你说我就听！不说我就不听！

江亚菲的声音：张阿姨死了！

安杰吓了一跳：什么？哪个张阿姨？

江亚菲的声音：王海洋他妈呀！那个张桂英阿姨！

安杰：怎么死的？

江亚菲的声音：好像是得病死的。

安杰：什么病？

江亚菲的声音：这个我不清楚。

安杰：那你是怎么知道的？

江亚菲的声音：刚才王海洋他爸给我爸打电话说的，我偷听的。

安杰：你这孩子，怎么老偷听别人的电话呢！

江亚菲的声音：这是总机的传统，也是总机的特权！别人就老偷听你的电话，尤其爱听你给我爸打电话，动不动就训江司令！

安杰：真不像话！真该好好管管你们！

37　傍晚　总机室

江亚菲：这个不用你操心，我们经常搞整顿。哎妈，你别老打岔，我话还没说完呢！还有更重要的爆炸性新闻呢！

安杰的声音：什么爆炸性新闻？

江亚菲：王海洋他爸真不要脸！张阿姨尸骨未寒，他就又想结婚找老婆了！你猜，他看中谁了？

安杰的声音：看中谁了？

江亚菲：我爸回去你问我爸吧！他让我爸和你当介绍人呢！

江亚菲拔了塞绳。马上，家里的电话又亮灯了，而且一闪一闪亮个不停。

江亚菲笑了，自言自语：好奇心还这么强！

38　傍晚　安杰家客厅

安杰不断地拍打压簧：总机总机，亚菲亚菲！

没有人应答，安杰无奈地挂了电话，自言自语：看上谁了？会是谁呀？

39　傍晚　房顶

安杰上了房顶。

江德华：又是亚菲吧？

安杰：嗯。

江德华：你说，俺哥这次怎么就不怕影响了呢？让自己的闺女在眼皮子底下当兵了呢？

安杰：这说明你哥老了，知道护犊子了。

江德华：这倒是！俺哥现在，见到小样都喜欢得不行，不把她逗哭了不算完！

安杰：哎，德华，告你件事。

江德华：什么事？

安杰：张桂英死了。

江德华：是吗？她死了，你是咋知道的？

安杰：这不刚听亚菲说的嘛。

江德华：那亚菲是咋知道的呢？

安杰：她是听王副政委说的。

江德华：王副政委？哪个王副政委？

安杰：哪个王副政委！你傻了？就是张桂英的丈夫呗！

江德华：什么什么？王海洋他妈死了？

安杰：是呀，你听成哪个张桂英了？

江德华不好意思了：我还以为是江昌义他娘呢！她不是也叫张桂什么吗？

安杰没好气地：人家叫张桂兰！不叫张桂英！你连自己嫂子的名字都记不住，你是什么人哪！

江德华笑了：谁是我嫂子呀？你才是我嫂子呢！俺就你这一个嫂子，你别给俺乱拉嫂子了！

安杰满意地笑了：说的比唱的都好听！

江德华：行啦！快说正事吧！张桂英咋说死就死了呢？她是咋死的？

安杰：不知道，亚菲说让问你哥。

江德华：哎呀，真可惜！那么好个人，我还挺想她的呢！

安杰：就是！哎，亚菲说，王副政委看上了咱们这儿一个人，让我跟你哥当介绍人呢！你说，会是谁呢？他会看上咱这儿的谁呀？

江德华脱口而出：谁？葛老师呗！

安杰大吃一惊：会是她吗？

江德华咬断了针线，无比肯定：肯定是她！不是她是谁！这个不要脸的玩意儿！当初不让我们家老丁跟人家结婚，又是阶级问题，又是立场问题的！现在他怎么不讲阶级、不讲立场了？什么东西！

安杰笑了：你傻呀？当初要不是他挡着，你能嫁人家老丁吗？还能有咱们小样吗？

江德华拍打着被子：这是两码事！我也不会念他的好！

安杰：这倒是！

40　傍晚　安杰家厨房

安杰在做饭，听见门响，探出头来：哎，你过来一下。

江德福进来了：什么事？

安杰：我问你，王副政委看上谁了？

第三十一集

江德福大吃一惊：你是克格勃吗？你怎么知道的？

安杰：你别管我是怎么知道的，他是不是看上葛美霞了？

江德福：哎，你告诉我，你是怎么知道的？谁告诉你的？

安杰：哼！我不但知道这些，我还知道他想请我们当他的介绍人呢！对不对？

江德福：我正头痛怎么跟你说这事呢。

安杰：是他不要脸，你头痛什么？

江德福：我就知道你会这样，所以才头痛。他看上了你的好朋友，你没意见吧？

安杰：我有没有意见管什么用啊？关键是人家葛老师愿不愿意！噢，想当初，他百般刁难人家，让人家那么痛苦。现在他又掉过脸来向人家求婚，这人的脸皮怎么这么厚哇？还是党的高级干部呢！真给党丢脸！给军队丢脸！

江德福笑了：想不到你还挺有正义感的，精神可嘉！这不是粉碎"四人帮"了吗？大家对家庭出身看得不那么重了吗？不像前些年，大家对这种问题看得都特别重，老丁也不例外！最后还不是他自己打的退堂鼓吗？他要是像我当初娶你那样，上刀山下火海都不怕，他不早就跟葛老师结婚了嘛！

安杰点头：也是，还得怪老丁自己不坚决。

江德福：话又说回来，你说这世上，能有几个像我这样追求你的人？什么都豁上了，什么都不要了，就是要你这个人！我这样的人上哪儿找哇！

安杰：就是！像你这样保密工作做得这么好，一个活生生的大儿子……

江德福：你给我打住！怎么又扯到这上头来了？咱不是说好了，

不提这事了吗?

安杰:你说不提就不提了?你让我忘了我就能忘了?

江德福:行行行,你别忘,你不用忘!咱今天能不提这事吗?说说当介绍人的事!

安杰:怎么当?

江德福:明天你去跟葛老师提提这事,也算我们尽到责任了。人家毕竟张这个口了,我们该帮还是要帮的。

安杰:要是人家记仇不愿意呢?

江德福:你做做工作嘛!晓之以理,动之以情,好好开导开导她。她虽然长得不错,但毕竟年龄在那儿了!年龄不饶人哪!过了这个村,可就没有这个庙了!哪有那么多老婆给她腾地方啊!

安杰笑了,江德福往外走:哎,你别走!你说咱们当这个介绍人合适吗?万一老丁不高兴怎么办?

江德福:他凭什么不高兴?葛老师既不是他的人,也不是他的鬼,他有什么资格不高兴?即便他心里不高兴,表面上他也不敢露哇!你想啊,他要是露出半点儿不高兴来,德华能干吗?再说了,葛老师早点儿嫁走也是件好事,免得她在岛上晃来晃去的,让老丁见了心里总不是滋味!

安杰笑了:好哇,我还以为你是为人家葛老师好,闹了半天,是为了你自己的妹妹好!

江德福:都好!都好!对两个人都好,都有好处!

41 白天 教师办公室

安杰抱着一摞作业本进来:葛老师,下节你有课吗?

葛老师:没有,我没有课。

安杰：咱俩出去走走吧？

葛老师：好哇！现在就走吗？

安杰看了她一眼：你急什么？让我喘口气。

42 白天 海边

安杰和葛老师慢慢地走着。

安杰：就是这么个情况，我们是受人之托，大主意还是你自己拿，你好好考虑考虑吧。

葛老师站住了：考虑什么呀，有什么可考虑的，听你们的，就他吧！

安杰：干吗要听我们的？这是你自己一辈子的大事，你要自己做主！

葛老师一笑：什么一辈子的大事呀！我这一辈子都过了半辈子了，还有什么可考虑的！

安杰不说话了。

葛老师：你怎么不说话了？

安杰：我的任务完成了，还说什么？咱们回去吧！

43 傍晚 路上

下班路上，安杰低着头走路。

江德福跟了上来：想什么呢？这么沉重！

安杰看了他一眼，没说话。

江德福：你说了吗？跟葛老师说了吗？

安杰：说了。

江德福：她同意吗？

安杰：同意！二话没说就同意了！

江德福：这不挺好吗？你沉重什么？

安杰：我怎么觉得不太对劲呢？

江德福：哪不对劲？

安杰：葛美霞的表现有点儿反常。

江德福：怎么反常了？

安杰：给我的感觉，是她早就等着我跟她提这件事了。

江德福站住了：什么意思？

安杰拉着他继续走：就是人家两人早就谈上了，用这种方式通知我们！

江德福想了一会儿，点了点头：嗯，这像是王振彪的做派！

安杰：我怀疑得没错吧？这个王副政委，老奸巨猾，还跟咱们动这种心眼！可惜那个葛美霞太简单了，上来就把戏给他演砸了，让我给识破了！

江德福笑了：你是谁呀？你是大名鼎鼎的安老师呀！谁能骗得过你呀！

安杰：狐狸再狡猾，也斗不过好猎手！

江德福：行啦，说你胖，你还真喘上了！快回家吧，我有好消息告诉你！

安杰：什么好消息？

江德福：回家说，回家再说。

44　傍晚　外屋

江德福一进家就喊：江卫民，江卫民，赶紧给我出来！

江卫民跑了出来：什么事？

江德福：好事，到客厅去说！

45　傍晚　安杰家客厅

安杰：我以为什么好事呢，原来就这事？这算什么好事！

江德福：这不算好事吗？回老家去上山下乡，接受家乡人民的再教育，难道不是好事吗？

安杰站了起来，往外走。

江德福：你别走哇，话还没说完呢！

安杰：你们说吧，我做饭去。

江德福：卫民，你没意见吧？

江卫民：我有什么意见？在哪儿不是当农民，在哪儿不是种地！

江德福：你这种态度可不对！农村广阔天地，是大有作为的！

江卫民：我知道大有作为！大有作为，你干吗跑出来呢？

江德福一愣：你跟我能比吗？我那是万恶的旧社会，不是吃不饱饭吗？

江卫民：你是为吃不饱饭才参加革命的？这动机也太不对了！

江德福：你说什么？你……

江卫民笑了：爸，我是跟你开玩笑的，你别生气。反正我是要上山下乡的，上到哪儿、下到哪儿，都无所谓。

江德福：回咱老家下乡对你有好处，那儿的亲戚熟人多，可以关照你，将来回城工作方便。

江卫民：你看看你看看，爸，你的动机又不对了吧？

江德福笑了：哪那么多的动机呀，你这个机会主义者！

46　白天　安杰家客厅

安杰在给江卫民收拾东西，江德华在帮忙。

江德华：好好地跟同学们一起下乡呗，干吗非要跑回老家去！老家有什么好！

安杰：谁知道你老家有什么好！大概你哥愿让卫民的汗珠子洒在家乡的土地上吧！

江德华：怎么一提我们老家，你就阴阳怪气的呢？

安杰：我阴阳怪气了吗？

江德华：你还不阴阳怪气？什么汗珠子洒在家乡的土地上！

安杰笑了：怎么这么好听的话，到了你嘴里，就变得这么难听了呢？哎，干脆让卫民住到张桂兰家得了！

江德华停下手里的活，望着安杰。

安杰酸溜溜地：不看僧面看佛面，看在她儿子的分儿上，她也该对咱卫民好哇！你说是不是？

江德华没好气：是个屁！我说你这个人怎么没完没了了？怎么逮着机会就要提那事呢？提了你舒服啊？

安杰：提了更不舒服！唉！怎么都是个不舒服！想起这事，心里就堵得慌！

江德华：你至于这样吗？结婚前你又不是不知道他结过婚！

安杰：可我不知道他有孩子呀！我要是知道他孩子都有了，打死我也不嫁给他呀！

江德华想说什么，又忍住了。

安杰：这算什么事呀！想不到我安杰还成了继母！当上了后妈！

江德华：后妈怎么了？我不就是后妈吗？还是四个孩子的后妈呢！

安杰：你跟我不一样！你跟我能比吗？

江德华不高兴了：我怎么就不能跟你比？就因为你是城市人，我是乡下人吗？就因为你上过学有文化，我没上过学没文化吗？

安杰：我不是这个意思！

江德华：那你是什么意思？

安杰：我不是没结过婚吗？我不是还是个大姑娘吗？

江德华：我虽然结过婚了，但我也还是个大姑娘啊！

安杰笑了，笑得趴在了行李上。笑够了，她抹着眼泪问江德华：德华，我一直都没好意思问你，你说你们是怎么回事呢？

江德华也笑了：这不是没文化吗？什么也不懂吗？

安杰：这跟有没有文化有什么关系？人家农村人不照样生孩子吗？还生得那么多！

江德华：你别老是农村人、农村人的！这下你儿子也成了农村人了，看你以后还说不说！

安杰一屁股坐下：是呀！我不但成了后妈，还成了农民的妈了！

47 白天 码头上

码头上红旗招展，锣鼓喧天，大家都在欢送知识青年上山下乡。

江卫民穿了一身新军装，披红戴花，满脸放光。

江亚菲气喘吁吁地跑来了：我昨晚值夜班，连觉都没睡，就跑来送你！

江卫民笑逐颜开：谢谢！谢谢！

江亚菲：看你高兴的！

江卫民：咱家就出了我这一个农民，我当然感到高兴了！

江亚菲：我感到自豪！哎，江卫民，看你这身打扮，怎么像是去当兵啊？

江卫民指着身边用红布捆在一起的铁锨和镐头：你再看这儿！

江亚菲：噢，这是你的武器呀！

江卫民：听你的口气，怎么像是在讽刺我？

江亚菲：你听错了，我这是在嫉妒你！

江德华：快别说这没用的了，卫民，快去跟你爹妈说说话吧，你看你爸都有点儿难受了！

江卫民跑了过去。

江亚菲：我爸现在怎么变得这么脆弱了？

江德华：你爸老了！你以后别气他了！

江亚菲：我怎么气他了？我逗他高兴还来不及呢。

江德华：亚菲呀，现在家里就剩下你一个了，你要多往家里跑跑，免得你爹妈闲得慌。

江亚菲：你让我姑父批准我回家去住得了！

江德华：你这孩子，没个正形！

江卫民挤到父母身边：爸妈，你们还有什么嘱咐的吗？

江德福：小子，到了家乡好好干！

江卫民：这你放心，保证不会给你丢脸！

江德福：眼里要有活，机灵点儿！别偷懒！

江卫民：这你也放心！我江卫民别的本事没有，就是有力气，浑身有使不完的劲儿！

安杰：哼！不出三天，准把你累趴下了！

江德福瞪她。

安杰：你瞪我干吗？

江德福：你说这个干吗？

安杰：早说早让他有思想准备！省得到时候他哭爹喊妈！

江卫民笑了：妈，你放心！到时候我保证只哭爹，不喊妈！

锣鼓又响了起来，江卫民在大家的簇拥下上了船。

船徐徐离开了，鸣着长长的汽笛，像是在告别。江卫民怀抱着铁锨和镐头，摘下帽子向家人告别，他喊着：回去吧！你们都回去吧！别送了！千里相送，终有一别！

码头上的人都愣了一下，继而哄笑起来。

江亚菲自己也在笑，却说别人：笑什么呀？说得不对吗？

江德福也在笑：这小子，想不到，还有这一手！

安杰也笑：社会主义的新农民嘛！没点儿诗情画意怎么行！

48　白天　路上

人们三五成群地往回走。

安杰和葛老师一起走。

安杰：唉！养孩子干什么呀？就为了这样千里相送吗？

葛老师笑了：这不挺有意思的吗？千里相送，终有一别！这个江卫民，想不到还挺有意思！

安杰：有什么意思？有意思还能去上山下乡？

葛老师：也是！岛上的孩子还用得着上山下乡吗？这里不就是乡下吗？用得着跑到外边去上山下乡！

安杰：谁说不是呀！这里不是太小了吗？不是广阔天地吗？

葛老师：你也别难过了，你们家的孩子都当了兵，有一个去当当农民也不错！你说呢？

安杰：我说是不错！唉，我现在把希望都寄托在我们亚宁身上了，但愿她能考上大学，考个好大学！让我们家再出个大学生！

葛老师：亚宁错不了！她学习那么好，准能考上好大学。

安杰：要是她能早点儿出去上高中就好了！

葛老师：要是咱这儿的破高中早点儿解散就好了！你说这话有什么用啊！

江德华和江亚菲走在她俩后边。

江亚菲：真想不到，葛老师能成了王海洋的后妈！也不知王海洋会不会叫她妈！

江德华：你说呢？

江亚菲：我说不会。

江德华：为什么不会？他为什么不叫？

江亚菲奇怪地看着江德华，看着看着笑了起来。

江德华：你笑什么？

江亚菲笑：我忘了，你也是后妈！

江德华：你还忘了，你妈也是后妈！

江亚菲先是一愣，随即笑得蹲到了地上。

安杰回过头来：亚菲，你怎么了？

江德华反应很快：她肚子痛。

江亚菲笑得更厉害了。

49　白天　吉普车里

江德福坐在前边，老丁坐在后边，车子从葛老师身边经过，老丁赶紧将头扭到了一边。

前边的江德福恰巧在后视镜中看到了这一切，不易察觉地笑了。

50　傍晚　安杰家外屋

安杰和江德福在吃饭，饭桌上空荡荡的，饭菜也很简单。

江德福：安老师，我能给你提点儿意见吗？

安杰：说！

江德福：你现在这饭菜，是越做越简单了，这简直是做给和尚吃的！怎么连个肉星都不见了？

安杰笑了：谁让你戴上冠心病的帽子了？不赖我，是医生不让你吃大鱼大肉的！

江德福用筷子扒拉着盘子里的菜：医生不让吃大鱼大肉，但人家也没让你这么清汤寡水地做饭吧？冠心病要不了我的命，最后我会死在营养不良上！

大门开了，江亚菲跑回来了，一进屋就喊道：有什么好吃的，让我也吃点儿！（看着桌子上的饭菜）哎呀，这吃的什么呀？还不如连队伙食好呢！这要说出去，谁信呢！

安杰：你又回来干什么？你老往回跑，领导不说你呀？

江亚菲：领导不说我！我要是两天不往回跑，领导还不乐意呢！说"江亚菲，你怎么不往回跑了呢！"

江德福笑了：这是哪个领导哇？我得给他嘉奖！

安杰：说吧！又有什么事？

江亚菲：葛老师要结婚了，马上就要走了！

安杰：又是偷听谁的电话了？

江亚菲：偷听新娘子的电话了！她跑到小招待所去给老新郎打电话，问他，（学葛老师）"我还用不用带什么东西呀？"

安杰：老新郎怎么说的？

江亚菲：（学王副政委）"什么都不用带，你人来就行了！"

安杰撇嘴：什么东西！

江亚菲：还有呢！

安杰：还有什么？

江亚菲：（学王副政委）"我这里是万事俱备，只欠东风了！"

江德福放了筷子：你怎么老听别人电话？

江亚菲：没事干，听着玩儿呗！

江德福：你们那个连长，我看应该撤职！

江亚菲：刚才你还要嘉奖人家呢！现在又要撤人家的职！

江德福：看把你们带的，成了什么了？都成间谍了！

江德福出门了，江亚菲一吐舌头坐了下来。

江亚菲：妈，这是不是乌鸦变凤凰的故事？

安杰笑了：你这孩子！

江亚菲：哎呀，想当初，葛老师抬着大粪筐，像过街老鼠似的，溜着墙边走的时候，她能想到今天吗？能想到她会摇身一变，成为军首长的家属吗？

安杰：正所谓世事难料呀！人生如梦，谁知道梦中会是什么样子！也不知这梦是谁给做的！

江亚菲：管他谁给做的了，反正这梦最后还不错！葛老师也算是苦尽甜来了，也没白到这世上走一圈儿！只是苦了王海洋了，那么大的人了，突然又有了个后妈！

安杰不愿听了：有个后妈又怎么了？怎么就苦了他了？你们以为别人爱做他们的后妈呀！

江亚菲笑了，而且越笑越厉害。

安杰：你笑什么？

江亚菲笑够了，站起来往外走。

安杰拽住她：不行！你不说就别想走！

江亚菲笑：妈，我还是不说的好，免得惹你生气。

安杰：我不生气，你说吧！

江亚菲：真的？那我可就说了？

安杰：你说吧！

江亚菲笑眯眯地：妈，我忘了你也是个后妈了。

安杰抬手就打：你想找死啊！

江亚菲躲着，笑着：我说不说吧，你非让我说！

第三十二集

1　白天　学校

下课铃响了,安老师和葛老师出了教室。

安老师:听说这是你最后一堂课?

葛老师笑了。

安老师:你说,我送你什么礼物好呢?

葛老师:你什么也不用送,你家还有咖啡吗?如果有,你再请我喝一次咖啡吧。

安老师站住了:正好还剩一点儿了,刚好够咱俩喝的。我下午没课,你下午来吧。

葛老师笑了:那好,不见不散!

安老师也笑了:那好,恭候光临!

2　白天　安杰卧室

安杰屋里屋外,忙来忙去。

江德福看不下去了:不就是喝杯咖啡吗?你至于忙成这样吗?

安杰：你不知道，这是我们最后的晚餐！

江德福：不是喝咖啡吗？又改成吃晚饭了？

安杰望着他：真是对牛弹琴！

江德福：真是鱼找鱼、虾找虾、绿豆找王八！渔霸的女儿走了，看你这资本家的女儿还找谁喝咖啡去！

安杰笑了：所以才是最后的晚餐嘛！唉，她走了，我以后连个一起喝咖啡的人也没有了！

江德福：我可以陪你一起喝嘛！

安杰：你？喊！

江德福：我怎么不能陪你喝咖啡呢？我都能陪你睡觉，还不能陪你喝咖啡？

安杰：怎么说着说着就下道了呢？

江德福笑了：省着点儿喝，留点儿让我陪你喝。

安杰：对不起！就剩下一点儿了，我俩喝还紧张呢！我正要麻烦你，再找人给我买点儿呗！

江德福：你以为咖啡那么好买？好不容易求爷爷告奶奶地给你买回点儿，你就自己喝吧，你偏不！找这个叫那个的，非要跟人一起喝！真是穷大方！

安杰：我哪找这个、叫那个了？我不就是叫葛老师来喝吗？

江德福：你还叫那个画家来喝过！你以为我忘了？

安杰笑了：那是哪辈子的事了？再说，那次咖啡不是放得时间久了吗？我怕喝不完会招虫子！

江德福：扯淡！外国的咖啡会招中国的虫子？你别找借口了！我看你就是对那个画家有好感！亏了把他赶走了，再让他给你画下去，早晚非出事不可！

安杰：会出什么事呀？自己的老婆你自己不了解吗？我是那种会出事的人吗？

江德福：这谁说得准呢！你看你那时候，像着了魔似的，天天让他对着你画，一画就是几个小时！坐得你都腰酸背痛，还轻伤不下火线呢！

安杰笑了：看你，那个时候的醋，现在还这么酸！

江德福：要不怎么说老陈醋酸呢！我那时也不知是怎么想的，怎么就硬着头皮让别的男人盯着你，给你画画呢？搁到现在，我早把你的腿打断了！

安杰望着墙上那幅油画，面露神往：你看，他画得多好！把我的神态画得多好！

江德福：画得是不错！一个男人，面对着这么好看的女人，能无动于衷吗？哎，你跟我说实话，那个家伙是不是喜欢你？

安杰点头：嗯，好像有点儿。

江德福忍住气：那你喜欢他吗？

安杰半真半假地：你让我想想。

江德福：你想吧！好好想！想好了，老老实实地给我坦白交代！

安杰坐下来，望着墙上的画，真的想开了。

江德福不耐烦了：想好了没有？还没想好？

安杰从墙上移开眼睛，望着江德福，很认真，也很真诚：我没喜欢过他，一点儿也没有！但是！

江德福：但是什么？

安杰：我喜欢他喜欢我的那种感觉！你明白吗？听明白了吗？

江德福：听明白了！你不就是喜欢让别的男人喜欢你吗？全世界的男人都喜欢你才好呢！

安杰：不是都喜欢我才好！而是优秀的、出类拔萃的男人，喜欢我才好呢！

江德福：呸！越说越来劲了！越说越不要脸了！真是给脸不要脸！

安杰生气了，从椅子上站了起来：不是你让我说的吗？不是你让我说实话的吗？

江德福：我让你说实话，也没让你说这么不要脸的实话！

安杰：我哪不要脸了？你一口一个不要脸的！

江德福：想让天下的男人都喜欢自己，这叫要脸哪？真是的！

安杰：真是什么？

江德福：真是什么种子发什么芽、开什么花、结什么果！

江德福看了眼手表，起身往外走。

安杰一把扯住了他：不行！今天你不给我说清楚，别想去上班！

江德福：你让我给你说清楚什么？

安杰：我发什么芽了？开什么花了？结什么果了？

江德福笑了：你看你这泼妇相！还想让优秀的、出类拔萃的男人都喜欢你！这辈子有我喜欢你就不错了！

安杰还不松手。

江德福：你怎么还不松手？

安杰：你只是喜欢我吗？

江德福：你还想怎么样？

安杰眼一瞪：你说呢？

江德福又笑了：你松手，松手我就说！

安杰：你先说！说了我就松手！

江德福：你不就是想让我说"我爱你"吗？你就这么想听这句话

吗？刚结婚的时候，你就逼着我说！现在都过了半辈子了，你还逼着我说！你还有完没完了？

安杰松了手：你可真没劲！

江德福：你有劲！你是有劲没地使了！天天在这儿想入非非，白日做梦！

3　白天　路上

江德福在一个上下坡的半路碰上了葛老师。江德福在上坡，葛老师在下坡。

葛老师主动打招呼：江司令，上班去？

江德福：葛老师，喝咖啡去？

葛老师仰望着江司令，嫣然一笑。

江德福：快去吧，安老师都等急了！

4　白天　路上

老丁远远地看见江德福同葛老师说话。老丁加快了脚步，不想同江德福碰面。然而，江德福却在身后喊他：老丁！老丁！丁副参谋长！

老丁不得不站住了。

江德福追了上来：走那么快干吗？而且越喊你走得越快！

老丁：有事吗？

江德福：没事！没事就不能喊你了吗？

老丁继续埋头走路。

江德福：同志，不要这样！不要像遭了霜打的茄子似的！

老丁：你瞎扯什么？没事找事！

江德福笑了：没事就好！没事就好！我是怕你有事，想开导开导你!

老丁：我还用你来开导我？你去开导那个女人吧!

江德福：人家更不用我开导了！人家高兴着呢！笑起来还挺好看!

老丁看了他一眼。

江德福认真地：你别说，这个葛老师还真的挺好看的！以前没仔细看，也没觉得她好看。

老丁：今天你仔细看了？

江德福：嗯，今天我仔细看了看，是挺漂亮的。怪不得被王副政委给盯上了!

老丁：哼!

江德福：你也没必要哼，哼也没用了。这要不是你的，你哼也哼不来。这要是你的，你哼也哼不走！你说是不是这个道理？

老丁：少给我扯这个哩根愣！她跟我有什么关系？用得着你在这儿给我多嘴多舌！扯什么淡!

江德福笑了。

5 白天 安杰家院子里

院子里摆着一张铺着台布的圆桌和两把藤椅。两个风韵犹存的女人优雅地品着咖啡。

葛老师放下杯子，深深地叹了一口气。

安杰望着她：你叹什么气？

葛老师：喝咖啡的感觉真好!

安杰笑了：好吗？

葛老师点头：好！真好!

安杰：你是觉得咖啡好喝？还是觉得喝咖啡的感觉好？

葛老师认真地思考后说：说实话，我还是觉得喝咖啡的感觉更好一些，更舒服一些。我说得对吗？

安杰笑了：这是你个人的感觉，无所谓对不对！

葛老师：那你呢？你是什么感觉？

安杰：我嘛，我是既喜欢喝咖啡，也喜欢喝咖啡的感觉，我都喜欢！都很舒服，也都很享受！

葛老师：那当然了，谁能跟你比呀！你是从小就喝咖啡，我呢，第一次喝咖啡还是你教的！也是坐在这里，也是这张圆桌，也是这个花瓶，也是这套杯子，你忘了吗？

安杰：怎么可能忘呢？我那时怀着双胞胎，什么衣服也穿不下，只好穿了件睡袍。你穿的是我的连衣裙，咱俩还说了一些反动的话。张桂英突然出现在房顶上，吓了咱俩一大跳！

葛老师笑了：对！后来她也跑了过来，你还给她冲了杯咖啡，她喝不惯。都吐了不说，还把那么漂亮的杯子给打烂了。当时你的表情，哎呀，真好玩！

安杰：我什么表情？

葛老师：说哭不哭说笑不笑的！

安杰：那不就是哭笑不得嘛！我怎么会是这种表情呢？

葛老师：那谁知道！反正我是心痛得要命！

安杰：张桂英好像是无所谓的样子，是不是？

葛老师：好像是，她光顾吐嘴里的咖啡了，顾不上别的了。

安杰：我家刚搬来时，她看见我家有那么多杯子，还说，哎哟，你家有这么多杯子，一辈子也打不完！她大概是来帮我打杯子的！

葛老师：免得你一辈子也打不完！

两个女人大笑。

安杰：唉！真是往事如烟，历历在目啊！张桂英的音容笑貌就在我眼前，她人却不在了！更绝的是，你却接了她的班！

葛老师不好意思地笑了：谁说不是呀！我那时还那么怕她！

安杰：你为什么怕她呢？

葛老师：我那时谁不怕呀？你以为我不怕你呀？

安杰：是吗？我可没看出来！

葛老师：你不知道，我第一次上你家喝咖啡的时候，心惊胆战的。咖啡是什么味儿，根本就没喝出来！我回家晚上躺在炕上，怎么也想不起咖啡是什么味了。越想，就越想不起来；越想不起来，就越想想。后来气得我都直揪自己的头发！

安杰：是吗？

葛老师伤感地：是呀！这些，你怎么可能会知道呢？还是你的命好哇，出身也不好，却能风平浪静地过这么好的日子，真不知你是怎么修来的这个福！

安杰：这是我前世修来的，不关我的事。

葛老师：照你这么说，我前世没修来这种福，赖我了？

安杰笑了：你前世修了一半的福，这不苦尽甜来了吗？

葛老师：王副政委要是像你们家江司令这样就好了！我才真的是前世修了一半的福，真的苦尽甜来了！

安杰：王副政委人不错，再说，就一个孩子，麻烦也少些。哎，王海洋现在干什么了？

葛老师：恢复高考他就考上北大了，挺争气的。

安杰：是吗？我家老江还说人家是执跨子弟！

葛老师：什么子弟？

安杰：纨绔子弟！执跨子弟！

葛老师大笑，安杰也笑。

院门开了，江德华来了：你们笑啥呢？老远就能听到！

安杰：我们高兴！

江德华：高兴什么？

安杰：王海洋考上北京大学了！

江德华：是吗？那个执跨子弟还能考上大学？

葛老师和安杰又是一阵大笑。

江德华：这有啥好笑的？还能笑成这样！人家是因为要结婚了，美的，你是因为啥？

安杰：我是因为她终于嫁出去了，不用再在咱们眼皮子底下乱晃了！

江德华笑了：这倒是！哎，你们是喝的那叫啥啡吧？

葛老师：咖啡。

江德华：对，对对，是咖啡！老听你们说喝咖啡、喝咖啡的，咖啡到底是啥味？给我也倒一杯，让我也开开洋荤！

安杰为难地：德华，对不起，没有了，剩了一点儿，都让我俩给喝了！

江德华摆出一副不相信的样子。

安杰急了，站了起来：你不信，我去给你拿空桶看！

安杰跑回家了，江德华笑了。

葛老师也笑了：怎么你嫂子好像怕你？

江德华：她能怕我？我怕她还差不多！

葛老师：你看把她吓得，就怕你不信！

江德华笑了：我哪能不信呢！她又不是那种人，她什么好东西都舍得给我!

安杰拿了个空桶跑了出来。

安杰：不信你看!

江德华笑着：你就不能给我留点儿尝尝?

安杰：谁知道你抽风要喝咖啡了!

三个女人大笑。

安杰笑够了：就是呀！有什么可笑的？咱们怎么老笑哇？

江德华：那咖啡是傻老婆尿吧？喝了就老傻笑!

安杰和葛老师又是一阵大笑。

江德华突然没头没脑地：葛老师，你以后要对人家王海洋好！听见没？

葛老师先是一愣，然后又赶紧点头。

江德华认真地：这后妈呀，说好当也好当，说难当也难当，就看你的心眼好不好了！心眼好，就好当！心眼不好，就难当！你说是不是？

葛老师又赶紧点头。

安杰笑了：你这是在搞传帮带吗？这下你俩可有共同语言了!

葛老师冷不防地：难道你不是后妈吗？

安杰一下子哑巴了，比较尴尬，比较难受。

江德华拔刀相助：她这个后妈不算！不是真的！

葛老师：难道后妈还有真假吗？

江德华：当然有了！你们不知道就是了!

6　白天　安杰家院子里

院门大开，江亚菲和江亚宁挤了进来。

江亚菲大喊：娘！你日思夜想的小丫头回来了！

安杰跑了出来：亚宁！考得怎么样？

江亚宁摆手：别问我考试的事，谁问我跟谁拼命！

江亚菲：你是不是没考好？考砸了？

江亚宁：你是不是想让我跟你拼命？

江亚菲笑了：好好好，行行行！不问就不问！我可打不过你！

安杰：你的被褥呢？

江亚宁：都送人了！

安杰：都送谁了？

江亚宁：送给需要的人了！

江亚菲：她把能送的都送了，就提了一包书回来。

安杰：你怎么不把书也一起送了呢？

江亚宁：都是小说，我没舍得。

安杰：你净看小说了吧？这能考好吗？

江亚宁斜眼望着母亲。

江亚菲：别跟她提考试的事，小心她跟你拼了！

7　白天　江亚宁房间

江亚宁一进屋，就倒在了床上：哎呀！还是家里好哇！床都这么舒服！我要睡觉，我要睡他三天三夜！谁叫我跟谁拼了！

江亚菲笑了：我上连里去给你拿把枪来，你先练练拼刺刀。

电话响了。

江亚菲：你接，肯定是你爸来的，找你的！

江亚宁：我浑身没劲儿，求你替我接吧。

江亚菲跑了出去。

传来江亚菲的声音:她浑身没劲儿,瘫在床上了!对!对!她不说!她只说谁问她,她跟谁拼!对!你也不例外!对!连你家属她都敢拼呢!对!对!

江亚宁笑了。

8 白天 安杰家客厅

江亚菲小声地:可能考得不好,情绪不高。她在学校光看小说了,能考好才怪呢!

9 傍晚 江亚宁房间

江德福进来,见江亚宁睡得正香。他给她拉了拉被子,轻手轻脚退了出去。

10 傍晚 安杰家厨房

安杰在包饺子,江德福进来了:听说没考好?

安杰:够呛!

江德福叹了口气。

安杰:你叹什么气?

江德福:我的孩子怎么就出不了个大学生呢?

安杰:怎么没出?那个江昌义不就考上大学了吗?

江德福:那不算!

安杰:怎么不算?他不是你儿子呀?!

江德福扭头就走。

安杰自言自语:一提到他,就像踩了你的尾巴!

11　白天　院子里

江德福满头大汗地在翻菜地，安杰坐在葡萄架下织毛衣，老丁一家三口来了。

老丁一进来就笑了。

江德福挂着铁锹：你笑什么？

老丁：你真像一个长工！

江德华：你老婆像地主婆！

江德福：那地主呢？

江德华：你家没地主，只有地主婆！是不是，地主婆？

安杰笑了：我要是地主婆就好了！

江德福：你当够小姐了？又想当地主婆了？

安杰：去你的！说什么呢！

江德福：你才像被踩了尾巴呢！

江德华：你两口子这是说的啥暗语？我咋听不明白呢？

老丁：人家两口子的话，用得着你明白！

屋里传出丁小样的叫声：妈妈，救命！

老丁紧张了：你快去看看怎么了。

江德华笑了：大概亚宁在跟她拼命吧？

老丁：录取通知书什么时候来呀？

安杰：你就不用盼了，很可能没戏。

老丁：那万一要是有戏呢？

安杰：我请客，茅台管够！

老丁：你可真精！茅台管够，谁能多喝？

安杰：那你想干吗？

老丁：送我两瓶茅台。

安杰：行！没问题！

江德福：那万一没考上呢？

江亚宁正好出来。

江亚宁：爸，你就那么盼我考不上吗？

江德福惊慌失措，赶紧用毛巾擦汗，引来一片笑声。

12　白天　安杰家外屋

别人都进了客厅，唯独江德华挨个儿屋子推开门看。

安杰正在泡茶，奇怪地看着她：你找什么？

江德华：我看卫国他们回来住在哪儿。

安杰：那么多空房间，还没有他俩住的地儿？

江德华：你怎么不收拾收拾呢？

安杰：被褥都是干净的，屋子也是干净的，收拾什么？

江德华：这是媳妇儿头一次登门，你起码要换条红床单，喜庆一点儿！

安杰：又不是结婚，喜庆什么！再说了，只是个对象，是女朋友，什么媳妇儿呀！

江德华：你好像对卫国的这个对象不喜欢？

安杰：面都没见，谈什么喜欢不喜欢！

江德华：那怎么……

安杰：你就别瞎操心了，快来喝茶吧！

13　白天　安杰家客厅

江德华进来。

江德福：你俩在外边吵吵什么？

江德华：哪吵吵了！我问她，卫国的对象要来了，咋不准备准备，收拾收拾，她说有啥可收拾的，好像并不喜欢人家来！

江德福：你说对了，她好像对这件事并不热心，反而挺烦，是有点儿奇怪，不可思议。

安杰端着茶杯进来：谁不可思议？又说我坏话！

江德华：没人说你坏话！我们就是奇怪，儿媳妇儿就要领进门了，你要当婆婆了，你咋会不高兴呢？在我们老家，这是天大的喜事，当娘的高兴得都合不拢嘴了！

安杰：有什么可高兴的呢？马上要当人家的婆婆了，这说明人老了！离奶奶就不远了！烦都烦死了，还高兴！

老丁：噢，闹了半天，你是怕老哇？

大家都笑。

安杰：笑什么？好像就我老你们不老似的！

江德福：人老是自然规律，烦有什么用？再说了，当爷爷奶奶有什么不好？儿孙绕膝，三代同堂，那是多美的事！真是烧包！

安杰叹了口气：唉，也不知带回来个什么人！火车上认识的，又是个唱戏的，能有什么好！

老丁：真是在火车上认识的？

江德华：我不都跟你说过吗？上次探家回去，在火车上面对面地坐了一天一夜，愣是坐出了个媳妇儿来！

安杰：还不是媳妇儿呢！

江德华：那就是对象！愣是坐出了个对象来！哎，她是哪个剧团的来？好像是唱什么梆子的。

江德福：河北梆子！

江德华：对对，是河北梆子！她要是唱咱山东的吕剧就好了！

老丁：她要是唱咱中国的京剧就更好了！说这个！

安杰：唱什么都不好！找个干什么的不好哇，非找个唱戏的人！哼！

江德福：你这样可不对！革命只有分工不同，没有高低贵贱之分！唱戏的怎么了？唱戏的照样是革命工作！

安杰：喝你的茶吧！用不着你来给我上课！

电话响了。

丁小样冲进来：我来接！我来接！喂，找谁呀？

江亚菲的声音：找你呀！

丁小样笑了：是亚菲姐，你有什么事呀？

江亚菲的声音：我没什么事呀。

丁小样：没事打什么电话！

丁小样放了电话。电话又响了。

江德福：都别接！让它响着去！上班没事干，净往家打电话了！

江德华：自从我家安了电话，十个电话有八个是她的！

江德福：丁副参谋长，你管直属队，把江亚菲调出总机班，让她去爬电线杆去！累她个半死，看她还打不打电话了！

安杰：啧啧！听听，听听，这像是亲生父亲说的话吗！

14 白天 码头上

安杰、江德华、江亚菲、江亚宁、丁小样在码头上接人。

江亚菲：爸爸怎么不来接？

安杰：哼，还用你爸来接！

江亚菲：他们不够规格吗？

安杰：哼！

江亚菲：你老哼什么呀？

江亚宁：对，妈，你今天老是哼哼的，一会儿人家来了，你可别再哼了！

江亚菲：我就纳闷了，你怎么就那么不喜欢人家呢？就因为人家是唱戏的？

丁小样：我爸说，舅妈是因为没做好当婆婆的心理准备！

江亚宁拍手：这个判断好，准确！

安杰去看江德华。

江德华笑了：你看我干啥，又不是我说的！

安杰：你们净在背后说我的坏话！

江德华：谁在背后说你坏话了？这是坏话吗？

江亚菲搂着母亲：这不是坏话，这是实话！

船来了，女将们伸长了脖子往船上看。

江亚宁一指：你们看，我哥！

江亚菲也一指：你们看，那个戏子！

安杰白她，江亚菲笑了：我这是替你说话呢！

15　白天　甲板上

江卫国跟女朋友白红梅并肩而立。

白红梅：我有点儿紧张。

江卫国幸福地笑了：紧张什么，到家了还用紧张！

白红梅：人家是第一次登你家的门，人家当然紧张了！

江卫国：不用紧张，我们家人都很好！你看，那是我妈，那是我姑姑，手搭在额头上那个，那个穿军装的是亚菲，剩下那个就是亚宁了。

白红梅：不对，还有一个！那个小女孩儿是谁？

江卫国：噢，那是我小表妹，我姑姑的女儿。

白红梅：哎，你看，你妈好像不高兴。

江卫国：哪不高兴了？

白红梅：脸上一点儿表情没有，也不笑！

江卫国：这么老远笑什么呀！你等着吧，上了岸她会对你笑的！我妈笑起来挺好看的。

白红梅：资本家小姐当然会笑了，笑起来当然好看了！

江卫国：哎，见了她的面，你可千万别提"资本家"三个字，她会不高兴的，会火的！

白红梅：你当我是傻子呀！

16　白天　码头上

江卫国、白红梅下了船，迎接的人们拥了上去。

江亚菲：哥！

丁小样：大表哥！大表嫂！

安杰看了丁小样一眼，又去看江德华。

江德华笑了，悄悄地：这是我教的。

江卫国：妈，姑姑，你们都来了！

安杰：嗯！

江德华：都来了！能来的都来了！我们是全家出动！

江亚菲：可惜都是女将。

江亚宁：穆桂英挂帅！

江亚菲：哥，你也不给我们介绍介绍！

江卫国赶紧让出身后的白红梅：我来介绍一下，这是白红梅，小白。

　　安杰点了点头：啊。

　　江卫国：小白，这是我妈。

　　白红梅：阿姨。

　　安杰又点了点头：啊。

　　江卫国：这是我姑姑。

　　白红梅：姑。

　　江亚菲：介绍完了吗？怎么不介绍我们？

　　江卫国笑了：回家再介绍吧。

　　江亚菲：不行，在这介绍！

　　江卫国只好介绍：小白，这是我两个妹妹——江亚菲、江亚宁。

　　丁小样：怎么不介绍我呢？

　　大家都笑了。

　　江卫国：这是我小表妹——丁小样。

　　江卫国伸着脖子找车。

　　江亚菲：江参谋，对不起了，车没来，没有车坐了，你们要徒步走回去！

　　江德华赶紧解释：现在不准家属坐小车了，刚规定的，还很严。

　　江卫国：没事，那就走回去吧！

　　江亚菲：只好委屈你们了！

　　江亚宁在背后拧她，她在背后捅江亚宁。

17　白天　路上

　　江德华陪着江卫国、白小梅在前边走。

　　江德华：没晕船吧？

白小梅：没晕。

江德华：那挺好，不晕船好，晕船可遭罪了！我就不晕船，多大的风浪我也不晕！

江家姐妹一边一个陪着安杰走在后边。

江亚宁小声地：你们说，她长得好看吗？

江亚菲也小声：一般，很一般，她属于猛一看挺好看的，越看越不好看那种人。你说是吧，妈？

安杰：哼！

江亚菲：你又哼！有意见你就说，光哼有什么用！

江亚宁：看样子妈不喜欢她。

安杰：你们喜欢她？

江亚宁抿着嘴笑了。

安杰问亚菲：你呢？

江亚菲：我当然了！

安杰：你当然什么？

江亚菲：我当然也不喜欢了！也不知我大哥喜欢她什么！

江亚宁：怎么叫那么个名？白红梅！又白又红的，多别扭！

江亚菲：还不如白桃花好听呢！

安杰：白桃花是谁？这名字怎么这么熟？

江亚宁：你忘了，朝鲜电影《看不见的战线》里的女特务。

安杰点头：噢，想起来了。哼，真还不如女特务的名字好听！

三人笑起来。

前边人停下了脚。

丁小样：你们笑什么？

江亚宁赶紧说：我们没笑什么。

丁小样：你胡说，你们明明笑了嘛，还不承认！

白红梅看了江卫国一眼。

18　傍晚　安杰家院子里

江亚菲在菜地里拔葱，江德福回来了，江亚菲迎了过去：司令，下班了？

江德福：没大没小的！来了吗？

江亚菲：当然来了！

江德福：怎么样？

江亚菲：不怎么样！你自己进去看吧！

江德福停下脚看江亚菲。

江亚菲笑了：你看我干什么？看错人了！

19　傍晚　安杰家客厅

江德福进来，江卫国和白红梅站了起来。

江德福笑容满面：欢迎，欢迎！我下午有会，没到码头接你们。

白红梅：不用，不用客气。

江德福：饿了吧？先吃饭吧！

20　傍晚　安杰家外屋

饭菜很丰盛，但气氛不够。

江德福：小白，你不要光吃饭，不吃菜，不要客气。卫国，你帮小白多夹点儿菜。

江卫国趁机替她夹了许多菜。

江亚菲在桌下踢江亚宁，江亚宁笑。

江卫国：你笑什么？

江亚宁：我没笑呀。（又去问江亚菲）我笑了吗？

江亚菲认真地看了看她：你没笑！

安杰敲了一下自己的碗：好好吃饭，哪那么多的话！

大家都不说话了，埋头吃自己的饭。

21　傍晚　白红梅房间

白红梅坐在床上，闷闷不乐。江卫国站在一旁，小心陪着。

白红梅：你妈好像不喜欢我，你两个妹妹好像也是。

江卫国：哪的事呀，你多心了，我妈就那么个人，不太喜形于色。

白红梅：得了吧，我这么大人了，好赖脸还看不出来？

江卫国：你太敏感了，太多心了，过几天就好了。

白红梅叹了口气：唉，过几天才能好哇！

江卫国笑了，坐了过去，搂住了她。

22　晚上　安杰家卧室

安杰躺在床上闷闷不乐，江德福盯着她看。

安杰：你干吗？看我干吗？

江德福：我看你好像不高兴。

安杰：……

江德福：你好像不喜欢那个丫头。

安杰：你喜欢？

江德福：谈不上喜欢，但也不讨厌。

安杰：你什么眼光！

江德福：我什么眼光？你说我什么眼光？

安杰：二五眼！简直就是个二五眼！

江德福：哎，你也太挑剔了吧？人家小白哪儿不好？

安杰：首先名字就不好！白红梅！什么呀，土不土、洋不洋的！其次也不经端详，越看越不好看！还有，人也不咋的！你看她吃饭那样子，装腔作势的，不愧是个唱戏的！

江德福：人家孩子吃个饭又怎么不入你的眼了？

安杰：你看她，牙不露、嘴不张的，一声动静都没有，像只猫！猫才那么吃东西呢！

江德福烦了：我说，你这人毛病怎么这么多呀？你是不是在故意找碴？吃饭的时候吧嗒嘴你看不惯，说是没教养，没吃过饭！人家不吧嗒嘴有教养了，你又说人家是装腔作势，像只猫！你还让不让人活了？

安杰：我哪有那么大的权力不让人活？但我可以有自己的看法吧？我有发表看法的权利吧？

江德福：你有！你有！你什么都有！但你别忘了，你是江卫国的母亲，是这个家的主人！就算你不喜欢人家，人家好歹也还是个客人吧？是你喜欢的大儿子领来的客人吧？你就不能客客气气地对待客人吗？

安杰：我怎么不客气了？我亲自到码头接她，我做了一大桌子好菜，还不够客气？

江德福：人家又不是来要饭吃的，你光给人家吃好的就算完了？你对人家热情点儿！像个长辈的样子！别皮笑肉不笑的，连我看了都头皮发麻，别说人家了！

安杰：我够不容易了！明明不喜欢，还要挤出笑容来，我够可以的了！

江德福：安杰呀！孩子大了，早晚要成家立业，这是自然规律。你不要因为害怕自己变老，就迁怒于孩子，更不应该迁怒于别人的孩子！

安杰：江德福呀！你不要胡说八道！我什么害怕自己变老，迁怒于孩子，还迁怒于别人的孩子！我是那种人吗？我是真不喜欢那孩子，怎么看怎么不喜欢！你说怎么办吧？你总不能让我不喜欢装喜欢，表里不如一吧？

江德福叹了口气：唉！你这时候对自己要求倒挺严格了，还要求表里如一！你不用表里如一！你心里可以不喜欢她，但大面上你要过得去！你不看僧面看佛面，看在咱们卫国的面子上，请你对人家好一点儿！客气一点儿！

安杰也叹了口气：好吧！我试试吧！

江德福：光试试不行，你要努力！

安杰又叹了口气：行吧！我努力试试吧！

23　早晨　院子里

太阳很好，安杰晒被子。看见白红梅在窗台前打扮自己，安杰躲在被子后边偷偷地看。

白红梅划了根火柴，又吹灭，用火柴头一点儿一点儿地描眉毛。

安杰在被子后边撇嘴，不屑地自言自语：什么呀！小家子气！

白红梅出来了，好奇地打量着这个大院子。

安杰从被子后边出来，假装热情：早哇！

白红梅吓了一跳，一时不知说什么好了，她看着安杰的笑脸，嘴里"嗯"了两声。

安杰心想：真没教养！

安杰进了屋，白红梅吓得直吐舌头。

24　早晨　安杰家卧室

江德福站在窗前看了看外边。

安杰进来了：你都看见了吧？

江德福没吭声。

安杰：我简直是热脸蹭人家冷屁股！

江德福转过身来：我看出来了，你俩没缘分！

安杰：是吧？我俩不是一类人！是两种人！真别扭！

江德福：别扭也没办法，谁让你儿子喜欢！

安杰：谁知道能喜欢多久哇！我看他俩也不是一类人，长不了！

江德福：长不了、短不了不是我们应该管的事！即使他俩分手了，也不要是因为我们做父母的原因！我们做好我们该做的事，省得将来落埋怨。

安杰：话是这么说呀，但做起来多难哪！我这心里都堵得慌！

江德福：坚持几天，他们又住不长。

安杰叹了口气：唉，也只有这样了。

25　白天　服务社门口

安杰正要进去，江德华出来了，手里拎了一大块儿肉。

江德华：别进去了，我买了，中午包饺子吧！

安杰：不用再买什么了？

江德华：不用了，家里都有！

两人往回走。

江德华：怎么样？还行吧？

安杰：别提了，行什么呀！

26　白天　院子里

白红梅站在院子里练声，江卫国陶醉地坐在葡萄架下。

白红梅：啊——啊——啊——

27　白天　总机房

江亚菲听着耳机的啊啊声，自言自语：什么呀，鬼哭狼嚎的！

28　白天　院外

安杰和江德华站住了脚，你看看我，我看看你。

江德华：这什么动静啊？叫魂啊？

安杰快步进了院。

29　白天　院内

安杰"咣当"一声推开了大门，白红梅吓了一跳，立马不唱了。

安杰沉着脸：这是干什么？

江卫国赶紧站起来：妈，她在练声！

安杰：我没问你！

白红梅怯生生地：阿姨，我在练功。

安杰：这里又不是你们剧团，练的哪门子功！

白红梅不说话了，安杰沉着脸进屋了。

江德华进来了：想唱歌就好好唱！老唱那么一句，啊啊啊啊的，像叫魂似的，多瘆人！

江卫国没好气：姑姑，你懂什么！

江德华不高兴了：对！我什么也不懂！你们懂！你们懂就继续啊啊地叫吧！

江德华也进了屋。

剩下两人你看我、我看你地尬在那里。

30　白天　安杰家客厅

江亚宁对着话筒：都听见了吧？山雨欲来风满楼了！

江亚菲的声音：什么山雨欲来风满楼了，不就是要打起来了吗！

31　白天　院子里

白红梅：小江，我想走，我想回去了。

江卫国吃惊地望着她。

白红梅：我不想待了，我待不下去了。

江卫国：就为这事吗？至于吗？

白红梅：你可能不至于，但我受不了！从我上了码头，你妈看我的眼神就不对！那种看不起，那种不喜欢，那种很勉强的样子，让我心里很难受！很不舒服！我想忍一忍，没准儿像你说的那样，过几天就会好了，哪想到她会是这个样子！你看她刚才看我那眼神，哎呀！真让人受不了！我哪还待得下去呀！

江卫国：你别生气，我找她谈一谈！

白红梅：你别谈！谈了更麻烦！

白红梅起身往外走。

江卫国跟在身后：你上哪儿去？

白红梅：我想出去走走。

江卫国：我陪你。

白红梅：不用，我想一个人走走。

白红梅出了院门，江卫国转身进了屋。

32 白天 安杰家厨房

安杰和面，江德华切肉，江亚宁择韭菜。

江亚宁：妈，你们俩好像有点儿过分。

安杰：过什么分？有什么过分的？

江亚宁：人家吊吊嗓子练练功，你至于那样吗？

安杰：在这里吊什么嗓子呀？这是戏园子吗？怕别人不知道她是个唱戏的？她们这些人，就这个德行！想方设法地引人注意！生怕别人忘了她们！她们……

江亚宁：妈！

安杰转身一看，江卫国愤怒地站在门外。

安杰：你想干什么？

江卫国：我想跟你谈谈！

安杰：谈什么？谈吧！

江卫国：我想单独跟你谈！

江德华：我们又不是外人，还用背着我们！

江卫国不说话了，但依然愤怒。

安杰：好吧，单独谈就单独谈！

安杰拧开水管，洗了把手，往客厅走去。

33 白天 安杰家客厅

安杰坐着，江卫国站着。

安杰：谈吧！你想说什么？

江卫国：妈，你为什么这样？

安杰：我哪样儿了？

江卫国：你什么样儿你不知道吗？

安杰：你要是以这种态度跟我说话，我就不跟你谈了！

江卫国：你为什么那么对待人家？

安杰：卫国，坦率地说，我不喜欢她！不喜欢你带回来的这个白红梅！

江卫国：她是我的女朋友，你喜不喜欢重要吗？

安杰：怎么会不重要呢？它直接影响着我对她的态度！以你对你妈的了解，你认为我会对一个不喜欢的人假装喜欢吗？

江卫国：人家怎么你了？你为什么不喜欢人家呢？

安杰：她没怎么我，但我就是不喜欢！她仅仅是你带来的一个客人，也就罢了。但她不是！她是你结婚的对象，是要成为你妻子的人，是要进入我们这个家庭的人！你说，我会是什么心情？

江卫国：你是什么心情！

安杰：自然是不好的心情！难过的心情！卫国，请你原谅我，原谅你妈。我做不到假装喜欢一个人，更做不到心里烦她，脸上却热情洋溢！你说怎么办吧？你是迁就我，还是迁就她？

江卫国无话可说了，走到窗前，望着窗外久久不说一句话。

安杰耐心地望着他的后背，稳操胜券。

34　白天　总机房

江亚菲值班。

有电话了，江亚菲接上线：哎，要哪里？

耳机里一个男声：总机，我是码头，请给我接江司令家。

江亚菲：好的，来了，请听好。

江亚菲打开了监听键。

男声：江司令家吗？

江亚宁的声音：是呀，你找谁？

男声：我是码头的小杜呀！昨天你家来的那个女的，好像是你哥的对象吧？一个人上船了，船马上就要开了。

江亚菲大吃一惊。

35　白天　江卫国房间

江卫国在收拾东西，江德华拉着不让：你干什么？船都开了！你赶不上了！

江卫国一言不发，并没停止。收拾完东西，他提上包就往外走，被江德华拽住：你这孩子！你这是要上哪儿呀！

江卫国：姑姑，你放手，我去招待所！

安杰走过来：放开他！让他走！走了就别再回这个家了！

江卫国看了她一眼，从她身边挤过去，头也不回地走了。

36　晚上　小招待所

江德福和江卫国坐在各自的床上。

江德福：卫国，你要理解你妈妈，你姑父说得对，她是还没做好当婆婆的思想准备，对这个角色有抵触情绪。

江卫国：她毛病怎么那么多呀？当个婆婆还要有思想准备？她不准备好，我们就不能谈恋爱了？她要是一辈子不准备好，我们就一辈子不能结婚了！

江德福笑了：哪能呢，你妈没那么笨，哪能一辈子准备不好呢！

063

不过，你们要给她点儿时间。

江卫国：唉！我怎么摊上这么个妈！什么都得顺着她的心思、由着她的性子！爸，你这辈子是怎么过来的！真可怜！

37 早晨 房顶上

安杰站在房顶，看见客轮离开码头，汽笛声声。

安杰一动不动地看着远去的轮船，潸然泪下。

第三十三集

1　白天　安杰家外屋

江德福、安杰、江亚宁在吃饭,只听院门一声巨响,丁小样举着信冲进来。

江德福:这孩子,跑什么呢?

安杰一下站了起来:莫不是……

丁小样大喊:考上了!考上了!小姐考上山东大学了!

江德福手里的筷子掉到了地上,江亚宁一个高蹦了起来。

江亚宁在门口同丁小样撞了个满怀,姐妹俩都龇牙咧嘴,安杰一个箭步上前,抢下了丁小样手中的信。

安杰手都有点儿哆嗦了,她从另一边撕开信封,里边什么都没有。

丁小样笑了,举起了另一只手,晃着一页白纸。

丁小样:在这儿哪!我早拆开看了!是山东大学!是中文系!

三个人同时来抢,丁小样把信递给了江德福:让舅舅先看!舅舅官大!

江德福高兴地接过通知书,却并不急着看,而是往卧室走。

安杰:你干什么?

江德福:我找眼镜!

安杰:我念给你听不就得了?

江德福:不用你念!我要自己看!我要亲自看!

2　白天　安杰卧室

江德福戴上花镜,站在窗前,大声地念着:江亚宁同学,你被我校中文系录取……

江亚宁跳了起来,抱住了母亲:呜啦!呜啦!

安杰笑了:你呜啦什么呀!你直接喊万岁不就得了!

江德福上下打量着江亚宁。

江亚宁:爸,你这么看着我干吗?

江德福:亚宁,你行啊!你是我们江家第一个秀才呀!爸爸祝贺你!

江德福伸出手来,江亚宁不好意思地同父亲握手。

江德福:亚宁啊!爸爸谢谢你!让我们江家也出了个秀才!

江德福又向安杰伸出手来:老婆子!我也要谢谢你!给我生了这么好的女儿!

3　白天　安杰卧室

(又几年过去了)

江德福站在大衣镜前,望着自己被摘了领章帽徽的军装,怎么看怎么不舒服。

江德福:怎么这么别扭哇?像被剥了皮、抽了筋似的!原来也没觉得领章帽徽有多好看，现在看来，那真是画龙点睛之物啊！

江亚菲跷着二郎腿坐在沙发上：爸，您说话越来越有水平了！既精彩又深刻，这要是给部队作个形势报告什么的，那不得掌声雷动吗？可惜呀！您已经退出历史舞台了，空有一副好口才了！唉，这真是一种浪费，人才浪费！你说说，党把您从大字不识一个的穷小子培养成今天容易吗？好不容易百炼成钢了，又把你们一刀切下去不用了，真是可惜呀！

江德福点着她：亚菲呀，你是成也萧何败也萧何呀！你这张嘴，能给你争彩，也能给你惹祸呀！你要是……

江亚菲：我要是生在五十年代，早被打成"右派"了！爸，我也是恨自己生得晚呢！真成"右派"倒好了！你看我姨父，现在多展扬啊！

江德福：你别提他，我懒得听！

江亚菲：哎，你不是对人家挺好的吗？又给人家女儿办入伍，又送给人家好烟好酒的！人家落难的时候你同情人家，人家翻身了，你又烦人家了，这叫什么事呀！

江德福不理她，开始翻箱倒柜找东西。

江亚菲：爸，你找什么？

江德福：我找什么，用得着你管了！

江亚菲笑了：我怎么又惹着你了？怎么又生气了？你现在怎么这么爱生气呀？动不动就生气！

江德福：……

安杰进来了。

安杰：你这找什么呢？

江德福：找衣服穿！

安杰：难道你光着身子吗？

江德福：我找便服！

安杰：你有便服吗？

江德福：怎么没有？我年轻的时候就有！在青岛的时候就有！

安杰：年轻时的衣服，你现在还能穿吗？

江德福：找出来穿穿试试！

安杰：哎，你怎么想起穿便服来了？

江德福：我不愿穿没有领章帽徽的军装！

安杰：人家都那么穿，你怎么就特殊，就不能穿呢？

江德福：我干吗要跟人家一样？现在军装人人都能穿！连打鱼的、种地的都能搞身军装穿！军装都成什么了？成了他娘的工作服了！

江亚菲：噢，我明白了。闹了半天，我爸是不愿把自己混成普通的老百姓啊！是不是，爸爸？

江德福：你给我滚一边去，别在这儿烦我！

安杰：就是！你怎么又跑回来了？你天天没事干哪？

江亚菲：我怎么会没事干呢？真是好心当成了驴肝肺！我这不是看我爸刚宣布离休吗，怕他心情不好，专门跑回来陪他的！

江德福：谢谢你的一片好意，但我用不着！谁说我心情不好的？我的心情好着呢！

安杰：就是！这不翻箱倒柜找新衣服穿吗！

江德福：哪是新衣服，是旧衣服！你别站在这儿说风凉话了，快帮我找吧！

安杰：过去的衣服能在这里吗？

江德福：那能放在哪儿？

安杰：都放在樟木箱里了！

江德福：给我钥匙，我去找。

安杰：还是我给你找吧！你别给我翻得乱七八糟！

4　白天　空房间

安杰开箱子，江亚菲凑了过来。

安杰：你跟过来干吗？

江亚菲：我看看你都有什么压箱底的好东西！

安杰：你想干吗？

江亚菲：我想看看有没有我能穿的！

安杰：你就穿你的军装吧！

江亚菲嬉皮笑脸：偶尔也穿穿便装嘛！快开箱吧，我都急了！

安杰打开了箱子，一件一件往外翻。江亚菲一声一声惊叹，安杰很是得意。

江亚菲：俺那娘吔！这都是你的衣服吗？

安杰得意地：当然了！不是我的，还能是你的呀！

江亚菲：一个人怎么会有这么多衣服呢？

安杰：要不还多！好多以前的衣服都让我给改了！都改作棉袄里子啦！

江亚菲：哎呀！真可惜！多可惜呀！哎呀！这件我能穿吧？这件我也能穿的！哎呀，还有这件，这叫什么来着？

安杰：这叫旗袍！连这都不知道，真可怜！

江亚菲：是可怜吧？你就可怜可怜我，让我试试这些衣服吧！

安杰：试吧！谁不让你试了！

江亚菲抱着一堆衣服跑了出去。

5　白天　安杰卧室

安杰抱着几件衣服进来。

安杰：喏，你过去的便服！都在这儿了！

安杰将便服扔到床上，江德福一件一件地看：就这么几件？

安杰：你记得你有多少件？就这几件，还是结婚后我给你置办的呢！结婚前你知道穿便服吗？

江德福点头：对，我想起来了，我第一次穿便服，还是为了去见你！对了，还是老丁陪我去买的呢！

安杰：这西服，可是我给你买的吧？

江德福：对对对，这西服还是要结婚时买的！结婚的时候没敢穿！

安杰：那次老欧回来探家，请我们吃西餐，你才第一次穿！

江德福笑了：对，半路上碰到了老丁，我藏在树后边不敢出来！

安杰：还是我去对付的老丁！你忘了吗？

江德福：没忘！怎么会忘了呢？老丁那时特别怵你！见了你，就什么词都没有了！

江德福穿上了白西服，明显小了、瘦了。

江德福：日他娘的！我怎么还长个儿了？

安杰笑着打了他一下：不许骂人！穿着西服哪能说脏话！哎，这儿怎么有块儿油点子呢？

江德福低头一看，笑了：你忘了，老欧请我们吃牛排，血乎流拉的，我吃不惯，又怕浪费，硬着头皮吃下去的！这是那次掉的油点子！

安杰也笑了：可不是嘛！那次你洋相可出大了！别人都用刀叉，你偏跟服务员要了双筷子！

江德福：我当时一招手，喊，服务员，拿双筷子来！当时就把你们给镇住了!

安杰笑:得了吧,我们……

江亚菲穿着旗袍走了过来:爸,妈,你们看!

江德福和安杰转过身来,望着亭亭玉立的江亚菲,都有点儿傻了。

江亚菲有点儿害羞:好看吗?

江德福和安杰互相看了看,都使劲点头。

安杰:还真有我年轻时的样子!

江德福手一摆:比你年轻时差远了!

安杰想起了什么:你等等,等等。

安杰跑走了,江亚菲走到大衣镜前。

江亚菲望着大衣镜中的自己,问沙发上的父亲。

江亚菲:爸,我妈年轻的时候,比我都漂亮吗?

江德福手又一摆:比你漂亮多了!

江亚菲转过身来,望着父亲:嗯?

江德福笑了:你瞪我也没用!要实事求是!

江亚菲:我妈那么漂亮,怎么会嫁给你呢?

江德福:我那时也不丑哇!我年轻的时候,也是相当可以的!雪白的海军服一穿,相当的精神!

江亚菲笑了。

江德福:你笑什么?你不信?

江亚菲笑:我信!我信!我哪能不信呢!会不会还有别的原因呢?

江德福:什么原因?

江亚菲:我妈家庭成分不好,被你们强迫的?

江德福:这是谁告诉你的?是你妈吗?

江亚菲忙摆手：不是不是！我妈从来都没说过这些！她从来都不跟我们讲她年轻时的事，要不我会没穿过这些衣服呢？

江德福点头：这还差不多！她怎么会跟你说她年轻时的事呢？她那时灰溜溜的，连头都抬不起来！要不是我娶了她，她哪会有今天！

安杰提了一双高跟鞋进来：你这是说谁呢？

江亚菲一声惊叫：天哪！还有高跟皮鞋？

江德福：哎，你的高跟鞋，不都让你把跟给砍掉了吗？

安杰：就不兴我藏起一双来？

江亚菲一把夺过来，自己穿上了：怎么样？比我妈年轻的时候强了吧？

安杰笑了：你干吗总跟我年轻的时候比！

江亚菲：我不跟你年轻的时候比，我跟你现在比呀！喊！

江亚菲又去照镜子，江德福站过去跟她一起照。镜子里出现了穿旗袍的江亚菲和穿西服的江德福。

江亚菲笑了，江德福也笑了。

安杰在他们身后：你们笑什么？

两人同时转过身来，安杰也笑了：妈呀！过去咱俩就这样吗？

江德福不干了：过去我哪像现在！

江亚菲：就是！过去你比现在强！过去我妈比我强！总之一句话，今不如昔！

江德福脱下西服：不行，我得买几件便服去！

安杰：这你上哪儿买去？买块儿布料，找人给你做件吧。

江德福：我才不让她们做呢！她们能做出什么好东西！我要出去买！出岛去买！

安杰：你要出岛上哪儿买？

江德福：我要出岛上青岛去买！老子要旧地重游去！

江亚菲跳了起来：太好了！我也要去！

安杰：稳重点儿！稳重点儿！穿成这样，你跳什么跳！

江亚菲：妈，这些衣服给我吧？反正你也穿不了了！

安杰：行！你跟亚宁分分吧。

江亚菲：干吗分？都给我，我都要！你给了亚宁一箱子书，把她看成了大学生！她够本儿了！

安杰：我亏了没把这箱子衣服早打开！要是打早了，没准儿你就早进监狱了，成了劳改犯了！

江亚菲：一箱子衣服就能把我变成劳改犯？你也太小看我了！再说了，穿好衣服就能变坏？这些衣服都是你穿过的，你怎么没变坏？变成劳改犯？什么逻辑！

安杰：你看看！我说她一句，她有十句在这儿等着我！怎么会让她当军事干部呢？应该让她搞政工，当政工干部！

江德福：怎么让你当老师管小学生了呢？应该让你到干部部门去管干部！

江亚菲搂住父亲的胳膊：军人团结如一人，试看天下谁能敌！

6　白天　老丁家

老丁也穿着摘了领章帽徽的军装坐在家里，一边看着报纸，一边喝着茶。江德华在哄哇哇大哭的孙子。

江德福和安杰来了。

江德福：老远就听见他们哭，不知道的，还以为这里是托儿所呢！

江德华笑了：哭了一早晨了！也不知哭什么。

安杰摸着车里孩子的额头：是不是哪不舒服哇？

江德华：也不发烧，也不拉肚子，谁知道他们哪不舒服！

老丁放下报纸：来了？

江德福点着他：你看看你，像个地主老财似的！也不说搭把手！这不是你的孙子啊！

老丁笑了：来了你就挑拨离间！幸亏人家奶奶不吃你这一套！

江德华：谁说我不吃这一套？我吃得管用啊！

江德福：别说这没用的，这都是你自找的！谁让你给人家看孩子的？看一个不行，还看俩！把你能的！活该！累死活该！

江德华笑了：这不是没法子吗？人家爹妈都上班，孩子没人带。

江德福：没人带就该你带？不会找保姆啊？

老丁：你行了行了！少管我家的事！在自己家管不了事，跑到人家家来多管闲事！

安杰：看看！看看！这就是管闲事的好处！

江德华：这哪是管闲事呀，这是俺哥心痛俺！俺知道！

安杰：知道还揽这么多事！真是闲的！

江德华：这不是说嘛！给老大看了，能不给老二看吗？那不得让人说闲话？

江德福：谁愿说就让谁说去！你不给他们看，他们能怎么着？

老丁：哎，我说，你怎么还没完没了了？我们家的事你少管！你们来干什么？是来管闲事的吗？

安杰笑了：这就是管别人家闲事的下场！我们不是来管闲事的，我们是来通知你们，我们要回青岛去看看，问你们有没有要办的事！

江德华：哎哟，你们要回青岛呀？你俩都去吗？

江德福：当然都去了！秤砣能离开秤杆吗？

老丁：哼，你忘了人家一个人跑到青岛不回来的时候了！

江德福：去你的！哪壶不开提哪壶！哎，量量你衣服的尺寸，到青岛我给你买身衣服来！

老丁：不用！用不着！我这军装都穿不完，够我穿一辈子的了！

江德福看了安杰一眼，安杰笑了。

安杰：看，拍马屁拍到马腿上了吧！不要更好！还省我们钱了呢！我们不在的时候，别忘了给我家菜地浇水！

老丁：你们还回来呀？

安杰：我们当然要回来了！青岛又不是我们的家！

老丁：看他那样，我还以为你们不回来了呢！要到青岛扎根呢！

江德华拿了一套军装来：你给量量吧！

安杰：干什么？

江德华：你们不是要尺寸吗？

安杰：你们不是不稀得要吗？

江德华：谁说不要了？不要白不要！

7 晚上 火车软卧车厢

一家三口在车厢里说笑。

江德福：我离开青岛的时候，坐在火车里直犯愁。

江亚菲：你愁什么？

江德福：我愁你妈不跟我上海岛怎么办。

江亚菲：我妈当初要是真不跟你进岛，你怎么办？

江德福：还能怎么办？跟那些两地分居的干部一样，年年像孙子似的，回去探家呗！回家探望老婆大人呗！

安杰笑了：我当初真不应该离开青岛，应该让你像孙子似的去探望我！

江德福：那可不一定！没准儿我就跟你离了，再找个给我送电报的！

江亚菲：干吗要找个送电报的？

安杰：你爸看上送电报的了！

江亚菲：是保密室那个女的吗？爸，你看上过她？你跟她好过？

江德福笑了：想跟人家好过，你妈不干！刚送了两天电报，就让你妈给赶跑了！

安杰：你还有脸说！为了让我吃醋，找个女的来送假电报！

江亚菲：真的？还有这么好玩儿的事？我怎么不知道？

江德福笑了：你不知道的事多了！是不是，老婆子！

安杰：谁是你的老婆子？

江德福：你呀！你是我的老婆子！

江亚菲：哎呀，真恶心！多大年纪了，还在这打情骂俏！

安杰打她：你这丫头，嘴上怎么没个把门的！

江德福：她要是……

江亚菲：行了行了，又是那老一套！我问你，爸，你这辈子有没有看上过别的女人？

江德福吓了一跳，赶紧去看安杰，见安杰也盯着他看，有些不高兴：你有什么资格盯着我看？

安杰看了一眼江亚菲，声音变高了：我怎么没资格盯着你看？我怎么了？我做什么对不起你的事了吗？

江德福看了一眼江亚菲，不得不说：你没有！你没做过对不起我的事！

江亚菲：妈，你别打岔，让我爸说，让我爸坦白！

江德福：我坦白什么？我还用坦白？我这辈子，除了你妈，再没看上过别的女人！这点我敢打包票，以党性做担保！不像有的人，没有党管着，整天胡思乱想，异想天开！

安杰：你也别说大话！你真那么纯洁吗？还没看上过别的女人！那你第一个老婆算什么？不算女人哪！

江德福看了江亚菲一眼，像是说给她听的：那个不算！那是封建婚姻，父母包办的，不算数！

安杰：怎么不算数！儿子都有了，还不算数！怎么才算数呢？

江亚菲：哎呀妈，你可真能胡搅蛮缠！我跟我爸讨论正事呢，你老瞎搅和什么！看！忘了说什么事了吧！

江德福：说我看没看上别的女人的事！

江亚菲：对！就是这个事！你这一辈子，真的除了我妈，再没看上过别的女人？

江德福：这还要我说几遍？我出门在外，有党管着；回到家，有你妈管着，你说我还能看上谁？有机会胡来吗？有胆子胡搞吗？不光是我，你看看岛上那些叔叔伯伯们，有几个犯过生活作风的错误？堂堂的一个守备区，没几个吧？

江亚菲：那我姑父算不算？跟这个谈又跟那个谈，刚结婚又离婚的，好像口碑也不怎么样！

江德福：口碑不怎么样，也不代表他作风不好，那也不赖他！他就是想找个有文化的老婆，没这个命罢了！运气不好！

安杰没好气地：你运气好！

江德福：我当然运气好了！娶了你这么个能文能武的老婆，还这么漂亮！还是个青岛人！

江亚菲：又来了！又来了！又开始肉麻了！

8　早晨　火车站

火车慢慢驶入站台，安泰一家、安欣一家都在站台上接站。

江亚菲：嚄！规模不小！

江德福：你也不看看谁来了！

江亚菲上下打量着父亲，笑着：你是谁呀？不就是个离休老干部吗？

江德福：虽然离休了，但规格还在！尤其是在你妈的娘家，不信你问你妈！

江亚菲：我干吗问我妈，我又不是不知道！你替他们干了多少事！他们应该一辈子感谢你才对！

江德福：这话不假！（又问安杰）你同意吗？

安杰：人家这不是全体出动来接你了吗？

江亚菲：光接就行了？

安杰：你还想干什么？

江亚菲：他们应该举行盛大的宴会招待我们！是吧，爸？

江德福笑了：对！没错！

9　早晨　站台上

江德福一家下了火车，接站的人围了过来。

安泰：这车很准，正点到达，这可不容易。

安妻：你也不看是谁坐在车上！

安杰笑了：你可真会说！

安欣：她这是拍领导的马屁！

欧阳懿握住江德福的手，使劲摇着：司令！江司令！欢迎你解甲归田，荣归故里！

江德福笑了：这哪是我的故里！这是人家的故里！我是沾了人家的光，才捞着来的！

欧阳懿：不管是沾谁的光，我们都热烈欢迎！中午大哥家请客，给你们接风。晚上我请客，为你们洗尘！

江德福大笑：安排得还挺满的！亚菲，这下合你的意了！你放开肚子吃吧！

江亚菲不好意思了。

10　白天　安泰家

江德福视察了一番整个屋子，来到客厅坐下。

安妻：他姑父，喝口水！累了吧？坐了一夜车！

江德福：累什么，上去就睡，一觉天就亮了，火车就到了，真方便！

安妻：这么方便，这么多年，你也不回来一趟！

安泰：你净瞎说！真是妇道之言！他管着一个师呢，哪那么自由！

欧阳懿：再不自由，回来看看的时间总是有的！是不是，老江？

江德福点头：是呀，是，没错。

安欣：怎么你一张口，话就那么难听呢？你不会说话就别说话！

欧阳懿：实话总是不好听的！都不说实话，总得有人说实话吧！

安泰：真不该给你摘帽！免得你话这么多！

安欣：又不是你给摘的帽，你后悔什么！

大家都笑了。

11　白天　安泰家饭厅

一大桌的菜，很丰盛。大家挤着坐，很亲热，也很热闹。

安泰举杯站了起来：今天我们大家都很高兴，比过年过节还高兴！小妹一家回来了！

安妻插嘴：哪是一家呀，还没来全呢！

安泰：你别插话！他们是代表，代表他们一家！代表他们一家回来了！我很高兴，也很激动！激动得都不知说什么好了！我就什么都不说了，先敬一杯酒，欢迎你们回来！

安泰跟江德福、安杰等人一一碰过杯，一口将白酒干了。

江德福也一口喝完，亮了杯底。

安妻站了起来：我来敬一杯。他姑父，小妹，我特别高兴！真的，你们来我真的特别高兴！昨晚上老醒老醒的，都没睡好！他小姑父，我先敬你一杯！他小姑父，你知道吗？你是我们安家的贵人！大贵人！要是没有你，我们安家就完了！指不定怎么样了呢！不说别的，光说咱们的下一代吧，不都沾了你的光了吗？当兵的当兵，提干的提干，上大学的上大学，都有了好归属！这还不全靠你吗？来，他小姑父，我替在外地的孩子们，敬你一杯！我喝了，我全喝了！

安妻一口喝完，辣得眼泪都流出来了。江德福深受感动，也一口喝了。连安杰都动了感情，也把剩下的酒喝了。

欧阳懿说话了：我说诸位！都慢点儿喝！少喝点儿！晚上还得喝呢！

安妻：他大姑父，我们请客，你自己不喝就罢了，怎么还劝别人少喝呢？你这像话吗？

欧阳懿：我这不是怕他们喝多了，晚上没法去吃饭了吗！

安泰：晚上没法吃了，就明天去吃！这还不容易，他们明天又不走!

欧阳懿：洗尘的宴会哪能安排到明天！真是的！

安妻：怎么不能安排到明天？非都挤到今天哪？今儿晚上我包饺子，迎客的饺子，送客的面！我家迎客，你家送客！

安欣：这怎么行？不是都商量好了吗？你家中午，我家晚上，怎么又变了呢？我们都准备好了，饭店都订好了！

安杰笑了：你们别争了！我们一家一家地吃，非把你们吃烦了不可！

安欣：你放心！我们烦不了！就怕你们吃不了几顿就走！

安妻：就是！这次要多住些日子！行吗？他小姑父？

江德福笑了：行！这次我们就在沙家浜扎下去了！

全家大笑，其乐融融。

12　傍晚　西餐厅门口

一大家人站在西餐厅门口。

欧阳懿：老江，还记得这地方吗？

江德福笑了：怎么不记得？打死我也记得这个地方！这里不就是你想看我出洋相的地方吗？

欧阳懿也笑了：你出了吗？

江德福：怎么没出？我不会用刀叉，跟人家服务员要筷子，把她气得，在桌子下边直踢我！前几天还提这事呢，她还埋怨我给她丢人现眼呢！

大家都笑了。

欧阳懿做了个请的手势：司令请！

江德福也学着欧阳懿的样子：还是大舅哥先请吧！

安泰摆手：你是客人，你先请！

江德福笑了：那好，我就不客气了。在哪里摔倒，再在哪里爬起来！

13　白天　西餐厅

服务生迎了过来：先生，有预订吗？

江德福一愣：什么，你叫我什么？

服务生彬彬有礼：我称您先生。对不起，请问有预订吗？

江德福回头：你问他，先生，有预订吗？

欧阳懿一愣：你叫我什么？

江德福笑了：我叫你先生啊，进了这里，不都得叫先生吗？（又回头对服务生）是吧，先生？

服务生微笑着：您不用称呼我先生，叫我服务生就行了。

江德福：噢，是吗？还这么多讲究！

14　白天　西餐厅

大家入座。

江德福问身边的安杰：服务生刚才称呼你什么了？

安杰没明白：没称呼我什么呀。

江德福：他没跟你打招呼吗？

安杰：没有哇。我们一帮人就那么进来了，跟着你们的后边就进来了。

江德福举起胳膊，故意要喊人。

安杰急了：你干吗？

江德福笑：我叫服务生啊。

安杰：还没开始呢，你等一会儿要筷子！

江德福：我要什么筷子呀！我今天就用刀叉吃！我是叫他来，问问该怎么称呼你们这些妇女！

安杰：你干什么？激动得出毛病了？

江德福：我又不是没吃过西餐，还至于激动得出毛病！刚才我进来的时候，服务生喊我先生，吓了我一跳！我这辈子什么都当了，就是没当过先生！头一次当，还怪紧张的，让他吓了我一跳！

欧阳懿：他又转过头来，叫我先生，也把我吓了一跳！以为他在讽刺我呢！没想到是鹦鹉学舌！

江亚菲来劲了：是吗？这里管你们叫先生？那管我们叫什么呀？

江德福：是呀，我这不也想知道嘛！

江亚菲：姨妈，你知道吗？

安欣：我哪知道呀，我很少到这种地方来，这么多年了，我也是头一次来开洋荤。

江亚菲：哎呀，青岛让你待着可惜了！

安欣：谁说不是！我这种人，还是应该待在岛上压面条！

服务生开始一份一份地上菜了。

江亚菲捅了捅母亲：自己吃自己的呀？

安杰看了她一眼：是呀，你想跟我合起来吃吗？

江亚菲笑了：不是，我有点儿紧张。

安杰：终于有你能紧张的地方了，不简单！

江亚菲：你别这样，看在党国的分儿上，拉兄弟一把！

安杰笑了：那你就虚心点儿！老老实实地跟着我学！我怎么吃，你就怎么吃！

江亚菲点头：一定！一定！

欧阳懿举起了盛着红酒的高脚杯:诸位,肃静!

安欣:没人不肃静,你站起来说!

欧阳懿:你懂什么,吃西餐的时候,敬酒不用站起来!

安欣:洋鬼子这么不懂礼貌!他们不懂,你也不懂吗?

欧阳懿:你哪这么多废话呀?你知道什么?这叫入乡随俗!吃人家西餐,就要讲西方的礼节!

安泰:管他哪的礼节,你快开始吧!

大家都笑了。

欧阳懿:诸位,肃静!达令,这时候说肃静没错吧?

安欣笑了:你爱说就说吧!

江亚菲小声问母亲:姨父叫我姨什么?

安杰也小声:叫她达令。

江亚菲:什么意思?

安杰:亲爱的意思!

江亚菲:哎呀!更肉麻,真恶心!

安杰笑了:你姨都不恶心,你恶心什么!

欧阳懿敲了敲桌子:不要交头接耳,要肃静!

安欣:你娘俩在那说什么呢?

安杰:她问我什么是达令。

江德福:就是,我也正想问呢,正纳闷呢!

安杰笑着:你问他!谁说的你问谁!

江德福认真地望着欧阳懿。

欧阳懿有些难为情:这是英文,亲爱的意思。

江德福哈哈大笑。

欧阳懿:你笑什么,有什么可笑的?

江德福笑够了：我知道是什么意思，我逗逗你！

欧阳懿：你怎么会知道？

江德福：《金陵春梦》里的蒋介石，不老叫宋美龄达令吗？

大家都笑了，欧阳懿很是扫兴：第一杯，大家都干了吧！

安妻逗欧阳懿：他大姑父，你也不说清楚，这第一杯是为什么干呢？

欧阳懿：为了安家的贵人！行了吧？

大家又笑了，都干了。

一道道菜品陆续上来，江德福刀叉用得很熟练。

欧阳懿一脸吃惊：我说老江，看不出来呀！

江德福：你看不出来什么？

欧阳懿：看不出你刀叉什么时候用得这么熟练。

江德福：什么都让你看出来，那还了得？

江亚菲：爸，真的，你什么时候学会吃西餐的？

江德福：我怕你姨父再笑话我，来以前偷偷练的！

江亚菲：什么呀！

安杰：你爸每年到军区开会，都有人请他去吃西餐！

江亚菲：真的？

江德福：那还有假？每次别人请我吃饭，问我想吃什么，我就说想吃西餐！他们只好请我吃西餐。都说我是狗长犄角，闹洋事！

15 晚上 安欣家

江德福和安杰准备睡觉。

安杰：这房子可真小。

江德福：行了,人家把自己睡觉的屋子都让给你了,你就知足吧！

安杰：唉，哪儿也没有自己家好！还是自己家住得痛快。

江德福：这里不是青岛嘛！不是城市嘛！

安杰：你少阴阳怪气的！关灯！睡觉！

16　早晨　安欣家

江德福要上厕所，厕所门关着。

安欣跑了过来：睡得好吗？

江德福：睡得不错！

安欣敲厕所的门：哎，你快点儿！

里边水箱响，门开了，欧阳懿穿了一身丝绸睡衣出来了：早晨好！早安！

江德福：你别狗长犄角了，快让开！

江德福进了厕所，关上了门。

17　早晨　安欣家厨房里

欧阳懿进了厨房，见早饭准备的是牛奶和面包，就开始摇头：这样的早饭可不行！江大人又该说狗长犄角闹洋事了！

安欣笑了：刚才这样说你了吧？

欧阳懿：我越来越喜欢这个老江了，他比你哥可强多了！

安欣：当然了！我哥给你帮什么忙了？人家老江给帮什么忙了！没有人家老江，你的一对儿宝贝女儿能上大学？能当军官？

欧阳懿：我不是这个意思！我可不像你嫂子似的，他小姑父长、他小姑父短的，真俗！俗不可耐！

安欣：虽然俗，但人家是真心实意的。

欧阳懿：难道我不是真心实意的吗？昨儿晚上吃了我一个月的工

资,我说什么了吗?

安欣:你这不是在说吗?

欧阳懿:我不是心痛,我是表决心,我准备等他们临走的时候,再请他们吃一次西餐,换个地方,吃更贵的!下次吃两个月的工资!

安欣笑了:我没意见!吃什么、花多少钱,我都没意见!

18　早晨　安欣家

早餐很丰盛,又是牛奶面包,又是稀饭油条的。

江德福说安杰:你看你姐姐做的这早饭,再看看你!真是不比不知道,一比吓一跳哇!

安杰:你吓什么一跳?

江德福:原来人家老欧过的是这种生活!

大家笑了,开始吃饭。

欧阳懿:今天有什么安排?

江德福:你们上你们的班,别管我们,我们一家三口出去随便转。

安欣:那哪行啊!我都请好假了,我陪你们。

安杰:不用不用!有你跟着我们反而不自在了。

安欣去看欧阳懿。

欧阳懿:算了,我们恭敬不如从命吧!

19　白天　炮校大门口

一家三口站在大门口。

江亚菲:真想不到,爸爸会是从这里毕业的!

安杰:怎么会想不到呢?

江亚菲:天天听你嫌我爸没文化,说人家是大老粗,我们还真以为爸爸没上过学呢,哪想到人家是从这儿毕业的!

江德福:你看看你,在孩子们的心目中给我造成了多坏的影响。

江亚菲:就是!爸爸,想不到你很厉害嘛!

江德福:就是!你爸爸本来就很厉害!走!爸爸带你进去参观参观!

没想到,门卫不让进。

门卫:同志,请出示证件。

江德福:什么证件?

门卫:学校的工作证,或者是出入证。

江德福:我是从这个学校毕业的,我回来看看,还用什么证件!

门卫:对不起,没有证件一律不许进,这是规定!

江德福:这是哪儿规定的?

门卫:学校规定的。同志,有事请到传达室去交涉。

江德福气得没脾气。

安杰笑了:算了,别进去了。

江德福:不行!老子今天非进去不可!

江德福进了传达室。

江亚菲:我爸从来没受过这种气。

安杰叹了口气:唉,以后这种气多了。

江亚菲笑了:我爸没问题!受了你那么多年的气,这点儿气算什么!

安杰:你这丫头,越发口无遮拦了!

江德福同一个干部模样儿的人出了传达室。

江德福:走!走吧!进去吧!

20　白天　校园内

年轻干部：首长，咱们先上哪儿？

江德福：你先把我们送到肖校长家吧。

年轻干部：那好，首长这边请。

21　白天　丛校长家

江德福敲了半天门，都没人应答。

江亚菲：是不是不在家呀？不在更好，咱们走吧！

门开了，出来一个满头白发的老太太。

老太太：你们找谁呀？

安杰上前：杨书记，杨大姐！

杨书记眯起了眼睛：你是……

安杰：我是安杰呀！他是江德福！

杨书记恍然大悟：天哪！原来是你们哪！你不说，我还真认不出来了呢！

江德福：现在认出来了吧？

杨书记：认出来了！认出来了！你变化大，人家小安没怎么变，还是年轻时的模样儿！快进屋！快进屋！

江亚菲悄悄对安杰说：看把你美的！

安杰冲她笑。

江亚菲：可能吗，人家这是客气！您千万别当真！

22　白天　肖校长家客厅

大家坐在沙发上，肖校长不管不顾地看着电视。

杨书记：老糊涂了，不认人了！

电视声音太大，杨书记把声音调小。

肖校长：听不见了！

江德福笑了：这不还行吗？

肖校长扭过头来：你是谁呀？

江德福赶紧回答：校长，我是三区队的江德福哇！

肖校长点点头：噢。

肖校长继续看电视。

杨书记大声地：多会儿来的？

安杰也大声：昨天刚来，今天就跑来看您！

杨书记：谢谢！谢谢你们还没忘了我们，还跑来看我们！

安杰：杨书记，您这说到哪儿去了。

江德福：就是！当初没有你跟校长介绍，我俩谁认识谁呀！

杨书记笑了：看样子，我这个媒人是当对了！

江德福：当然对了！我们一辈子都感激你跟校长！

肖校长又扭过头来：你是谁呀？

江德福赶紧回答：校长，我是江德福呀！

杨书记：别理他了，他记不住！他会没完没了地问你。

肖校长又问：你是谁呀？

江德福笑了：我是江德福！

肖校长：噢。

肖校长又扭过头去看电视。

杨书记：小安，你今年多大了？

安杰：大姐，我马上就五十了，您还叫我小安！

杨书记：你就是八十了，在我眼里也还是小安！

安杰笑了：是啊，我在您眼里，永远都是小安！

杨书记：可不是嘛！你还敢在我面前称老安？

安杰赶忙摆手：不敢！不敢！我可不敢！

杨书记笑了：小安，你还这么怕我吗？

安杰也笑了：可不嘛，我还是有点儿怕你！

杨书记更美了：你那时到底怕我什么呢？

安杰半真半假地：杨书记，我怕你对我实行无产阶级专政啊！

肖校长又扭头问：你是谁呀？

23 白天 操场

一家三口在操场漫步。

江德福：那天下午，我在这儿打篮球。肖校长把我叫到一边，问我，有个叫安杰的女人，长得很好，但成分不好，你敢要吗？

江亚菲：你怎么回答的？

江德福：我二话没说，就说了一个字"敢"！这有什么不敢的？

江亚菲笑了：这可不是一个字，这是许多字！妈，是这样吗？

安杰也笑：听你爸吹牛！

江德福：吹牛干什么？当初为跟你妈结婚，我差点儿被一撸到底，赶回老家去！你问你妈有没有这事！

江亚菲：有吗？

安杰含笑点头：有。

江亚菲扭过头去，望着父亲，学着肖校长的口气。

江亚菲：你是谁呀？

江德福笑了，大声地：我是三区队的学员江德福！

江亚菲：哎呀！我爸简直是老夫聊发少年狂了！

安杰撇嘴：你爸更年期了！

江德福：扯淡！更年期是女人得的病，我哪会得那种病！

江亚菲：爸，这你就不懂了。男的也有更年期，只是比女的少罢了。但一旦发作起来，比女的可厉害多了！就像您现在这样，哪是更年期呀，简直是神经病！（学肖校长）"你是谁呀？"

24　白天　商场

熙熙攘攘的商场里，一家三口大包小包地采购着。

江德福在男装部试上衣，试了这件试那件，热情高涨。

安杰和江亚菲坐在一旁看着。

江亚菲：我爸这是怎么了？

安杰：你不是说他是更年期吗？

江亚菲：更得够厉害了，我都快不认识他了！

安杰扭过头来，江亚菲正好也扭过头来看她，两人相视一笑。

江亚菲：他是谁呀？

25　白天　商场门口

江亚菲蹲在门口，不肯再逛了。

江亚菲：爸爸，我求求你，咱别逛了！

江德福：不逛哪行啊？还没给你姑父买到衣服呢！尺寸都要来了，不买行吗？

江亚菲：那刚才为什么不跟你的一起买呢？

江德福：我俩哪能买一样的？我俩又不是双胞胎！

江亚菲带了哭腔：哎呀，你什么时候变成这样了？毛病这么多！

江德福：我这还叫毛病多？我跟你姨父比，好多了！

江亚菲：你为什么要跟他比呀？为什么非要跟那个"右派"比呀？

江德福：你不是说他活得潇洒吗？不是说他别具一格吗？我怎么就不能潇洒一点儿，别具一格点儿呢？

江亚菲抬起头来，看了他一眼，有气无力地问：你是谁呀！

江德福笑了：好了，快起来吧，最后一家！

26　傍晚　最后一家商场

下楼的时候，江德福眼前一亮。那娘俩顺着他的目光，看见了模特身上的一套丝绸睡衣。

江德福围着穿睡衣的模特转。

安杰：你干吗？

江德福：老欧好像穿的就是这个！

安杰：这叫睡衣！

江德福：我还不知这叫睡衣！

安杰：你想干什么？

江德福：我想穿！

安杰：你不是不穿这些玩意儿睡觉吗？你不是嫌麻烦吗？

江德福：那是过去！现在我又想穿了！

安杰：亚菲！拿钱！给你爸买！

江亚菲：爸，你这才是狗长犄角呢！

江德福：我知道，闹洋事！

27　傍晚　商场门口

华灯初上，一家三口大包小包地出来了。

江亚菲：唉！我们这才是日出而作、日落而息呢！早知这样，打死我也不跟你们出来呀！

江德福笑了：还是个当兵的呢，动不动就叫苦连天！你看你妈！

江亚菲：妈，你不累吗？

安杰：我怎么不累？我累得说话的劲儿都没了！

江亚菲望着父亲：你说话算话吗？

江德福：什么话？

江亚菲：带我们到青岛最好的饭店去吃饭！

江德福：就这事呀？我当什么话呢！走！咱们打个出租车，让出租车带咱们去！就去青岛最好的饭店！

江亚菲招来一辆出租车。

司机：上哪儿？

江亚菲：到青岛最好的饭店！

司机：上来吧！

28　傍晚　饭店

司机停了车：这就是青岛最好的饭店，五星级！

三人下了车。

江亚菲：这就是五星级饭店呀？

江德福：嗯！

江亚菲：你去过五星级饭店？

江德福：没去过。

江亚菲：那你嗯什么！

江德福：我没去过五星级饭店，但我去过军区二招哇！

江亚菲：快别提你那军区二招了！招待所能跟五星级饭店比吗？真是的！走！进去看看！

安杰：进去看什么！有什么可看的！不就是个饭店吗！你们不饿吗？快找地方吃饭吧！

江亚菲：这里没有吃饭的地方吗？难道只住人不吃饭吗？

安杰：这儿的饭哪能吃啊！死贵死贵的！

江亚菲扭头去看父亲：这不是青岛最好的饭店吗？

江德福似乎有畏难情绪，一个劲儿看安杰。

江亚菲：你看我妈干吗？是你请客还是我妈请客？

江德福：我的钱都在你妈那！

江亚菲：那你说什么大话呀？你一个大司令，什么话不能说？偏要说大话，多掉价呀！

江德福一咬牙：娘的！进就进！跟我来！

江德福带头往里走，安杰站在那不动。

江亚菲又开始做工作：你看你，还是个资本家的小姐呢，还不如人家苦大仇深的劳动人民！人家都不怕，你怕什么呀？你还号称是见过世面的人，你在海岛上待傻了吧？怎么待得小家子气了？一辈子不就吃这么一顿吗？还能把你吃穷了？

安杰被说生气了，脚一跺，往里走了。

29　晚上　大堂内

母女二人进来，江德福过来了。

江德福：我都问了，这饭店里好多吃饭的地方，什么饭都有！中国的、外国的，想吃什么有什么！最高一层有个旋转餐厅，吃自助，自助餐！

江亚菲：哎呀！那就上最高一层！上旋转餐厅！吃自助餐！

安杰：贵不贵呀？

江亚菲：妈！

30　晚上　电梯内

三人在电梯内，江亚菲伸手去摸父亲的胸口。

江德福：干什么？

江亚菲：我看你心跳得厉害不厉害。

江德福：厉害吗？

江亚菲：不厉害。大气！佩服！

江德福：你爸我是面不改色心不跳！

江亚菲：要不怎么说您有大将风范呢！

江德福：那当然了！

安杰：还那当然了，她把你的钱都骗没了，你还那当然了！

江亚菲：别听她的，她这是挑拨离间！

江德福：那当然了！

31　晚上　旋转餐厅

电梯开了，一家三口笑着出来。门口迎接的服务员弯腰迎候，齐声喊"欢迎光临"，将江德福和江亚菲吓了一跳。

进了餐厅，服务员在前边领位，江亚菲在后边由衷地夸奖安杰：妈，不一样就是不一样！你看我和我爸，像土包子似的，被吓得直哆嗦。再看看您，跟这里是你家的食堂似的！

32　晚上　餐厅内

三人坐下，环顾四周，望着脚下的车水马龙，都很兴奋，江亚菲尤甚。

江亚菲：哎呀，我这是有生以来第一次在这么高的地方吃饭！

江德福：我也是！

安杰：你不是！你不是在飞机上吃过饭吗？

江德福：那也算吗？

安杰：当然算了！不是说在最高的地方吃饭嘛！

江亚菲：行啦，妈！那是我爸的光荣，又不是你的光荣！用得着你这么记忆犹新嘛！

安杰：你爸的光荣，就是我的光荣！你懂什么！

江亚菲：对，我不懂！我不懂！我不懂的地方多了！请问，可以吃了吗？

安杰：当然可以了！

江亚菲：不用我们点菜吗？

安杰：当然不用了！自助餐自助餐，顾名思义，就是自己拿自己吃，自己顾自己！

江亚菲也笑了：这么说，我可以不用管你们了？

江德福：好像你一直都在照顾我们似的！

江亚菲拿起面前的盘子就走。

安杰：不用！不用拿这个盘子。那里有盘子，什么都有！

江亚菲高兴地走了。

江德福也站了起来。

江德福：你不去吗？

安杰：都走了，谁看东西！你先去吧，回来我再去！

33　晚上　取餐台

江德福到处转着找盘子。服务员走了过来：先生，请问您找什么?

江德福没好气：你们把盘子藏哪儿了?怎么找不着?让我们怎么吃?站在这儿吃吗?

服务员笑了：对不起先生，盘子在这儿。

江德福看见了在餐台下放着的盘子：放到这儿，谁能看得到?

江德福和江亚菲碰上了。

江亚菲小声地：爸，多拿点儿!

江德福也小声地：我又不傻，还用你说!

34　晚上　饭桌

江亚菲和江德福一前一后满载而归。

安杰倒吸了一口冷气，马上朝四周看。

江亚菲：妈，你到处看什么?

安杰：哎呀!祖宗!谁让你们拿这么多的?

江亚菲：谁也没拦着我们呀。

安杰：没人会拦着你们!但人家会笑话你们!

江亚菲：笑话我们什么?

安杰：笑话你们一下子拿这么多!

江德福：谁爱笑话让他们笑话去!又没花他们的钱!

江亚菲：对!说得对!

父女俩坐下大口吃起来。

安杰坐在他们对面，不忍目睹。

江德福：你这么看着我们干吗?

江亚菲：就是!我们丢了你的人吗?

安杰：我不跟你们进来就好了!

江亚菲：说什么都晚了！唯一可以弥补的，您可以装着不认识我们！

江德福：对！你干脆坐别的地去吧！大家都眼不见，心不烦！

江亚菲：对！说得太对了！

安杰"哼"了一声，站起来走人。

江德福：毛病！

江亚菲：是毛病！哎呀，还有这个？我怎么没看见？让我吃点儿！

35　晚上　取餐台

安杰在矜持地取餐，每样饭菜只取一点点。

36　晚上　饭桌

安杰回来了。

江亚菲：哎呀！妈！说你胖，你还真喘上了！说这是你家的食堂，你还真信了？过了这个村，就没这个店了！这里没人认识你！你不用这么优雅！再说，你是花了钱的，用不着这么客气！在外边还嫌贵，心痛得死活不愿进来！进来了吧，又在这儿装大方！像你这个吃法，那不得亏死！

江德福：就是！死要面子活受罪！

安杰：你们吃你们的，少管我！

江亚菲：我们当然要管了！你这么个吃法，浪费的是咱家的钱！

江德福：你少说两句，多吃点儿，把你妈那份儿也吃出来，不就行了！

江亚菲：那你也多吃点儿！咱俩一起替她吃回来！

江德福：行！就这么办！

江亚菲和江德福在餐厅走马灯似的穿行着，一副任重道远的样子。

37　晚上　取餐处

江亚菲端着盘子与江德福不期而遇。

江亚菲：我实在是吃不动了，怎么办？

江德福：吃不动就别吃！还能撑死咱吗？

江亚菲：回去咱多吃点儿酵母片。

江德福：那可不能让你妈知道！

江亚菲笑了：那是当然的了！

38　晚上　饭桌

江亚菲端了一点儿东西回来了。

安杰：怎么就拿了这么点儿？这不亏呀？再去多拿点儿！把我那份儿也拿上！

江亚菲有气无力地笑了。

安杰：怎么？连笑的劲儿都没了？刚才那么多东西都吃哪儿去了？

江德福端了一盘地瓜和玉米回来了：怎么没看见这些好东西！

江亚菲：妈呀！你还能吃？

江德福：咱俩吃，你帮我一起吃！

江亚菲：对不起，我实在吃不进去了！现在哪怕是一粒玉米粒，也能把我的胃撑爆！

江德福对安杰：那你帮我吃点儿！

安杰：我不吃这个！谁在五星级饭店吃这个！哼！

安杰站起来走了。

江德福：毛病！

江亚菲：爸，我妈说得对，你是傻得有点儿厉害。你怎么会在这种地方吃这些东西呢！

江德福用筷子戳着地瓜，也是吃不动了的样子：这不是从小吃惯了这些东西吗？见了它们就觉得亲！不吃好像对不起它们似的！

江亚菲笑得趴在了江德福身上。

安杰端了一杯咖啡回来。

江亚菲：哎呀，还有咖啡呀？

安杰：对呀，你不来一杯？

江亚菲摇头：不了，我是心有余而力不足了！

安杰抿了口咖啡，望着脚底下的城市，感觉良好。

安杰：唉！这钱花得值！

江亚菲以为母亲是在讽刺他们。

江亚菲：当然值了！我们超额完成了任务！

安杰白了她一眼：你们超额不超额，关我什么事！

江亚菲：妈，你可真没良心！我们是为你才撑成这样的！

安杰：谢谢你们！你们活该！

江亚菲：真是好心没好报！

安杰说江德福：不要浪费！你把它都吃了！

江德福歉意地对她笑笑。

安杰：你别笑，我说的是真的！想想你小时候，不是连地瓜也吃不饱吗？见了地瓜不是比见了亲爹亲娘都亲吗？

江德福内疚地低下了头。

江亚菲：爸，别理她，也别吃。你要是吃了，就上了她的当了！

江德福：我想上她的当，但我确实是吃不下了！

安杰笑了：我看你是忘本了！哎，咱们回你老家看看去吧？

江德福和江亚菲互相看了看，都不敢相信这是真的，都以为这是安杰在继续讽刺。

安杰认真地：真的！我说的是真话，不是开玩笑！反正我们出来了一趟，还不如转个遍呢！再说，我也没回过你们老家，从来没回去过！我也想去看看，你们老家到底什么样儿，有你们说的那么好吗！

江亚菲：妈，这是真的？不是开玩笑逗我们玩吧？

安杰笑了：你俩有什么好玩的？还值得我逗！

江亚菲：妈，你这个提议太好了！虽说是晚了二十年，但革命不分先后，觉悟总比不觉悟好啊！爸，你说对不对？

江德福拿起一个地瓜，开始扒皮：我不能浪费这些东西！要回老家了，更不能浪费了！

江亚菲：爸，你不要命了？

江德福：不要命也要把它们吃下去！

第三十四集

1 晚上 大堂

一家三口往外走。

安杰环顾着富丽堂皇的大厅,感慨万分:这是我生平到过的最好的饭店!

江德福高兴地:是跟我来的吧?

安杰:是!

江德福:想不到我在青岛,还能占上个"之最"!

2 白天 长途汽车

一家三口坐在一起,兴致勃勃地望着窗外大片的麦地,田里农民们在收割麦子。

江亚菲:我特别特别想割割麦子!

江德福:这还不好办?回老家有的是麦子让你割!

安杰:我也想割!

江德福:行!你俩都下地去割!都去割麦子!

江亚菲：那你呢？你干什么？

江德福：我搬把椅子坐到地头，看着你们，不许你们偷懒！

江亚菲笑了：那你不成了地主老财了？

安杰：地主老财还用下地看着？那是狗腿子们干的事！

江德福：哎，你怎么对剥削人的事这么清楚？

江亚菲：那是！你也不看看我妈是在哪儿长大的！

汽车驶入江德福的家乡，江德福激动得像个孩子，大叫：看！进了咱老家的地界了！

安杰拍了他一下：你小点儿声！别人都看你呢！

江德福：看我怕什么？我还怕人看！

江亚菲笑了：你是怕别人不看！怕别人不知道你回到日思夜想的家乡了！

江德福点头：嗯，亚菲这话说得对！

江亚菲又伸出手去摸父亲的胸口：我看看你的心跳。

江德福：跳得厉害吧？

江亚菲点头：是够厉害的，怦怦的！爸爸，你要镇定，少安毋躁！

江德福指着车窗外：看，咱老家多好！

江亚菲半真半假：嗯，是够好的！妈，你说呢？

安杰点头：不错，比想象的好！

江德福：你把我们这儿想象成什么地儿了？

江亚菲笑了：那还用问吗？肯定是穷山恶水出刁民的地儿了呗！

安杰：净瞎说！

江德福：简直是睁着眼说瞎话！这是穷山恶水吗？胡说八道！刚才我还在想，干脆回老家来养老得了，落叶归根嘛！

3 白天 长途车站

三个人站在简陋的汽车站找不着东南西北。

安杰：咱们是先到卫民那儿，还是先回你们村？

江亚菲：当然要先回我爸他们村了！你没见我爸归心似箭吗？

安杰：你住嘴，听你爸的！

江德福：还是先到卫民那儿吧！我有点儿转向了，还是让卫民带我们回去吧。

江亚菲：爸，你这也太不应该了！回自己家乡了，怎么晕头转向了呢？

安杰：你这孩子！哪那么多的废话！真讨厌！

江德福点头同意：是够讨厌的了！

4 白天 拖拉机厂大门口

江亚菲向门口一个老头儿打听江卫民，老头儿直起腰来，上下打量着她：你是他啥人？

江亚菲：俺是他妹妹！

老头儿扭头朝院子里喊：江卫民，有人找！你妹来了！

江亚菲笑了：谢谢啦！

老头儿又看了她一眼，什么也没说。

江卫民穿着脏兮兮的工作服跑了出来，惊喜地：哎呀！爸，妈！你们怎么来了？

安杰高兴地：我们就不能来看看你？

江卫民：没想到！一点儿没想到！

江亚菲背着手：哎！江卫民！我不远万里来看你，你怎么连个招呼也不打？刚当了几天工人，就目中无人了！

江卫民：工人有什么了不起？还目中无人！

江亚菲：工人阶级是领导阶级！工人阶级领导一切！你是咱们家的领导人！

江卫民：什么领导人！我是咱们家的替罪羊！

江亚菲：行啦！别得了便宜卖乖了！你给我们带路，回咱爸的老家光宗耀祖去！

江卫民：原来你们不是来看我的？

安杰：怎么不是看你的？我们主要是来看你的，顺便来看看你爸他们老家！

江卫民：什么顺便呀！你们骗傻子吧！

江亚菲笑了：这年头，工人阶级也小心眼了，吃起农民兄弟的醋了！

5　白天　公共汽车上

破破烂烂的汽车上，挤得满满的人。江德福一家被挤得东倒西歪的，狼狈不堪。

6　白天　村头

汽车停下，一家人好不容易挤下车。安杰头发都乱了，她也顾不上整理，弯腰在那大口往外吐气。

江卫民担心地：妈，你怎么了？

安杰拍着胸口：哎呀！熏死我啦！

江亚菲在一旁冲着父亲笑。

江德福小声地：毛病不少！

江亚菲也小声地：你才知道她毛病不少呀？

安杰：你俩说什么呢？

江亚菲：我俩夸你呢！夸你平易近人，夸你不远万里来到这里！

江卫民：江亚菲，你怎么这么贫呢？

江亚菲：江卫民，你怎么才知道呢！

一家人往村子里走。

江卫民：爸，你要到谁家去？

江德福站住了。

安杰：对呀，你总得有个落脚地吧？

大家都望着江德福。

江德福：不知二大娘还在不在了。

江卫民：是不是王燕凤她奶奶？早不在了！八百年前就死了！

江德福很不满意江卫民的态度和口气，瞪着他。

江卫民：你瞪我干吗？快说，还有谁！

江德福没办法，只好又认真地想。

江德福：有一个叫小棍子的人，从小我俩特别好。

江卫民：叫什么？大名叫什么？

江德福：我忘了他大名了，只记得都叫他小棍子。

江卫民：那进村找找去吧！

7 白天 村子里

村子里冷冷清清的不见一个人。

安杰：奇怪，怎么会没人呢？

江卫民：麦收的时候，都下地收麦子去了，哪还有闲人！

江德福恍然大悟：可不是嘛！这是农村最忙的时候！

江卫民：那你们还挑这时候来！

从一个院子里出来一个半大的男孩儿,奇怪地盯着他们看。

江卫民:哎,小孩儿,问你个人!

男孩儿:问啥人?

江卫民:知道谁叫小棍子吗?

男孩儿:小棍子?没听说这个人。谁叫小棍子?

江卫民笑了:这不问你嘛!

男孩儿:俺哪知道谁叫小棍子!俺村没这人!没叫小棍子的!

江卫民回头问父亲:你都听见了吧?

江德福:那,那六指呢?有叫六指的吧?

男孩儿点头:有!有叫六指的!

江德福:他住在哪儿?

男孩儿调皮地:他住在坟里头!去年他就死了!埋在坟里了!

江亚菲扑哧一声笑了,又赶紧捂上嘴。

安杰:那,王燕凤在吗?

男孩儿一愣,扭头进了院。

安杰自语:真没礼貌!

江亚菲扭头去看父亲。

江德福:你看我干啥?

江亚菲笑着:我妈说你老乡的坏话!

院门大开,出来一个胖女人。胖女人一见他们,马上扑了上来。

胖女人:俺娘吔!俺说是谁找俺呢!原来是三大爷!三大娘!你们咋来了?

安杰:你是,是燕凤?

王燕凤:可不是俺嘛!俺是不是变得认不出来了?

安杰:认得出来!认得出来!

江德福：燕凤！你比过去更胖了！

王燕凤：俺也没吃啥好的，不知这肉是咋长出来的！快进家吧！进家说！

8　白天　王燕凤家院子

王燕凤家人来人往，江德福高兴得满脸放光，安杰也显得很高兴。被冷落的江亚菲无事可干，信步走到了院外。

9　白天　王燕凤家大门口

门口停了辆没熄火的拖拉机，江卫民正跟开拖拉机的小伙子聊天。小伙子见江亚菲盯着他看，有些不好意思，说了句："俺还有事，俺先走了！"说完便开着拖拉机一溜烟跑了。

江卫民：你看你跟妖魔鬼怪似的，把人给吓跑了！

江亚菲：你怎么认识这里的人呢？

江卫民：我们在毛泽东思想宣传队认识的，这小子会吹笛子，吹得可好了。

江亚菲笑了：人家会吹笛子，进了宣传队，你呢，你会干什么？你能干什么？

江卫民也笑了：我的普通话说得不是比他们好吗？我负责报幕，还有诗朗诵！

江亚菲：你还能报幕？你报一个我看看！

江卫民立正站好：下一个节目，笛子独奏——《贫下中农运粮忙》。

江亚菲笑出了声。

江卫民：别笑了！给你透露个秘密，你知道王燕凤的男人是谁吗?

　　江亚菲:是王燕凤的男人呗!

　　江卫民:跟你说正经事,你正经点儿!你知道他是谁的弟弟吗?

　　江亚菲:谁的弟弟?

　　江卫民:江昌义的弟弟!他是江昌义同母异父的弟弟!

　　江亚菲瞪着眼:江昌义不是跟咱们同父异母吗?

　　江卫民笑了:跟咱们是同父异母,跟他是同母异父!

　　江亚菲眨着眼,算不过账的样子。

　　江卫民更笑了:你怎么这么傻呀?这么点儿事也掰扯不开!也就是说,他跟王燕凤的男人是一个娘!跟咱们是一个爹!

　　江亚菲还迷糊着:这么说,咱们跟他也有关系了?有亲戚关系?

　　江卫民:要按农村人的讲究,咱们是该叫他二哥。

　　正说着,二哥提了个脏兮兮的塑料桶跑出来了。

　　二哥:咋不进家坐?进家喝水去!

　　江卫民:大哥,干啥去?

　　二哥:上供销社打白酒去!

　　二哥跑走了,江亚菲"哼"了一声。

　　江亚菲:想不到你的嘴还这么甜!

　　江卫民:我这不是给你做示范嘛!

　　江亚菲又"哼"了一声,进了院子。

　　过来一个小脚老太太,站在大门外往里看。江卫民奇怪地看着她,她也好奇地看着江卫民。二哥回来了,一见那老太太,大吃一惊的样子,跑到老太太跟前。

　　二哥:娘,你咋来了?你来干啥?

　　老太太:俺想看看你三叔变成啥样儿了!

二哥见江卫民紧盯着他们,压低了声音,不知跟老太太说了些什么,老太太失望地离开了。江卫民赶紧进了院子。

10　白天　王燕凤家院内

江卫民进来,见江亚菲正跟安杰耳语着,安杰脸上是吃惊的表情。江德福见了安杰的表情,似乎有些担心了。

江卫民招手,江亚菲过来了。

安杰见江卫民跟江亚菲说了些什么,江亚菲撒腿往外跑,江卫民也跟了出去。安杰不安地看了江德福一眼,江德福更担心了。

11　白天　王燕凤家院外

江亚菲和江卫民跑出来,看见了老太太蹒跚的背影,江亚菲看了江卫民一眼,江卫民一点头,江亚菲撒腿追了过去,江卫民也跟了过去。

两人跑到老太太前边几米开外的地方停下来,转过身来,假装漫不经心的样子,上下打量着老太太。

老太太似乎满怀心思,闷着头走自己的路。老太太走远了,江亚菲长出了一口气。

江亚菲:哎呀,这就是爸爸的前妻呀?这也太老了吧?她比爸爸得大十岁吧?怪不得爸爸要离婚呢!

江卫民:农村人显老。再说,爸爸跟人家离婚的时候,人家也没这么老!

江亚菲:你的意思是,爸爸不该跟她离婚?

江卫民:我没这个意思。

江亚菲:你有这个意思!我听出来了!

江卫民摇头：唉！真是欲加之罪，何患无辞啊！我只不过是下过乡，跟贫下中农有了一定的感情罢了！

江亚菲上下打量江卫民。

江卫民：你看我干吗？

江亚菲冷笑：你为什么不是贫下中农生的呢？爸爸要是不离婚就好了，那样的话，前边那个人就是你娘了！

12　白天　王燕凤家院子里

饭菜上桌了。

安杰小声问：在哪儿洗手？

江德福四下里看了看，院里没有洗手的地方，他又看了眼屋内，帮忙的人进进出出乱哄哄的，似乎也不方便。

江德福也小声地：你就凑合一顿吧，不洗手死不了人！

安杰用眼白他。

江德福笑了：再白我，把你眼挖出来！

安杰：回到你老家，你长本事了！

江德福：那当然了！这儿都是我的人！都跟我沾亲带故，你还是小心点儿好！

安杰：你还不知道吧？你大儿子同母异父的弟弟也在这里呢！

江德福吃惊的样子。

安杰：你不想知道是谁吗？

江德福不得不问：是谁呀？

安杰：喏！在那呢！

江德福望着王燕凤的丈夫不说话了。

安杰干笑了一声，站了起来。

王燕凤跑了过来：三大娘，有啥事吗？

安杰：在哪儿洗手哇？我想洗个手。

王燕凤：哎哟哎哟，我咋把这个忘了！饭前便后要洗手！你在这儿等着，我去给你端盆来！

13　白天　王燕凤家

王燕凤跑进家，拿起脸盆，发现脸盆很脏，又放下，提起水桶，从水缸里舀水。

14　白天　王燕凤家院子

王燕凤用水瓢冲水给安杰洗手，江德福看得直皱眉头。

江亚菲凑了过来：爸，还是您家乡的人好哇！

江德福警惕地看了她一眼，没说话。

江亚菲：爸，该看的人您都看过了吗？

江德福看着她，还是不说话。

江亚菲：有没有漏掉的人？

江德福：……

江亚菲：比如……

江德福：比如什么？

江亚菲：比如……比如……

安杰走过来：比如什么？

江亚菲吓了一跳：比如什么我忘了。

王燕凤跑过来：三大娘，咱吃饭吧？

安杰：好好，吃吧吃吧！

江亚菲附在安杰耳边：三大娘，到家了，您多吃点儿！

江德福狐疑地看着她俩。

江德福：你俩老嘀咕什么？

江亚菲：我让三大娘别客气，多吃点儿。

江德福不信。

安杰：真的，她是说的这个。

江德福更不信了。

大家上桌，开了两桌饭，男一桌，女一桌。

女桌很斯文，男桌很热闹，男人们开始划拳，连江家父子也开始划上了。

江亚菲小声地：想不到他还全面发展了！

安杰扑哧一声笑了。

江亚菲：看样子，你很喜欢你的婆家？

安杰看了她一眼。

江亚菲：你看我干什么？你倒是喜欢还是不喜欢？

安杰想了想：无所谓喜欢，也无所谓不喜欢。

江亚菲点头：这对你来说，已经是一种了不起的进步了！

王燕凤：亚菲，别光说话，快吃呀！

江亚菲：燕凤姐，我实在吃不动了，你想撑死我呀？

大家都笑了起来。

15　傍晚　公共汽车上

江亚菲和江卫民坐在一起，望着车下道别的父母。司机按喇叭了。

江亚菲：你快告诉他们，千里相送，终有一别。

江卫民笑了。

江亚菲：哎哎，你看！你看！

那个老太太远远地站在一棵老树下,手搭在额前,向这边张望。

江卫民扭头看了江亚菲一眼,兄妹俩似乎都有些受震动。

安杰上来了,坐到了前边,江亚菲坐过去,指着远处的老太太,给安杰说着什么。

安杰望着远处的老女人,很震惊。

江德福终于上来了,江亚菲回到了后排。

汽车启动了,车下的人招手道别。司机善解人意地开得很慢。

安杰捅了江德福一下:哎,你看树下那个女人。

江德福看了一眼,又疑惑地看着安杰。

安杰:你难道认不出她来了?

江德福急忙又去看。

安杰:那是张桂兰吗?

江德福:……

车子开远了,安杰还在回头张望。

江亚菲小声地:让我爸也回头看一眼吧!

安杰也小声地:谁不让他看了!

江亚菲:你大度一点儿,主动邀请。

安杰捅了江德福一下:你女儿让你回头看一眼!

江德福:不看!

安杰:你的家乡你也不看吗?

江德福:你给我少啰唆!老子不看!

16　晚上　招待所

江德福脚泡在盆里,在那发呆,安杰推门进来。

安杰:水都凉了,你还泡着干吗!

江德福擦脚，并不搭话。

安杰：你的心情好像不怎么好，为什么？

江德福：我的心情很好！没有为什么！

安杰：行啦，你在想什么，我还不知道？

江德福看了她一眼。

安杰：你在想那个张桂兰，对不对？

江德福又看了她一眼。

安杰：你说实话我也没事了。以前我对这事还耿耿于怀，今天一见了她的面，我反而无所谓了。都是陈谷子烂芝麻的事了，我不会在意了。

江德福：……

安杰：今天一见她的面，我反而能理解你了，我理解你为什么跟她离婚了。

江德福一脚踢翻了洗脚盆：你理解个屁！老子还用你理解！

安杰吃惊地望着他，不敢再多说什么了。

17　晚上　招待所

江亚菲睡着了，被敲门声惊醒。

江亚菲开了门，安杰焦急地站在门外。

安杰：亚菲呀，你爸上吐下泻，要赶紧送医院！

18　晚上　病房

江德福躺在床上输液，安杰和江亚菲、江卫民守在一边。

江亚菲：奇怪，怎么我们都一点儿事没有，爸爸拉成这样？

安杰望着昏睡着的江德福，叹了口气，语出惊人。

安杰：唉！你爸这是水土不服哇！

江亚菲和江卫民吃了一惊，面面相觑。

19　白天　通信连连部

指导员进来：副连长呢？

连长：她去码头接人了。

指导员：她这几天怎么老去码头接人呢？

副指导员：过两天她妈过五十岁生日，她在外地的兄弟姊妹都回来了。

指导员：是吗？"一二一"都五十了？真看不出来！

连长：你小心别让副连长听见。

指导员：听见怕什么？她自己还叫呢！

副指导员笑了：就是！前几天她给她妈打电话，上来就喊她妈"一二一"，她妈好像也没脾气！

连长：别说她妈了，连江司令对她都没脾气。

副指导员：她家挺好玩儿的，父母都没架子，子女可以随便开玩笑。

连长：也就是江亚菲吧，她哥哥他们哪个敢！江司令真打！我听说有一年，她大哥让打得不敢回家，钻进坑道里出不来了，让岛上的人好一阵找！

20　白天　路上

江亚菲步履匆匆地走着，一辆大卡车停在她身边。

司机探出头来：江副，干吗去？

江亚菲：我去码头！

司机：上来吧，捎你一段！

坐在副驾驶的人刚要让地方。

江亚菲：你坐那吧！我到上边去！我喜欢待在上边！

江亚菲麻利地爬上卡车，看见上边坐着一个昏昏欲睡的人。

江亚菲上去踢了他一脚：你真行啊，在哪儿都能睡！

那人揉了揉眼，见是江亚菲，笑了。

车开了，江亚菲迎风站着，兴高采烈地大喊：这种感觉真好，我想唱歌！

那人：你唱吧！

江亚菲唱开了：是那山谷的风，吹乱了我们的头发……

那人笑了。

司机停了车，大声喊：副连长，别唱了，到了！

江亚菲：我知道到了，让我唱完！哎，我刚才唱到哪儿了？

那人歉意地：我没听清。

江亚菲：这么好听的歌，也不仔细听，讨厌！我走了！再见！

江亚菲跳下了车，卡车开走了。

21　白天　码头上

安杰、江卫国、江卫东等人站在码头上，江亚菲来了。

江亚菲搂住母亲：一二一，你也太偏心眼了！别人你都不来接，光接你心爱的小女儿呀！

安杰小声地：再敢喊我"一二一"，我饶不了你！

江亚菲笑了：要不是一个老兵回连里玩儿，我哪知道你还有这么讲究的外号呢！

安杰：讨厌！你们通信连的坏毛病可真不少！真是欠整顿！

江亚菲：你看你，当了几十年家属，真没白当！军队的术语你掌握得不老少，动不动还知道整顿别人，真不简单！不过，你也收获了不少，你看，连外号都是军队的口令！

安杰：你再胡说？小心我把你推到海里去！

江亚菲：先别推！等你过了五十岁生日，想推再推吧。

船拉着汽笛离近了。

江亚菲向船上的江亚宁招手，江亚宁也在向她们招手，同时，站在江亚宁身边一个女兵好像也在冲她们招手。

江亚菲：哎，妈，你快看，那不是欧阳安然吗？她怎么也来了？

安杰疑惑地：不知道呀。是听你大姨说的吧？

江亚菲：你看看，你过个生日，这么兴师动众的！我爸五十的时候，怎么一点儿动静也没有？天哪！那不是江昌义吗？他怎么也来了？他是听谁说的？

安杰刚才还兴奋的表情立马变了。

江卫东挤了过来，悄悄问江亚菲。

江卫东：怎么回事？他怎么来了？

江亚菲：你问我，我问谁？

22 白天 路上

江亚宁挽着母亲的手走在最前头。

江亚菲和安然跟在后边。

江亚菲：江昌义怎么知道我妈过生日？

安然：对不起，是我告诉他的。

江亚菲：你真多事！你告诉他干吗！

安然：我想，我想……

江亚菲：你想什么呀！你怎么不动脑子想？我妈那么烦他，他简直就是我妈的眼中钉、肉中刺！你还把他带来！我妈这五十大寿还过不过了？

安然：……

江卫国、江卫东、江昌义走在最后，三人都穿着军装，而且都是四个口袋的干部服。

江卫国：你该毕业了吧？

江昌义：对，今年毕业。

江卫国：毕业回老部队吗？

江昌义：不一定，也可能重新分配。

江卫东：你学的什么？

江昌义：我学的工程设计。

江卫东：毕业后能定什么级？

江昌义：副营吧？

江卫东：你行啊！走了捷径！哎，你怎么跟安然联系上了？

江昌义：她在一医大，有一次我俩在书店碰上了。

江卫东：噢，这么巧。

安杰和江亚宁也在聊天。

安杰：他俩是怎么凑到一起的？

江亚宁：听说是在书店偶然碰上的，这大概是缘分吧！

安杰：你知道什么叫缘分吗？就缘分缘分地瞎说！

江亚宁笑了：好好好，我不知道，我不瞎说了。妈，我劝你大度一点儿。俗话说，巴掌不打笑脸人。人家大老远地好心好意地跑来给你过生日，你要有长者的风度，不要有失水准。

安杰站住了：你告诉我，我的水准应该定在哪儿合适？

江亚宁一下子答不上来，也站在那了。

长长的队伍停下了，气氛有些紧张。

安然悄悄地：哎呀，她俩怎么啦？

江亚菲：你说呢？

安然：……

江亚菲：这还只是个前奏，好戏还在后边呢！

23　晚上　安杰卧室

半夜，月光很好。安杰坐了起来捂着胃，表情痛苦。

江德福醒了：你怎么了？

安杰：……

江德福也坐了起来：是不是哪儿不舒服？

安杰：我胃痛。

江德福：吃点儿药吧？

安杰：睡觉前吃过了。

江德福无话可说了，只好陪她坐在那儿。

安杰没好气：你起来干吗？你睡你的！

江德福：……

24　白天　院子里

江德福在收拾菜地，老丁背着手站在一旁。

老丁：这次安老师表现得不错！

江德福抬头看了他一眼。

老丁笑了：起码她没跟你闹事。

江德福叹了口气：唉！她没跟我闹事，她跟她自己闹上了！昨晚上胃痛了一宿，坐了大半夜。

老丁又笑了：女人的气性就是大！都这么多年了，还过不去！

江德福：谁说不是呀！

老丁：干脆告诉她实情得了，免得她这么难受，这么想不开！

江德福：你给我闭嘴！我家的闲事你少管！

老丁笑了：我家的闲事你管得少哇！

江德福：这事你别多嘴多舌就行了！

老丁：那你要嘱咐好你妹妹，小心她给你说漏了！

江德福：她不会，她知道轻重！

25　白天　安杰家厨房里

江德华在忙活，安杰倚着门站着。

安杰：唉！早知这么麻烦，不让他们回来就好了！

江德华笑了：现在说这废话有什么用！

安杰：唉，都赖亚宁，都是她瞎张罗的！

江德华：孩子也是一片孝心，你别不知好歹！

安杰：唉！

江德华：你唉唉唉的，你唉什么呀！这么唉声叹气的，像个过五十大寿的人吗？！

安杰：唉！他们哪是来给我祝寿的，简直是来折我寿的！

26　白天　江卫东房间

江卫东拿出烟正准备抽。

江卫国：别在屋里抽！

江卫东听话地将烟又放了起来。

江卫国：你想好了吗？

江卫东：想好了，还是带她来。

江卫国：我劝你要慎重。你看妈那个样儿，脸拉得老长，哪个女孩儿能受得了！

江卫东：妈拉着脸，也不是因为她！

江卫国：那人家愿看吗？

江卫东：这你就不懂了！我提前跟她说清楚，她有了思想准备，也就不会大惊小怪了。即便妈不满意她，她也会以为妈不是因为她，不那么紧张了，这是其一。其二呢，万一妈看了喜欢，不是件好事吗？她来冲冲喜，让妈放松一下，也算是送给妈的一件生日礼物！

江卫国：哎，有道理。你小子，运气就是好！不像我，带个女朋友来，人家还没做好心理准备，这叫什么事！

江卫东笑了：这叫万事开头难！你给我们蹚了雷，铺了路，我们都要感谢你！

江卫国也笑了：感谢我就别急着结婚！别结在我头里，让我没面子！

江卫东：这你放心！我等着你！不过你也得抓点儿紧，我可不能等太久了！

江卫国：找老婆结婚，是可遇不可求的事，你别催我！

江卫东：你那个唱河北梆子的对象，是因为妈吹的吗？

江卫国摇头：不是，跟妈没关系。

江卫东：跟妈没关系，你也先说成有关系。

江卫国：为什么？

江卫东：帮帮我忙。你想，妈都活生生地拆散一对儿了，她还好意思再拆一对儿吗？

江卫国笑了：我这次可真成铺路石了！

27　白天　江卫民房间

江卫民、江昌义和安然在房间聊天。

江昌义对安然：你去厨房帮帮忙。

安然站了起来：唉。

安然出去后，江卫民奇怪地望着她的背影：哎，她怎么这么听你的？

江昌义掩饰道：这时候，你让她去，她也会去的！

江卫民点头。

28　白天　江亚菲房间

江亚宁：哎，你说，今天这顿鸿门宴不会有事吧？

江亚菲：出不了什么大事，但也会吃得不痛快。

江亚宁：不出事就行了，哪顾得上痛快不痛快了！

江亚菲：都是你多事，找不痛快！

江亚宁：这怎么能怪我呢？又不是我把江昌义招来的！

江亚菲：我总觉得这事有点儿蹊跷，好像有什么名堂。

江亚宁：会有什么名堂？

江亚菲：你想啊，这安然好好的，怎么就想起来请假来给妈过生日呢？

江亚宁：那是因为她感激妈！没有咱妈，能有她的今天吗？

江亚菲：妈帮她娘家的人多了！那些人怎么不来？偏她一个人来？是因为她比那些人有良心吗？我看不见得！

江亚宁：那你说是为什么？

江亚菲：会不会他俩在谈恋爱？

江亚宁大吃一惊。

29　白天　院门外

江卫东跟郑小丹在说话。

江卫东：情况就这么个情况，你要有思想准备。

郑小丹：我要有什么思想准备？

江卫东：你要有看我妈冷脸的思想准备。

郑小丹：你妈的冷脸不是跟我没关系吗？

江卫东：虽然跟你没关系，但毕竟那是张冷脸哪！你看了没事？

郑小丹：我没事！既然跟我没关系，我多什么心哪！再说了，丑媳妇儿早晚要见公婆，与其我一个人孤零零地来见，还不如混到一大帮人中间，稀里糊涂地就见了呢！

江卫东上下打量郑小丹。

郑小丹笑了：你看我干吗？

江卫东：想不到你心眼这么多！我该重新考虑考虑了！

大门开了，丁小样出来了。

江卫东：小样，这是你嫂子！快，快叫嫂子！

30　白天　安杰家客厅

江德福、安杰、老丁、江德华坐在客厅聊天。

江德华：以前怎么就没想到叫个人来炒菜呢？都是自己瞎忙活，累得要死！

老丁：以前哪有这么大的场面，真是的！

安杰看了老丁一眼。

老丁忙解释：你别多心，我没别的意思！

安杰：你有别的意思我也管不着！爱有什么意思有什么意思吧！

江德华：你这是破罐子破摔吧？

大家都笑了起来。

江卫东带着郑小丹进来。

江卫东：哟，情绪都不错呀？那我再给你们锦上添朵花，献给妈一个生日礼物，给你一个惊喜！

江德华：什么礼物？

丁小样钻了进来，拖出郑小丹。

丁小样：你们看！铁梅！

江德华：这是？

丁小样：这是我二哥的对象，我二嫂！

老丁：我怎么看你这么眼熟呢？你是哪儿的？

郑小丹：我是医院药房的，我给您拿过药。

老丁：噢，怪不得眼熟呢！

丁小样：什么呀爸爸！人家在宣传队演过李铁梅，你肯定是在台上见过她！

老丁和江德华惊奇地上下打量郑小丹，江德福和安杰却像见过她似的，并不吃惊。

江德华：嫂子，你们怎么一点儿也不吃惊？难道你们早知道了？

江德福点点头。

江卫东吃惊地：你们是怎么知道的？

安杰叹了口气：唉，要让人不知，除非己莫为！来，小郑，到这儿坐。

郑小丹坐到了安杰身边。

郑小丹：阿姨，祝您生日快乐。

安杰笑了笑：谢谢。

江卫东：妈，你们到底是怎么知道的？

江德福：你俩三天两头地通电话，你忘了咱家有通信连的人了？

江卫东恍然大悟：怪不得呢！那我可得好好谢谢她！

安杰：你谢她什么？

江卫东：谢她提前帮我们打了预防针。

31　白天　安杰家客厅

客厅里摆了张大圆桌，济济一堂。

大家纷纷起立，给安杰敬酒，祝她生日快乐。

安杰虽然在笑，但笑得有些勉强，看起来不那么愉快的样子。

江昌义举杯站了起来：我，我敬您一杯，祝您生日快乐，万事如意。

大家有些紧张地望着安杰。

安杰虽然沉着一张脸，但毕竟还是举起了酒杯：谢谢。

江昌义一饮而尽，安杰象征性地抿了一口。

32　白天　安杰家厨房

江亚宁和江亚菲在刷碗。

江亚宁：谢天谢地，终于没出什么事！

江亚菲：亚宁，你也太不了解你妈了！你妈是那不顾全大局的人吗？不为别的，为她自己顺顺利利地过这个五十岁的生日，她也不会闹什么别扭啊！

江亚宁：说得是。不过，看江昌义那样，真够难受的！"如坐针毡"

这个词，像是专为他发明的似的！真是的，也不知他来遭这个罪干什么！

江亚菲：他那是活该！他是自找！他热脸偏要来蹭人家的冷屁股！

江亚宁笑了：你说话够损的！

江亚菲：本来嘛！你快点儿，我下午还有事呢！

话音未落，江亚菲手里的鱼盘掉地上摔了个粉碎。

江亚宁：你看你！毛手毛脚的，这种日子，怎么能摔东西！

江亚菲：你懂什么呀，我是故意摔的，岁岁平安嘛！

江亚宁笑了：江亚菲，我发现你跟理他妈似的，所有的路上都埋伏着你的人，都是你的理！

江亚菲也笑了：大学生就是不一样！损人也这么有水平！

33　白天　安杰家卧室

安杰坐在窗前发呆。

江亚菲进来了：老寿星，想什么呢？这么聚精会神！

安杰：亚菲呀，将来你找对象，千万要打听清楚！要了解对方的底细呀！

江亚菲笑了：妈，你这是一朝被蛇咬，一辈子都怕井绳了！你放心，我会把他家祖宗八代都打听清楚的！

安杰：你说谁家呀？

江亚菲：我对象家呗！

安杰：你有对象了？

江亚菲：早晚不得有吗？

安杰：你的对象，妈帮你找！

江亚菲：谢谢！不用！我的事不用你管，我要自由恋爱！

安杰：自由恋爱！自由……

江亚菲：行啦，妈！别给我上课了！我们连下午打靶，我不能不去！我走了，再次祝您生日愉快！

34　白天　安杰家卧室

安杰躺在床上翻来覆去地睡不着，电话响了。

安杰：唉，谁呀？

江亚菲的声音：妈！我派了个车到家里接你，你跟亚宁一起过来！

安杰：到哪儿去呀？

江亚菲：你别管了，到了你就知道了！

35　白天　山路上

三轮摩托车在山路上颠簸着，安杰和江亚宁坐在车上。

江亚宁大声地：我姐这是干什么呀？

安杰也大声地：谁知道！神神秘秘的！

36　白天　半山坡的靶场上

摩托车停下，扎着武装带、拿着望远镜的江亚菲跑了过来。

江亚菲：还挺快的！

开摩托车的战士：副连长，我一刻也没敢耽误！

江亚菲：干得好！口头嘉奖一次！

江亚宁笑了：江副连长，还挺像那么回事呢！

江亚菲也笑了：你以为？正经的！

安杰没好气地：你叫我们来干什么？

江亚菲：别着急！别发火！亲爱的妈妈！我让你来看场好戏！给！往那看！

江亚菲把望远镜递给母亲，手指着山下的海滩。

安杰举着望远镜向下边看。

江亚菲：看见了吗？多么动人的一幕！

望远镜里出现了沙滩上一对儿依偎在一起的恋人。

安杰放下望远镜，有些疑惑。江亚宁接过望远镜。

安杰：那是谁呀？

江亚菲拖着长腔：那是你最喜欢的欧阳安然和最不喜欢的江昌义！

安杰目瞪口呆，又赶紧夺过望远镜，向下张望。

江亚菲：这真是恋爱的季节呀！是咱们家丰收的季节！

安杰拿望远镜的手都抖了。

江亚宁：哎呀！你不能少说两句吗？

江亚菲：亚宁，你说我是不是应该到侦察连去当连长啊？

江亚宁：我看你应该到特务连去当连长！

安杰转过身来，声音都变了：赶快！送我们回去！

37　白天　老丁家门口

安杰：停车！

战士：阿姨，你在这儿下吗？

安杰"嗯"了一声，下了车。

江亚宁也赶紧下车：你走吧，谢谢！

38 白天 老丁家

老丁和江德福在下象棋,俩人正吵得不可开交。

老丁:你这个人怎么这么赖呀!

江德福:你又不是没赖过!许你赖,不许我赖!

老丁:我也没这么赖过呀!

江德福:反正都是赖!你管我怎么赖了!

江德华领着孙子进来了:别吵了!你们看谁来了?

两人抬头看窗外,见安杰气呼呼地进来了。

江德福紧张了:她怎么了?

老丁笑了:我看你还赖不赖!

江亚宁进来了。

江德福:你妈呢?

江亚宁指着外屋:在外边喝水呢。

江德福:她又怎么了?

江亚宁小声地:大事不好了,暴风雨就要来了!

江德福:又怎么了?谁又惹她了?

安杰进来:谁又惹我了?你说谁又惹我了!

江德福:我哪知道哇?我这不是问你吗?你不是在家里睡觉吗?你睡觉的时候,谁敢去惹你!

安杰:你快让你那儿子给我滚蛋!

江德福一愣,不说话了。

江德华见状,只好硬着头皮上了:嫂子,你看你这没头没脑的,你说的哪个儿子呀?我哥那么多儿子呢,你说的哪一个呀?

安杰:你给我一边待着去!这没你的事!

江德福只好说话了:这又是怎么了?你发这么大火干什么?

安杰气得说不出话来。

江亚宁赶紧替她说：我大哥好像跟安然在谈恋爱。

安杰厉声地：谁是你大哥，你叫谁大哥？

江亚宁也不敢吭声了。

老丁只好上了：年轻人嘛，谈恋爱也是正常的。

安杰：他俩能谈恋爱吗？

老丁：怎么不能谈？年龄相当，男才女貌的。

安杰：他俩是什么关系，你不知道吗？

老丁：我怎么会不知道？

安杰：那你说他俩是什么关系？

老丁：他俩没关系！

安杰杏眼圆睁：他俩怎么会没关系呢？一个是他的亲生儿子，一个是我的亲外甥女，他俩能没关系吗？

老丁嘟囔：我的意思是说，没有血缘关系，跟你没关系。

安杰勃然大怒，站起身来，一溜烟走掉了。剩下的人你看着我，我看着你，都傻了。

江德福对亚宁说：还不赶快追你妈去！

江亚宁点了点头，跑了出去。跑了几步，又折了回来：爸，你在这儿待着吧，千万别回家！别回家火上浇油了！

老丁没好气地：放心吧！借你爸两个胆，他也不敢！

江德福火了：你一天哪这么多废话？不说话能憋死你？刚才要不是你那几句废话，她能这么火吗？

江德华不干了：哎，哥，你这说的是人话吗？你怕得罪你老婆，就不怕得罪我们吗？有你这么说话的吗？我们好心好意地为你拦着挡着的，怎么，还拦出事了？挡出罪了？你这男人当得，也太窝囊

132

了吧!

江德福站起来也要走,被老丁一把拖住。

老丁:哎呀!你就别再找麻烦了!你上哪儿去?你老老实实地给我待在这儿吧!

江德福气呼呼地坐下了。

老丁:我看趁着这个机会,把实话说了吧!

江德福又站了起来,老丁又拉住了他。

老丁:我说同志,你怎么这么沉不住气呢?你坐下来,咱们好好商量商量!

江德福又坐下了,老丁却在屋里踱着步,像个出谋划策的军师。

老丁:我看这次昌义来,就是准备摊牌的。他是想借这个机会,亮出自己真正的身份的。如果他不跟安然谈这个恋爱,也许他就会把这个秘密守一辈子了,这也说不定。但谁让他半道上又喜欢上安然了呢?他想跟安然结婚,就绕不开安杰这道坎。安杰要是死活不让,他恐怕就结不了这个婚!你们说是不是?

江德华连忙点头:是!那可不嘛!胳膊能拧过大腿吗?!

老丁:所以说,这小子这次来是一不做,二不休了,索性说开了算了!既解开了安杰心里的疙瘩,他自己也能抱得美人归,真是一举两得呀!

江德福:什么狗屁一举两得!他就不顾江家的脸面了吗?他就不要他死去的亲爹的脸面了吗?

老丁:现在的年轻人,为了自己的爱情,哪还顾得上那么多呀!哪像我们年轻的时候,顾虑那么多!

江德福:那不行!他豁上不要脸了,我们得要!我们这一辈子,为什么活的?不就为这张脸吗?他不要脸了,我们不能不要脸!

老丁：那怎么办？

江德福：我来跟他谈，不准他胡说八道！

老丁：但愿他能听你的！

江德福：不听也得听！还反了他不成！

第三十五集

1 白天 靶场

江亚菲趴在地上，举着望远镜看。望远镜里，安然和江昌义越来越近了。

两个恋人路过靶场，江亚菲从地上爬了起来，两人一见她，愣住了，不知说什么好了。

江亚菲有意在他俩面前拍身上的土，拍得尘土飞扬的，安然虽然皱起了眉头，但也不敢躲开。

江亚菲皮笑肉不笑：看了半天，我说背影怎么那么熟呢，闹了半天是你们俩！

安然大惊失色，马上扭头去看江昌义。

江亚菲：你看他干吗？有用吗？

江昌义：是我们俩又怎么了？

江亚菲：我说什么了吗？再说了，我说什么管用吗？关键要看我妈会说什么！二位快请回吧，我妈正在家等着你们呢！

江昌义和安然走在山路上。

安然：我姨妈看见咱俩了吗？

江昌义：不知道。不过，看见也好，我们更好说了。

安然：回去你别说，让我来说。

江昌义：还是我来说吧，你别挨骂。

安然笑了：再骂她也是我姨呀！总比你好一些。

江昌义：我看她也不是那撒泼不讲道理的人，再骂能怎么骂？

安然：你冒充人家儿子这么多年，就算我姨放过你，你叔叔能放过你吗？你让他背了这么多年的黑锅，让他在我姨面前抬不起头来，换了谁能饶过你？

江昌义叹了口气：说得也是！这也是我最张不开口的地方。可是，不张又怎么办呢？

安然：所以让我来张嘛！你只要做到打不还手、骂不还口就行了！

江昌义：看你说的，就是没这事，在长辈面前，我能还口还手吗？

安然笑了：我就是这么个意思，让你忍着点儿，忍辱负重点儿，为了我，为了我们俩。

江昌义又叹了口气：唉！哪是我忍辱负重啊！是我叔叔一直在忍辱负重哇！只是他不知道罢了。

安然：我姨父这个人真好！

江昌义：是好哇！他虽然对我很怀疑，但一点儿也没有为难我，就这么把我给认下了！送我当了兵，又找人让我上了大学，我从心里感激他，也从心里觉得对不起他！

安然：我姨父怎么这么傻，他自己没干过的事，他自己不知道吗？

江昌义：这谁知道！也许是我的模样儿把他给搞糊涂了吧？他万万没有想到，我会是他哥的儿子！

安然：唉，你妈也够可以的了！农村人不是挺封建的吗？不是都挺保守的吗？怎么你妈胆子这么大？

江昌义：你别这样说我母亲，我很难过。

安然：好好好，对不起，我错了，以后我不会再说了。

江昌义：安然，谢谢你。

安然回过头来：谢我什么？为什么谢我？

江昌义：以后我会让你过上好日子的，比你妈你姨妈她们都好！

安然笑了，很幸福地笑了。

2　白天　安杰卧室

安杰躺在躺椅上，江亚宁坐在她身边看报纸。

院门开了，江亚宁抬头往外看，见江昌义和安然回来了，有些紧张。

安杰：谁回来了？

江亚宁：他俩回来了。

安杰：叫他俩过来！

江亚宁：妈，你有话好好说，千万别跟人家发脾气！人家毕竟不是你的孩子。

安杰：我还用你来教训？去！快叫他们过来！

3　白天　家门口

江亚宁在门口堵住了他们，小声地：你俩刚才在海边上，让我妈看见了，她让你俩进去呢。她正在火头上，你俩千万别跟她顶嘴，就让她说两句吧。她现在是更年期,你们别在意。

4　白天　安杰卧室

安杰坐在躺椅上,江昌义和安然站在她面前。

安杰上下打量着他俩,眼里充满了厌恶之情。

安然有些受不了了:姨妈,有什么话你就说吧!

安杰:嗬!你倒是理直气壮!我问你,你们俩是怎么搞到一块儿去的?

安然声音都高了:姨妈!你说话怎么这么难听呀?什么叫搞到一块儿去了?

安杰声更大:你嫌我说的话难听,我还嫌你做的事难看呢!

安然:我做什么事难看了?让你这么说我?

安杰:你做了什么事,你自己不知道吗?还用我说吗?!

江亚宁跑了进来:妈,妈,你别这么激动,有话好好说,别这么大声,让外人听见多不好。

安杰:你给我滚一边去!你还没到教训我的时候!

江昌义:小妹,你出去吧。

安杰:你不用在这小妹长、小妹短的!她不是你的小妹!用不着你这么叫她!

安然:姨妈!你不用这么大声!也不用这么颐指气使!他为什么就不能叫亚宁小妹?即使亚宁不是他的亲妹妹,那也是他的堂妹!

安杰愣了,看着她半天不说话。

江亚宁也愣了,看看安然,又看看江昌义。

江亚宁:安然姐,你说什么?你再说一遍。

安然:他虽然不是你的亲哥,但他是你的堂哥!

江亚宁：堂哥？

安然：对！是堂哥！是你爸的侄子！

安杰终于开口了：亚宁，打电话叫你爸回来！

5　白天　老丁家

老丁和江德福下象棋，下得都很认真。电话响了。

老丁喊：接电话！

江德华一手白面地跑了进来：你就不能接呀？不知道我在做饭哪！

老丁挥了挥手：快接吧！

江德华拿起电话：哎，噢，亚宁呀，找你爸？哎，找你的！

江德福接过电话，听了一会儿，大惊失色，把电话一摔：什么玩意儿！

老丁小心地：怎么了？

江德福：那熊玩意儿把什么都说了！

江德华：啊？是吗？那还不赶快回去！

江德福一阵风似的走了。

老丁：你还站在那儿干吗？还不赶快跟过去看看！

江德华：你不去吗？

老丁：我不去！我去反而不好！你快去吧！

6　白天　安杰卧室

江德福阴沉着脸回来了。

安杰：安然，你把你刚才说过的话，再给你姨父重复一遍！

安然不知从何说起了。

江昌义开口了,他望着江德福,叫了一声"叔"。

江昌义:叔,我,我……

江德福抡圆了胳膊,狠狠地抽了江昌义一个嘴巴。江昌义的鼻子流血了。

江德福指着门:你给我滚!现在就滚!马上就滚!给我滚得远远的!别让老子再见到你!

在场的人都惊呆了,连安杰都惊得站了起来,不知所措了。

江德福大吼:你听见没有?你给我滚!

江昌义吓得要命,他捂着鼻子,狠狈地离开房间。

7　白天　外屋

江德华进来了,见到从屋里出来的江昌义,马上明白是怎么回事了。

江德华:挨打了?

江昌义喊了一声"姑",眼泪就下来了。

江德华又生气又心痛,上去打了他一下,眼泪也下来了:该!该打!活该!你还有脸哭!快跟我走吧!

8　白天　安杰卧室

江德福站在那儿喘着粗气,安杰凑了过去。

安杰:你为什么发这么大的脾气,发这么大的火呢?你什么意思?是不是不愿当他的叔叔,愿当他的爹?是不是生气他不是你的儿子,是你的侄子?

江德福再次爆发:你给我住嘴!

安杰吓了一跳,后退了一步:你……

江德福：你什么你？我再说一遍！你给老子住嘴！

江亚宁跑了进来，将安杰拉了出去。

9　白天　老丁家

客厅里，江昌义吃惊地望着姑姑。

江德华：你以为我们都那么好骗？让你一骗就信了？告诉你吧，那年你一来，我们就知道了！就猜出是怎么回事了！

江昌义：姑，你们是怎么知道的呢？

江德华：你叔叔做没做那事，他自己不知道哇？你娘也是！这不是犯傻吗？万一你叔就是不认你，你们怎么收场呢？

江昌义：……

江德华：上哪儿找你叔这样的人哪！自己受这么大的委屈，这多年，愣是一个字不露！这些年来，你婶子想起来就跟他闹，想怎么骂他就怎么骂他，换了任何一个人，早受不住了，早说了！可你叔说了吗？他没说！跟谁也没说！他不但自己不说，还不让我说！你知道这是为啥吗？

江昌义点头：知道。

江德华：你既然知道，那为什么还要把这秘密说出来呢？你不嫌丢人哪？这是乱伦哪！你懂不懂？这要让老家的人知道了，咱还能再回去吗？你这孩子咋这么自私呢？为了自己的婚事，爹娘的脸都不要了？咱江家祖祖辈辈的清白也都不要了？

江昌义捂着脸，呜呜地哭了起来。

10　白天　院子里

江德福在菜地里，抡着镐头刨地。三个儿子站在一旁，默默地看着。

11　白天　江亚菲房间

江亚菲和江亚宁站在窗前,看着抡镐头拼命干活的父亲。

江亚宁:到底是农民出身哪!当到多大干部,也脱不了农民本色!

江亚菲扭头看了她一眼。

江亚宁:你看什么?

江亚菲:我看你是不是在讽刺爸爸。

江亚宁:我干吗要讽刺爸爸?通过这件事,爸爸在我心目中的形象更高大了。爸爸真是个君子!是个大君子!

江亚菲又看了她一眼。

江亚宁:你干吗?干吗又看我!

江亚菲:还是上大学好哇!这么能说,又这么会说!你把我的心里话都说出来了,我谢谢你!

江亚宁笑了:你可真贫!

江亚菲认真地:真的,我说的是真话!将来我要嫁人,最好能嫁爸爸这样的人!

江亚宁:就是!爸爸这样的人,上哪儿找哇!妈妈这辈子够幸福的了!

江亚菲:可惜呀!可惜她身在福中不知福!

12　白天　安杰卧室

安杰站在窗前,望着菜地里干活的江德福,流下了热泪。

13 晚上 安杰卧室

熄灯了，江德福和安杰靠在床头谈心。

安杰：你跟我说实话，你是不是早就知道了？

江德福点头：对。

安杰：是不是他一来你就知道了？

江德福又点头：是。

安杰：你是怎么知道的？

江德福看了她一眼，没说话。

安杰：不是说要好好谈谈吗？不是说要开诚布公吗？

江德福再次点头：对！是！

安杰：你是怎么知道的？是因为他长得跟你二哥很像吗？

江德福：……

安杰：你怎么又不说话了？说话呀！

江德福：你看你这个人，干吗问得这么详细！我自己干没干过的事，我不知道哇？我回去连碰都没碰她，哪来的儿子！

安杰笑了：为什么没碰人家呢？

江德福白了她一眼。

安杰：是因为要回去跟人家离婚吗？

江德福：不是！

安杰：那是因为什么？

江德福：……

安杰：哎呀！你说呀！你快说呀！

江德福叹了口气：那年我回去探亲，到家的时候天都黑了，大概七八点钟的样子吧。乡下人睡得早，他俩让我给堵上了。

安杰：天哪！当时没闹起来？

江德福：这种事，哪还有脸闹哇！

安杰：然后呢？

江德福：他俩当场就给我跪下了，我二哥一个劲儿地给我磕头，把头都给磕破了。

安杰：后来呢？

江德福：后来就离婚了，离了婚我就回部队了，再也没回去过！

安杰：你二哥没结婚吗？

江德福：结了，老婆跟人家跑了。他是个哑巴，不会说话。

安杰：没孩子吗？

江德福：没有。

安杰：那后来他到哪儿去了？

江德福：他觉得没脸见我，跑到唐山去挖煤了。不到一年，出事死在井下了。

安杰：噢。

两人好久没说话，煤油灯快没油了，开始忽闪起来。

江德福：快没油了，睡吧。

安杰：等一下，我还有话想问你。

江德福：什么话？

安杰：你为什么要瞒着我呢？为什么不能让我知道呢？

江德福：这种事，我好意思让你知道吗？

安杰：你不好意思，就要瞒着我？你看着我为这件事那么苦恼，甚至那么伤心，难道你就无动于衷？

江德福看了她一眼，低下了头。

安杰：你怎么又不说话了？

江德福：你让我说什么好？是呀，这点我做得不对，光考虑自己了，没站在你的立场替你考虑，的确是不对，不应该！在这里，我向你道个歉！对不起了，请你原谅！

安杰潸然泪下，哽咽了：一家人，两口子过了半辈子了，孩子都那么大了，你还不信任我，把我当外人，想想真是寒心哪！

江德福流下了热泪：是啊！是不应该呀！我不应该的地方真是太多了！不应该瞒着你！不应该不把我二哥找回来，让他那么惨地死在井下！连个尸体也找不见了！更不应该在孩子向我坦白的时候，打了他，而且打得那么重！我怎么对得起我死去的二哥呀！

油灯终于灭了，黑暗中，传来江德福压抑的呜咽声。

14 白天 安杰卧室

江德福、安杰、江德华、老丁坐着，江昌义一个人站着。

江昌义：四位长辈都在，我……我……

江昌义突然跪了下来，吓了大家一跳，江德华想起身拉他，被老丁一把拽住。

江昌义流着眼泪：叔，婶子，我错了，我对不起你们，请你们原谅我……

安杰站了起来，去拉他：行啦，起来吧，我们原谅你了。

江昌义：叔！

江德福一摆手：起来吧！这事过去了！

江德华：快起来吧！你叔也原谅你了！

江昌义起来了，在那儿抹眼泪，老丁开口了：昌义呀，有句话我想问问你。

江昌义：姑父，您问吧。

老丁：如果，我是说如果啊，如果没有你跟安然的事，你会主动坦白这件事吗?

江昌义点头:我会的,我会在适当的时机坦白一切。说实话我也不想背着这么沉重的包袱过一辈子。这些年来,我心里一直都不得安宁。

老丁:我再问你一个问题,这个法子是谁帮你想的?是你母亲吗?

江昌义摇头:不是,不是她,是我自己。她也不乐意我这么做,但我为了我自己的前途,还是这么一意孤行了。

老丁:难道你就这么有把握?

江昌义又摇头:没有。但我当时是豁出去了,行就行,不行就算了,大不了挨一顿骂,再回去种地去。

江德华:你这孩子,胆子咋这么大呢?你这是随了谁了?

安杰笑了:这点倒随他三叔了,他三叔就是个贼大胆!

江德福看了她一眼,安杰不干了:你看我干吗?难道不是吗?

江德华咂着嘴:啧啧啧,我看他是随了你了,你才是个贼大胆呢!

15 白天 码头上

送走了客人,安杰、江德华、江亚菲和郑小丹走在一起。

江亚菲向安杰伸出了手:寿星,祝贺你五十大寿圆满结束!

安杰打了她手心一下,笑了。

江亚菲:哎呀,你这个生日过得精彩呀!简直是惊心动魄、峰回路转、荡气回肠啊!真让人羡慕死了!

安杰:有什么好羡慕的,你以为我愿这么过呀?

江亚菲:娘!你别身在福中不知福了!

江德福追了上来，听了一半：谁身在福中不知福了？

江亚菲：你的老婆俺的娘！

安杰要打她，江亚菲快步闪开。

一辆拉电缆的大卡车路过停了下来，司机探出头：副连长，回连吗？上车吧！

江亚菲猴子似的爬上了车后厢，冲车下招手：亲爱的同胞们，亲人们，再见了！

汽车开走了，众人笑了。

江德华：这丫头，哪有个丫头的样儿，也不知啥人敢娶她！

江德福：这个不用担心，总有那胆大的！

16　白天　大礼堂内

全岛军民参会。

主持人：现在，请第六届人大代表、二十九团政治处主任——孟天柱同志传达大会精神。

孟天柱走到前边的桌子上，老练地移了移麦克风，开始发言：同志们……

一直心不在焉的安杰精力集中了。

通信连的女干部捅了一下正在打瞌睡的江亚菲：哎，你看，这个政治处主任多年轻啊！还是个人大代表！

江亚菲睁开眼瞟了台上一眼：人大代表有什么了不起！你别打扰我，让我睡一会儿！昨儿晚上我带班，几乎一夜没睡！

女干部：这么吵，你能睡着吗？

江亚菲：你上去让他小点儿声！

17　白天　礼堂门前

安杰往回走，江亚菲带着队伍从她身边走过。

江亚菲故意喊口令：一二一！一二一！

走在后边的连长、指导员等人都笑了起来，安杰这才反应过来是在笑她。

安杰气得斜眼去看江亚菲，正好碰上江亚菲回过头来朝她做鬼脸。队伍中的笑声更大了。

江亚菲：谁在笑？再笑出去笑！一二一！一二一！

18　白天　通信连连部

连长放下电话，喊：通信员，去叫副连长接电话。

通信员的声音：是！

江亚菲满头大汗跑进来：谁找我？

连长指了指电话，小声地：一二一。

江亚菲笑了，拿起了电话：哎，你是找我来算账的吗？

安杰的声音：是呀！你赶紧回来一趟，我要当面跟你算账！

江亚菲：有什么事吗？

安杰的声音：回来再说，当面说！你们的人老偷听电话！

安杰放了电话，江亚菲也放下电话，自言自语：什么事呀？让我回去。

连长笑了：你妈要回去整顿你吧？

江亚菲：可能吧。

连长：你是该整顿整顿了，在大礼堂听报告你也能睡着！有人给我传了张纸条，你知道上边写的什么吗？

江亚菲：写的什么？

连长：写着请管管你们的睡美人！

江亚菲笑了：得了吧！我值了一夜班，回来连觉也没补，就凑数去听报告，难道抽空睡会儿觉，还不应该吗？

连长连连点头：应该！应该！太应该了！

19　白天　院子里

江德福穿着从青岛买的睡衣在院子里打太极拳。

江亚菲提着一大包脏衣服回来了：爸，你这到底是讲究啊，还是不讲究？怎么穿着睡衣到处跑呢！

江德福笑了：我这是洋为中用，怎么方便怎么来！

江亚菲：我是怎么看你怎么难受！我党我军的光荣传统，都让你给丢完了！

屋里电话响了。

江亚菲：还不快去接电话！明明在家，却不接电话，对总机是什么态度！

江德福笑着进屋接电话了，江亚菲往外掏脏衣服，安杰回来了。

安杰：又这么多脏衣服？以后你要给家里交洗衣粉钱！

江亚菲：行！你给我累计着，年底一起算！

安杰：那不行，一次一结！免得到时候你不认账！

江亚菲：你叫我回来干吗？

安杰：亚菲，你今年23啦，可以找对象了！

江亚菲：是吗？我可以找了吗？你做好当丈母娘的思想准备了吗？

安杰：去你的，跟你说正经事呢！

江亚菲：我说的难道不是正经话吗？

安杰：你严肃点儿，正经点儿！我在正儿八经跟你说话！

江亚菲：什么话？说吧！

安杰：你年龄也不小了，可以谈恋爱了！

江亚菲笑了：你以为我傻呀？谈恋爱也用你告诉？你是不是嫌我老回家吃闲饭？那好，那也累计着，年终跟洗衣粉一块儿结账！

安杰：我想让你早点儿嫁出去，到时候收双份儿的钱！

江亚菲：想得美！到时候半份儿的钱也不给！

安杰：别开玩笑了，跟你说正经事！

江亚菲：说吧！绕了这么大的圈子，你到底想说什么！

安杰：昨天上午你不是听报告了吗？

江亚菲：是呀，怎么啦？

安杰：你看那个做报告的人大代表怎么样？

江亚菲笑了：他呀！

安杰：你笑什么？那人怎么样？

江亚菲：没注意！我一进大礼堂就睡着了，醒了就听见一句话，说散会了！

安杰不相信：那你笑什么？

江亚菲：我笑我们连的兵给他起的外号，叫他饿主任！

安杰：什么主任？

江亚菲：饿！饥饿的"饿"！据说他在台上一口一个饿们、饿们的，开始我们连的人都听得莫名其妙，后来才听明白，他说的是我们！我们连的董技师说，让他饿们饿们地说得，肚子咕咕直叫，还真饿了！笑死我了！

安杰：你们连这是什么风气呀？怎么老给人家起外号呢？你有没有外号呀？

江亚菲：有哇！当然有了！我刚当兵的时候，他们喊我亚非拉！后来他们又喊过我一阵江半斤。因为有一年八一会餐，我喝了半斤白酒，逢人就咯咯地笑，笑了整整一天！现在，他们又开始喊我理他娘了！因为江亚宁说我像理他娘，他们说太形象了，就开始叫我理他娘了！

安杰：谁他娘？你是谁他娘？

江亚菲笑了：我是理他娘！道理的理！造反有理的理！

安杰：嗯，是挺形象的！这个外号起得好！以后我也叫你理他娘！

江亚菲：叫吧！随便叫！

安杰：哎，理他娘，咱们接着说正事。

江亚菲：什么正事？你是不是想把那个饿主任介绍给我？

安杰：是啊，你看怎么样？

江亚菲：你想饿死我呀？我不干！

安杰：你为什么不干呢？

江亚菲：我为什么要干呢？

安杰：人家年纪轻轻，就当上了人大代表，又是团职干部，这样的对象你上哪儿找哇！

江亚菲：妈，想不到你还是个官迷！这么势利！

安杰：我这不是为你好吗？

江亚菲：谢谢！免了吧！你有这闲工夫，多管管你自己的丈夫吧！你看看我爸，天天打扮得像个归国华侨，哪有一点儿革命老干部的样子！像什么话！

安杰踢了她一脚，却把自己的拖鞋给踢飞了。

安杰：给我捡回来！

江亚菲笑了：我不捡！谁让你踢我的！

江德福出来了，奇怪地看着安杰一只脚站在那里，问道：你这是练的什么功？金鸡独立吗？

20　傍晚　安杰家客厅

安杰在打扫卫生，江德福在一旁看着。

江德福：这样行吗？你也不事先跟她说一声。亚菲可是个弹药库，说炸就能炸。万一她当场炸开了，大家都难看，谁也下不了台！

安杰：她不会！我的女儿我了解！她还是识大体、顾大局的。

江德福：那见面这种事，你也该提前给她打声招呼吧？

安杰：打了招呼她能来吗？对亚菲这种孩子，就要先斩后奏！别跟她啰唆！谁能啰唆过她呀！你知道她在连里的外号叫什么吗？

江德福：叫什么？

安杰：叫理他娘！

江德福：谁的娘？

安杰：不讲理他娘！

江德福笑了：你别说，他们还挺会起外号的，哎，亚菲会回来吗？

安杰：会！我跟她说你病了，感冒了！

江德福：你干吗说我病了？为什么不说你自己病了！

安杰笑了：我病了，还能给她打电话吗？只好说你病了！

江德福：真是的！

大门开了，安杰探头一看，喜笑颜开：人家来了，你热情点儿！

江德福：八字还没一撇呢，我那么热情干什么！

安杰：哎，就是个普通客人，你也该热情啊！

21　傍晚　安杰家客厅里

孟主任由干部科长陪着，四个人在说话。院门响，江亚菲回来了，安杰赶紧出去了。

22　傍晚　家门口

江亚菲：妈，我爸好点儿了没？

安杰将食指放到唇边，示意她小声点儿，将她拖到院子里：亚菲，我跟你说，人家来看你爸了，你进去打声招呼，对人家客气点儿。

江亚菲：谁呀？谁来看我爸？我要对谁客气？

安杰：那个孟主任，人大代表。

江亚菲：噢，是饿主任呢！他来干什么？

安杰：我不是说了吗？他来看你爸！

江亚菲：看我爸，我去打什么招呼！还要对他客气点儿！

安杰：哎呀，人家也顺便来看看你！

江亚菲：看我干什么？

安杰：那天不都跟你说过了吗？

江亚菲：我同意了吗？

安杰：人家提出要见个面，我也不好回绝人家呀，你说是不是？

江亚菲：我都跟你说了我不干了，你怎么就不听呢？怎么就不尊重我的意见呢？

安杰：这不是内外有别吗？咱自己家人怎么着都行，可人家是客人呢！

江亚菲望着母亲不说话了，安杰眼巴巴地看着她，有些可怜。

江亚菲：妈，我要是不进去呢？你会怎么样？

安杰：我还能怎么样？豁上这张老脸，去跟人家解释，去跟人家道歉呗!

江亚菲:你不用在这儿跟我装可怜!我可以进去,但不是看着你装可怜的分儿上,我是看在我爸那么爱面子的分儿上!

安杰:行行,只要你进去坐一会儿,你看在谁的分儿上都行!

江亚菲:妈,你都年过半百了,怎么突然性情大变了呢?

安杰:我变什么了?

江亚菲:变得这么势利了!变得这么没有尊严了!

江亚菲转身往屋里走,丢下安杰在那儿气得翻白眼。

23 傍晚 安杰家客厅

江亚菲和安杰一前一后进来了,孟主任站了起来。安杰这下子不敢轻举妄动了。

干部科长只好开始做介绍:亚菲呀,介绍一下,这是二十九团政治处的孟天柱主任。孟主任,这就是通信连大名鼎鼎的江亚菲副连长。在连里的群众威信最高,每次无记名评议干部,她的票数都是最高。

江德福在一旁自豪地笑出声来。

孟主任伸出手来:认识你很高兴。

江亚菲假装没看见,大大咧咧地坐到了江德福身边。

江亚菲:听说你老人家感冒了?

江德福:好多了,快好了。

江亚菲:昨天还好好的,今天就感冒了,现在又快好了,你这得的是什么感冒?

江德福:哈哈哈……

江亚菲:你哈哈什么呀,像个老好人!

科长:江副连长,你一直都这么跟司令说话吗?这可不太好!

江亚菲：我也知道不太好，可就是改不了！

科长：那你可要好好改改。

江亚菲：行！我遵命！我试试吧！

科长：你们连讨论了吗？

江亚菲装糊涂：讨论什么？

科长：讨论孟主任传达的会议精神。

江亚菲：讨论了！讨论了！讨论得很热烈。

孟主任：我的普通话说得不够好，有口音，许多人反映，许多地方听不太清。

江亚菲：你太谦虚了！你的普通话哪是不够好哇，是特别的不够好！

安杰：亚菲，怎么说话呢？

江亚菲：我一直都这么说话，你又不是不知道！

科长：对对对，亚菲说话直来直去，这是她的一大特点。

江亚菲：科长，你在这里表扬我没用，你最好到连里去表扬我！好了，我连里还有事，我要先回去了。爸爸，你好好养病，过几天我再来看你！

江德福：好好好，谢谢谢谢！

江亚菲笑了：你是不是没话说了？是不是不知说什么好了？

江德福去看安杰，安杰生气地扭过脸去。

24　晚上　安杰卧室

电话响了，安杰接起：是吗？真的吗？那太好了！行！行！我一定帮着他做工作！这你放心！好！好！再见！

江德福：谁呀？看你高兴的这个样儿！

安杰：人家孟主任看上咱们亚菲了，表示要追她！

江德福不高兴了：他看上亚菲了，你用得着这么激动吗？他是林立国吗？他在选妃子吗？你看你这个样儿！真给我丢脸！

25　白天　老丁家客厅

江德福和老丁在下棋，江德华抱着孙子进来了。

江德华：听说那个人大代表，要追咱们亚菲啦？

江德福头也不抬：哼！他想追就追得上啊！

老丁：哪个人大代表？

江德华：就那天做报告的那个！那个哪个团的政治处主任！

老丁：二十九团。

江德华：对对，就是二十九团，就是他！

老丁笑了起来，江德福警惕地望着他：你笑什么？

老丁：这是不是安老师的主意？

江德福：哼！除了她还有谁！

老丁：你别说，人家还真是有战略眼光。

江德福：什么战略眼光？

老丁：这不是明摆着的事吗？你退休了，再找个能接你班的人，这种战略眼光了得吗？

江德福：她那是鸡抱鸭子瞎操心！人家亚菲不干，她自己在那儿瞎张罗！

老丁：亚菲为什么不干呢？

江德福：亚菲为什么要干呢？

老丁：这么好的条件可以考虑！过了这个村，可没这个店了！

江德福：没有就没有！我们亚菲还愁嫁不出去！

老丁摇头：但要找这么好条件的，可就难了。

江德福：多么好的条件呢？

老丁：你说呢？

江德福：我说你们都是些势利眼！什么时候都变成这样了！

26　白天　路上

江德福背着手往回走，碰上了去吃饭的孟天柱。

孟天柱立正站好：江司令。

江德福点头：嗯嗯，吃饭去？

孟天柱：是，吃饭去。

江德福：你什么时候回团里？

孟天柱：快了，就这几天。

江德福：噢，行了，吃饭去吧。

孟天柱：司令请走好。

江德福停下来，回头看了他一眼，孟天柱心中一慌，向后绊了一下。

江德福心想：就这样的，还想追亚菲！

27　白天　食堂

江德华拿馒头出来，正好碰上了孟天柱。江德华光顾看他了，脚下一绊，差点儿摔倒，馒头撒了一地。

28　白天　安杰家饭桌上

江德福和安杰在吃饭。江德福先吃完，起身准备离开。

安杰：哎，麻烦你给亚菲打个电话，让她明天回来一趟。

江德福：干什么？有什么事吗？

安杰：你说呢？明知故问！

江德福：我不打，要打你自己打！

江德福离开了，安杰自言自语：我要能打还用求你！

29 晚上 安杰卧室

江德福在洗脚，安杰进来了。

江德福：忘了拿擦脚的了，麻烦你给拿一下。

安杰：我也麻烦你一下，给亚菲打个电话。

两口子对视了一阵，江德福双脚离盆，直接穿上了拖鞋。

安杰：我去！我去！我去拿！

江德福起身：你不用拿！老子不用了！

安杰：唉！你怎么变得这么犟了！

江德福：你还有脸说我？你什么时候变得这么势利了！

安杰：我哪势利了？我这还不是为她好吗？

江德福：孩子的事你少插手！怎么就是不接受教训呢？

安杰：噢，我知道了，知道了。

江德福：你知道什么了？

安杰：闹了半天，你也是没做好思想准备呀！

江德福：我没做好什么准备？

安杰一字一顿：你没做好当岳父的准备！你没做好当老丈人的准备！

江德福笑了：真能记仇哇！你不累吗？

安杰也笑了：打吧，打一个吧？

江德福不笑了：不打！坚决不打！

30　白天　通信连院子

江亚菲正在跟女兵们跳大绳。

一个小女兵跑过来：副连长，你妈妈来电话，让你晚上回家吃饺子。

江亚菲在绳子里跳着：是吗？太好了！我肚子正饿着呢！

摇绳的女兵喊：饿们也饿着呢！带回来点儿给饿们吃！

江亚菲笑了，跳坏了。

31　傍晚　院子里

江亚菲兴致勃勃地回来了，一见铁丝上挂的都是她的衣服，更是眉开眼笑了，跟正在剥蒜的安杰开起玩笑。

江亚菲摸着自己的衣服：这是谁干的好事？不会是雷锋同志吧！

安杰：你妈比雷锋同志也差不到哪去！做给你们吃……

江亚菲：做给你们穿！你不就会说这么几句吗？人家雷锋同志可不像你，做点儿好事就发牢骚！

江亚菲径直往屋里走，安杰担心地看着她的后背。

32　傍晚　安杰家客厅

孟主任站在窗前，听着窗外母女俩斗嘴，高兴地笑了。

江亚菲探进头来，一见孟主任，愣住了。

孟主任：你好。

江亚菲望着他半天不说话。

孟主任：回来了？

江亚菲：哎，听你这口气，像你是主人，我是客人？

孟主任笑了：我是不是喧宾夺主了？

江亚菲：你还反客为主了呢！

江亚菲出了客厅。

33 白天 安杰家外屋

江亚菲与安杰撞了个正着。安杰捂着额头，紧张地望着她。江亚菲与她对视了片刻，拔腿要走，安杰一把拽住了她。

安杰小声地：你别走！

江亚菲大声地：放开我！

安杰：你小点儿声！

江亚菲：我让你放手！

江德福出来了：干什么？吵什么？

安杰依然小声地：她要走。

江德福盯着江亚菲：你走什么？

江亚菲望着他不说话。

江德福笑着拍着她的后背：既来之，则安之。那么好的三鲜馅饺子，不吃白不吃！

江亚菲笑了：看在你的面子上，我就吃吧！

江亚菲进了自己房间，安杰感激地望着江德福：谢谢，谢谢你。

江德福"哼"了一声，进了客厅，安杰拍着胸口进了厨房。

第三十六集

1 白天 路上

老丁和江德华急匆匆地走着。

江德华：你等等我，走那么快干吗？

老丁：晚了！去晚了不礼貌！

江德华：不就是吃顿饺子吗？有什么礼貌不礼貌的！

老丁：不是有客人吗？重要客人！

江德华：啥重要客人呢？不就是介绍对象吗？人家亚菲还看不上！

老丁：她看不上说明她鼠目寸光！这样的她都看不上，她能看上什么样儿的？真是没个数！

江德华：也就你和俺嫂子稀罕那人，俺哥可没看上，俺看也就那么回事，配不上俺侄女！

老丁站住了：要不怎么强调知识的重要性呢？有文化的重要性在哪里？重要在目光远大！站得高、看得远！

江德华：光你们重要有屁用？人家亚菲不乐意，也是白搭！

老丁：快闭上你的乌鸦嘴，赶紧走吧！

2　白天　安杰家客厅

老丁站在门口，清了清嗓子，然后才进来，江德华跟在他身后。

江德福屁股都没抬：来了。

老丁：啊，来了。

孟天柱站了起来，走过来，敬了个礼：丁副参谋长好！

老丁点头：好好好。

孟天柱又给江德华敬了个礼，把江德华吓得连连后退。

孟天柱：姑姑好！

江德华笑了：好！好！好啥好！

老丁坐下，江德华也要坐下，老丁训她：你在这儿干什么？到厨房帮忙去！

江德华走了，江德福"哼"了一声。

老丁问孟天柱：会议精神都传达完了？

孟天柱点头：传达完了，传达完了。

3　白天　安杰家厨房

江德华进了厨房：亚菲还没回来？

安杰：回来了，在自己房间呢。

江德华：你咋不叫她帮忙？

安杰：我还敢叫她帮忙？她肯留下来不走，我就万分感激了！

江德华笑了：这叫什么事呀？

安杰：这叫皇帝不急，太监急！哎，你去看看，看看她在干什么。

4　白天　江亚菲房间

江德华推门进来，见江亚菲睡得正香。

5　白天　安杰家厨房

江德华回来了：人家正在睡大觉呢！我进去都没吵醒她！

安杰：不是不高兴了吗？竟然还能睡过去！什么人呢！

6　白天　安杰家外屋

饺子上桌了，客厅里的人出来了。

老丁：怎么，光吃饺子呀！

江德福：你还想吃什么？

老丁：难道不给酒喝吗？

安杰正好出来，充满歉意：他姑父，没做下酒菜，你多多包涵。

老丁：没有下酒菜怕什么？饺子就酒，越喝越有！

安杰：那……那行，我给你拿酒来！

安杰拿来一瓶西凤酒，老丁不满意：今天贵客登门，怎么也得茅台五粮液呀！

安杰：我过生日的时候，都给喝完了。

老丁：没有一点儿计划性！（对江德华）去，咱家还剩半瓶五粮液，拿来喝！

江德福：算了算了，麻烦什么！就喝这个，这也是好酒！

江德华：那我还去不去了？

老丁：去！当然去了！马上去！

江德华先看江德福，又看安杰。

安杰赔着笑：那就麻烦你一趟吧。

江德华出去了，安杰跟了出来。

7　白天　院子里

安杰跟在江德华身后：谢谢，谢谢，麻烦你了。

江德华：哼！我看你们这是瞎子点灯白费蜡！

8　白天　安杰家外屋

江德华抱着五粮液回来，见他们已经吃上了：怎么吃上了？不喝酒了？

老丁：你快点儿吧，哪这么多废话！

江德华：我让你支使得团团转，连句话都不能说了？

江德福：你这是活该！谁让你这么听他的！

老丁：你别挑拨离间，没用！

大家都笑了，老丁倒酒。

江德华：哎，亚菲还没睡醒？

安杰：等着你去叫呢！

江德华：这么多人，干吗什么都等我！

安杰冲她挤眼，江德华笑着去了。

9　白天　江亚菲房间

江德华把江亚菲推醒：姑奶奶，醒醒，快醒醒。

江亚菲睁开了眼，迷迷糊糊：姑姑。

江德华：姑奶奶。

江亚菲笑了，坐了起来。

10　白天　安杰家外屋

江亚菲打着哈欠、揉着眼睛出来了。

老丁：江副连长，快请坐！

江亚菲笑了：丁副参谋长，别客气。

江德福：快坐吧！这里数你官小，数你架子大！

江亚菲挨着父亲坐了下来，跟孟天柱对面。

老丁：亚菲，来一杯？

江亚菲正吃饺子，头也不抬：不来。

老丁：陪一杯嘛！

江亚菲：半杯也不陪！

老丁：为什么？

江亚菲：不会喝。

老丁：拉倒吧！谁不知你号称是江半斤！

江亚菲：我戒酒了。

老丁：什么时候戒的。

江亚菲：昨天。

老丁：你……

江德福：行了行了，不喝就算了，别勉强！

江亚菲头不抬、眼不睁地埋头吃着，安杰在一旁看得又急又没办法。江德华在一旁满脸笑容地看热闹。老丁要给孟天柱倒酒，孟天柱谢绝了。

孟天柱：我没有酒量，我不能喝了。再喝就要出洋相了。

江亚菲抬起头来，看了他一眼，又看了安杰一眼，脸上有了笑容。

江亚菲：姑父，要不我破个戒，陪你们喝一杯吧。

老丁大喜过望：好好好！行行行！欢迎欢迎！

安杰开始担心了，坐立不安起来。

江亚菲举着酒杯：孟主任，你是客人，我先敬你一杯，我先喝为敬！

江亚菲先一口喝干，然后盯着孟天柱不放。孟天柱只好硬着头皮喝了半杯。

江亚菲：这哪行啊，只喝半杯，多不礼貌！

安杰：行了，可以了，半杯就半杯吧。

江亚菲：妈，有你什么事呀？我敬客人酒，哪有你推三挡四的份儿！

安杰不说话了，脸也沉下来了，孟天柱一看，赶紧拿起酒杯。

孟天柱：好好好，我喝我喝，我干了它！

江亚菲给自己倒满酒，又去给孟天柱倒。

江亚菲：好事成双，再来一杯。

孟天柱求饶似的看着众人，没有一个人开口说话，要么是不敢说，要么是不愿说。

江亚菲举起酒杯：这第二杯酒，我代表全守备区广大指战员敬你。

老丁有话说了：你凭什么代表全守备区广大指战员？谁授权你了？

江亚菲笑了：行行行，我没资格，我不够格！我代表我们通信连全体指战员总行吧？

老丁点头：这还差不多。

江亚菲：孟代表，我代表通信连全体指战员，感谢你给我们传达了那么精彩的会议精神。我干了，你看着办！

江亚菲一口喝干，盯着孟天柱不放。

孟天柱为难地：江副连长，我的确是酒量有限，我就不干了吧？

江亚菲：你看着办！人民代表大会那么重要的会议，你喝多少合适呢？

孟天柱又皱眉头又吸冷气的，令江德福非常不顺眼，他也皱起了眉头。

江德福：不就一杯酒吗？能死人吗！

江德华：就是！喝了算了！

孟天柱在这种情形下，不得不喝了，也许喝得太猛，被酒呛住了，一阵剧咳，大家同情地望着他，唯独江亚菲坏笑起来。

安杰：赶紧吃口饺子压一压。

江德华：就是就是！大口吃，管用！

孟天柱大口吃了口饺子，用力嚼了起来，嘴里竟吧嗒有声了。

江亚菲更要笑了。她先去看安杰，安杰将脸扭向一边，她又去看江德福，并冲江德福挤眼睛。江德福"哼"了一声，也将脸扭到了一边。

11　白天　安杰家厨房

江亚菲在刷碗，江德华在帮忙。

江德华：亚菲，我看那人挺实在的，挺不错。

江亚菲点头：是不错。

江德华：那你为什么看不上人家呢？

江亚菲：我哪有资格看不上人家呀！人家官那么大，我配不上人家。

江德华盯着她看：亚菲，你是真的还是假的？

江亚菲真诚地点着头：真的！真的！

12　白天　院门口

老丁陪着孟天柱走了，江德福和安杰送到门口。

江德福：哼！

安杰：你哼什么？

江德福：我哼你赔了夫人又折兵！

安杰：谁是夫人谁是兵！

江德福：饺子是夫人酒是兵，噢，对了，酒是人家的，你只是赔了夫人。

安杰深深地叹了口气，江德福同情地搂住了她：我看这事就算了吧，孟主任跟亚菲不太合适，你没看见亚菲听他吃饭吧嗒嘴那样子？

安杰：你是不是也烦人家吧嗒嘴？

江德福不说话了。

安杰挣脱了江德福的手：你这嘴才不吧嗒几天呀，你凭什么烦人家？

江亚菲提着饭盒出来了。

安杰：你拿的什么？

江亚菲：剩的饺子！

安杰：给谁吃？

江亚菲：这也要向你汇报吗？

安杰：当然了，是我包的饺子！

江亚菲笑了：那好吧，告诉你！带回去给我对象吃！

13　傍晚　司务长房间

江亚菲提着饭盒回来了，她推开司务长的房门，司务长正埋头打算盘。司务长床上放了把二胡。

江亚菲：司务长，你饿吗？

司务长抬起头：我不饿呀。

江亚菲：不饿也尝尝吧！尝尝我家的饺子，可好吃了！

司务长笑了：那当然了！司令家的饺子还能不好吃？

14　晚上　江亚菲宿舍

江亚菲蹲在地上洗衣服，入神地听着二胡拉出的《二泉映月》，一脸的幸福。

电话响了，江亚菲跳起来接电话。

总机的声音：副连长，二十九团的政治处孟主任找您，请讲话。

江亚菲皱起了眉头：唉。

孟主任的声音：我怎么听你有气无力的呢？是不是病了？哪儿不舒服？

江亚菲皱起了眉头：你就这么盼着我生病吗？

孟主任的声音：哎哎，我可没这个意思！我哪会有这个意思呢？

江亚菲：那你什么意思呀？打这个电话什么意思？

孟主任的声音：打个电话问候一下嘛，我能有什么意思？

江亚菲：谢谢，我挺好的，以后不用老打电话问候了。

电话里不知孟主任说了什么，把江亚菲烦得直拽自己的头发。她看见墙上挂着的哨子，笑了。她摘下哨子，放进嘴里吹了一下。

孟主任的声音：这么晚了，连里还有活动吗？

江亚菲：不知道，可能是紧急集合吧。

孟主任的声音：那你快去吧，我放电话了。

江亚菲放下电话，情不自禁地把哨子放进了嘴里吹了起来。

有人敲门，江亚菲开了门，一看是指导员。

江亚菲：干什么？有事吗？

指导员气急败坏：我还要问你呢！你干什么？你吹哨干什么？

15　白天　通信连

星期天，战士们都在门前院子里自由活动。江亚菲往外走，路过司务长于大光的窗前，见他正在报纸上练习毛笔字。

江亚菲站住了，入神地看着。于大光发现了她，冲她羞涩地一笑。江亚菲慌慌张张地跑掉了。

16　白天　安杰家院子

安杰在院子里浇花，院门响了，她抬头一看，江亚菲回来了。

安杰：哟，这是谁呀？你是谁家的姑娘？

江亚菲笑了：娘！你不认识我了？我是你最不喜欢的女儿亚菲呀！

安杰笑了，用喷壶喷她，她笑着跑开了。

江德福听见声音出来了：江指导员回来了？

安杰愣了：你叫她什么？

江德福：你问她！

安杰：你爸为什么喊你指导员？

江亚菲笑了：因为我马上就要改成指导员了！

安杰：你不是军事干部吗？

江亚菲：领导发现我更适合搞政工！

安杰笑了：你们领导可真是伯乐，真有眼光！那你们指导员呢？

江亚菲：升了呗！这还用问！

安杰：你可真能沉得住气，这么大的事，也不告诉我一声！

江亚菲：多大的事呀！等我当了政委，再提前告诉你吧！

江亚菲进了屋，安杰跟了进去。

17　白天　江亚菲房间

安杰尾随着江亚菲进来。

江亚菲：你怎么像尾巴似的，跟着我干吗？

安杰：我问你，最近孟主任给你打电话了没有？

江亚菲：闹了半天，是你让他打的？

安杰：你妈哪有那本事呀，还能管得了人大代表？

江亚菲：人大代表人民管嘛！再说，你是什么人民哪！

安杰：你说我是什么人民？

江亚菲：你是人民的人民！管人大代表的人民！能不够的人民！

安杰：别刚当了指导员，尾巴就翘到天上了！我问你，人家孟主任哪点配不上你？

江亚菲：我什么时候说过人家配不上我这种话了？我说过吗？

安杰：你虽然没说过，但你意思是这个意思！

江亚菲：那你理解错了！我可没这个意思！我的意思是，我一个小连级干部，配不上人家全要塞最年轻、最有前途的团级干部！这下你明白了吧？明白我的意思了吧？以后别再烦我了，行不行？

安杰：我是为你好！这你还不明白吗？

江亚菲：我不明白！我不明白你为什么非要干涉别人的事！尤其是别人感情上的事！婚姻大事！当年那个杨书记非要拉你去见我爸，你不是也不愿意吗？不是也反抗过吗？不是也痛苦过吗？怎么现在你又变成那个杨书记了呢？非要逼我做我不愿意的事呢？你说！你这是为什么！

安杰：我还是那句话，我是为你好！当初，我要是不听杨书记的话，不嫁给你爸爸，今天你妈还不知会成什么样儿呢！没准儿还不如你姨妈呢！你姨妈这一辈子是怎么过来的，你也不是不知道！她能跟你妈比吗？你妈我这一辈子，可以跟世界上任何一个女人比！我能嫁给你爸爸我很知足！很幸福！所以，我从内心里感谢人家杨书记！这话不虚伪吧？是实话吧？你应该信吧？

江亚菲不得不点头：我信！我当然信了！这样发自肺腑的话，我怎么可能不信呢！

安杰：你信就好！

安杰转身出了房间。

18　白天　安杰家外屋

安杰差点儿撞上站在门口聆听着的江德福。

安杰没好气地：你站这儿干吗？

江德福眼眶有些发红，他有些语无伦次：想不到，真想不到！谢谢你，我真要谢谢你！我也要谢谢杨书记，我也是从内心里感谢杨书记！

江亚菲站在门口，替父母鼓掌。

安杰不信任地看着她。

江亚菲：妈，我这是发自内心的掌声，你也应该相信！

19　白天　江亚菲房间

江亚菲躺在床上，跷着二郎腿看报纸。安杰又进来了，在她床边坐下。

安杰：亚菲，我再最后问你一次。

江亚菲：妈！你怎么又来了！

安杰：我再最后证实一下，如果你对人家孟主任确实没有感觉，你们确实没有可能，那我就早点儿跟人家说，免得人家在你身上浪费感情！人家也不小了，咱别耽误人家！

江亚菲坐了起来：妈，那我谢谢你，万分感谢你！我再求你一件事，别再管我的事了，好吗？

安杰叹了口气：唉！你说生儿养女干什么？一把屎一把尿地把你们拉扯大，到头来，连个说话的资格都没有！

江亚菲：妈，你把我们一把屎、一把尿地拉扯大，难道就是为了管这种事、说这种话的吗？

安杰又叹了口气：唉！我还不是怕你们上当受骗走弯路吗？

江亚菲：我是谁呀？谁敢骗通信连的江指导员呢？妈，你放心，我保证给你带回来个不错的、有才华的女婿！

安杰：听你这口气，你好像有对象了？

江亚菲：快了吧。

安杰：什么叫快了吧？

江亚菲：快了的意思就是快了！马上就要有眉目了！

安杰：马上就要有眉目了是什么意思？

江亚菲笑了：哎呀，妈，今天跟你说个话，怎么这么费事呀？你是真听不懂？还是装得听不懂？

安杰：我是真听不懂！我干吗要装呢！你快说，你那对象是谁？叫什么？哪个单位的？干什么的？

江亚菲：妈，你一项一项地问，你一下子问这么多，我能记住吗？

安杰：你少给我啰唆！快说，他是谁？叫什么？

江亚菲笑了：不就是个人名吗？说了你也不认识！等条件成熟

了，我把他带回来，你亲眼看看不就行了吗？

安杰：不行！快告诉我名字，告诉我他叫什么！

江亚菲：他叫张三！他叫李四！他叫王二麻子！你说，告诉你个人名有意义吗？

安杰不说话了，但却盯着江亚菲不走。

江亚菲躺下了，拍了拍床边。

江亚菲：我要睡觉了，要不你看着我睡。

安杰没好气：我还拍着你睡呢！

江亚菲笑了：也行，你愿拍就拍吧。

江亚菲背过身去，安杰不得不离开了。

20　白天　海边

老丁戴着草帽在钓鱼，看见江亚菲和一个男生有说有笑地走了过来。

老丁站了起来：亚菲！

江亚菲一愣，有点儿吃惊，也有点儿紧张。

老丁：怎么？不认识了？

江亚菲笑了：我还以为是哪个老渔民呢！

老丁：这是谁呀？也不介绍介绍？

江亚菲：这是我们连的司务长于大光。

老丁上下打量着他，于大光紧张得不知如何是好。

江亚菲没话找话：姑父，钓了几条了？

老丁没好气：一条也没有！

江亚菲笑了：看来你的技术有问题，你还要努力呀！

老丁一挥手：你快走吧，别烦我了！

江亚菲：行，我就不烦你了，祝你好运！

老丁望着他们的背影，自言自语：真有眼光啊！

21　白天　安杰家院子

安杰在晒衣服，老丁扛着鱼竿进来了。

安杰：送鱼来了？

老丁紧走了几步，招手叫安杰过来，安杰奇怪地过去了。老丁对她悄悄说了些什么，安杰大吃一惊。

安杰：什么？你说的都是真的？

老丁：我骗你干吗？我亲眼看见的！

安杰：会不会是你多心了？他们一个连队的……

老丁：他们什么关系我还看不出来？再说，亚菲见了我，也吓了一跳的样子，很紧张！

安杰说不出话来了，江德福出来了。

江德福：你俩在那儿嘀咕什么呢？

老丁刚要说，安杰扯了扯他的衣角。

老丁：我问你干什么呢，她说你在睡觉，不让我大声。

江德福：钓到鱼了？

老丁：别提这事，我正窝心呢！

江德福笑了：胜败乃兵家常事，哪能让你每次都如意！

老丁：你不去钓，也不要说风凉话！

江德福更乐了：我才不去呢！有那闲工夫，还不如睡会儿觉呢！

22　白天　通信连

安杰来了，碰上一个小女兵：请问，你们指导员在吗？

小女兵：在，我们指导员在食堂帮厨呢，我带您去吧。

23　白天　食堂操作间

江亚菲正戴着白围裙挥着大铁铲炒菜，小女兵带着安杰来了。

小女兵：指导员，您妈妈来了。

江亚菲一愣：你怎么来了？

安杰：你这是中南海呀？我不能来吗？

小女兵一乐，捂着嘴跑了。

安杰：指导员怎么亲自下厨了？

江亚菲：我们连杀了头猪，要改善伙食。哎，你是不是听见杀猪的声音，跑来蹭吃蹭喝了？

安杰：就你们连队的伙食，还值得我来蹭！

一个男兵跑了过来：指导员，司务长说，中午加餐，能不能加瓶酒哇？

江亚菲：想得美！杀头猪吃就不错了，还想喝酒！

那男兵跑走了，安杰假装漫不经心：司务长是谁呀？

江亚菲一愣，铁铲不动了。

安杰：是你说的那个对象吧？

江亚菲没吭声，安杰上下打量着她。

安杰：江亚菲，你行啊，你的眼光可真不低！我还以为你找了个天兵天将呢，闹了半天找了个司务长！

煳锅了，江亚菲急忙翻炒，边炒边说：麻烦你先回去，这事回家后再说。

安杰扭头就走，在门口差点儿撞上一个人。安杰正不高兴，听有人喊"司务长"，那人答应了一声，安杰上上下下地打量起他来。

24 白天 安杰家

江亚菲回来了，进门就喊：妈，妈！

江德福拿张报纸出来了：你进家就喊妈，怎么就不会喊爸呢！

江亚菲笑了：爸！

江德福：唉！什么事？

江亚菲：没事。

江德福：没事你回来干什么？

江亚菲：我找我妈有点儿事，跟你无关。我妈呢？

江德福：你妈到你姑家去了，找她什么事？

江亚菲：私事，不方便跟你说。

江德福：跟老子还有什么不方便的？还是私事！

江亚菲：女人之间的事，你也想听吗？

大门响了，安杰回来了。

江德福：你妈回来了，你跟她说吧！

江德福进了卧室，江亚菲迎了出去。

安杰上下打量着江亚菲，阴阳怪气：哟，江大指导员哪？稀客呀！

江亚菲忍气吞声地没有说话。

安杰盯着她：有何贵干？

江亚菲：咱们谈谈吧？

安杰：谈什么？

江亚菲：你说呢？

安杰：我哪知道呀？是你要谈，又不是我谈！

江亚菲沉了脸：你谈不谈？不谈我就回去了。

安杰一把抓住她：谈谈谈！那就谈吧！

两人进了客厅。

25 白天 安杰家客厅

两人进来，安杰特意将房门关上。

安杰坐下：谈吧！

江亚菲也坐下：你先问吧！

安杰盯着她：真是他？真的是那个司务长？

江亚菲点头：是他，是那个司务长。

安杰也点头：行啊，江亚菲，我还以为你的眼光有多么高呢，闹了半天竟然是个司务长！

江亚菲：你别一口一个司务长司务长的，司务长又怎么了？

安杰：司务长好哇。司务长管钱管物，又会扒拉算盘珠子，司务长有多好哇！

江亚菲：你不要用这种口气说话！

安杰：我用哪种口气说话了？

江亚菲：你这种阴阳怪气、不阴不阳的口气！

安杰拍了桌子：你这是在跟谁说话？没大没小的！

江亚菲：妈，我是来跟你讲道理的，不是来跟你吵架的。

安杰：你有什么道理跟我讲？

江亚菲：首先，你这种把人分成三六九等的看法是不对的！

安杰：你接着说！

江亚菲：毛主席教导我们说，革命只有分工不同，没有高低贵贱之分。司务长怎么了？司务长难道不是革命工作吗？

安杰：继续说！

江亚菲：如果按你的三六九等之分，当初我爸压根就不应该娶你！

安杰：你不用停，接着往下说！

江亚菲：当初在那个年代，是讲成分论的吧？以你资本家的出身，凭什么能嫁给我爸爸呢？

安杰再次拍了桌子，而且脸色也变了：混账玩意儿！你算什么东西，竟敢来质问我！

江亚菲：妈！咱们有事说事，不要骂人！

安杰：你既然叫我妈，我骂你不算犯法吧？

江亚菲：……

安杰：我既然是你妈，我管管你的终身大事总是可以的吧？

江亚菲：管可以，最好能将心比心地管！设身处地地管！

安杰：你不就是嫌我家庭出身不好吗？你爸都没嫌我，哪就有你说三道四的份儿了！

江亚菲叫了起来：妈！你还讲不讲道理了！

安杰声也大了：我讲的哪句不是道理？你说！你给我说出来！

门开了，江德福进来了：吵什么？吵什么？

安杰：问你女儿！

江德福：吵什么？

江亚菲不说话，江德福又问安杰：你说！吵什么？

安杰：你女儿给你找了个司务长的女婿！

江德福一愣，扭头问江亚菲：有这事吗？

江亚菲大声地：有！不行吗？

江德福一时语塞，不好回答。

江亚菲追问：司务长不行吗？

江德福只好招架：行，谁说不行了？

安杰不满意地：难道你同意吗？

江德福望着她：谁说我同意了？

安杰和江亚菲几乎是异口同声：那你是什么意思？

江德福：我的意思是，都不要激动，先冷静！冷静下来再谈这件事！

江亚菲站了起来：要冷静你们冷静吧，我一直都很冷静！我冷静地告诉你们，就是他了！就是那个司务长了！我非他不嫁了！你们看着办吧！

江亚菲抬腿就走，安杰喊了起来：你别走！你给我回来！

江亚菲扬长而去，安杰要去追她，被江德福按住：算了，让她走吧。

安杰：难道这事就这样算了？难道你同意了？

江德福：你看看你这个人，怎么就这么沉不住气呢？你就是不同意，也要找个正当的理由吧？嫌人家是司务长？这理由说得出去吗？说得出口吗？

安杰：要依着你，该怎么办呢？

江德福：冷静、冷静，再冷静！

安杰站了起来：我以为你有什么高招呢！闹了半天就是个冷静！要冷你冷吧！我可冷不下来！

江德福：你有什么好法子吗？

安杰：暂时还没有！不过总会有的！

26 白天 老丁家外屋

于大光站在门口，小心翼翼地敲着门。江德华开了门，上上下地打量着他,于大光更不安了。

江德华:你是那个司务长吧?

于大光点头:对,是。

江德华:进来吧!等着你呢!

27　白天　老丁家客厅

江德华带着于大光进来了,安杰和老丁坐在那儿,都没起身。

江德华:坐吧。

于大光:不用。

老丁:让你坐,你就坐!

于大光吓得坐下了,只坐了半个屁股。

老丁:听说你在跟你们指导员谈恋爱?

于大光一惊:没有,没有没有。

安杰:没有?

于大光:没有。

安杰:真的没有?

于大光:真的没有。

江德华:亚菲说有!

老丁说江德华:你别说话!我问你,你真的没跟你们指导员谈恋爱?

于大光:真的没谈。

老丁:那你们指导员怎么说你俩在谈恋爱?

于大光:我不知道。不过,指导员对我挺好的。

安杰:怎么个好法?

于大光:嗯,嗯……

老丁：你们指导员提过这事吗？

于大光：什么事？

老丁：跟你谈恋爱的事。

于大光：没有没有！从来没有！

安杰：真的没有？

安杰和老丁你看看我，我看看你，都不说话了。

江德华又开腔了：没有就好！你别跟她谈恋爱！

于大光急忙点头：唉，知道了，知道了。

老丁起身：行了，没什么事了，你可以走了。

于大光马上站起来，准备走人。

安杰和颜悦色：小于呀，今天这事，你可千万别告诉你们指导员呀。

江德华：就是就是！让她知道可就完了！

老丁：你快闭嘴吧！快去送客吧！

江德华送于大光出去了。

老丁不满地望着安杰。

老丁：你是怎么搞的？情报不准确嘛！

安杰：亚菲亲口对我说的，这还有假？她还说，非他不可，非他不嫁！

老丁：那你看人家小于像是那说谎的人吗？

安杰摇头：不像，挺老实的个孩子。

老丁：就是嘛！现在看来，只有一种可能。

安杰：哪种可能？

老丁：是亚菲看上人家了，她是在剃头挑子一头热！

安杰：这怎么可能呢？我们亚菲是那没出息的人吗？

老丁：你们亚菲不是没出息，而是太有出息了！她那是认为，凡是她看上的人，谁也跑不了！什么时候通知，什么时候算！

安杰：可能吗？

老丁：太有可能了！今天这次谈话也没有白谈，起码让小于知道了我们的态度，即便是亚菲跟他提出来了，他也不敢轻易答应了。

安杰：他不敢算什么？关键是亚菲那儿！没准儿他越是不敢，亚菲越是来劲呢！

老丁点头：你说得对，是该想点儿别的办法了。

28　白天　老丁家院门口

江德福来了，跟正要出门的于大光碰了个正着。

于大光立正：司令员。

江德福点头：啊啊啊。

于大光走了，江德福问江德华。

江德福：他是谁呀？

江德华笑了：他就是亚菲的对象，那个司务长！

江德福站住了：他来干什么？

江德华：你进去问他们吧！

江德福：他们是谁？

江德华：我男人！你老婆！

江德福明白了：真是乱弹琴！

29　白天　老丁家客厅

江德福阴着脸进来了：你们这是搞什么名堂！

183

安杰不敢说话，老丁只好说了：我们也是无用功，白谈了一通！

江德福：什么意思？

老丁：人家根本没跟你女儿谈恋爱！你女儿那是在剃头挑子一头热！

江德福问安杰：有这事？

安杰点头：有这事！千真万确！

江德福笑了：奶奶的，白让老子担了一通心！

安杰：谁说不是呀！

江德福：亚菲怎么还能干这么丢人的事？她怎么就剃头挑子一头热了呢？

安杰笑了：你想让那头也热呀？

江德福：这是两码事！我女儿怎么可能是剃头挑子呢？

30　白天　通信连连部

江亚菲背着手枪、扎着武装带满头大汗地回来了。

连长：怎么样？

江亚菲：这还用问吗？不是守备区第一，我就直接在那里跳海不回来了！

连长笑了：你就骄傲吧！

江亚菲：骄傲我也能进步，这没办法！

连长：哎，刚才教导员来电话，说调于大光到二十九团后勤处当助理员，明天就去报到。

江亚菲：什么？你说什么？

连长：你怎么了？这么激动干什么？

江亚菲：我没激动，我激动干什么？我只是奇怪。

连长：是够奇怪的！怎么会调他去呢？莫名其妙嘛！这于大光走了什么运了？

江亚菲：狗屎运！

31　白天　江亚菲宿舍

江亚菲拿起电话：给我接江德福家！

32　白天　安杰家客厅

安杰接电话：我干什么了？你这么大的火？

江亚菲的声音：把于大光调走，是不是你干的？

安杰：江亚菲，你搞错了吧？你妈我就是一个部队家属，我哪有那么大的本事调动干部呢？

安杰放了电话。

33　傍晚　海边

于大光坐在礁石上拉《二泉映月》，红彤彤的太阳一点点沉入海中。

江亚菲站在他身后，听着，看着，竟然有些陶醉了。

《二泉映月》拉完了，于大光望着海面，一动不动。

江亚菲走过去，踢了他一脚：你在这里，让我好找！

于大光并不回头，只是深深地叹了口气。

江亚菲：你叹什么气？

于大光：明天就要走了。

江亚菲：你可以不走！

于大光又叹了口气：走吧，还是走吧，走得越远越好！

江亚菲：如果我不想让你走呢？

于大光回过头来，仰望着江亚菲。江亚菲又踢了他一脚：你说话呀！你哑巴了？

于大光又是一声叹气：唉，命令都来了，哪能不走呢！

江亚菲：为我也不能吗？

于大光看了她一眼，赶紧将眼睛移开，几乎是嘟囔了：为谁也不能，我哪有这个胆儿。

江亚菲盯着他，目不转睛。于大光眼睛游移着，想看又不敢看的样子，嘴里唉声叹气的。

江亚菲火了，抬脚狠狠地踢了他一下：算我瞎了眼！

34　白天　山坡上

望远镜中，人们在码头上送别于大光，于大光频频回头张望。

江亚菲站在山坡上，举着望远镜，一动不动，眼泪流了下来。

35　白天　院子里

安杰在菜地里干活，江德福穿着睡衣、背着手站在一边看着。

江德福叹了口气：唉，亚菲也不回来了！

安杰：你放心！她会回来的！

江德福：不是我说你，孩子的路，要让孩子自己去走！腿又没长在你身上，你非要拴着人家，让人家按照你指的路走，这怎么行呢！

安杰：这怎么不行？我们做父母的，难道只管孩子的吃穿就行了吗？眼看着他们走了弯路，也假装没看见，由着他们走下去？

江德福：我相信我们亚菲不会走弯路！找什么人，她自己心里有数!

安杰冷笑：她心里有数？她要是有数，还能去找个司务长！

江德福：司务长怎么了？司务长不也是革命工作吗？再说，他能当一辈子司务长啊？人家就不进步了？

安杰：等他进了步，黄花菜都凉了！职务还没有亚菲高，比亚菲低了两级都不止！他什么时候能赶上亚菲呀？亚菲现在就是躺下来睡上一觉，等她醒来再跑，那小子也追不上！

江德福笑了：看你说的，这又不是乌龟跟什么赛跑。

安杰：跟兔子赛跑！这叫龟兔赛跑！你懂什么！

江德福：我不懂，你懂！你就瞎指挥吧！等指挥出乱子来，看你怎么办！

安杰：哎，你不是也不愿意吗？

江德福：我又想开了。看着孩子那么难受，我心里也不好受。她愿找什么样儿的就找什么样儿的吧，只要她喜欢就行了。

安杰正要说话，江亚菲背着望远镜回来了。

江德福：干什么去了？怎么这个样子？

江亚菲有气无力地坐到葡萄架下，望着在地里干活的安杰发呆。

安杰一手泥土地走过来：怎么了？谁又惹你了？

江亚菲目不转睛地望着母亲，把安杰看得不自在起来：你这么看着我干吗！

江亚菲深深地叹了口气：唉！有你这样的妈，真是倒了大霉了！真不如死了算了！

安杰生气了：你去死呀！谁也没拦着你！

江德福不高兴了：你这说的是什么话！

安杰大声地：人话！听不懂吗！

36　白天　药房内

江亚菲站在药架子前找药。

郑小丹：你找什么药？

江亚菲：我找安眠药。

郑小丹：怎么，你睡不着觉？

江亚菲：我觉都不够睡！

郑小丹：那你找安眠药干吗？

江亚菲：我不想活了，我想死！

郑小丹笑了：岛上的人都跳海不活了，剩下一个人，也是你！

江亚菲也笑了：真是，还是你了解我！

郑小丹：那你找安眠药干吗？

江亚菲招手：你过来，我告诉你。

郑小丹过去，江亚菲小声跟她说。

郑小丹：这行吗？

江亚菲：怎么不行？你照我说的办就是了！

37　傍晚　院子里

江德福在整理盆景，郑小丹来了。

江德福：小丹来了。

郑小丹：伯伯，吃了吗？

江德福：吃了，你呢？

郑小丹：我也吃了。阿姨呢？

江德福：在屋里。

38　傍晚　外屋

郑小丹：阿姨。

安杰的声音：小丹吗？我在这儿。

郑小丹走到储藏室门口，见安杰正在里边找东西。

郑小丹：阿姨，你找什么？

安杰：我找过去的一件衣服，你姑姑想要。

郑小丹：用不用我帮忙？

安杰：不用，你去找亚菲玩去吧。

郑小丹装着吃惊：亚菲在家呀？

安杰：在，在她自己屋里，你去看看她吧。最近跟吃了枪药似的，我们都不敢惹她。

郑小丹：是吗？为什么呀？

安杰：为什么，你问她去吧！

郑小丹：好，我去看看她。

郑小丹走了，不一会儿的工夫，就传来郑小丹的惊叫声：哎呀！不好了！亚菲吃药了！

安杰的腿一下就软了，磕磕绊绊地跑了出来。

39　傍晚　院子里

江德福手里的盆景倒了，差点儿砸了他的脚，他一下子跳了起来，赶紧往屋里跑。

40　傍晚　江亚菲房间

江德福和安杰同时冲了进来，郑小丹拿了个药瓶子，装得还挺像。

郑小丹：哎呀，这可怎么办？亚菲吃了安眠药，吃了整整一瓶子!

安杰一下子扶着门,整个人都吓傻了。

江德福扭头就往外跑。

郑小丹上前扶着安杰:阿姨,你没事吧?

传来江德福的声音:总机,快给我接医院的高院长!

郑小丹大吃一惊,赶紧丢下安杰跑了出去。

41　傍晚　安杰家客厅

江德福拿着电话一脸焦虑,郑小丹慌慌张张跑了进来:伯伯,别找我们院长,亚菲她没事。

江德福急得声音都变了:你是什么半吊子司药,吃了一瓶子药还说没事!

郑小丹:其实……其实她没吃药,那……那是个空瓶子!

江德福看着她半天不说话。

42　傍晚　江亚菲房间

安杰站在那儿一动不动地望着躺在那儿一动不动的江亚菲。

江德福冲了过来,上去就要拖江亚菲,大吼:起来!起来!你给我起来!别在这儿给老子装死!

安杰吃惊地望着江德福,以为他急疯了。

江亚菲坐了起来,揉着眼睛,像是刚被吵醒:干什么干什么?怎么连觉都不让人睡了?还让不让人活了!

43　白天　安杰家客厅

孟主任来了,江德福和安杰在客厅陪他说话。

江德福：要学多长时间？

孟主任：学半年。

安杰：这是重点培养，是要被重用的！

孟主任：重用什么，就是个读书班。

安杰：怎么不让别人去读书，偏让你去呢？回来肯定要提拔的！

江德福：提拔、提拔！你一天就知道提拔！除了提拔，你不会说别的了？

安杰笑了：行！我不会说！留着话让你说吧！

安杰起身出去了。等她再进来时，手里拿了一包东西：正好，我本来要给我小女儿寄件毛衣，正好你要去了，你捎给她吧。姓名、地址和电话我都写在里边了。

孟主任接过来：您放心，我保证带到。

江德福警惕地望着安杰。

第三十七集

1 白天 院门口

安杰送走孟主任,关上了院门。

江德福不满地:你又在搞什么鬼?是不是又要打亚宁的主意?

安杰笑了:你看你,想哪儿去了!可能吗?

江德福:你这个人,有什么不可能的!

安杰:都什么时候了,你脑子里阶级斗争这根弦还绷着!你把我看成什么人了?大的不行,换小的?还非他不可了!真是的!

江德福:有什么真是的,你是看人家又要提拔了!

安杰:他就是提拔成要塞的政委,那也要跟亚宁合适呀!

江德福:他怎么跟亚宁就不合适了?他能跟亚菲,怎么就不能跟亚宁呢?这是什么道理!

安杰:这种道理,哪是你们这些人能懂的!你们懂什么呀?你们就知道这个不行,换那个!这种事是能瞎换的吗?他跟亚菲合适,跟亚宁未必就合适!

江德福:你这是什么逻辑呀!简直是混账逻辑!

2　白天　大学门口

孟主任提了包东西在东张西望,他见江亚宁向自己跑来,眼里有惊喜之色。

江亚宁:您是孟主任吧?

孟主任:孟天柱。这是你妈给你带的东西,请你查收。

江亚宁笑了:就一件毛衣,不用查!

孟主任:感谢信任!

江亚宁又笑了。

孟主任:你笑的时候,跟你姐挺像。

江亚宁:你见过我姐?

孟主任:岂止是见过,我还追过你姐姐呢,不过,没追上。所以说,我差点儿成了你姐夫,括弧,未遂。

江亚宁笑得蹲在了地上。

3　白天　大明湖公园

江亚宁跟孟天柱在划船。

孟天柱:跟你家说了吗?

江亚宁:说了,昨天刚把信发出去。

孟天柱笑了。

江亚宁:你笑什么?

孟天柱:我笑你家要八级地震了。

江亚宁:我家地震,你就这么高兴?

孟天柱:我是又喜又忧,喜的是你家乱了阵脚,忧的是不知我能不能过关。

江亚宁：你说呢？你能过关吗？

孟天柱：说不好，喜忧参半哪！

江亚宁笑得"咯咯"的。

4　白天　安杰家院子

江德福、安杰、江亚菲和郑小丹在石桌上打牌。通信员送报纸和信来了。

江德福接过信：山东大学文学系……

安杰一把抢过来：我先看！

江德福：你怎么这么霸道，凭什么你先看？

安杰一边拆信，一边说：凭我是母亲，含辛茹苦的母亲！

江亚菲笑了：凭你屎一把、尿一把地把她养大。

安杰看信，越看脸色越不好看。

江德福：怎么了？亚宁出什么事了？

安杰将信丢到石桌上，起身准备离开。

江德福：你别走哇！信上说什么了？

安杰：信上说，你的小女儿跟那个孟主任谈上恋爱了！

江德福目瞪口呆，江亚菲笑出声来：真的吗？那个饿主任要成我妹夫了？

安杰：成你妹夫你就这么高兴呀？你知道这叫什么吗？

江亚菲：知道！不就是姊妹易嫁吗？

安杰：这要传出去好听吗？

江亚菲：有什么难听的？古人都能这么干，我们现代人为什么就不能干呢？

安杰：江亚菲，你是不是哪儿缺根筋呀？

江亚菲：安杰同志，你这是不可理喻呀！当初不是你硬要把这个人介绍给我吗？现在人家终于成了你女婿了，你为什么又不高兴了呢？

安杰：他跟你合适，未必就跟亚宁合适！

江亚菲站了起来：哎，这咱们就要好好说道说道了，他怎么就跟我合适，跟亚宁就不合适了呢？

安杰不知如何解释好，求援地去看江德福，江德福只好上阵了。

江德福：事情是这样的，你妈的意思是，你是块儿当官的料，你嫁给孟主任合适。你妹妹是个当作家的料，她嫁给孟主任就不合适。（扭头问安杰）你是不是这个意思？

安杰赶紧点头：是是是，我就是这个意思！

大门开了，老丁和江德华来了。老丁手里拿了封信，笑容满面。

老丁：恭喜！恭喜！你家要请客了！

江德福：我家为什么要请客？

老丁抖抖手里的信：亚宁有对象了，对象是……

江德华抢在前边：对象是孟政委！

安杰：孟政委？

老丁：你们还不知道吧？孟主任的命令下来了，二十九团的政委，回来就上任！

江德华拍了江亚菲一下：亚菲呀，这个孟政委本来是你的呀，看，可惜了吧！

老丁：可惜什么！亚菲不要亚宁要！换汤不换药！

江德福笑了，安杰也高兴起来，江亚菲的嘴撇了起来：想不到，你们都是些官迷！

安杰：你现在不用嘴硬，有你后悔那一天！

江亚菲：哼！那我们就走着瞧吧！

安杰：走着瞧就走着瞧！谁还怕走着瞧！

江亚菲上下打量母亲。

安杰：你这么看我干什么？

江亚菲：你看看你现在这种小市民的样子，哪还有一点儿资本家小姐的样儿！

安杰沉了脸：资本家小姐是什么样儿？

江亚菲故意气她：反正不是你这种农村老大娘的样子！

江德华不干了：你这孩子！农村老大娘怎么惹你了！

5　白天　安杰干休所家

安杰抱着哭闹不止的孙女到处找东西，然后她走到楼梯口，冲着楼上大喊大叫：哎！你把体温表弄哪儿了？

6　白天　楼上卧室

江德福躺在床上看报纸，听到安杰的喊声，放下报纸探起身来仔细聆听。听半天也没什么动静，他又躺下，重新拿起了报纸。

江德福自言自语：一天到晚就知道乱喊乱叫！

孩子的哭闹声渐近，江德福又支起了耳朵，哭声近在咫尺了，却没有安杰的动静。江德福觉得奇怪，放下报纸，正好看见安杰怒视自己的眼睛。

江德福赶紧起身：又怎么啦？我哪又惹你了？

安杰恶声恶气：你聋了？耳朵塞驴毛了？

江德福：有话好好说，不要大喊大叫，像个泼妇！

安杰：我像个泼妇？我像泼妇你像什么？

江德福：我像什么？

安杰：你像地主老财！你像资本家！你像个饭来张口、衣来伸手的寄生虫！你以为你像个什么！

江德福笑了：我说你一句，你说我十句，反正你是不能吃亏的！（看着孙女）哎，她怎么老哭呀？

安杰想起了正事：是不是发烧了？温度计呢？

江德福赶忙上前去摸孩子的额头，又摸自己的额头：好像不烧哇。

安杰：你的手是温度计呀？看把你能的！快给我找温度计！

江德福手忙脚乱地找到了温度计。安杰坐到床上，将温度计夹到孙女腋下，孙女依然哭闹不止。

安杰：小祖宗！你今天这是怎么了？哭什么？闹什么？

江德福：她不是不舒服嘛！

安杰：她哪儿不舒服？

江德福：我哪知道她哪儿不舒服！

安杰：那你多嘴多舌干什么！去！到楼下给她弄点儿喝的！

江德福站在那儿不动。

安杰抬起头来瞪着他。

江德福：你刚才在楼下怎么不给她水喝！

安杰：我光忙着找温度计了，哪还顾得上给她水喝！你不去是不是？

江德福：我去我去！谁说我不去了！

江德福走了，安杰笑了，孩子也不哭了。

安杰：乖，你是不是渴了呀？听到爷爷下去拿水你就不哭了？你会说话多好哇，哪用费这事呀？是不是呀？啊？

江德福拿着奶瓶回来了：喏！给！

安杰接过奶瓶，皱起了眉头，没好气：这么热，她能喝吗？

江德福：我试了，能喝！

安杰：你能喝，她能喝吗？孩子能跟大人一样吗？

江德福：她保证能喝！不信你试试！

安杰又瞪着他不说话了。

江德福：你瞪我也没用！要不让她等会儿喝！

孩子突然哭闹起来，江德福生气地看着安杰。

安杰：你这么看着我干吗？

江德福：你是不是拧她了？

安杰笑了：我为什么要拧她？我是后奶奶吗？

江德福：你看我闲着你就生气，我还不知道你！

安杰：既然知道，你就别闲着！孩子是你要带的，来了却像个甩手掌柜似的，什么也不管！你倒不傻，好人你来做，吃苦受累的是我，你……

江德福忙摆手：行了行了！我再去兑点儿凉的不就行了？说什么你都能拐到这上边来，我算服你了！

江德福拿上奶瓶匆匆地走了，安杰又笑了。

安杰：就是嘛！凭什么我一天到晚忙得像陀螺，你却闲得躺在床上看报纸！（看着孙女）是不是呀？乖！你说这公平吗？是不是不公平啊？

江德福又回来了，什么也不说，将奶瓶塞进了安杰手里。安杰试了试水温，将奶嘴送进了孙女的嘴里。

江德福又准备去拿报纸，有一半报纸在安杰屁股下压着。江德福抽了几次，安杰就是不抬屁股。

安杰叹了口气：唉！我这是什么命啊！老了老了，却变成老妈子了！活着还有什么劲儿！

江德福一用力，报纸成了两半。

江德福拿着半份儿报纸，坐到了对面的沙发里：哼！毛病！烧的！抱抱孙子做做饭，伺候伺候老头子，这不是你们女人最好的日子吗？真是身在福中不知福！

安杰：谁告诉你这是我们女人最好的日子？人家葛老师过的日子才是女人最好的日子呢！

江德福：她那也叫女人最好的日子？熬了大半辈子，才做了个填房！连孩子都没生过，你们女人眼红这种日子？哼！长眼干什么！

安杰：你看看人家，现在倒过得比我滋润，比我自在！每天又是跳舞又是舞剑的，哪像我，除了带孩子，就是做饭，像个老妈子！我俩究竟谁过得好，难道不是一目了然吗？

7 白天 干休所广场上

老头儿老太太们在锻炼身体，有跳舞的、打拳的、舞剑的和聊天的。

葛老师和王副政委在舞剑，一招一式的很认真。江德华混在一群老太太堆里跟着录音机在跳舞，动作虽然难看，但跳得很投入。

穿着文职服装的江亚菲走了过来，拍着手大声喊：叔叔阿姨们，停一下！请暂停五分钟！

老头儿老太太们听话地停了下来，自动地朝江亚菲靠拢。

一个老头儿大喊：把录音机关上！快关上！

一个老太太喊：关什么！让它给江干事伴奏！

大家都笑了，江亚菲也笑了。

江亚菲：行！那我来个配乐诗朗诵！

江德华：有啥事，快点儿说！

江亚菲：你这么着急干啥？

江德华：我得回家做饭去！

江亚菲：我不来说事，你也不急着回家做饭！你回去吧！反正也没你啥事！

江德华：那不行！我得听听是啥事！

葛老师：捞不着听，多吃亏呀！

大家又笑了，江亚菲也跟着笑了。

葛老师：亚菲，什么事呀？快说吧！

江亚菲：好事！从我嘴里说出来的事，都是好事！马上要过"八一"了，各干休所之间要进行交际舞比赛，一个所里出十对，二十个人。大家自由组队，抓紧时间练一练，后天所里先搞个选拔赛，希望叔叔阿姨们踊跃参加，为咱们所争光！

葛老师：你先回家把你妈动员出来，这事就成了一半了！

老太太甲：就是！这个所里，谁能比你妈跳得好哇！

老太太乙：听说你妈年轻的时候舞跳得可好了！还跟苏联专家跳过呢！

江亚菲：是吗？我怎么不知道？

王副政委：那时还没你呢，你爸知道！你回去问你爸！

众人大笑。

8　白天　路上

葛老师和王副政委背着带着红穗子的宝剑走在前边，江亚菲和江德华走在后边。

第三十七集

江亚菲：姑父在家干吗？

江德华：还能干吗？写他的大字呗！

江亚菲：啧啧！你看看你们！跳舞的跳舞，舞剑的舞剑，练书法的练书法！哪像我爸我妈，现在连门都出不了！

江德华：我们也有出不了门的时候！也该轮到你妈出不了门了！你们从小都是我带大的，也该让你妈尝尝带孩子的滋味了！

江亚菲：是呀是呀，东方不亮西方亮嘛！

江德华停住了脚：你这是啥意思？

江亚菲笑了，搂着江德华的肩膀往前走。

江亚菲：我的意思是，现在也该轮到我妈倒霉了！您说是不是？

江德华又停住了脚，望着江亚菲：带自己的孩子怎么能是倒霉呢？

江亚菲：天天忙得连门都出不了，不是倒霉又是什么呀？难道是享福哇？

江德华：享福说不上，但也不是倒霉！

江亚菲：又不是享福，又不是倒霉，那是什么呀？

江德华：是什么我说不出来，但就不是倒霉！

两人说着说着走到了江德华家门口，大门猛不丁地开了，老丁出来了，吓了两人一跳。

江亚菲：姑父你干吗？吓我们一跳！

老丁：你胆子这么小，开个门也能吓着你。我听到你的声音，特意出来的。

江亚菲：首长有什么指示？

老丁：把你们办公室的旧报纸给我搬点儿来。

江亚菲：干吗？你要卖报纸呀？

老丁：我卖什么报纸，我练字！

江亚菲：不是刚给你买了那么多的宣纸吗？

江德华：宣纸他不舍得用，他一直都用报纸！

江亚菲：是吗？那太好了！省得以后我再给你买宣纸了！旧报纸我负责，要多少，有多少！

老丁说江德华：用得着你在这儿多嘴多舌！

江德华笑了：亚菲呀，听见了吗？你姑父不乐意了！宣纸你要买，报纸你也要送！知道了吗？

江亚菲坏兮兮地笑：那些宣纸你家不会当手纸用了吧？

江德华抬手要打她，江亚菲笑着跑走了。

9　白天　安杰家厨房

江亚菲回家，循着孩子的哭声进了厨房。安杰抱着哭闹不止的孩子，站在灶前搅动锅里的炖菜。

江亚菲：我爸呢？

安杰：买馒头去了。

江亚菲：她怎么成天哭哇？

安杰：你不用说她，你就是这么哭大的！

江亚菲：我说我嗓子怎么不好呢，闹了半天是从小哭坏的。

安杰：怎么这么没有眼力见？还不快把她接过去！

江亚菲：我不抱！我让她吵得头痛！

安杰：那你来炒菜！

江亚菲：我更不炒菜！弄得全身都是味！

安杰：你总得帮我干一样吧？我又看孩子又做饭的！

江亚菲抱过了孩子：让你们找个保姆，你们偏不！保姆费我给出，你们也不干！真不知道你们是怎么想的！

安杰：我倒想找个保姆，但你爸不让啊！他说家里两个大闲人，还请保姆，怕别人笑话！

江亚菲：这年头，谁还笑话谁呀？他以为他还在岛上当司令呢，那么受人瞩目，得时刻注意影响！现在谁还知道他是谁呀！

江德福在安杰身后：你还知道我是谁吗？

江亚菲吓了一跳，转过身来，赶紧将孩子往江德福怀里送。

江亚菲：太好了，宝贝！你亲爱的祖父回来了，你快到他温暖的怀抱去吧！

江亚菲一溜烟跑了，孩子又哭闹起来。

江德福：她怎么老哭哇？是不是饿了？

安杰：刚喝了奶，饿什么饿！

江德福：是不是哪儿不舒服哇？

安杰：德华说，她爸从小也爱哭，大概是遗传。

江德福：扯淡！现在什么事动不动就扯上遗传，我看都是医生没本事，搞不清楚就胡说八道！

安杰：行啦，准备吃饭吧！

10　白天　安杰家餐厅

江德福和江亚菲坐着吃饭，安杰抱着孩子在旁边乱转。

江亚菲：妈，你坐下来，我有事跟你说。

安杰：我要能坐下来，我不早坐了嘛，还用你这么孝顺！

江亚菲：你坐下试试嘛！

安杰坐下了，怀里的孩子马上哭闹起来，安杰只好又站了起来。

江亚菲：真讨厌！

安杰：你快点儿吃吧，吃完了好换我。

江亚菲：谁让你们给他带孩子的？真是多事！

安杰望着江德福的后背：这不是这个家欠了她爸的了吗？别人都当兵的当兵，上大学的上大学，唯独她爸回老家上山下乡了，回不来了，最后只能留到县城当工人了嘛！

江亚菲：当工人有什么不好？工人阶级能领导一切，连自己的孩子也带不了吗？

江德福：你给我住嘴！当年怎么不把你送回老家上山下乡去！

江亚菲：是金子在哪儿都闪光！我要是去上山下乡了，我早就成江燕子了！还会连个孩子也养不起！

江德福：哼！你就会说大话！你连个人都嫁不了，都混成没人要的老姑娘了，还好意思说大话！

江亚菲：你别这么激我，激我也没用！那个人我就是不见，你就死了这条心吧！

江德福：不见就不见！不见更好！免得见了人家不同意，我脸上无光！

安杰：你们别斗嘴了，快点儿吃吧，我也饿了！

江德福看江亚菲。

江亚菲：你别看我，我还早着呢！再说，我又没欠她爸的！

江德福：你跟她爸是双胞胎，好事都让你占了，你怎么不欠她爸的？

江亚菲：对不起，这是命，我也没办法！您吃完了吧？快把我妈替下来，我有事要跟我妈说。

江德福：什么事？

江亚菲：与您无关，您不用知道。

江德福：哼！你们能有什么破事，我才不稀得知道呢！

江德福起身，接过孩子，孩子又哭闹起来。

安杰洗了手，甩着湿手过来，抽了张纸巾擦手。

江德福：你不能用毛巾擦手哇？这多浪费！

安杰：行！我留着一会儿再用它擦嘴！

江亚菲笑了，回过头去望着父亲。

江德福：你看我干吗？

江亚菲：麻烦您把孩子抱走，我们要说破事了。

江德福：我为什么要走？要走你们走！上别处说去！

安杰：什么事呀？

江亚菲对父亲：要不您也一起听听吧。反正要传达到每一个老干部，我先提前给您传达吧。

江德福一听，马上坐了下来，怀里的孩子又哭了起来。

江亚菲：您老人家还是站着听吧。她这样又哭又闹的，我怎么传达？

江德福不得不站了起来。

江亚菲：妈，"八一"建军节要到了，各干休所之间要搞交际舞比赛，你得参加。

江德福：我当什么事呢，搞得还要传达到每个老干部！不去！我们没时间！孩子还顾不过来呢，哪有时间跑出去跳舞，还跳六呢！

江亚菲放下筷子，转过身来：哎，有你什么事呀？请你参加了吗？

江德福：请你妈参加也不行！

江亚菲：谁说不行的？

江德福：我说不行的！怎么，不行吗？

江亚菲转过身来问母亲：怎么，行吗？

安杰笑而不答。

江亚菲：所里的叔叔阿姨们都说，只要您出马，这个第一就非咱们所莫属了！开始我还不相信，让他们七嘴八舌地一说，我还不得不信了。

安杰：他们都说什么了？

江亚菲：他们说你年轻的时候，跳舞跳得可了不得！还说苏联专家都抢着跟你跳舞，有这事吗？

安杰笑得咯咯的：哪的事，你听他们胡说！

江亚菲：就是嘛！我也不信，我也说他们是胡说。可他们让我回来问我爸，说我爸知道。

安杰笑眯眯地望着江德福：有这事吗？

江德福没好气地：我不记得了！

安杰：你怎么会不记得了？你忘了你还差点儿跟人家苏联专家打起来？

江亚菲：是吗？爸，你还有这么丢人的事呀？快说说，快说说，为什么呀？

安杰笑了：还不是因为苏联人跟我跳舞搂得太紧了嘛！

江亚菲：天哪！这不是争风吃醋吗？这有可能吗？

安杰：怎么没有可能？不信你问你爸！

江亚菲：父亲，这是真的吗？

江德福：真的！

江亚菲：是吗，母亲？您年轻的时候这么厉害？妈，这次您无论如何要帮帮我，我刚接宣传文化工作，你可不能让我掉链子！

江德福：你吃完了没有？

安杰：吃完了，吃完了。

江德福把孩子塞进安杰怀里，转身上楼了。

安杰搂着哭闹不止的孙女：你看这样，我能走得开吗？

江亚菲：那我不管！走得开你要走，走不开你也要走，反正我是赖上你了！

安杰笑了：还有你这么不讲理的！快刷碗吧！

江亚菲跳了起来：行！只要你肯出马，让我干什么都行！

11　白天　安杰家

江德福买东西回来，见江德华在家带孩子。

江德福：人呢？

江德华：我不是人哪？

江德福：她奶奶呢？

江德华：我不是她奶奶呀？

江德福：你啰唆什么？她奶奶呢？

江德华抬高了声音：她奶奶？跳舞去了！

江德福：谁让你多管闲事来看孩子了？

江德华：你以为我愿来看哪？要不是亚菲拖我来，我才不来呢！正好，你回来了，我该交差了！

江德福：你交给谁？

江德华：我交给你呗！我还能交给谁！

江德福：你从谁手里接过来的，你再交给谁吧！

江德福转身就要出门。

江德华：你干啥去？

江德福：我干啥去还要给你汇报！

江德福摔门出去了。

江德华笑了：谁还不知道你！

12　白天　干休所广场

广场上围了许多人。

江德福站在人群后边，伸着脖子往里看。原来是安杰正跟一个中年男人搂在一起跳舞。

江亚菲拿着一盒磁带跑了过来，用磁带敲了江德福肩膀一下：首长，您也来了？

江德福回头看着她：怎么，我不能来吗？

江亚菲：谁说您不能来了？您的到来让我又惊又喜！毕竟是受党教育多年哪，我就说您不会拖我妈后腿的！

江德福：你妈说我拖她后腿了？

江亚菲：我妈没说，但我妈担心。

江德福：哼！

江亚菲：您哼什么呀？

江德福：那人谁呀？

江亚菲：市文化馆的老师，请来帮助指导指导。

江德福：你妈是老师吗？

江亚菲：我妈不是老师，但我妈可以做示范！你看我妈跳得多好，一点儿都不比老师跳得差。

江德福：哼！

江亚菲：您又哼什么？

江德福：老师有什么了不起的？还不如你妈跳得好呢！

江亚菲笑了：就是！我也这么认为！唉，可惜呀。

江德福：可惜什么？

江亚菲：可惜我妈跳得太好了，这么大个干休所，愣找不出跟她配对的！

江德福：她想跟谁配对？

江亚菲：就是呀，她也正犯愁呢！

江德福：愁什么愁？有什么可愁的？我跟她配对，我跟她跳！

江亚菲忍住笑：爸，您行吗？

江德福：我怎么不行？我又不是没跳过舞！跳舞有什么难的？有什么了不起的！

江亚菲：就是嘛！世上无难事，只要肯登攀！哎呀，太好了，爸爸！让我怎么感谢你呀！

江德福：感谢我什么？

江亚菲：感谢您对我工作的大力支持！你知道吗？你的这个举动，不单单是跳个舞的问题！

江德福高兴了：那还有什么？

江亚菲：表率作用啊！带头作用啊！模范作用啊！哎呀，多了！

江德福更高兴了：那你怎么谢我呀？

江亚菲一个立正：敬礼！

江德福：就这个？

江亚菲：这个还不行吗？军礼可是咱们当兵的之间最高的礼节！

13　晚上　楼上卧室

台灯亮着，老两口搂在一起练习跳舞，影子在墙上晃动着。

安杰"哎哟"了一声，挣脱了江德福，一屁股坐到床上，抬起脚来直揉。

江德福：又怎么了？

安杰：你不知道哇？你踩了我，一点儿感觉也没有？

江德福：我就轻轻地碰了一下，再说，我又没穿鞋！

安杰：你没穿鞋就没事了？你那熊掌似的脚丫子，踩一下就够我受的了，更何况你踩了我多少下了！

江德福：看你娇气的！这么点儿苦都吃不了，怎么完成女儿交给的任务？起来，继续练！

安杰：算了吧！今天就到此结束吧！一口也吃不成个胖子，再说我也累了。

安杰上床躺下，江德福一个人在那儿练习。

江德福：一二三，一二三，一二三……

安杰突然打起了呼噜，江德福笑了，自言自语：看样子是真累了！奶奶的，真娇气，跳个舞也能累着！

14　白天　安杰家客厅

安杰在打电话：行啦！不行就算了！

安杰挂了电话，抱着孙女站在一旁的江德福皱起了眉头。

江德福：她说什么？

安杰：她说没时间，她要腌咸菜！

江德福：咸菜什么时间腌不行？非得现在腌！

安杰：你跟我嚷有什么用？有本事你跟你妹嚷去！

江德福将孙女递给安杰，拿起了电话。

安杰：我看你别打了，你以为你脸大？还不是要碰一鼻子灰。我看问题不在德华那，在老丁那，是老丁不让她来看孩子，肯定是！

江德福：老丁为什么不让她来看孩子呢？

安杰：我又不是那该死的老丁，我哪知道！

江德福又拿起电话，开始拨号。

15　白天　老丁家客厅

老丁在沙发上看报纸，电话响了，吓了他一跳。他刚要接，似乎想起了什么，又将手缩回。

老丁喊：哎，接电话。

江德华湿着手跑了进来：你怎么不接？

老丁：肯定又是你嫂子，你接！

江德华：你咋就这么肯定？

老丁：你快接吧！

江德华拿起了电话：哎，噢。（把电话拿给老丁）给！你的电话，找你的！

老丁：谁呀？谁找我？

江德华：你接不就知道了！

16　白天　安杰家客厅

江德福拿着电话：你毛病不少哇！接电话还挑肥拣瘦的！

老丁的声音：问问是谁总可以吧？

江德福：是别人你就不接吗？

老丁的声音：是别人我就更接了！说，什么事！

江德福一下愣住了。

安杰：怎么不说话了。

江德福捂着话筒，小声地：我要说什么来？

安杰皱起了眉头：你还没到老糊涂的时候哪！

江德福：别说这没用的！我找他干什么来着？

安杰：你找他帮忙看孩子！

江德福松开了话筒：对了，想起来了。跟你商量个事呀，这不"八一"要到了嘛，干休所之间组织跳舞比赛，我们要大力支持啊，所以我们也报名参加了。

17　白天　老丁家客厅

老丁架着二郎腿：嗯，这是好事，你们做得对！

江德华：什么好事呀？

老丁做了个噤声的手势，拿着电话一个劲儿地点头，很认同的样子。

江德福的声音：这样一来，问题就来了。

老丁：什么问题？

江德福的声音：孙女就没人看了。

老丁：噢，这是个问题。

江德福的声音：是个问题吧？所以需要你们的大力支持！

老丁：怎么支持？

江德福的声音：让德华过来帮忙带带孩子，时间不长，一天两个小时就行，我们出去参加排练，你看行吗？

老丁：我看行没用啊！又不是我看孩子！关键是她不行啊，看不了孩子了，她腰扭了。

江德福的声音：什么时候扭的？

老丁：昨天刚扭的。

江德福的声音：你就胡说吧！刚才还说要腌咸菜呢！

老丁：她那是逞强！你说我能让她再干活吗？

话机里传来"嘟嘟"的声音,老丁笑着挂了电话。

江德华:你看你这个人,撒什么谎啊,还咒我腰扭了。

老丁:不这么说,你想去给他们看孩子呀?你还没给他们看够哇?真是的!

江德华:人家不是要参加所里的比赛嘛!

老丁:参加什么比赛不行?非参加跳舞比赛?都多大年纪了,还搂在一起转圈儿!不嫌丢人不嫌晕哪!

江德华笑了:我看你是吃不着葡萄说葡萄酸!

老丁:我嫌葡萄酸?我嫌那是烂葡萄!

18　白天　安杰家客厅

江德福扣了电话,气得直喘粗气。

安杰:怎么啦?他说什么了?

江德福:他放屁了!奶奶的!我还不信了!少了他这个杀猪的,我还吃不上猪肉了!

安杰笑了:人家是说,少了张屠夫,吃不上净毛猪!

江德福:对!少了他丁屠夫,我就不吃猪肉了?哼!我让他看看我能不能吃上肉!

江德福起身往外走。

安杰:哎,你干吗去?

江德福:你别管!我出去一趟!

19　白天　干休所广场

老干部们在认真地练习跳舞。江亚菲来了,一个劲儿地点头,表示满意。

葛老师和王副政委转到了她跟前。

葛老师：亚菲呀，你爸妈怎么不来了？怎么三天打鱼两天晒网的！

江亚菲伸着脖子四处看。

葛老师：别找了！这还用看吗？少了你妈，连我都没劲儿了，更别说别人了！

王副政委：是呀，你妈不来，差老劲儿了。

江亚菲：我回家看看去！

江亚菲说完就跑了。

王副政委：是不是老江拖的后腿呀？

葛老师：这你可冤枉人家司令了！这次人家可积极了，白天黑夜地练，还抱着孙女练哪！一二三、一二三的，转得孙女可高兴了，见了他就让他一二三，不转都不行！

20　白天　安杰家

江亚菲进家，安杰听见动静出了客厅。

江亚菲：怎么去了两天又不去了？你们就是这样支持我工作的？

安杰：我们也想去呀，可我们出得去吗？

江亚菲：不是跟我姑说好了吗？

安杰：可人家又变卦了！说是腰扭了，来不了了！

江亚菲：我爸呢？

安杰：谁知道呢！会不会到你姑姑家找人家算账去了？

江亚菲：是吗？哎呀，我去看看，他们别打起来。

21　白天　老丁家

老丁家的门虚掩着，江亚菲进来，没听见一点儿动静，她挨个屋子找，最后在书房里看见了练书法的老丁。

江亚菲：我爸呢？

老丁：找你爸怎么到这儿找？

江亚菲：我听说你俩打架了？

老丁：我俩为什么打架？

江亚菲：为你们出尔反尔。

老丁：我们怎么出尔反尔了？

江亚菲：你们明明答应帮着看孩子，怎么又变卦了？

老丁：你姑腰扭了，不能干活了！

正说着，江德华提着个大西瓜进来了：我听见有人说话，原来是你呀。

江亚菲上下打量着她。

江德华：你这么看我干啥？

江亚菲：您不是腰扭了吗？不是不能干活了吗？

江德华去看老丁，江亚菲也盯着他看。

老丁拿着毛笔在宣纸上胡乱地抹着：你们都看我干吗？

江亚菲：想不到革命老干部也会撒谎！

老丁：哼！老干部会的多了！许你们撒谎，不许老干部撒谎！

江亚菲：你们是党和国家的宝贵财富！党和人民把你们当宝贝一样供着，难道是为了让你们撒谎骗人的？

老丁：我又没骗别人！

江亚菲：你骗谁也不对呀。再说了，让你们帮忙看看孩子，也是为了所里的工作嘛！为所里增光添彩，是每个老干部和家属的责任和义务！你们俩要么去参加交际舞比赛，要么帮忙看孩子，两者必取其一，你们选一个吧！

江德华：那我们还是选看孩子吧！

老丁：我们为什么要看孩子？这院里不参加比赛的人多了，你为什么不管他们？

江亚菲：我管他们叫爸爸妈妈、姑姑姑父吗？他们是我的亲人吗？人家不支持我工作，我有脾气吗？我供给人家练书法的笔墨纸张了吗？毕竟是隔了一层啊！比不得自己的爸爸妈妈，让干什么干什么。你看我爸是那跳舞的人吗？人家都赶着鸭子上架帮我的忙了，你们却躲在家里看热闹！

老丁：谁躲在家里看热闹了？

江亚菲：就算你们没看热闹，你们装病了吧？

老丁和江德华都不说话了。

江亚菲将桌上的一摞宣纸抱到怀里。

老丁：你干什么？

江亚菲：这些宣纸都是我买的，我要收回！

老丁：你都给别人了，还能再要哇！

江亚菲：你们能出尔反尔，我为什么不能？

老丁：好好好，我服了你行吗？我让你姑去给你们家看孩子还不行吗？

江亚菲：我再说一遍！那不是替我家看孩子！那是替所里看孩子，为所里的荣誉看孩子！是你们应尽的责任和义务！

老丁：好好好！行行行！是我们的责任！也是我们的义务！你快把宣纸给我放下！

江亚菲笑了：你不是不舍得用宣纸，都用报纸吗？我给你搬来那么多报纸，你都卖废品了？

老丁气得不说话了。

江德华：还是你厉害，你能治你姑父。

老丁：这么厉害有什么用？嫁不出去，还不是窝里横！

江亚菲笑了：只要你答应帮忙看孩子，你说什么都行。哎，我爸没来？那他到哪儿去了？

22　白天　人才交流市场

人来人往，乱七八糟。江德福东张西望，蒙头转向。

江德福拦住一个保安：同志，保姆在哪儿找？

保安手一指：那边，那个平房里。

23　白天　家政厅

江德福推门进去，一屋子的女人吓了他一跳。他正在迟疑要不要进去，过来了一个中年妇女。

中年妇女：老同志，你是来找保姆的吧？

江德福点头：是呀，是。

中年妇女：那请进吧。

江德福有点儿迟疑：都是女的呀？

中年妇女笑了：保姆不都是女的吗？怎么，你想找男保姆？

江德福：不是，我是找看孩子的，找女的。

中年妇女：还是呀！那你先进来登个记吧。

24　白天　办公室

江德福进了办公室，中年妇女递给他一张表格：你先登个记。

江德福坐下来登记，一笔一画地很是认真，填到身份证号码一栏，停下了。

江德福：还要填身份证号哇？

中年妇女：当然要填了！我们这是正规的劳务市场，要对各个方面负责！各种证件要齐全，出了问题有法可依。你说对不对？

江德福：对对对！可是我没带证件呢，我记不住我的号哇！

中年妇女：那可不行，没有证件号可不行！要不，要不你往家里打个电话，让家里人帮你查查？

江德福：算了，我还是回家去拿一趟吧。

中年妇女：也只好这样了。

25　白天　家政厅

江德福从办公室出来，在众人的注视之下，急急忙忙地离开了。

26　白天　人才市场大门外

江德福刚出大门，身后有人喊他。

一个风韵犹存的女人：大哥，大哥，你等一下。

江德福站住了：你是叫我吗？

女人：是呀。请问大哥是来找保姆的吗？

江德福上下打量着她：是呀，你怎么知道的？

女人嫣然一笑：我刚才在大厅里看见你了。

江德福：噢，你有什么事吗？

女人：请问大哥家想找啥样儿的保姆？

江德福：看小孩儿，看我小孙女。

女人：小孙女多大了？

江德福：马上就一岁了。

女人：家里还有别人吗？

江德福：还有我老伴儿。

女人：您家在什么地方？

江德福：就在前边干休所。

女人：那您看我行不行？

江德福再一次上下打量起她来。

27　白天　安杰家

饭菜已经上桌，却开不了饭。

安杰：你爸这是到哪儿去了？也不说一声，真是急人！

江亚菲：是呀！谁让你不叫住他！

安杰：我叫得住吗？就那么气呼呼地走了！

江亚菲：我爸的心胸越来越窄了，像个小孩儿。

安杰：要不怎么说老小孩儿、老小孩儿呢？

江亚菲：你怎么不是老小孩儿呢？你就挺正常的！

安杰：你是说你爸不正常了？

江亚菲笑了：有点儿，稍微有点儿不正常。这不，生了点儿气就离家出走了。

安杰：谁说他离家出走了？

江亚菲：没离家出走你急什么！哎呀，我得先吃了，我还要出去给你们选服装呢，车子在等我。

安杰：还有服装啊？

江亚菲：当然有了！难道能让你们光着去比赛吗？

江亚菲一口饭喷了出来，安杰也笑了。

安杰：你成天这样口无遮拦的，领导和同事不烦你吗？

江亚菲：不烦！我一天不去办公室，他们就楼上楼下地到处找我，一个个心神不宁的！

安杰：你就吹吧！哎呀！你爸这是到哪儿去了，怎么还不回来！

江亚菲：你也是！我爸晚回来了一次，你至于这么心神不宁的吗？！

安杰：你不着急呀？

江亚菲：急什么？还不到急的时候！

安杰：你真没良心！你爸为了支持你工作，跳舞跳得血压都高了！

江亚菲：他是着急上火血压高了吧？你看看他那跳的是什么呀？那是舞吗？简直是六七八！你跟他配对，简直给糟蹋了！还不如人家葛老师和王叔叔跳得好呢！人家那舞跳得，一天一个样儿！再看看你跟我爸，哼！

安杰：你哼什么？

江亚菲放下筷子站了起来：我哼你一朵鲜花插牛粪上了！可惜了！我得走了，失陪了！

江亚菲跑了，安杰急得坐立不安。

28　白天　干休所大门口

小车里，江亚菲昏昏欲睡。

司机：哎江干事，你看你家老爷子。

江亚菲马上睁开眼，朝车外看，见江德福领着一个风韵犹存的女人进了大门。

江亚菲扭头问司机：这是谁呀？

司机笑了：我哪知道哇？

江亚菲：我爸在外边包二奶了？

司机笑出声来，一不留神，差点儿跟别的车撞上。

江亚菲：干什么你？好好开车！

司机还笑：江干事，你太有意思了。

29　白天　老丁家门口

江德福领着保姆路过，正好碰上老丁。

老丁看了保姆一眼：来客人了？

江德福不知"嗯"了一声还是"哼"了一声。

老丁：明天江德华到你家看孩子去！

江德福：谢谢！不用！用不起！

老丁：怎么又不用了呢？

江德福：我们有人了！不用再看别人的脸色了！

江德福扬长而去，老丁站在后边看了半天。

老丁自言自语：这到底是什么人呢？

30　白天　安杰家院子

江德福开院门，保姆站在身后咂吧嘴：哎呀大哥，您是个大干部吧？住的是小楼。

江德福：什么大干部，是离休老干部！

门开了，两人进了院子。安杰出来了。

安杰：哎呀，你这是到……

安杰看见江德福身后的女人，吃惊地住了嘴。

江德福：让一让！让一让！你堵着个门，我们怎么进来？

安杰让开了路，江德福进屋了，保姆并没有跟进来。

江德福：你进来呀，怎么不进来？

安杰：这是？

江德福：这是小杨，杨素玉！我从人才市场请来的！

安杰皱起了眉头：人才市场？什么人才？

杨素玉：大姐，我是来当保姆的。

安杰上下打量着她，显然不高兴：你叫我什么？

杨素玉的声音小了：我，我叫您大姐。

安杰皱起了眉头：你多大岁数？我多大岁数？你叫我大姐合适吗？

杨素玉：我看您长得很年轻。

安杰：你是来给我看孙女的，你说我能年轻到哪儿去？

江德福：行啦！不就是个称呼吗？改叫阿姨不就行了！

安杰：那你愿让人家叫你大哥吗？

江德福：那就叫大叔！这还不好说！我饿了，我要吃饭！小杨你也饿了吧？你也一起吃！

31　白天　安杰家餐厅

江德福和杨素玉在吃饭，安杰站在一旁看着。

江德福：小杨，你别客气，你多吃点儿。进了这个家，咱们就是一家人了。

杨素玉看了安杰一眼：唉，行。

安杰扭头上了楼。

32　白天　安杰卧室

安杰坐在床上生闷气，江德福进来了，随手关上了房门。

江德福：你这人怎么回事？吵着要找保姆，真给你找来了，你怎么又这个德行？

安杰：你这是找的保姆吗？

江德福：不是保姆是什么？

安杰：我还以为你请的家庭女教师呢！

江德福：我请家庭女教师干吗？

安杰：教你弹琴、唱歌、学跳舞呗！

江德福：你这是什么意思？

安杰：这话应该我来问你才是！你这是抽的什么风，找这种人才来家干什么！

江德福：干什么？不就当保姆看孩子吗？老丁以为他能拿我一把，老子能吃他那一套？

安杰：所以你跑到人才市场，千挑万选，选上了这个杨素玉？

江德福：我哪千挑万选了？我没带身份证，没法登记，我想先回来拿证件，哪想到她就跟上我了！

安杰：闹了半天，是她看上你了！她是不是管你叫大哥了？把你给叫晕了？

江德福：你怎么知道她管我叫大哥了？

安杰：哼！这连傻子都能猜到！她不喊你大哥，她能管我叫大姐吗？说什么看我长得年轻，她那是不好改口了，只好叫我大姐了！

江德福：你可真聪明，比傻子都聪明！就算是这样，你至于生气吗？你生的哪门子气呀！

安杰：我等你回来吃饭等到现在，肚子早饿得不叫了！你却只顾招呼别人吃饭，把我晾到一边！

江德福笑了：是吗？原来你没吃饭？都这么晚了，你为什么不吃饭呢?

安杰:你说呢?

江德福:我说你就不该傻等着不吃!走吧,下楼吃饭吧。

33　白天　安杰家餐厅

老两口来到餐厅。杨素玉已经把餐桌上收拾得干干净净,在厨房里忙开了。

安杰看着江德福,江德福忙赔笑脸。

江德福小声地:看样子挺勤快的。

安杰也小声地:保姆不能看三把火!

江德福:那得怎么看?

安杰:那得慢慢看!起码要看三天!哎呀,你来你来!

34　白天　安杰家客厅

安杰将江德福拉进客厅,小声地:她身体没事吧?她没病吧?

江德福的声更小:人家不挺好的吗?不挺健康的吗?

安杰:万一她肝不好呢?澳抗阳性呢?传染怎么办?

江德福:不会吧?

安杰:万一呢?谁能保证?你看过她的证件了吗?

江德福摇头。

安杰:什么也没看?

江德福:什么也没看。

安杰急了:你怎么不看呢?有你这么找保姆的吗?这万一要是个骗子怎么办?

江德福:她骗我们什么?她能骗我们什么?

安杰：拐孩子啊！现在保姆把孩子拐跑的报道还少吗？

江德福：丫丫呢？

安杰：在隔壁睡觉呢。

江德福拔腿就往外走。

35 白天 隔壁房间

孩子睡得正香，江德福松了口气：这可怎么办呢？

安杰：我哪知道怎么办呢！你不是有本事把人给领回来吗？你再想办法把人给送走呗！

江德福：这怎么张口给人家说呀？

安杰：请神容易送神难吧？你以为当人家的大哥就这么容易？

江德福：都什么时候了，你还这么阴阳怪气！

安杰：什么时候了？孩子不还在这儿吗？天不还没塌下来吗？

江德福：等天塌下来就晚了！要不，要不你去把她给打发走。

安杰：凭什么呀？凭什么让我去干这种坏事？

江德福：这怎么是坏事呢？为了丫丫的安全，我们还是应该慎重点儿。

安杰：你别我们我们的！人是你领来的，你别扯上我！

江德福：你就索性把黑脸唱到底，反正人家一进门，你就没给人家好脸色。正好她也怕你，你去说正合适。

安杰：你还真把我当傻子了？我……

杨素玉不知什么时候站到了门口，把他俩吓了一跳，都不自在起来。

杨素玉：大姨，你是不是还没吃饭？我给你下了碗面条，你吃吧？

安杰看看这个,又看看那个,都不知说什么好了。

36　白天　安杰家餐厅

安杰在吃面条,杨素玉站在一旁。

杨素玉:大姨,合你口味吗?

安杰点头:嗯,不错,你手艺不错。

杨素玉笑了。

安杰抬起头来:你怎么知道我没吃饭?

杨素玉:我看见两双筷子都没动,你肯定在等大叔。

安杰点了点头。

37　白天　安杰家客厅

江德福坐在沙发里看报纸,却支着耳朵听外边的动静。安杰擦着嘴进来了。

江德福小声地:吃完了?

安杰大声地:吃完了。

江德福:还行吧?

安杰:什么还行吧?

江德福看了一眼门口:你装什么糊涂!我看人挺勤快的,也挺机灵的。

安杰:勤快是好事,机灵就不是什么好事了。

江德福:为什么?

安杰:你见过像侦察兵一样的保姆吗?

江德福一副没听懂的样子。

安杰:她通过两双没动过的筷子,就判断出我还没吃饭,你说她鬼不鬼？

江德福点头。

安杰：人家一个初来乍到的外人，都看出我在等你没吃饭，你却看不出来，自顾自就吃上了，什么玩意儿！

江德福：说正事，你怎么又扯到这上头了？想想是不怎么对头，一个当保姆的，这也太机灵了点儿。

安杰：是呀，这年头做人难，用人也难，选个保姆左右为难。人太笨了吧，你嫌她没有眼力见。人有眼力见了吧，你又担心她太机灵了，不好控制。唉，左右为难。

江德福：不好控制就不用，这还不好说，为难什么！

安杰：好说你去说呀。

江德福：我不说。

安杰：你不说让谁说？

江德福：我让亚菲说。

安杰：亚菲也不见得说！她是典型的刀子嘴，豆腐心！

江德福：从现在起，我们要把丫丫看好了，不能离开我们的视线半步。

安杰：也不能让她碰丫丫，也不知她有没有病。

江德福：那还让她刷碗做饭？

安杰：碗筷可以消毒，孩子能消毒吗？再说，人是你领回来的，麻烦是你招来的，你还在这儿说三道四！

江德福：行行行！我错了还不行吗？我这心里七上八下的不踏实！

安杰：有什么不踏实的！亏了你还当了那么多年的司令！既来之，则安之，我们见机行事吧！

江德福：说得轻巧，让你去说，你又不去说！

安杰：我……

正说着，隔壁传来孩子的哭声，杨素玉从厨房跑了出来，老两口见状，也赶紧往外跑。

38　白天　隔壁房间

丫丫在哭，杨素玉冲过来要抱她，刚弯下腰来，安杰跑了进来。

安杰：你别碰她！

杨素玉吓了一跳，缩回手去。

安杰抱起丫丫，有些歉意：这孩子认生，不让生人抱。

江德福跟进来，张开双手：来，丫丫，让爷爷抱。

江德福抱着丫丫出去了，杨素玉准备收拾床铺。

安杰：我来，我来，我来收拾。

杨素玉：那……那……我……我还干什么呀？

安杰：你先歇歇吧，什么也不用你干。噢，这家里也没什么事，你先到客厅看电视吧。

杨素玉出去了，安杰出了口长气。

39　白天　安杰家客厅

江德福抱着丫丫在客厅转，见杨素玉进来了，赶紧抱着丫丫往外走。

杨素玉：大叔。

江德福站住了。

杨素玉：大叔，你看我还干点儿啥？

江德福：你什么都不用干，先歇着吧，到时候再说。

江德福抱着丫丫离开了。

杨素玉心想：到时候再说？什么意思？

40　白天　安杰家楼梯上

江德福抱着丫丫上楼，安杰追了上来：你跑什么？

江德福：我怕她传染丫丫。

安杰：传染什么？

江德福：你不是说她是什么阳性吗？

安杰：澳抗阳性！

江德福：对，澳抗阳性。

安杰：我那是怀疑！我是担心！

江德福：有备无患，你懂不懂？

安杰：我不懂！自己招来的麻烦，自己草木皆兵！

江德福往楼下看：你别一口一个麻烦麻烦地说，让人家听见不好！多伤人哪！

安杰：你这么躲瘟神似的躲着人家，就不伤人了？

江德福：那怎么办？你不是不让她碰孩子吗？

安杰笑了：怎么又绕到我头上了！

41　白天　院子里

杨素玉正在打扫院子。

江亚菲提着个大口袋回来了，她上下打量着杨素玉：请问，你是？

杨素玉：我是刚来做……做家政的。

江亚菲：噢，欢迎，欢迎，我是这家的女儿，叫江亚菲。

229　・

杨素玉：我叫杨素玉。

江亚菲：那我叫你杨大姐吧？

杨素玉笑了，江亚菲往家里走。

江亚菲又站住：刚来你也不休息休息！

杨素玉：来不就是干活的吗？休息啥。

42 白天 安杰家

江亚菲进家，挨个屋子找，站在楼梯口：爹！娘！你们在上边吗？

安杰的声音：在上边，上来吧。

43 白天 安杰家楼上卧室

江德福躺在床上看报纸，安杰坐在沙发上看着婴儿车里的丫丫。

江亚菲：怎么回事？怎么一眨眼就过上剥削阶级的生活了？

江德福放下报纸，不高兴地看着她。

安杰：她在干吗？

江亚菲：她在打扫院子！你们从哪儿找的这么勤勤恳恳的保姆？

安杰：你爸从人才市场找来的。

江亚菲笑了。

江德福：你笑什么？

江亚菲：你领她回来的时候，我看见了。我还以为……

江德福：你以为什么？

江亚菲笑而不答。

安杰：你以为什么？你笑什么？

江亚菲：那位大姐哪像保姆哇！我看我爸跟她有说有笑的，我还以为她是爸爸的什么人呢。

江德福：你以为她是我什么人？

安杰：你跟她有说有笑了？

江德福：听她胡说八道！我什么时候跟她有说有笑了！我在前边走，她在后边跟着！

安杰又去看江亚菲。

江亚菲笑了：的确是这样，有说有笑是我杜撰的，但看着比较暧昧，一个雄赳赳、气昂昂的老干部，身后跟着个眉清目秀的小媳妇儿。

江德福找身边的东西，想打江亚菲，江亚菲笑着上前摁住了他：要文斗，不要武斗。

安杰叹了口气：唉，亚菲，麻烦了。

江亚菲：麻烦什么？

安杰：你爸领来的那个保姆。

江亚菲：怎么了？

安杰：我们对她的情况一无所知。

江亚菲：不是从人才市场找来的吗？

安杰：是从人才市场捡来的！

江德福：什么捡来的，是她自己跟来的！

江亚菲：慢点儿，慢点儿，一个一个地说，我听得都有点儿乱了。

江德福：是这么回事。我到人才市场去，人家要身份证，我又没带。我想回来拿证件，她就自己跟上我了，问我是不是找保姆。

江亚菲：你一看人家眉清目秀，就急忙点头说是。

江德福生气了：跟你说正事，怎么老是胡说八道！

江亚菲赶忙赔笑：我错了，我错了，您接着往下说。

江德福没好气：没了！

江亚菲：怎么会没了呢？您不是把人给带回来了吗？

江德福生气地望着她。

江亚菲：挺好的呀，我看挺好的。眉清目秀，干净利索，关键是人很勤快，手脚不闲着。我让她休息一会儿，她说休息啥，来就是干活的，说得我心都碎了。

安杰和江德福对视了一眼。

江亚菲：你们不信呢？我说心碎是有点儿夸大了，但我的确不太好受，好像……好像有点儿不落忍。

安杰看着江德福：我说什么来着？

江亚菲：你说什么了？

江德福：你妈说你是刀子嘴，豆腐心。

江亚菲：还是我妈了解我，我的确是心太软。

江德福：这既是优点，也是缺点。

江亚菲：是呀！我何尝不想自己是刀子嘴，水泥心呢？可惜呀，你们给我生错了！

安杰：亚菲呀，我们……我们不想用她。

江亚菲：为什么？

安杰：对她的情况一无所知，谁敢用啊？万一要是个骗子呢？

江亚菲皱起了眉头：你们有什么好骗的呀？

江德福：万一她把丫丫给拐走了呢？

江亚菲：她为什么要拐丫丫呢？

安杰：拐去卖呀！这种报道还少吗？

江亚菲：你们阶级斗争这根弦绷得可真紧！你看人家像坏人吗？像骗子吗？

江德福：你可真幼稚！你以为坏人头上都顶着个"坏"字啊！

江亚菲：您可真成熟！这么成熟还领回个骗子来！

安杰：哎呀，你俩别斗嘴了，快想个办法吧！

江亚菲：想什么办法？想办法干吗？

安杰：想办法把人打发走！

江亚菲：打发走干吗？我看挺好的，留下吧！保姆费我出！

安杰：不是跟你说了吗？我们对她一无所知，我们不敢用她！

江亚菲：你们长嘴干吗呀？问问不就行了！

安杰：她要是不说实话呢？她要是说假话呢？

江亚菲：看看她的身份证，再跟她聊聊，八九不离十就行了！你是找保姆，不是找媳妇儿！

安杰：那我也不想用她。

江亚菲：为什么？

安杰：她太精了，太有心眼了！看着就不是个做保姆的料！

江亚菲：哎呀，你的毛病太多了！求大同，存小异吧，用用再说！

江亚菲站起来往外走。

安杰：你干吗去？

江亚菲：我去考察考察她！

江德福：你问仔细点儿，关键是要看她的身份证。

江亚菲：万一她的身份证是假的呢？

老两口面面相觑。

江亚菲笑了：真幼稚！

44 白天 院子里

杨素玉在打扫院子，江亚菲出来了。

江亚菲：大姐，别干了，休息会儿。

江亚菲坐到藤椅上,拍着另一个椅子示意杨素玉坐下。

杨素玉:我不累。

江亚菲:大姐,你是哪儿的人?

杨素玉:我是安徽宿县人。

江亚菲:家里都有什么人?

杨素玉:公公婆婆,还有两个女儿。

江亚菲:你爱人呢?

杨素玉顿了一下:死了,不在了。

江亚菲:哎呀,对不起,对不起,我不知道,不该问。

杨素玉笑了笑。

江亚菲:那你……你怎么到这儿来了?

杨素玉:我们村有好几个人在这儿当保姆,我也跟出来了。

江亚菲:出来多久了?

杨素玉:一年多了。

江亚菲:以前在哪儿干?

杨素玉:在师范大学一个教授家干,前几天教授两口子到美国女儿家了,我就……

江亚菲:大姐,你能来我们家,说明咱们之间有缘,你说是不是?

杨素玉点头:是。

江亚菲:我们也缺乏对你必要的了解,你千万别多心,我没有别的意思,就是想……想……

杨素玉:没事,你说吧,你想干啥?

江亚菲难为情地:我……我想看看你的身份证。

杨素玉有些慌张:妹……妹妹,我的身份证不在了,丢了。

江亚菲不相信地:丢了?

杨素玉点头：真的丢了，让小偷给偷了，连钱包一起偷了，钱包里有……有一百多块钱呢！

江亚菲：你为什么不回去补办呢？

杨素玉：回去又要花钱。我想……想什么时候回家，什么时候再补办。

江亚菲：那……那你在人才市场是怎么登记的？

杨素玉：我没登记。一是没身份证，二是不想交那个钱。

江亚菲：交什么钱？

杨素玉：给人才市场交钱。

江亚菲：噢，你们找工作还要给他们交钱呢？

杨素玉：是呀，得交五十呢。

江亚菲：所以你就跟上了我父亲。

杨素玉：我看大叔面相挺好，肯定是个好人家，我就……

江亚菲站了起来，杨素玉眼巴巴地看着她一声不响地进了屋。

45　白天　楼梯上

江亚菲低着头上楼，猛一抬头，看见楼梯口站着亭亭玉立的母亲。

安杰穿着江亚菲带回来的白色长裙，气质高雅、面带微笑地站在楼梯口，把江亚菲都给看呆了。

安杰：怎么样？

江亚菲：你是我妈吗？

安杰高兴地笑了：我不是你妈是谁妈？

江亚菲：你是七仙女她妈吧？

安杰：去！那不成王母娘娘了！

46　白天　楼上卧室

江亚菲拥着安杰进来了,看见了穿着西服、趿着拖鞋的父亲。

江亚菲闭上了眼睛:天哪!我的心从夏天一下子到了冬天!我可怜的心哪!

江德福:你什么意思?

江亚菲:爸,我求你快脱下来吧!

江德福:不好看吗?

江亚菲:岂止不好看,是相当不好看!

江德福:我说也不好看!你就让我们穿这个参加比赛?

江亚菲:我一看我妈,我就觉得咱们肯定能拿第一;我再一看你,我就觉得咱们肯定拿不了第一。

江德福气得脱衣服。

江亚菲直咂嘴:哎呀哎呀,你俩的反差也太大了点儿!一个是锡纸包的大白兔奶糖,一个是锡纸包的烤地瓜!

江德福把西服上衣扔到了江亚菲头上。

江德福气得走了,丫丫哭了起来,安杰赶紧将她抱了起来。

江亚菲又笑了。

安杰:你笑什么?

江亚菲:天女下凡当起了老妈子。

安杰:哎,你问了吗?

江亚菲叹了口气:唉,还真是有点儿可疑呢。

47　晚上　安杰家卫生间

江亚菲洗完澡出来,杨素玉赶紧进去打扫,江亚菲有些不忍地望着她,轻轻地叹了口气。

48　晚上　江亚菲房间

江亚菲找出一套新睡衣,抖开看了看,点头表示满意。

49　晚上　安杰家卫生间

杨素玉在拖地,江亚菲站在门口。

江亚菲:大姐,别干了,早点儿休息吧。

杨素玉:马上完,马上完。

江亚菲:大姐,你洗个澡吧,换上睡衣好好睡一觉。

杨素玉直起腰来:我可以洗澡吗?

江亚菲:当然了!你随便洗!东西你随便用!这睡衣是新的,我穿有点儿小,你穿正合适。

杨素玉感动地不知说什么好:这,这……

江亚菲将睡衣放到洗衣机上,扭头就走:晚安!我要睡觉了!

50　晚上　安杰家楼下

安杰从楼上下来,听见卫生间有洗澡的声音,就推开了亚菲的房间门。

51　晚上　江亚菲房间

安杰一见江亚菲在床上看电视,吓了一跳。

安杰:不是你在洗澡哇?

江亚菲看了她一眼没说话。

安杰:那是谁呀?

江亚菲:你说呢?

安杰：你让她洗的吗？

江亚菲：你不让她洗吗？

安杰：谁不让她洗了？

江亚菲：那你问什么！

安杰：我问问都不行啊？

江亚菲：你这个样子，让我想起了你的出身。

安杰脸一沉：我出身又怎么啦？

江亚菲：毕竟是剥削阶级，对劳动人民没有感情！你看我爸，对人家多好！真是亲不亲，阶级分哪！

安杰：你爸？你爸是个两面派！还是他催我下来，让我来问你给她说了没有！

江亚菲：唉，真是老奸巨猾呀！麻烦是他惹的，他却躲在上边装好人，让我当恶人！

安杰：你说了没有？

江亚菲：还没说哪！

安杰：为什么还不说？

江亚菲：我想让人家睡个好觉，明天再说！怎么？不行吗？

安杰后退：行行，听你的，你说了算！

52 晚上 楼上卧室

江德福靠在床头上等消息，安杰回来了。

江德福：她给她说了吗？

安杰：还没有！她想让她睡个好觉，明天再说！

江德福点头：嗯，亚菲心好，人善良。

安杰：嗯，人家亚菲是真善良，不像有的人，是假善人！

江德福：你这是说的谁呀？

安杰：说谁谁知道！

楼下传来江亚菲的喊声：妈，你快下来！

安杰吓了一跳：天啊，怎么啦？

江德福下了床：还不快下去看看！

53　晚上　安杰家卫生间

杨素玉穿着新睡衣倒在地上，一脸的痛苦，江亚菲单腿跪在地上，一脸的焦急。

江亚菲：很痛吧？是不是很痛啊？

杨素玉点了点头，流下泪来：痛死我了，我是不是腿断了？

安杰和江德福跑了下来。

安杰：怎么了？怎么了？

江亚菲：大姐摔着了，大概腿断了。

安杰：哎呀！你怎么这么不小心！

江亚菲不满地望着安杰。

江德福扒拉开安杰：叫医生了吗？

江亚菲跳了起来：哎呀，真是的，我都给急忘了。

54　晚上　安杰家客厅

江亚菲在打电话：卫生所吗？是唐医生吧？你到我家来一趟吧，我家阿姨腿好像摔断了！

55　晚上　院门口

救护车停在门口，大家七手八脚地将杨素玉抬上了救护车。

救护车开走了,老两口惊魂未定地站在门口。

江德福:怎么这么不小心呢?

安杰白了他一眼:都是你!你看怎么办吧!

江德福叹了口气:还能怎么办?你还能让人家走吗?给人家治病吧!

安杰:伤筋动骨可要一百天哪!

江德福:一百天就一百天吧,谁让咱这么倒霉呢!

安杰:你说说你,好好的,你去什么人才市场!

江德福:还不是让老丁气的!要不是他,我能气得去找保姆吗!这个该死的老丁!

安杰:老丁该打喷嚏了!

56 白天 老丁家院子

老丁站在院子里直打喷嚏,江德华出来了。

江德华:谁骂你了吧?

老丁:除了你哥没别人。

江德华笑了:他骂你什么?

老丁打着喷嚏:我哪知道。

江德华:我过去看看,他家到底来了啥人。

老丁:等等我,我也去。

57 白天 安杰家院子

江德福和安杰坐在院子里,闷闷不乐地守着婴儿车里的孙女。

老丁和江德华来了。

老丁:嗯,不太对头哇,出什么事了?

江德福：你长的狗鼻子？还挺灵的！

江德华：妈呀！真出事了？出什么事了？

江德福和安杰对视了一眼，同时叹了口气。

安杰：唉！别提了！

58 白天 杨素玉病房

杨素玉腿上打着石膏，坐在床上抹眼泪。江德华和老丁挤了进来。

江德华咂着嘴：哎呀，痛吧？

杨素玉抹着眼泪摇了摇头。

江德华：哪能不痛呢，十指连心哪！

老丁不满地：你别瞎说，人家摔的是腿！

江德华：腿就不连心了？离着心更近！闺女，你是哪儿的人？

杨素玉：我是安徽宿县人。

江德华马上去看老丁：妈呀！还是你老乡！

老丁：你是宿县哪儿的人？

杨素玉：我是宿县七里镇人。

江德华问老丁：离你们村近吗？

老丁有点儿激动：怎么不近，我们是一个镇的人！

59 白天 安杰家院子

老丁激动地在院子里走来走去。

老丁：想不到她还是我老乡！我们两个村子挨着！说不定她家的老人我还认识！

江德华：说不定你们还沾亲带故呢！

老丁点头：嗯！那也说不准哪！缘分！真是缘分哪！

江德福没好气：缘分就接你家去！

老丁和江德华几乎是异口同声：凭啥接我家去！

说完，两人对视了一眼，都笑了。

江德福和安杰也对视了一眼，又都不满地去看那两口子。

老丁做了个让江德华先说的手势。

江德华：你们想得倒美！给你家干活，摔断腿了推到我家了，世上的好事都让你家占了！

安杰面带讥讽：那不是你家老乡吗？说不定还是亲戚呢！

老丁手一摆：正因为说不定是亲戚，所以她的事我管定了！你们要善待人家，要对人家好！要把人家的腿给养好！

江德福更没好气了：你给我滚一边去！我还用你教我！

老丁笑了：那我替我的老乡先谢谢你！

江德福气得起身要走，安杰也站了起来。院门开了，江亚菲回来了。

江亚菲一见老丁和江德华，笑得嘴都合不拢了：哎呀，太好了！你们可真是及时雨呀！是谁派你们来的？是毛主席吧？

江德华：你家保姆跟你姑父是老乡！说不定还是亲戚呢！

江亚菲大叫：真的吗？姑父，是真的吗？

老丁警惕地看着江亚菲，江亚菲上去抱着他的胳膊。

江亚菲：哎呀，姑父，这简直是天意！我正琢磨着怎么动员你和我姑来帮忙呢，我还想着，除了给你买宣纸，是不是还要给你买套上好的文房四宝呢！这下不用了，省我的钱了！你来帮忙照顾你的老乡和亲戚，那不是天经地义的事吗？

这下轮到江德福和安杰高兴了，他俩幸灾乐祸地望着老丁，把老丁气得够呛。

60　白天　干休所广场

老干部们在练习跳舞,江德福搂着安杰跳得兴高采烈。

江德福:这下可把老丁气得不轻!

安杰抿着嘴乐。

江德福得意忘形:转个圈儿!再转个圈儿!

安杰"哎哟"叫了一声,挣脱了江德福,抬起一只脚痛得直叫。

江德福:有这么痛吗?

安杰:那让我踩踩你!

江德福伸出一只脚:踩吧,随便踩!

安杰蹲下,抚摩自己被踩的脚。

江德福:行啦!快起来!继续跳!

安杰抬起头来:谁还敢跟你跳?脚不要啦?

江德福笑了:哪那么邪乎,不就踩了一下吗?

安杰:你是踩了一下吗?

江德福:对不起!我踩了好几下!这行了吧?

安杰不理他。

江德福:你快点儿起来,接着练!

安杰:我练不了了!脚让你踩残废了!

江德福:哪这么娇气!来!轻伤不下火线!你看,亚菲在那瞪我们呢!

61　白天　广场边上

江亚菲站在那儿,抱着胳膊,恨铁不成钢地望着自己的父母。

62　白天　安杰家院子

丫丫在老丁怀里哭得上气不接下气,老丁急得团团转。

老丁:哭哭哭!你到底是哭什么呀!(冲江德华喊道)哎,我说,你好了没有!

63　白天　安杰家卫生间

江德华扶着杨素玉出来。

江德华:慢点儿慢点儿,你不用着急。

杨素玉:姑父在外边叫你呢。

江德华笑了:让他叫吧,别理他!

64　白天　广场上

江德福搂着安杰继续跳舞,安杰跳得一瘸一拐。

江亚菲在一旁看得气急败坏,对身边的同事发牢骚:我爸真是成事不足,败事有余!

同事哈哈大笑:那怎么办?老爷子难得有这么高的积极性。

江亚菲:就是!他积极性越高,我还越难办呢!

同事:算了,就是他吧!好在有你妈能给他遮遮丑。

江亚菲:什么呀!让我妈一比,他更完蛋了!真是一颗老鼠屎,坏了一锅汤!

同事笑得前仰后合。

江德福搂着安杰跳了过来,江亚菲不忍目睹地闭上了眼睛,等她再睁开眼时,父母已经跳走了。

江亚菲咬牙切齿地:不行,我得大义灭亲!

65 白天 广场上

老干部们穿着比赛服在进行最后的彩排。江亚菲陪着所长和政委来了。

所长高兴地：嗬！真不赖！让我眼前一亮！

江亚菲：你眼前一亮有什么用？得人家评委们眼前一亮！

所长：我眼前一亮，八成评委们眼前也就亮了！

政委：这么说，你比评委还厉害了。

所长：不瞒你们说，我当兵的时候，还是连里的文艺骨干呢，唱歌跳舞都干过！

江亚菲：怪不得呢！看您的气质这么好，闹了半天您是内行啊？

所长：内行说不上，但也绝不是外行！

江亚菲：当然了，一看您就不是外行！

政委抿着嘴乐，所长警惕地看着江亚菲。

所长：你又要挖什么坑让我跳？

江亚菲：你看看你，哪像个领导干部说的话，好像你多怕我挖的坑似的！

所长摆手：江亚菲，你别给我灌迷魂汤，我可不吃你这一套！

江亚菲笑了：你不吃我哪一套呀？看把你吓的！没什么事！什么事也没有！就是马上要出征了，请你们做个战前动员，顺便公布一下参赛名单。

所长：怎么，不是都上啊？

江亚菲：规定上十对，我们准备了十二对，以防有人生病，参加不了。谁知老干部们积极性这么高，愣是没有一个人身体有毛病！

所长：那怎么办？

江亚菲：还能怎么办？忍痛割爱呗！

所长：噢，我明白了，你是让我俩来当恶人的。老齐，你听明白了吗？

政委点头：我听明白了。

所长：你说咱能上这个当吗？

政委摇头：不能。

所长：那咱们还待在这儿干什么？走吧！

所长拉着政委就走，江亚菲拉着政委不让走。

江亚菲：你们不能走！还没搞战前动员呢！

政委笑眯眯地：最后吧，等你把人定下来了，我们再做动员也不晚。

眼看着所长和政委走了，江亚菲气得一点儿脾气没有。

江德福搂着安杰跳到了江亚菲跟前，恰好舞曲停了。

江德福：亚菲，所长、政委怎么走了！

江亚菲没好气地：让你气走了！

江德福一愣：怎么让我气走了？

江亚菲：你看你跳的是什么舞？是踢踏舞吗？怎么看怎么别扭！简直是拖我妈的后腿！

江德福马上就明白了：亚菲，你是不是想淘汰我？

江亚菲假装为难：我也不想淘汰你呀，没有办法呀，这是大家的意见。

江德福：哪些大家？哪些混蛋？

江亚菲：所长和政委，还有所里的工作人员。还征求了一部分老干部的意见，大家一致认为……

江德福盯着她不放。

江亚菲：认为……

江德福：认为什么？

江亚菲：认为您跳得稍微有那么点儿欠缺。

江德福：我哪儿欠缺了？

江亚菲：整体上哪儿都欠缺。尤其……尤其跟我妈跳不谐调，差距有点儿大。

江德福去瞪安杰。

安杰马上摆手：你别这么看我，没我什么事！

江德福：哼！什么东西！你们以为老子愿来跳这破玩意儿？要不是为了支持你江亚菲的工作，你们就是八抬大轿来请老子，老子也不来呀！

江亚菲一个劲儿地点头：对对对，是是是，知道知道！我谢谢爸爸的支持，也谢谢爸爸的理解！

江德福：我理解？我理解个屁！

江德福扭头就走，安杰也要跟着走，被江亚菲一把拽住。

江亚菲：你干吗去？

安杰：你爸不跳，我也不跳了！

江亚菲：行啦！你就别给我添乱了！我还就指望你呢！

安杰：指望我什么？

江亚菲：指望你给我拿第一呀！少了你这碗鱼翅燕窝，这顿饭还怎么吃呀！

安杰：那你爸爸怎么办？

江亚菲：你就别操心我爸了，安心跳好你的交际舞，我爸的善后工作我来做！

66　白天　办公楼前

所长和政委出来，正好碰上气呼呼的江德福。

所长：司令，怎么不跳了？

江德福"哼"了一声，扬长而去。

所长望着江德福的背影：他这是怎么了？

政委笑了：这还用问吗？肯定是被淘汰出局了。

所长：好家伙，这个江亚菲可真敢干，敢在太岁头上动土。

政委：她不敢在谁头上动土！她早就说了，她要大义灭亲。

所长：她大义灭亲，她爸对咱们这么大气干什么？

政委笑了：这还用问吗？她肯定把责任都推到咱们身上了。

所长点头：嗯，没错，这个江亚菲能干出来。

67　白天　安杰家院子

老丁推着丫丫在院子里来回遛，江德华出来晒衣服。

老丁：你说这叫什么事呀！放着自己家一摊子事不管，跑到人家家来当用人！我连自己的孙子孙女都没这样带过呢！

江德华：你没带过还有功哇！喊！

老丁：你喊什么喊？

江德华：行啦，你就别发牢骚了！你就权当是为你老乡帮忙！没准儿你们还是亲戚呢！

老丁：你别老是亲戚亲戚的没完！她不是我亲戚！我没这个亲戚！

江德华笑了：那不是你亲戚，还不是你老乡吗？亲不亲，故乡人嘛！不都是你说的？

老丁：我故乡人多了，我顾得过来吗？！

门咣当一声开了，江德福黑着脸进来。

老丁：哎，怎么这么早就回来了？

江德福不理他，径直进了屋。

老丁问江德华：他这是怎么了？

江德华：我哪知道！

老丁赶忙跟进了屋，想了想，又折回来抱起了丫丫。

68　白天　安杰家楼上卧室

老丁抱着丫丫推开了卧室的门，见江德福已经躺在床上了。

老丁：怎么了？哪儿不舒服？

江德福翻过身去，背对着他。

老丁坐到床边，用手推他：哎，怎么回事？

江德福：你出去！我要睡觉！

老丁不干了，站了起来：我来给你看孩子，是支持你跳舞，不是支持你睡觉的！谁不想睡觉？我还想睡呢！丫丫给你放在这儿，我也回家睡觉去！

丫丫哭了起来，江德福坐了起来，一言不发，怒视着老丁。

老丁赶紧把孩子抱起来：你这是怎么了？谁惹你了？

江德福：你给我出去！让我睡一会儿！

老丁听话地抱着孩子出去了。

江德福又喊：把门给我关上！

老丁听话地将门带上，自言自语：娘的！我怎么这么听话呀！

第三十八集

1 白天 办公楼前

所长和政委在门口说话,江亚菲跑了过来。

所长:人员定好了吗?

江亚菲"哼"了一声,跑进办公楼了。

所长问政委:出师不利吧?

政委点头:看样儿像!

所长:走,问问情况去。

政委:这个时候,咱就别去惹她了。

所长笑了:你算是让她给治服了。

政委也笑了:你没有吗?

所长:我也快了。

2 白天 江亚菲办公室

江亚菲在翻箱倒柜找东西,所长和政委进来了。

政委:你在找什么?

江亚菲：我家老爷子生气了，我找点儿东西哄哄他去。

所长：哎，我那儿还有一瓶上次没喝的酒鬼酒，你拿给老爷子吧。

江亚菲：你以为我爹是酒鬼呢！这么好打发！

政委突然想起什么：哎，你等等，我那儿有样儿好东西。

政委出去了，江亚菲一屁股坐下了。

所长站着：我们什么时候去做战前动员呢？

江亚菲：谢谢，不用了，我自己做过了。

所长：你做过了？你的级别够吗？

江亚菲也站了起来：噢，让我做恶人，我的级别就够了；让我做好人，我的级别又不够了！

所长：我不是这个意思。

江亚菲：那你是什么意思？

所长：我们是想支持你工作。

江亚菲：谢谢，不用了！你们的支持，还不如我爸的支持呢！

所长：就是！所以我们才帮你凑东西呢！

江亚菲：你帮了吗？

所长：我给你酒，你又不要！

江亚菲：你就没有别的东西了吗？

所长：你可以到我办公室去翻，翻到什么拿什么！

江亚菲一撇嘴：我不想干了！我想转业了！

政委抱着一个盒子进来了。

江亚菲：这是什么呀？

政委：这是我福建的战友给我的漳州八宝印泥。

江亚菲打开盒子，是一大瓷罐红印泥。

江亚菲：天哪！这八百辈子也用不完哪！

政委：这东西行吧？老爷子会喜欢吧？你不是老给他买宣纸吗？

江亚菲直点头。

所长：哎，不对呀，你那宣纸不是给你姑父买的吗？

江亚菲：我爸现在也开始练书法了，在我姑父的影响下。

政委：这是给你爸的，可不是给你姑父的。老爷子受了那么大的委屈，脸都气黑了。

江亚菲：你见了？

所长：我们都见了！跟他说话，他也不理我们。肯定是你把我们给卖了。

江亚菲：不卖你们卖谁呀？卖别人他买账吗？

3　白天　安杰家院子

老丁抱着丫丫在院子里转，江亚菲提着印泥回来了。

江亚菲：姑父，辛苦了！

老丁一眼就看到印泥了：你手里提的是什么？

江亚菲笑了：你眼真尖！怎么一点儿都不花呢？

老丁：你少废话！快让我看看！

江亚菲双手呈上：姑父，您看孩子有功，这是您的奖品，是我孝敬您的！是上好的福建漳州印泥！

老丁眉开眼笑：我知道，我知道，我知道漳州印泥，很有名。

江亚菲将印泥放到石桌上。

江亚菲：我爸呢？

老丁盯着印泥：在楼上睡觉。

江亚菲：嗯？

江亚菲跑走了，老丁用一只手拆盒子。

4　白天　楼上卧室

江亚菲轻手轻脚地推开卧室门，听到江德福响亮的呼噜声，拍着胸口笑了。

5　白天　杨素玉房间

杨素玉在床上躺着想心事，江亚菲推门进来。杨素玉要起来，江亚菲按住了她：好点儿了吗？还痛吗？

杨素玉：好多了，不怎么痛了。亚菲，我想走了。

江亚菲：走？你往哪儿走？你这个样儿，怎么走？

杨素玉：给你们添了这么大麻烦，真是太过意不去了！你们家对我这么好，真不知该怎么报答你们。

江亚菲笑了：你好好养着，就是对我们最好的报答！哎呀！什么报答不报答呀，咱们这是缘分，是上天安排的！咱们就都听上天的吧！

6　白天　安杰家厨房

江亚菲轻手轻脚进了厨房，江德华正在尝汤的咸淡。

江亚菲：姑，你在偷吃什么呢？

江德华一下子烫着了，呸呸呸地直吐：该死的，吓死我了！

江亚菲：这就是偷吃的恶果！

江德华举起手里的勺子：再胡说，看我不打你！

江亚菲笑了：勺子不打笑脸人！我是来慰问你的，姑，你辛苦了！你留在这儿一起吃饭吧！

江德华也笑了：我自己做的饭，还用你留！哎，谁又惹你爸生气了?

江亚菲:他回来发脾气了?

江德华:那倒没有,回来就上楼睡觉了,一句话没有,谁也不理。

江亚菲:唉,可怜的老爸!

江德华:你又惹他了?

江亚菲:我是公事公办,不得不得罪他。

江德华:你又怎么得罪他了?

江亚菲:不让他跳舞了,把他开除了。

江德华手里的勺子掉到了地上,江亚菲赶紧捡了起来。

江德华:哎呀,你看你这孩子,人家跳得好好的,你怎么就把人家给开除了!

江亚菲:他要是跳得好,我能把他开除了吗?

江德华:那他前一阵不白跳了?

江亚菲:怎么会白跳了呢?还锻炼身体了呢!

江德华:哎呀!这不要了他的命吗!你爸那么要面子的人,这得气成什么样儿啊!

江亚菲:没事!人家在上边睡得香着呢!

江德华:那身衣服白做了?还用还给你们吗?

江亚菲:当然要还了!又没参加比赛,哪能白得一套西服呢!

江德华:让我说,那套西服你们也别收回去了,给你爸得了!让他也有个心理安慰!

江亚菲直点头:有道理,有道理。

7 白天 安杰家楼梯口

江亚菲听见楼上有动静,轻手轻脚地上了楼。

8　白天　安杰家卧室门口

江亚菲轻手轻脚地将门推开一条缝,偷偷往里边看,身后一声咳嗽声,吓了她一大跳。

江德福低吼:让开!

江亚菲乖乖地贴着墙立正站好。

江德福进了屋,转身要关门,江亚菲挤在门口不让关。父女俩就那么僵持了一会儿,最后还是江德福让步了,他松开了手,江亚菲挤了进来。

江亚菲:爸,你醒了?

江德福上了床,掀开毛巾被又要躺下。

江亚菲:爸,你把西服脱下睡吧,这西服是你的了,你要爱惜点儿。

这话提醒了江德福,他爬了起来,三下五除二地脱了白色的西服。他抱着西服原地转了一圈儿,走到窗前,拉开纱窗,将西服丢了下去。

9　白天　安杰家院子里

老丁捧着印泥左看右看,爱不释手,江德华抱着丫丫在一旁直咂嘴:啧啧,你咋这么贪财!

正说着,白西服从天而降,裤子正好掉到老丁头上。

10　白天　安杰家楼梯口

江亚菲慌慌张张从楼上冲下来,脚一滑,摔了个大跟头。

江亚菲大喊大叫:哎呀!痛死我了!我的腿也断了!

江德华和老丁跑过来了,连杨素玉都扶着墙蹦着出来了。

江德华一只手去拉江亚菲,拉不动,老丁又上来拉,也拉不动。

江亚菲大声地：你们都别拉我，我的腿真断了！

江亚菲冲楼上使了个眼色，老丁懂了，江德华还不懂。

江德华蹲下：亚菲呀，你的腿真断了吗？

江亚菲大声地：肯定断了！我都听到咔吧一声响了！

江德华站了起来：糟了！那是断了！

江德华往客厅走，被老丁一把拽住。

老丁：你干吗去？

江德华：我打电话去，叫医生来！

老丁小声地：叫什么医生！她是装的！

江德华大声地：装的？她干吗要装腿断！

江亚菲急得又指楼上又捂嘴。

11　白天　安杰家楼上

江德福站在楼梯口往下看，正好跟江亚菲往上比画时的眼神对上。

12　白天　安杰家楼下

江亚菲一下就没了精神，江德华却刚搞明白，配合地大喊大叫：哎呀！你怎么把腿给摔断了？这可咋办呢！

江亚菲笑了：行啦！别演了！咱们演砸了！人家在上边都看见了！

江德华也笑了：他知道你是装的了？

江亚菲大声地：我爸是谁呀？谁能骗得了他呀！

老丁：你真把你爸给开除了？

江亚菲吓得忙摆手不让他说。

老丁偏要说：我就说嘛！他还会跳舞！舞跳他还差不多！

江亚菲生气地大喝一声：姑父！

老丁蹲到江亚菲对面：不让我说也行，但你要答应我一个条件。

江亚菲：什么条件？

老丁：你光送我印泥有什么用啊？没有印章不是白搭吗？

江亚菲：你的意思？

老丁笑了：我的意思你明白。你爸虽然不出去跳舞了，但他能在家里看孩子、照顾病号吗？

江亚菲：……

老丁：我们是不是还得来？

江亚菲从地上爬了起来，又拍屁股又拍手。

江德华：拍什么拍，地上又不脏！

江亚菲：我算服了你们了，你们简直是趁火打劫！

老丁：你答应了？

江亚菲：不答应怎么办？但我也有个条件。

老丁：你有什么条件？

江亚菲：你得替我把我爸哄好了。

老丁：这可有点儿难度。

江亚菲：我找人给你刻两个章，一个名章，一个闲章。

老丁：那行，一言为定。

江亚菲：你闲章刻什么呀？

老丁：我想想，让我想想。

江亚菲：你不用想了，我替你想好了。

老丁：你想好什么了？

江亚菲：梁山好汉！

老丁：梁山好汉？

江亚菲：梁山上不都是些强盗吗？

13　白天　安杰家楼上

江德福站在楼梯口笑了，自言自语：还真是个强盗呢！

14　白天　老丁家门口

江德华在锁大门，老丁在一旁催她：你快点儿！锁个门也这么不利索！

江德华越急越不利索了：哎呀，催！催！你是催命鬼呀！

15　白天　路上

老丁在前边走，江德华在后边追：哎呀，你等等我！

老丁放慢了脚步，江德华追上了他。

江德华：你这么积极干吗？又不给你工钱！

老丁：答应人家的事，就要准时准点，要不就别答应！

江德华：哼！不答应人家，哪去弄那两个章子？还是一个强盗章！

老丁：你懂什么呀！这不光是两个章子的问题，还是所里能不能拿第一的问题！你哥要是真拖你嫂子的后腿，我看这第一就泡汤了。

江德华：我哥不跳了，我嫂子跟谁配对呀？

老丁：听说跟熊副主任配。

江德华：哪个熊副主任？

老丁：就是老婆去年输液输死的那个。

江德华站住了：啊？

老丁也站住了：你啊什么啊，你以为你嫂子还人见人爱哪！

江德华：听说那个老熊头可花了，天天出去相对象，今天一个，明天一个的，可不是个好东西！

老丁：谁让人家老婆死了，人家有权不是东西！

江德华又站住了。

老丁：你怎么又不走了？

江德华：你们男人没一个好东西！

老丁：女人要都是好东西，男人还能不是好东西！

16　白天　安杰家门口

江德华正要推门，门开了，安杰一袭白裙出来了，把江德华和老丁都给看呆了。

安杰有些不好意思：你们怎么这么看我？

江德华：你们就穿这个跳舞？

安杰点头：是呀，统一定做的。

江德华上下打量着她，直咂吧嘴。

安杰：你咂什么嘴呀！

江德华摇头：哎呀，真愁人！

安杰奇怪：愁什么人哪？

江德华不说话了，却直摇头。

老丁在后边推江德华：快进去吧，别耽误人家跳舞！

老丁两口子进院了，安杰上下看自己的裙子，似乎也出不了门了。

江亚菲匆匆跑了回来：妈，你在这儿磨蹭什么，都在等你呢！

安杰：我穿这衣服是不是不好看呢？

江亚菲：谁说的？

安杰：你姑看了直咂吧嘴，还说真愁人！

江亚菲：你听她的，她那是妒忌你！

安杰叹了口气：唉，你说我出去跳个舞，怎么就要受这个罪！

江亚菲：谁还给你罪受了？

安杰：你爸！自从他被淘汰了，就没给过我好脸！好像是我把他给淘汰的似的！

江亚菲笑了：你别一口一个淘汰淘汰地说呀！你这不是刺激他吗？

安杰：我哪当他的面说了？我敢说吗？我这赔着笑脸说好话还不行呢，我哪敢当着他的面说"淘汰"两个字呀！

江亚菲拍着母亲的后背：亲爱的妈妈，让您受委屈了！您快点儿去吧，大家都等急了。

17 白天 安杰家楼下

江德福抱着丫丫下楼了，老丁讨好地望着他，没话找话：吃了吗？

江德福白了他一眼：你问的是哪顿饭？

老丁笑了：我这不是打个招呼嘛。

江德福：你们来上班了？

老丁：啊，没事来帮帮忙。

江德福：哼！你们真是好人哪！

老丁：就怕我们好人没好报哇！

江德福：怎么没好报？你不是得了两个章子吗？

老丁：你听谁说的？

江德福：我还用听谁说？我长耳朵干什么？你以为你们在讨价还

价我没听见?

老丁笑了：你耳朵怎么还不聋!

江德福：我聋还早哪!你聋了我也聋不了!给!

江德福把丫丫塞进了老丁怀里，丫丫竟然没哭。

老丁：你把孩子给我，你干什么?

江德福：我干什么还用你管?你以为那强盗的章子是那么好得的!

江德福开门，跟江亚菲撞了个满怀。

江亚菲捂着额头：哎呀爸爸，没撞痛你吧?

江德福没理她，"哼"了一声出门了。

老丁抱着丫丫，同情地看着她：没撞痛你吧?

江亚菲揉着脑袋直吸冷气：哎呀，怎么不痛，痛死我了。

老丁：亚菲，我想好了。

江亚菲：你想好什么了?

老丁：我想好闲章刻什么了。

江亚菲：哎呀姑父!你怎么这么没眼力见呀!我都痛成这样了，你怎么还想着要东西呀!

老丁：你是不是又要变卦了?

江德华从杨素玉房间出来：变什么卦?

老丁：你问她!

江德华问江亚菲：你又变什么卦了?

江亚菲：你还问我，我还没问你呢!刚才你们都说我妈什么了?

江德华：我们说你妈什么了?

江亚菲：你没说她真愁人之类的话?

江德华：说了!我说了!是愁人哪!

18　白天　家门口

江德福又折了回来，听见里头说话，站在门外偷听。

江亚菲的声音：愁什么人？

江德华的声音：都多大年纪了，还穿成那样！

江亚菲的声音：穿成哪样儿了？

江德华的声音：反正不像老太婆穿的衣服，我看着不顺眼！

江亚菲的声音：你又不是评委，你顺不顺眼有什么用！

江德华的声音：还有，我问你，你为什么把你妈配给熊副主任？你不知道熊副主任不是东西呀？

江德福推门进去了。

19　白天　安杰家楼下

老丁看见江德福进来，一个劲儿地清嗓子，两人不吵了。

江德福进家，似乎要找什么，又似乎忘记了，站在那儿发愣。

江亚菲凑过去：爸，你忘什么了？

江德福看了她一眼：哼！我忘什么用你管！

江德福又出门了，将门摔得震天响。

老丁：这下你俩可闯祸了。

江亚菲：都怨你！没事提什么熊副主任呀！

江德华：你不问我，我能说吗！

江亚菲：你说人家熊副主任干吗呀？

江德华：他那么花，还不让人说呀！你还把你妈配给他！

江亚菲笑了：你可别瞎说！小心我爸在门外偷听！

20　白天　路上

两个买菜的老太太碰上了江德福。

老太太甲：哎呀，江司令，你怎么没去跳舞呢？不是马上就要比赛了吗？人家都在那儿练呢，你怎么不去练了呢？

江德福支支吾吾：嗯，那什么，我腰扭了，要到卫生所理疗去。

老太太乙：是吗？是不是跳舞扭的？

江德福：嗯，是，是吧。

老太太乙：哎呀，你那是跳得太猛了，把腰给闪了！

老太太甲：就是！快去吧！快去做理疗吧！

江德福拔腿就走，又被喊住。

老太太乙：江司令，你还能去比赛吗？

江德福扭头就走：再说吧！

21　白天　卫生所二楼

江德福站在窗前往广场上看，看见熊副主任搂着安杰满场飞，气就不打一处来，呼吸也加重了。

一个穿白大褂的医生走过来：江司令，你哪儿不舒服吗？

江德福指着心脏：我这有点儿闷，憋得慌。

医生有点儿紧张：是吗？那赶紧做个心电图吧！

22　白天　江亚菲办公室

电话响，江亚菲拿起电话，大惊失色：什么？好好好，我马上过去。

23　白天　路上

江亚菲一路狂奔，往卫生所跑。

一对儿老两口停下脚步。

老太太：这丫头跑什么？

老头儿：是不是她爸生病了？

老太太：什么呀！人家她爹妈在广场上练跳舞呢！

老头儿：你知道什么呀！光剩下她妈了，她爸让她给赶下来了！

老太太：是吗？这丫头！那还不把她爸气个半死！

老头儿：有什么可生气的！转来转去的也不怕血压高！

老太太：人家都练习那么多天了，又不让人家上了，换你你不生气？

老头儿点头：那倒是。

24　白天　卫生所心电图室

江德福躺在床上休息，江亚菲听医生介绍情况。

医生：心电图倒没事，挺正常的，但你爸说他胸闷，憋气，也不能大意了。

江亚菲：那怎么办？

医生：也没什么好办法，只好先观察。回家先观察，有情况马上通知我们。

江亚菲走到江德福身边：爸，咱们回家吧？

江德福睁开眼，坐了起来。

25　白天　路上

江亚菲小心翼翼地扶着江德福走着，迎面碰上了所长。

所长吃惊地：怎么了？司令怎么了？

江亚菲冲他挤眼：我爸心脏不好，胸闷，憋气。

所长也不知是真还是假：那还不快点儿上医院！

江亚菲：不用，柴医生说先回家观察观察。

所长：胡闹！胸闷憋气还观察什么！万一出问题怎么办？不行，我马上叫救护车，赶紧送医院！

江德福挣脱了女儿的搀扶，急忙摆手：不用不用！我没事了！我好了！

江亚菲非要搀扶他：爸，听所长的话吧，咱们去住院吧？

江德福没好气：我好好的住什么院！

江亚菲：你不是胸闷、憋气吗？

江德福摇头：我不胸闷了，也不憋气了！

江德福说完大步流星地走了。

江亚菲：所长，谢谢！

所长又有点儿认真了：老爷子真没事吧？

江亚菲：没事！他的心电图比我的都好！他是在闹情绪，泡病号！

所长：你可不能大意了。

江亚菲：知道，我有数。

江亚菲拔腿就跑，所长笑了，自言自语：谁家有这么个丫头，也不知是福还是祸！

26　白天　家门口

江亚菲追上了江德福，搀住他的胳膊。江德福不让她搀，拼命挣脱。江亚菲非要搀他，死不松手，父女俩在门口僵持着。

门开了，老丁拿着饭盒出来了。

老丁：你俩在这儿干吗？正好，你俩谁去买馒头？

265

江亚菲：我俩谁也去不了！我爸病了，我得搀着他。

老丁不相信地上下打量着江德福，江德福不得不让江亚菲搀着他了。

老丁：你怎么了？

江德福有气无力：我胸闷，憋气。

江亚菲诧异地看了父亲一眼，把头扭到了一边。

老丁相信了：是吗？那还不快到卫生所看看去！

江德福：看了。

老丁：医生说什么？

江德福：医生让回来观察。

老丁有些奇怪了：医生没给你含点儿硝酸甘油？

江德福：医生让我回来含。

老丁：是哪个医生啊？这么混账！

江亚菲扭过头来：是柴医生。

老丁望着江亚菲忍着笑的样子，放下心来。

老丁挥挥手：快回去休息吧，好好观察着！

江德福在江亚菲的搀扶下慢慢地走着。

老丁望着他们的后背，自言自语：装得还挺像！

27 白天 院子里

江亚菲笑出声来。

江德福挣脱着：你笑什么？

江亚菲：我笑你装得还挺像！

江德福：你以为我是装的吗？我真是胸闷，憋气！

江亚菲：你让我搀着你，我姑父肯定在后边看着呢。

江德福：爱看不看！反正我就是胸闷，就是憋气！

江亚菲：我知道，我知道！你肯定胸闷，肯定憋气，但不是心脏的事，是心胸狭窄的事。

江德福站住了。

江亚菲笑了：窄就窄吧，窄又不丢人！再说了，这说明你特在意我妈，我很高兴，也很受感动。真的，我不骗你，我真的有点儿感动了。这就是人们常说的爱情吧？

江德福挣脱了她：什么爱情啊！瞎说八道！

江亚菲又拽住了他：真的，爸，对不起！

江德福：你对不起什么？

江亚菲认真地：早知这样，还不如让你去参加比赛呢！什么第一第二呀，有什么意义呀？这世界上，有什么比两口子之间的真情实意有意义呀！

江德福没好气：你才知道？晚了！

28 白天 路上

老丁买完馒头回来，在路上碰上了慌慌张张回来的安杰。

老丁：哎，你跑什么？

安杰回头：老江病了，心脏出毛病了。

老丁笑了：宣传工作搞得还挺好。

安杰停住了脚：你说什么？

老丁：我说他还挺会造声势！

安杰望着他不知说什么好了。

老丁摇头：这下你家可热闹了！一个真病号，一个假病号，够我们受的了！

安杰：给你们添麻烦了。

老丁：军功章有你们的一半，也有我们的一半！

安杰赶紧点头：那是，那是，有你们的一大半！

29　白天　安杰家

安杰像仙女一样进家，江德福正抱着哭闹不止的孙女心烦意乱，一见安杰，有地方出气了。

江德福：跳跳跳！成天就知道瞎跳！疯得连家也不要了，还穿成这样，像个良家妇女吗？

安杰也不生气：老江啊，你的心情我能理解，但你也不必这样有失风度哇！你这是嫉贤妒能你知道吗？

江德福：哼！跳个破舞就是贤、就是能了？跳舞能解放全中国吗？没有老子扛枪打仗，你们还能搂在一起跳舞！

安杰撇嘴：全中国又不是你一个人解放的，神气什么！

老丁正好提着馒头进来，多嘴多舌：就是！军功章有你的一半，也有我的一半！

江亚菲端着菜从厨房出来了：开饭了！开饭了！别争了，别吵了，军功章人人有份儿！

江德福：有你们什么份儿啊！

老丁：就是！老子们浴血奋战的时候，你们还不知在哪儿呢！

江亚菲急忙点头：是是是！你们有功，你们厉害，你们快坐下吃饭吧！

大家坐下吃饭。

江德福问老丁：喝点儿酒吧？

老丁半真半假：你心脏行吗？

江德福：活着干，死了算！管他呢，喝！江亚菲，拿酒来！

江亚菲拿出了茅台酒。

江德福：不过年，不过节的，喝这么好的酒干吗！

老丁：活着干，死了算！你还能过几个年、几个节呀，早喝早享受！

江德福：说得对，咱俩今天把这一瓶喝了！

江德华：你俩这是没日子喝了！

江亚菲笑了：活着干，死了算！早喝早安生！

安杰重重地放了筷子，吓了大家一跳：江亚菲！你怎么越来越放肆了！什么话你都敢说，什么人你都不放在眼里！

江德华：就是！这孩子有的时候真少教！真想扇她！

江德福：都是惯的毛病！老大不小了，不知天高地厚，不知长幼尊卑！

老丁：她这是没吃过亏，什么时候让她吃点儿亏，她就知道厉害了！

江亚菲让大家说得有点儿气急败坏，她将茅台重重地蹾到饭桌上，扭头回自己房间去了。

饭桌上的人你看看我，我看看你，都没了脾气。

安杰：你们也是！我一个人说说她就算了，用得着你们七嘴八舌吗？

江德华：我们说她也是为她好，谁还会害她！

安杰：那也要注意方式方法！

江德华：你的方式方法好！你拍什么桌子！

安杰：我哪拍桌子了？我那是放筷子。

江德福拍了桌子：都给我住嘴！吃饭！

江德福抓起一个馒头,吃了起来。

老丁看了眼桌上的茅台,只好也伸手去拿馒头吃。

江德华拿起茅台,拧开盖,给老丁倒了一杯。

江德华:不是想喝茅台吗?喝呗!客气啥!

老丁问江德福:你不来一杯?

江德福咬了一口馒头,摇头。

安杰:你也喝呗!想喝你就喝呗!德华,给你哥也倒一杯!

江德华:我不管!谁的男人谁管!

江德福:我不用别人管!我不喝!

安杰拿起茅台,给自己倒了一杯,举起酒杯:来,他姑父,咱俩干一杯!

江德福一把夺过酒杯:反了你了!跐着鼻子上脸了!还喝开酒了!你说!你还能干什么?

江德华:她还能跑出去跳舞!

江德福朝她瞪眼:有本事你也去跳哇!来,干一杯!

江德华气得直翻白眼,安杰笑了。

30 白天 江亚菲房间

江亚菲给安杰吹头发,江德华抱着丫丫坐在一边看。

江德华咂着嘴:啧啧,哎呀,都多大年纪了!

安杰从镜子中不满地望着江德华,江亚菲在镜子中看见了安杰的不满。

江亚菲笑了:你就不能装着听不见?

安杰:我聋啊?

江亚菲:你就权当是一种落后的声音,置之不理不就得了!

江德华站了起来，不高兴了：别人都落后，就你们先进！

江德华抱着丫丫出去了。

江亚菲望着镜中的安杰，吐了下舌头：想不到我姑现在进步不小，什么话都能听明白了！

安杰：那是！你也不看看是谁调教出来的！

江亚菲：是你还是我姑父？

安杰：我俩都有份儿！

江亚菲笑了：噢，军功章有你的一半，也有他的一半！

安杰也笑了：这几天怎么人人都在说这句话呀？

江亚菲：比赛马上就要见分晓了，该评功评奖了，大家都开始摩拳擦掌了。拜托你，一定要拿回来个第一！

31　白天　安杰家客厅

江德福和老丁在下象棋，江德华抱着孩子进来了。

江德福：她们在干吗？

江德华撇嘴：她们在梳洗打扮，准备上轿！

江德福：哼！再怎么打扮，还能回到十七八？

江德华：谁说不是呢？瞎子点灯——白费蜡！

江德福和老丁同时抬起头来看她。

江德华：你们看我干啥？

江德福笑了：我发现你越来越厉害了，还会用成语了！

老丁不满地盯着江德福：看把你能的！那是成语吗？那是歇后语！

安杰进来了，坐在沙发里的人都仰望着她，有点儿目瞪口呆。

安杰不好意思了：是不是不太好哇？

沙发里的人你看看我，我看看你，都没说话。

江亚菲挤了进来，兴高采烈：怎么样？眼前一亮吧！

江德华又撇嘴：亮啥呀！有什么可亮的！

江亚菲：同性相斥，请异性们发表意见。爸，你先说！

江德福再一次上下打量着安杰，微笑着：真是人是衣服马是鞍哪！

江亚菲笑了：哎！你别光夸衣服，也夸夸人呗！

江德福也笑了：再夸，再夸她就上天了！

32 白天 院门口

大家在门口欢送盛装的安杰出征比赛。

江亚菲：爸，你不去现场给我妈加油鼓劲吗？

江德福：真是得寸进尺！我送到门口就不错了！

安杰赶紧接口：就是！我已经受宠若惊了！

江德福大手一挥：放下包袱，轻装前进！

江亚菲笑了：爸，你这是战前动员吗？

江德福：怎么，不好吗？

安杰赶紧点头：好！好！你爸的动员，比你的可强多了！

江亚菲笑了：真是个马屁精啊！

江亚菲说完，赶紧捂住了自己的嘴，假装害怕地望着长辈们。

江德华也笑了：真是狗改不了吃屎呀！

33 白天 安杰家客厅

江德福和老丁在下棋，江德华抱着孩子进来了：别下了！都下了一上午了，还没下够呀！

老丁：别说话！别吵吵！

江德福敲着棋子得意非常，他甚至哼开了小曲。

老丁抬头看着他，十分不悦。

江德福笑了：你看着我干吗？我脸上又没有棋子。

江德华也笑了：你是不是下输了？

江德福点头：群众的眼睛是雪亮的！

江德华：你就不会让让他！

老丁火了：一边待着去！用你在这儿多嘴多舌！

江德华也火了，她看了一眼江德福，伸手将棋子划拉乱了。

江德华：我让你们下！我让你们没完没了地下！

江德福似乎对她的举动很满意，笑眯眯地直点头。

老丁似乎对这个举动也不反对，他伸了个懒腰，站了起来。

江德福：哎，你不下了？

江德华：该做饭了，还下什么下！

江德福似乎刚醒过闷来，不高兴了：闹了半天，你们两口子在这儿给我演双簧！

江德华：我连单簧都演不了，我还演双簧！我们吃什么饭呢？

老丁：都要拿第一了，还能在家里吃饭！

江德华：万一要是拿不了第一呢？在哪儿吃饭？

老丁：那就在家里吃！你说是不是呀？

江德福：出去吃，你拿钱哪！

老丁：为什么我拿钱？又不是我比赛！

江德福：那你就别再说什么军功章有你的一半了！

老丁：怎么会没我的一半？我天天在这儿陪你下棋、给你看孙女，我都白干了？

江德福：你怎么是白干呢？你不就是为了那两个印章吗？

老丁生气了：你家比赛要结束了是吧？你想卸磨杀驴了是吧？

江德华在一旁帮腔：想好事！

江德福笑了：二比一，我说不过你俩。

江德华：好哇，说不过就出去吃饭！省得我再做了。

江德福：行，如果他们真拿第一了，我就真请你们吃饭！

老丁：在哪儿吃？

江德福：这八字还没一撇呢，你就惦记那一撇了！

大门开了，拥进来一群人。是安杰、江亚菲、葛老师和王副政委，最后进来的竟然是熊副主任。

老丁等人挤在窗前：看样子是拿到第一了，你要请客了。

江德福：哼！又不是我拿的第一，我请什么客！

老丁：怎么，你又想变卦？

江德华：老熊头怎么跟来了？舞都跳完了，他怎么还没完没了了？

老丁：你就少说两句吧！说多了，更没饭吃了！

外边的人进来了。

江亚菲：同志们！我宣布一个好消息！

江德华：不用你宣布，我们都知道了！

江亚菲：咦，谁嘴这么快！

江德华：还用别人的嘴！看你们的样子不就知道了！

江亚菲：你们可真聪明！你们再聪明，也是只知其一，不知其二。

老丁：其二是什么？

熊副主任抢答：你知道我们一共得了几个第一？

老丁：你们跳了几个舞？

熊副主任：我们虽然只跳了一个舞，但我们却得了三个第一！

江德华吓了一跳：怎么得了这么多第一？

江德福：这第一也太不值钱了，都泛滥成灾了！

王副政委：你知道什么呀！人家组委会一共设了五个奖，有最佳舞蹈奖、最佳服装奖、最佳精神状态奖、最佳组织奖。

老丁：这刚四个呀，还有一个是什么奖？

王副政委掰手指头：最佳舞蹈奖、最佳服装奖……

葛老师：哎呀！还有最佳气质奖！

老丁：这简直是重复设置！最佳精神状态和最佳气质，还不是一回事嘛！

江德福：不重复设置，哪来的这么多第一！哪能哄得他们这么高兴！喊！

刚才还兴高采烈的人，被兜头泼了一头凉水，有些扫兴，也有些莫名其妙。

外边有汽车按喇叭，熊副主任探头看了一眼，高兴地：哎呀，这么快，面包车来了！

葛老师站了起来：咱们走吧！我还真饿了！

王副政委：早晨让你多吃点儿，你偏不听！

葛老师笑了：一多吃，肚子就出来了！

王副政委：出来就出来呗，怕什么！

葛老师：出来就不好看了，可惜这身裙子啦！

老丁烦得皱起了眉头。

江德福的眉头也皱着：你们要干什么去？

葛老师：吃饭去！亚菲要带我们下馆子去！

江德华没好气：不带我们去吗？

江亚菲：谁敢不带你们去呀？你们在后方劳苦功高，军功章有你们一大半！走！都走！都去！今天我豁出去了，好好请你们吃一顿！

江德福：谢谢！我们吃过饭了！我们不去吃！

安杰不相信：你们吃过饭了？你们什么时候吃的？

江德福没好气：你管我们什么时候吃的了？反正我们吃了！

安杰去看老丁。

老丁点头：我们是吃了。

安杰去问江德华：你们吃的什么？

江德华也没好气：我们吃的面条！

江亚菲往外推安杰：你们先去上车，在车里等我。

盛装的人们出去了，剩下了后方的人们。

江亚菲抱着胳膊冷着脸：你们真的吃过了？

三个人异口同声：吃过了！

江亚菲：真的吃的面条？

江德华不耐烦地：这要给你说几遍？

江亚菲：那这就不赖我了，算我请过你们了！

老丁：我们又没吃你的，算什么算！

江亚菲：那你们可以再去吃点儿。

江德福：我们撑的！

江亚菲：既然你们撑着了，我就不难为你们了！拜拜！我下馆子去了！

江亚菲走了，剩下的三个人，你看看我，我看看你，半天没说话。

还是江德华沉不住气：你俩不是盼着去下馆子吗？怎么又不去了？

江德福：我懒得跟他们一起吃饭！

老丁：就是！烧包得连衣服都不换！

江德华：没错！舞都跳完了，还穿演戏的衣服！也不嫌丢人！

老丁：我饿了，咱们吃什么呀？

江德福：你想吃什么？就吃面条呗！

江德华：还真吃面条哇？还得我下呀？唉！早知这样，还不如跟他们去下馆子呢！

34　白天　安杰家客厅

江德福看电视，安杰看孩子，杨素玉扶着墙，一只脚蹦着来了。

安杰：哎呀，你要干什么？你喊我一声不就行了？

杨素玉站在门边：大姨，我要走了。

安杰：什么？你要走？你这个样子，你往哪儿走？

江德福：是呀，你能走吗？你怎么走？

杨素玉：我给我老乡打电话了，他一会儿来接我。

安杰：接你到哪儿去？

杨素玉：接我到他们住的地方去。

江德福：不是说好了吗？等你的腿全好了以后再走？

杨素玉：不了，不用了，不好意思再麻烦你们了。这些日子我天天睡不好觉，越待越不踏实。

江德福：怎么不踏实？

杨素玉：我是来当保姆伺候人的，现在却让你们伺候我，我怎么能踏实呢？大叔，大姨，你们都是好人，我能碰上你们是我的造化。可惜我命不好，事事都不如意。

江德福站了起来：不行，你不能走！你这个样子让你走，我们心里也不踏实。

安杰也站了起来：就是，好好的，怎么说走就要走了。

杨素玉：我都给老乡说好了，他都来接我了，一会儿就到。能不能给姑姑、姑父打个电话，我想跟他们说一声，道个别。

安杰：我给他们打电话，让他们过来一趟。

杨素玉：这样更好，我还能再见他们一面。

杨素玉又蹦着走了，安杰拿起了电话。

江德福皱着眉：你是不是盼着人家走？

安杰放了电话：你怎么这么说我？我哪盼她走了？

江德福：看你这样，你就是盼着人家走！

安杰生气了：我哪样儿了？我什么样儿了？让你这么说我！

江德福：好好的，人家怎么想起来要走了？

安杰：我怎么知道？你问我，我问谁！

江德福：人家德华在这儿照顾她的时候，她怎么不提出要走呢？

安杰站了起来：你什么意思？你的意思是我对人家不好，虐待人家了？

江德福：虐没虐待你自己知道！

安杰火了：我不知道！我这就问问她去！

江德福喝道：你干什么！

安杰不管三七二十一地冲了出去。

丫丫哭了起来，江德福赶紧抱她起来，追了出去。

35　白天　安杰家楼下

安杰先跑到杨素玉住的房间，没人。又跑到卫生间，门关着。

安杰敲了敲门：小杨，你在里头吗？

杨素玉的声音：我在里边，马上就出来。

江德福追了过来，压着声音：你干什么？你疯了？

安杰扬着声音：我疯了！我让你逼疯了！

江德福小声地：你小点儿声！

安杰大声地：我又没做什么亏心事，我为什么要小声！

江德福急得直跺脚：你别这样！我求你别这样！人人都有自尊心，你这样伤人可不好！

安杰：人人都有自尊心，我就没有自尊心吗？你这样伤我就行吗？

江德福：算我错了，算我说错了还不行吗？

安杰：算你错了？算你说错了？

江德福：哎呀！我错了！我说错了还不行吗？

安杰：不行！你得给我道歉！

门开了，杨素玉蹦出来了，愣了：有……有什么事吗？

江德福抢着说：没事，没什么事！

杨素玉去看安杰。

安杰和颜悦色：小杨呀，是不是阿姨哪儿做得不对？

杨素玉摇头：没有，没有没有，阿姨你说到哪儿去了？

安杰：那是不是叔叔哪儿做得不对了？

杨素玉看了一眼江德福，江德福有些紧张了。

江德福：如果叔叔哪儿做得不对，你尽管指出来。

杨素玉摇头：没有，真的没有！你们都对我很好，真的很好！我还想着，想着，等我腿好了，回老家补办好身份证，再来这干呢，也不知行不行。

江德福急忙点头：行！行！怎么不行！我们随时欢迎你来！（问安杰）你说是不是啊。

安杰点头：是呀！你就别走了，在这儿养好了，就在我家干吧！

杨素玉点头：行，等我腿好了，我一定来！

36　白天　院门口

杨素玉坐着一辆三轮板车走了，江德福、安杰、老丁、江德华站在门口招手。

江德华抹起了眼泪：多好的人，真可怜！

老丁：怎么突然就走了呢？

江德华：是呀！好好的，怎么说走就走了！你们是不是给人家气受了？

安杰不满地去看江德福。

江德华盯着江德福：是你给人家气受了？

江德福生气了：你胡说什么？我什么时候给人家气受了！

江德华：那她看你干吗？

江德福没好气：你看我干吗？

安杰：我看你受人冤枉好不好受！不好受吧？

江德福：不好受也受着，这才叫有涵养呢！

安杰：哼！你这叫有涵养？你这叫没教养！

江德华问老丁：他俩这是演的哪一出哇？

老丁：你管他哪一出了！走，回家去！

安杰：不进来坐坐吗？

老丁头也不回地走了。

江德华：看他老乡这样走了，他心里不好受。

安杰：谁心里好受哇？

江德华：不好受，还让人家走！

江德华也头也不回地走了。

安杰：哎！咱们真是跳进黄河也洗不清了！

江德福：没我什么事，人家主要是怀疑你！

安杰：为什么怀疑我？

江德福：因为你出身不好，你有这方面的嫌疑！

37　白天　卫生所门口

江亚菲出来，一辆轿车别住了她的自行车。

江亚菲：这是谁呀？这么不自觉！

江亚菲抬脚踢了车轮子一下，汽车报起警来，吓了她一跳。

一个中年人跑了出来，似乎是车的主人。

江亚菲：这是你的车吗？

中年人点头：是，是我的车。

江亚菲：怎么停这儿呀？这里能停车吗？

中年人：对不起，孩子有点儿发烧，我有点儿着急。

中年人上了车，发动起来，看着后视镜准备倒车。后视镜里有气呼呼的江亚菲，他仔细看了看她，竟忘了倒车了。

江亚菲等急了，掐着腰喊：哎，你干吗呢！

中年人笑了，按下车窗，探出头来：哎，你是江亚菲吧？

江亚菲愣了：你是谁呀？

中年人熄了车，开门下来：不认识了？我是王海洋！

江亚菲恍然大悟：天哪！你是王海洋？

王海洋笑了：地呀！我是王海洋。

江亚菲笑了起来：想不到你变成这样了，我都认不出你了！

王海洋：你倒没怎么变，尤其是厉害的时候。

江亚菲：谁让你把车停这儿了？这么没规矩！

一个护士跑出来：同志，你儿子找你呢！

王海洋：我儿子在里边输液，咱们改日再聊吧。

王海洋急忙往里跑。

江亚菲大叫：哎！你的车！

王海洋吓了一跳，这才想起自己的车。

王海洋上了车，心里想：唉，真是江山易改，本性难移呀！

38　白天　安杰家餐厅

江亚菲正吃着饭，突然想起了什么：哎，你们知道我今天碰见谁了吗？

安杰：碰见谁了？

江亚菲：碰见王海洋了！他变化可真大，我都没认出他来。

安杰：变化是大，越长越像他爸了。

江德福：人家他爸的儿子，还能不像他爸！

安杰：过去他像他妈，一点儿也不像他爸。像他妈还好看点儿！

江亚菲：就是！变得一点儿也不好看了。

江德福：男的要那么好看干什么？

江亚菲：那也不能难看哪！

安杰：人家王海洋不难看！

江亚菲：但也不好看！起码不如小时候好看了。哎，他老婆好看吗？

安杰：好不好看有什么用？好看也离了！

江亚菲：他离婚了？

安杰：早离了，早就一个人带着孩子过了。

江亚菲：是吗？真可怜！

安杰：人家可怜什么？人家回来当教授了，人家还用你可怜！

江亚菲：什么什么？当教授？王海洋还能当教授？

安杰：人家怎么不能当教授？人家在美国读的博士，回国当教授还不绰绰有余！

江德福：在美国读博士，就一定能在中国当教授了？真是崇洋媚外！

江亚菲：就是，我同意！原来大学教授在我心目中还挺厉害的，现在连王海洋都当教授了，我看教授也就那么回事吧。

江德福：对，我也同意！连执跨子弟都能当教授了，说明教授就不值钱！

39　白天　干休所健身区

葛老师带着孙子（4岁）玩儿，安杰来了。安杰一见葛老师带孩子了，笑得有些幸灾乐祸。

安杰：长尾巴了吧？不自由了吧？

葛老师：虽然不自由了，但我们乐在其中！

安杰撇嘴：你现在别嘴硬，过些日子再说这话也不晚！

葛老师笑了：但愿吧！

安杰：这孩子挺漂亮的，像他妈吧？

葛老师：像他爸就不漂亮了？

安杰：嗬！你这后妈当得，还挺有责任心的！

葛老师：你别老把后妈挂在嘴边，难道你不是后妈吗？

安杰舒心地笑了：我是！我是！我也是！哎，海洋又找了没有？

葛老师：唉，高不成，低不就的，哪那么好找！

安杰：那他是太挑了！一个大学教授，想找什么样儿的没有啊！

葛老师心中一动：哎，亚菲还没有吧？

安杰警惕地望着她：你什么意思？

葛老师赔着笑：你看，你看他俩行不行？他俩青梅竹马的……

安杰喝道：打住！你给我打住！葛美霞，你这是想什么呢？我们亚菲？你看江亚菲是那当后妈的人吗？

40　白天　干休所大门口

王海洋开车出门，见江亚菲在大门口打车。

王海洋按下车窗：江小姐，需要帮忙吗？

江亚菲弯下腰：王教授，你想学雷锋吗？

王海洋：我看顺不顺路，能不能捎你一段。

江亚菲直起腰，手一摆：你走吧！我还用你捎！

王海洋笑了：好好好，请上车吧，我专程送你一趟。

江亚菲拉开车门：这还差不多！

41　白天　车里

江亚菲上了车。

王海洋：请系上安全带。

江亚菲假装不知：安全带？什么叫安全带？

王海洋：别开玩笑了，快系上吧，生命重于一切。

江亚菲撇嘴，系上了安全带。

王海洋在后视镜中看见她撇嘴，笑了。

江亚菲扭过头来：你笑什么？

王海洋：你还跟小时候一样，爱撇嘴。

江亚菲又撇嘴。

王海洋：这也是遗传吗？你妈好像就爱撇嘴吧？

王海洋在后视镜中看着她，她也在后视镜里盯着他。

江亚菲：这是潜移默化！不是遗传！

王海洋笑了，摇了摇头。

江亚菲：你摇什么头？

王海洋：你还这么厉害，还这么伶牙俐齿。

江亚菲：你还这么笨！还这么又熊又不老实！

王海洋放声大笑。

江亚菲：你笑什么？

王海洋：我想起了过去。

江亚菲：你想起过去，你应该哭才对！

王海洋：我为什么要哭？

江亚菲：比我大那么多，还让我欺负成那样！

王海洋：我那是让着你！

江亚菲：你那时像个战争贩子似的，一见我就惹我，没几个来回，你就落荒而逃了。你还记得吗？

王海洋笑了：怎么不记得？简直是历历在目啊。哎，你要上哪儿？

江亚菲认真地：我要去机场。

王海洋的车速慢下来了：哎呀，不行，我两点半在工人文化宫有个讲座，不能迟到。

江亚菲：那怎么办？你不是说要专程送我一趟吗？

王海洋：我不知道你要去机场，我以为……

江亚菲：你以为什么？

王海洋：我以为你不出市里呢。

江亚菲：那我怎么办？

王海洋的车停在了路边，歉意地：要不，要不你下去打个出租吧？车费我出。

江亚菲：你这叫什么事呀？

王海洋大窘：对不起，对不起，实在对不起。

江亚菲放声大笑，王海洋望着她，脸上有了笑容。

王海洋：你是不是在骗我呀？你是不是不去机场呀？

江亚菲抹着眼睛：哎呀！真有意思，真好玩儿。过去是知识越多越反动，我看现在是知识越多越愚钝！

42　白天　电报大楼前

江亚菲：停车！我在这儿下！

王海洋停了车，江亚菲推开车门。

江亚菲：前边就是工人文化宫，我这可是顺路搭车。

王海洋：我知道，我知道，谢谢，谢谢。

江亚菲重重地关了车门，又拉开，探进头来：哎，你在哪儿讲座？

王海洋：你要干什么？

江亚菲：没准儿我跑去听听呢！看看你怎么当教授！

王海洋摆手：别别，你千万别去。

江亚菲：为什么？你讲得很烂？

王海洋：你要是去听，我恐怕就要讲烂了。

江亚菲嫣然一笑：是吗？那我更要去了，去看看你的笑话！

江亚菲跑了，王海洋看着她的背影，半天打不着火。

43　白天　工人文化宫

江亚菲在打听：同志，有个姓王的教授，在哪里讲座？

工作人员：在二楼阶梯教室。

江亚菲：谢谢！

44　白天　教室

江亚菲推开教室门，探头一看，王海洋正在台上讲课。

王海洋一眼就看见江亚菲了，冲她点了点头。

江亚菲冲他招了招手，找地方坐下。

王海洋在台上从容淡定，侃侃而谈，江亚菲有些吃惊。

45　傍晚　文化宫广场

江亚菲大步流星地走着，王海洋在后边紧跟着。

王海洋：哎，你走那么快干吗？

江亚菲：我饿了，我要回家吃饭。

王海洋：要不……要不我请你在外边吃吧？

江亚菲停住了脚：要不？要不你才请我吃饭？你把我当什么人了？你以为我会吃你要不的饭？

王海洋笑了：你怎么还这么厉害呀？

江亚菲：我就还这么厉害，怎么了？不行吗？

王海洋更笑了：行行，你厉害吧，谁说不行了？请问，能赏光陪我吃顿饭吗？

江亚菲皱着眉头：陪你？你是谁呀？

王海洋：我是你手下败将啊！

江亚菲：手下败将还有资格让我陪？

王海洋：不是你陪我，是我陪你，这行了吧？

江亚菲：这也不行！你一个手下败将，哪还有资格陪人吃饭哪！

王海洋：那我该怎么说？

江亚菲：你连话都不会说，你还吃什么饭呢！

46　傍晚　饭店

江亚菲环顾四周，很满意的样子。

服务员拿着菜台过来：请问，现在点菜吗？

王海洋：请这位小姐点。

服务员将菜台递给江亚菲：请。

江亚菲不客气地打开菜台看了起来。

王海洋：你不用客气，想吃什么点什么。

江亚菲：我当然要想吃什么点什么了，这还用你教我！

王海洋笑了：你慢慢点吧，我上趟洗手间。

王海洋起身离开，江亚菲开始点菜。

王海洋回来了，江亚菲正优雅地喝着茶。

王海洋：点好了吗？是你爱吃的吗？

江亚菲：你别用这种口气跟我说话，好像我是个蹭饭的。我可要跟你说好，这顿饭咱俩AA制，谁也别请谁！

王海洋：为什么？

江亚菲：我早就想AA制地吃一次饭了，可惜没有合适的人选。正好碰上了你这个海归，大概在外头习惯这种没有人情味的吃法了，你就陪我AA一次吧！

王海洋笑了：行吧，那我们就AA制吧！

江亚菲来了情绪：我们最后怎么给钱呢？是各给各的，还是合起来一起给?

　　服务员送来账单。

　　江亚菲：多少钱?

　　服务员：246。

　　江亚菲：一人一半，每人123！

　　两人分别掏钱包，江亚菲先付了钱，王海洋没有零钱。

　　王海洋：对不起，你找吧。

　　江亚菲：我这儿有零钱，我借给你！

　　王海洋点头：我一定还。

　　江亚菲：算了！不用还了！算我代表祖国人民，欢迎你学成归来，报效祖国！

47　白天　菜市场

　　安杰提着青菜出来，碰上了领着孙子的葛老师。

　　安杰：你也来了，我怎么没看见你呢?

　　葛老师：喊了你两声，你也没听见，我就懒得再喊了。

　　安杰弯下腰：太平，怎么没上幼儿园呢?

　　太平：幼儿园有小朋友出水痘。

　　安杰：噢，那是不能去了。哎，王副政委呢? 他怎么没跟你一起来? 你们不总是成双入对吗?

　　葛老师笑了：他脚扭了，来不了了！

　　安杰：怪不得呢，我说你怎么一个人来了。

　　葛老师：我哪是一个人呢? 这不是还有孙子陪着吗?

　　安杰撇嘴笑了：可不是嘛！我把你的大孙子给忘了！

　　安杰要走，葛老师一把拽住了她：哎，跟你说个事。

安杰：什么事？

葛老师又有些犹豫了。

安杰：哎，你看你这个人，怎么又不说了？

葛老师：你可别回去说是我说的呀！

安杰：什么事呀？看你这神神秘秘的。

葛老师吞吞吐吐：你家亚菲，好像……好像在跟他爸爸谈恋爱。

安杰手里的菜掉到了地上：你听谁说的？这怎么可能呢？

葛老师：我亲眼看见的，还用听别人说！

安杰不说话了，胸口起伏着。葛老师小心翼翼地望着她，好心好意地帮她把菜捡起来。

葛老师：你也别生气了，孩子的事，由他们自己做主吧。

安杰：由他们做主？你说得倒轻巧，敢情不是你自己生的！

葛老师不高兴了：就算不是我生的，难道我连说句话的资格也没有吗？

安杰不说话了。

葛老师继续说：我知道你嫌我们海洋是个二婚，还带着个孩子，但这年头，离婚还算个事吗？尤其是男的！你们亚菲条件再好，再挑剔，可毕竟年龄摆在那儿，她就是个七仙女，她也要抓紧机会，赶紧下凡哪！

安杰面露讥讽：听你的意思，王海洋是千载难逢的机会喽？

第三十九集

1　白天　安杰家院门口

安杰提着菜、阴着脸回来了,在门口碰上了扛着球杆正要去打门球的江德福。

安杰没好气地:你一天就知道吃喝玩乐,家里什么事你也不管!

江德福莫名其妙:是不是小贩又缺斤短两了?你又吃亏了?回来把气朝我身上撒!

安杰:你别去打球了,我有事跟你说!

安杰进了院,江德福也只好跟着回来了。

2　白天　安杰家楼下

江德福手里的门球杆掉到了地上:什么?那个执跨子弟还想娶我们亚菲?

安杰:这是葛美霞亲口对我说的!无风不起浪,更何况这风还是从他们家刮出来的。

江德福咬牙切齿:他们那是做梦!门都没有!那小子从小就没

个正形,留长头发,穿喇叭裤,游手好闲,要不怎么说他是执跨子弟呢!

安杰笑了:是纨绔子弟!纠正你多少遍了,怎么就记不住呢?

江德福:我记那个干吗?我就叫他执跨子弟!他就是执跨子弟!

安杰:好好好,执跨就执跨吧,你爱叫什么就叫什么吧!

江德福:哎,他俩是怎么搞到一块儿去了?

安杰:你别说得这么难听!什么搞到一块儿去了,有没有这事还不一定呢!没准儿是他们家剃头挑子一头热呢!

江德福:你不是说无风不起浪吗?

安杰:有风那是不假,但起没起浪还不一定呢!

江德福:那万一起了呢?

安杰:你觉得可能吗?就凭江亚菲,还能找个离过婚的?还带了个孩子!

江德福:按理说不应该,但这也说不好哇。毕竟她都三十多岁了,是个老姑娘了,没资格再挑挑拣拣的了。

安杰叹了口气:唉,谁说不是呀!连葛美霞都这么说了。

江德福瞪着眼:她说什么了?她怎么说的?

安杰:她说,咱们亚菲就是个七仙女,毕竟年龄不饶人了,逮着个机会,就得赶紧下凡来!

江德福:放她娘的屁!我们亚菲就是一辈子不嫁人,也不能嫁给她家那个执跨子弟!再说,我可不想跟王振虎做亲家!我们不是一类人,吃不了一锅饭!

安杰:谁让你跟人家吃一锅饭了?在这儿说亚菲的事,怎么就扯到你身上了呢?

江德福:亚菲不跟他儿子搞到一起,能把我给扯上吗?真的!

去，给江亚菲打电话，让她回来！

安杰：让她回来干什么？

江德福：我问问她，有没有这档子事！

安杰：她不想说的事，你能问得出来？看把你能的！

江德福：你这个妈是怎么当的？这么大的事，你竟然一点儿也不知道！

安杰：怎么又赖到我头上了？你还是个当兵的呢，警惕性应该比我高，你怎么也什么都没发现呢？

江德福：不赖你赖谁呀？要不是你，亚菲还能拖到现在？

安杰嗓门高了：她拖到现在怎么也赖我了？你是没人赖了吧？就能欺负我！

江德福：要不是你搞鬼，没准儿人家孩子都上学了！

安杰：我搞鬼？难道你能让她嫁给一个司务长？

江德福：嫁给司务长，也比嫁给执跨子弟强！这次你少插手，我来管！

安杰：行！我看你能管出什么花样儿来！

3　白天　安杰家餐厅

江亚菲下班回来，家里已经开饭了。

江亚菲：哎，怎么也不等等我？

江德福和安杰抬头看了她一眼，又对视了一下，都没吭声。

江亚菲：咦，怎么有点儿不对头哇？出什么事了吗？

江德福没好气：出什么事了？你盼着我们出事啊！

江亚菲问安杰：我爸这是怎么了？谁惹他了？

安杰白了她一眼：反正我没惹他，谁惹他谁知道！

江亚菲：我也没惹他，那是丫丫惹他了？

江德福：你不饿吗？你不吃饭吗？

江亚菲正要说话，口袋里的手机嘀嘀响了两声。江亚菲赶忙掏出来，边看边进卫生间了。

4　白天　安杰家卫生间

江亚菲在发短信，发完短信又洗手。

5　白天　安杰家餐厅

江亚菲刚坐下，手机又来短信了。她掏出来看，看着看着笑起来了。

江德福和安杰又对视了一眼。

江德福：你吃不吃饭了？饭都凉了！

江亚菲收起手机：谁让你们不等我了！

安杰：等你干什么？我们又不欠你的！

江亚菲：哎，真是奇了怪了！我没惹你们吧？你们这是怎么了？怎么这么对我！

安杰：这样对你就不错了！让你回家就吃现成的！

江亚菲：你们是不是嫌我白吃白住了？行，我搬出去住！我又不是没房子住！

安杰：你是不是有主了？嘴变得这么硬！

江亚菲：我的嘴软过吗？你们见过吗？

江德福：我们是没见过！但这是什么光荣的事吗？

江亚菲：但也不是什么丢人的事呀！

江亚菲的手机又嘀嘀地响，江亚菲又掏出来看。

江德福：你老看什么呀？有什么看头！

江亚菲：你是铁路警察吗？管得可真宽！

安杰站起来，把江德福也拉走了。两人进了客厅，随手将门关上了。江亚菲莫名其妙地望着紧闭的房门，自言自语：怪事！都吃错药了？

6　白天　安杰家客厅

安杰小声地：哎呀！你关门干什么？别让她多心了！

江德福：她多什么心？

安杰：别让她怀疑了！她要是怀疑我们知道什么了，不就更小心了吗？我们不就更什么都不知道了吗？

江德福点头：对，你说得对。

江德福转身又将门打开，正在门外偷听的江亚菲措手不及，手里的馒头都吓掉了。

江德福：你在偷听？

江亚菲捡起馒头，扒着馒头皮：你们有什么秘密吗？

安杰大声地：我们没秘密！

江亚菲：那何必怕我偷听！

江德福：你偷听别人说话你还有理了！

江亚菲嬉皮笑脸：你们是外人吗？你们不是我父母吗？你们对我还有什么秘密吗？

江德福：我们没秘密！我们有什么秘密！

江亚菲：没秘密，关什么门！

安杰：就算我们有秘密，还犯法吗？难道你就没有秘密吗？没有什么瞒着我们的吗？

江亚菲：我有什么瞒着你们了？

安杰和江德福都不说话了，却一起盯着江亚菲看。江亚菲受不了了，转身就走，自言自语：真是吃错药了！

7　白天　安杰家楼上卧室

安杰在哄丫丫睡觉，江德福轻手轻脚地进来。他想把门关上，又犹豫不决。

江德福：睡了？

安杰：睡了。你用不着这个样子！

江德福：我哪个样子？

安杰：草木皆兵的样子！亏了你还带兵打过仗！

江德福：我那是跟敌人打仗，能跟现在比吗？我能跟自己的孩子打吗？

安杰：你忘了你打孩子的时候了？鸡毛掸子都让你给打断了！

江德福：那不是对儿子吗？对女儿能打吗？唉！原来以为养女儿省心，现在看来，更他娘的费心！

安杰：你这是骂谁呢？谁是她娘啊？

江德福：嗐！这不是口头语吗？你多什么心哪！

安杰：怎么都是骂娘的口头语呢？怎么就没有骂爹的口头语呢？

江德福：你现在还有心思操这个心，快操操江亚菲的心吧！这丫头，真是豆腐掉进了烟灰里，吹又吹不得，打又打不得，真愁人！唉！你说她手机上都有什么呀？她老看什么呀？

安杰：哎呀，你连这个都不知道！她在看短信！肯定是王海洋给她写的短信！

江德福：什么？手机上也能写信？

安杰：哎呀，好不容易没人说你是文盲了，不喊你大老粗了，你现在又变得什么也不知道了，什么也不懂了，又成了两眼一抹黑的科盲了！

江德福：你别这么说我，好像你比我懂多少似的！

安杰：反正我知道短信，你不知道！

江德福：光知道短信有屁用！有本事你应该知道信上都写些什么！

安杰：我又不是神仙，我哪知道都写些什么！反正是写的情书，你没看她笑得嘴都合不拢了。

江德福：你说这些科学家都是干什么吃的！让他们发明点儿先进的武器，他们发明不出来。发明起这些谈情说爱的破玩意儿，倒挺先进的。嘀嘀叫唤两声，信就来了，连邮票钱都省了。

安杰笑了。

江德福自言自语：什么时候把她手机拿来看看！

安杰：她的手机不离身，除非你去跟她抢！

江德福：我就不信她一天二十四个小时攥着手机！她不睡觉了？

安杰：她睡觉的时候你不睡吗？她睡得可比你晚多了！

江德福一拍巴掌：哎，她每天不都要洗澡吗？她总不能攥着手机洗澡吧？

安杰点头：对，这倒是个机会！

8　晚上　安杰家客厅

电视开着，江德福和安杰坐在沙发里昏昏欲睡。

江亚菲端着杯子进来，见此情形，关上了电视，江德福醒了。

江德福：哎！你关电视干吗？

江亚菲：你们都睡着了！要睡上楼上睡去！

江德福：谁说我们睡着了？

安杰也醒了，抹着嘴角：就是，谁睡了。

江亚菲开了电视：好好好，你们没睡，你们看吧！

江亚菲出去了。

安杰：几点了？

江德福看手表：快十一点了。

安杰叹了口气：唉，真能熬哇！也不知她熬什么！

江德福：她怎么还不进去洗呀？

安杰：谁知道哇。

卫生间门响了，老两口坐直了身子。

江德福一摆头：你出去看看。

安杰起身：好。

9　晚上　安杰家卫生间

江亚菲刷完牙、洗完脸，拉开门出来了。

门外站着慌慌张张的安杰。

江亚菲奇怪地：哎，你在这儿干吗？

安杰：我……我想上厕所。

江亚菲盯着她：你慌张什么？

安杰以攻为守：我哪慌张了？我慌张什么了？我有什么可慌张的？

江亚菲：你这么厉害干吗？请问，今天你和我爸吃什么药了吗？

安杰听不明白的样子，直眨眼。

江亚菲笑了：没吃错什么药吧？

安杰打了她一下：我让你没大没小！我让你胡说八道！

江亚菲大叫：哎呀！救命！

江德福出来了：怎么啦？

江亚菲：你老伴儿打我！

江德福：别闹了！都几点了？快洗澡睡觉！

江亚菲听话地往自己房间走。

安杰：哎，你不洗澡了？

江亚菲头也不回：谢谢关心，我今天不洗了！

江亚菲进了房间，关上了门。江德福和安杰互相看着，特别失望。

10　白天　江亚菲房间

老两口在房间里东摸西看。

安杰：哎，你小心点儿，别把她的东西弄乱了！这丫头表面上大大咧咧的，实际上心可细了。

江德福：你说，她会不会发现什么了？所以才不洗澡的？

安杰：这谁知道，我又不是她肚子里的蛔虫！

江德福：会不会是咱俩在客厅里待着，引起她的怀疑了？

安杰：可能是，咱们是有点儿反常。

江德福：今晚上咱们在楼上等，别下来了。

安杰：还是要下来的，跟往常一样，看完电视再上去。

江德福：我就是这个意思！你以为我是什么意思？

安杰笑了：我以为你要吃了晚饭就上去呢！

江德福：那不更反常了？她不更不洗了！

11　晚上　楼上楼梯口

安杰趴在楼梯上，仔细听楼下的动静。什么动静也没有，她失望地回去了。

12　晚上　楼上卧室

安杰回来了，迷迷糊糊的江德福睁开眼睛。

江德福：有动静吗？

安杰摇头。

江德福：娘的！老子得让她熬死了！

安杰：昨晚上就睡得晚，今天中午又没捞着睡，还能不困！

安杰要躺下，江德福不让：你别躺下呀，你得看着点儿！

安杰：该你看着了，我都看了一晚上了，也该换换班了。

江德福：你看你这个人，我能去看吗？

安杰：又不用你去看，你到楼梯口听听就行了，有淋浴的声音你就叫我！

江德福爬了起来。

13　晚上　楼上

江德福在楼上听了一会儿，又慢慢地下了楼。

14　晚上　楼下

江德福靠着墙边，偷偷地向外边看。有开门的声音，江德福吓得赶紧往楼上跑。没跑两步，摔倒了，拖鞋滚了下来。

江亚菲跑了过来，打开楼梯上的灯，看见跪在地上的江德福。

江亚菲惊叫：哎呀！爸，你这是怎么了？

15 晚上 楼上卧室

安杰听见动静,坐了起来,皱着眉头生气:还能干点儿什么呀!

江亚菲的声音:妈!你快下来!

安杰不得不起来了。

16 晚上 楼梯上

江亚菲扶起江德福,发现他少了一只拖鞋,又跑下去给他找拖鞋。

安杰来了,小声地:你还能干什么呀?

江德福没好气:你非让我出来!

安杰:我也没让你下来呀!

江德福:你不知我耳朵不好哇?

江亚菲拿着一只拖鞋上来了:你俩在嘀咕什么呢?

安杰:我说你爸怎么不小心点。

江亚菲:行啦,都摔成那样了,你还说他!

安杰赶忙去打量江德福,才发现他光着一只脚,急了:哎呀,你摔哪儿了?

江德福更没好气了:你管我摔哪儿了!

江德福一瘸一拐地上了楼。

江亚菲:哎,你的拖鞋!

17 晚上 楼上卧室

台灯亮着,老两口睡着。

安杰突然醒了,探起身来看床头柜上的闹钟。十二点多了,安杰气得直摇呼呼大睡的江德福。

江德福睁开眼：干什么？

安杰将闹钟举到他脸前：干什么，你看几点了？

江德福一下子坐了起来：哎呀，她洗完澡了吧？

安杰气呼呼地：都几点了？她早睡了！

江德福：你怎么睡过去了？

安杰没好气：你呢？你没睡过去？！

18　白天　安杰家楼下

江亚菲下班回来，探头看了眼客厅，见江德福在沙发里昏昏欲睡，又到了厨房。

19　白天　安杰家厨房

安杰在做饭，丫丫坐在小椅子上自己玩。

江亚菲：哎呀，我们丫丫可真乖呀！

丫丫看见江亚菲手里的手机，张开小手去要，江亚菲随手给她了。

安杰：你回来得正好，醋没了，你去买瓶醋来。

江亚菲：我要是不回来呢？

安杰：你这不是回来了吗？

江亚菲：哼！我回来得可真不是时候！

江亚菲转身走了，安杰抿着嘴笑了。

安杰端着一盘菜出来，发现了丫丫手里正在摆弄的手机。

安杰大叫：老江！你快过来！

20　白天　马路上

王海洋正在开车，戴着耳机。

江德福的声音：干什么？

安杰的声音：你过来就知道了！

江德福的声音：哎呀！这是亚菲的手机吗？

安杰的声音：不是她的是谁的？

江德福的声音：她人呢？

安杰的声音：买醋去了！

江德福的声音：太好了！

安杰的声音：真是得来全不费工夫！

王海洋警觉了，他把车停到路边，聚精会神地听了起来。

21　白天　安杰家厨房

江德福将手机递给安杰：你快点儿看看，那个执跨子弟都给亚菲写了些什么！

安杰笑了：还能是什么？是情书呗！

江德福：你快点儿吧，一会儿她就回来了！

安杰开始摆弄手机。

22　白天　马路上

耳机里的电话断了，出现了"嘟嘟"的声音，王海洋重新启动汽车。

23　白天　安杰家厨房

安杰拿着手机到处乱按。

江德福着急地：你会不会呀？

安杰：我哪会用这玩意儿啊！

江德福：你不是比我能吗？你不是什么都知道吗？

安杰：我就是比你能！我知道手机上有短信，你就不知道！

江德福：那你找出来让我看看哪！

安杰：我这不是在找吗？

江德福：你快点儿！她该回来了！

正说着，外边门响了，吓得老两口赶紧散开。

江德福在厨房门口跟江亚菲擦肩而过。

江亚菲：您老人家醒了？

江德福：哼！你管我呢！

江亚菲笑了，将醋递给母亲，发现了安杰手里的手机。

江亚菲：哎，我的手机怎么在你这儿？

安杰：丫丫给你掉地上了，我看摔没摔坏。

江亚菲接过手机，按了一下，打电话：哎，你听我声音还好吧？

24　白天　马路上

王海洋边开车边说话：你醋买回来了？

江亚菲的声音：咦，你怎么知道的？

王海洋笑了：我怎么知道的？你爹妈刚才检查你的手机，想看我写给你的短信情书，不慎让我给听见了。

25　白天　安杰家厨房

江亚菲大吃一惊：真的？

电话里不知在说什么，江亚菲一个劲儿地点头。安杰紧张地望着她，忘记了锅里的鱼。

江亚菲挂了电话，抽起了鼻子：什么糊了？

安杰大叫：哎呀，鱼糊了！

江亚菲：妈，做饭的时候，一心不能二用！

26　白天　手机店

江德福和安杰在挑手机。

安杰：行了，就是它吧！

江德福：这个太贵了。

安杰：要买就买个好的，一分钱一分货！

售货员：就是！大妈说得对！

江德福：你当然要向着她说话了。

售货员笑了：谁说得对，我向着谁说话。这个电话功能多，当然贵了。

江德福：我要那么多功能干什么？我就要能看短信功能的！

27　白天　安杰家客厅

江德福在对着说明书摆弄手机，安杰进来了。

安杰：你摆弄清楚了吗？

江德福高兴地：清楚了！万事俱备，只欠东风了！

安杰：什么东风？

江德福：看她手机的东风呗！但愿再有个好机会。

安杰：我怎么觉得她好像知道什么了呢？

江德福：她知道什么了？她怎么知道的？

安杰：昨天她说我，话里有话。

江德福：她说你什么了？

安杰：她说我一心二用。

江德福：你别做贼心虚了，没事，不会有事。

28　晚上　安杰家客厅

江德福在看电视,安杰高兴地进来了,小声地:她要洗澡了!

江德福也小声:今天怎么这么早?

安杰小声地:她说她头痛,要早睡觉。

江德福笑了:真顺哪!真是顺风顺水呀!

老两口坐在沙发里,支着耳朵听外边的动静。卫生间门响了,老两口相视而笑。

29　晚上　走廊里

老两口轻手轻脚地走过卫生间门口,进了江亚菲房间。

30　晚上　江亚菲房间

江亚菲的手机在床头柜上放着,江德福先抢到手里。

安杰笑了,小声地:看你这样,谁还跟你抢!

江德福:你到门外看着点儿!

安杰:她刚进去,还早呢,你快看吧!

江德福:这手机怎么跟那个手机不一样呀?

安杰:都差不多,大同小异!

江德福按电键,手机被锁上了。

江德福奇怪:哎,怎么打不开呢?

安杰不信:怎么会打不开呢?

江德福:你看,老是这个图像。

安杰眼尖:哎呀,你看,这上边写着开锁!

江德福:哪儿?哪儿写着开锁?

安杰点着：这不是吗？

江德福傻了眼：怎么？她的手机还能上锁？

安杰：咱们的手机不能上锁吗？功能那么多？

江德福：我光看短信的功能了，没看别的功能。

安杰：哎呀，你怎么不看看呢？

江德福：功能那么多，我一下看得过来吗？

安杰：说你笨，你还不服气！看了一下午，就看了一个功能！

江德福：我还看通话功能了呢！还看照相功能了呢！

安杰：净看些没用的！

江亚菲穿着浴袍出来了，站在门口敲了敲门。

江德福和安杰吓了一大跳，手机掉到了地上，电池摔掉了。

江亚菲：这次是真摔地上了，真坏了，你们赔吗？

安杰赶紧点头：我们赔，我们赔！

江德福补充：我们正好刚买了个手机，很高级，正好赔你。

江亚菲：那好，我就不客气了。

安杰赔着笑：不用客气。

江亚菲：你们到底想看什么呀？

老两口一时语塞，你看看我，我看看你，不知说什么好。

江亚菲：你们至于这样吗？搞得自己贼头贼脑的，像做父母的样儿吗？

江德福气得干瞪眼，安杰也气得直翻白眼。

江亚菲：你们想知道什么？我能说的，尽量跟你们说。

江德福和安杰对视了一眼，江德福示意安杰说。

安杰：我们听说，听说你在谈恋爱？

江亚菲：你听谁说的？

安杰：这你别管，你就说有没有这事吧！

江亚菲：哎，妈，你有没有搞错？现在是你们求我，不是我求你们！

江德福：我们求你什么？

江亚菲：你们不是想知道我谈没谈恋爱吗？

安杰：是呀，你谈没谈？

江亚菲：你都不跟我说，我凭什么跟你说呢？你先告诉我，是谁告诉你的。

安杰去看江德福，江德福不耐烦了：都什么时候了，你还替她保密，快告诉她！

安杰不得不说了：是葛老师，是你葛阿姨说的。

江亚菲抱起了胳膊：她说什么了？她怎么说的？

安杰：她说你好像在跟王海洋谈恋爱。

江亚菲：……

安杰：有没有这回事？

江亚菲：你们说呢？

江德福：我们不信！你怎么会看上那个执绔子弟呢！

江亚菲：我万一要是看上了呢？

江德福：不行！

江亚菲：怎么不行？为什么？

江德福：不行就是不行！问什么为什么！

江亚菲笑了：这事是你说了算，还是我说了算？是你们谈恋爱，还是我谈恋爱？

安杰：是你谈恋爱不假，但我们做父母的总得替你把把关吧？

江亚菲：谢谢你们！但现在还没到用你们把关的时候！你们请回

吧，我头痛，我要睡觉。

江德福：什么时候到我们把关的时候？

江亚菲：到时候自然会通知你们！你们也太性急了，小心物极必反！

31　晚上　楼上卧室

安杰靠在床头上想心事，江德福进来了。

江德福：别想了，想也没用！睡觉吧！

安杰：你说她说物极必反是什么意思？

江德福：这你还用问我？你不知道？

安杰没好气：你说说嘛！

江德福：就是你让她往东，她偏要往西的意思！你让她去赶鸡，她偏要去撵鸭子的意思！总之一句话，就是要跟你对着干！

安杰：这就是养孩子的好处，养着养着，就养成了白眼狼！

江德福叹了口气：唉！白眼狼你也得养着呀！

安杰：都赖你！非要养这么多孩子！又要当班长，又要当排长的！

江德福笑了：亏了没当上排长，要是当上了，还不得累死！

安杰：关灯！睡觉！

江德福笑出了声：副班长正好管这些。

32　晚上　葛老师卧室

葛老师贴着面膜，在床上闭目养神。门开了，王副政委进来了。

葛老师：怎么这么能说呀？都说什么了？

王副政委"哼"了一声。

葛老师坐了起来：怎么啦？你生谁的气？

王副政委：我生谁的气？我生你的气！

葛老师：我又怎么了？

王副政委：我问你，海洋他们的事，是不是你告诉那边的？

葛老师一愣：怎么了？

王副政委：你先别问怎么了，是不是你说的吧？

葛老师揭下面膜：前几天我在菜市场，碰上安杰了，我俩聊天的时候，我好像说了那么一句。

王副政委：谁让你的嘴这么快的？简直就是个漏勺！

葛老师：怎么了？海洋生气了？

王副政委：他生不生气有什么大不了的？关键是那边生气了！那边不干了！

葛老师：我就知道他们不会干！跟你说，你还不信！

王副政委：真是没数哇！那么个老姑娘了，还像宝贝一样守着，我看他们能守到什么时候！

葛老师不爱听了：你别动不动就老姑娘、老姑娘的！老姑娘怎么了？老姑娘就不值钱哪？你忘了你当初是怎么追我的了！

王副政委一摆手：你别说这没用的！快想想怎么办吧！

葛老师：咱们能想什么办法？咱怎么也不能去跪下求那两口子吧？

王副政委：哼！

葛老师：就是呀！软的不行，硬的就行吗？你能拿枪去逼着那两口子吗？

王副政委：你越说越不靠谱了！

葛老师：让我说呀，咱就不理那两口子，晾着他们！看他们能有什么招！

王副政委：你坐在那儿说话不腰痛，敢情你不着急！

葛老师：你在这着急有什么用啊？软的硬的都不行，你能怎么办？

王副政委叹了口气：唉，想不到他们会不同意！

葛老师：我早想到了。人家把亚菲看得跟宝似的，宁愿她不嫁人，也不愿看着她给别人当后妈！

王副政委又叹了口气。

葛老师：你老叹什么气呀！这事只要亚菲坚持，别说他俩不愿意了，就是他们全家都不同意，还能拧得过江亚菲？

王副政委点头：对，对！只要亚菲顶住，这事就成了！

葛老师：所以呀！要让海洋再对亚菲好一点儿，把人给牢牢地拴住。

王副政委笑了：还用怎么好？我看这就好得够可以了，都不太像他王海洋了。

葛老师：我们也要助他一臂之力，帮他把江亚菲给拴住。

王副政委点头：好，就这么办！

33 白天 宣传栏前

江德福和老丁在说话，王副政委从他们身边走过，连个招呼也不打，老丁很奇怪。

老丁望着王副政委的背影：他这是怎么了？

江德福冷笑一声：他这是做贼心虚！

老丁：他做什么贼了？

江德福：嗐！别提了！气死我了！

34　白天　老丁家院子

江德华在给菜苗浇水,水洒到脚上,她跳了起来:什么?真的吗?这是真事吗?真是癞蛤蟆想吃天鹅肉!

老丁笑了。

江德华:你笑什么?敢情不是你侄女!

老丁:我笑你哥也这么说!也说他们是癞蛤蟆想吃天鹅肉!

江德华:他们就是癞蛤蟆!他们想得美!

老丁:别赖人家!要赖就赖你家的天鹅肉!

江德华:谁说不是呀!这孩子挑花眼了吧?

老丁:哼!哪是挑花眼了,是挑急了眼了!

江德华不爱听,将舀子里剩下的水泼到了老丁脚下。

老丁跳了起来:干什么你?

江德华笑了:我再让你胡说八道!

老丁:你劝劝你哥他们算了吧,别找不自在了,见好就收吧!

江德华沉了脸:见什么好了?我们见什么好了?

老丁:亚菲也老大不小了,赶紧嫁人算了!过了这个村,就没这个店了!

江德华又去桶里舀水,老丁赶紧往后退。

老丁边退边说:你以为我愿让亚菲嫁到他家呀?你以为我愿跟他家沾亲带故呀?真是的!

江德华将舀子丢进桶里:真是什么?真是讨厌!越烦谁,越躲不开谁!

35　白天　江亚菲办公室

江亚菲在打电话:我晚上不回家吃饭了,别等我了。

安杰的声音：你到哪儿吃饭？

江亚菲：我到饭店吃饭，你跟我去吧。

安杰的声音：都有谁呀？

江亚菲：你不认识。

安杰的声音：我不认识去干什么？

江亚菲：去了不就认识了？再说了，认识你就去吗？

电话断了，江亚菲笑了。

36　傍晚　干休所院内

老丁和江德华买菜回来，老丁眼尖，看见了匆匆忙忙走着的江亚菲。

老丁捅江德华：哎，你看，天鹅肉去哪儿了？

江德华一时反应不过来：对呀，她到那边去干什么？要吃饭了。

老丁笑了：这还不明白？天鹅到癞蛤蟆家吃饭去了。

江德华：你怎么知道的？

老丁没好气：我猜的！

37　傍晚　安杰家客厅

电话响，江德福接起。电话里不知说些什么，江德福的脸色越来越难看。

38　傍晚　安杰家厨房

安杰在下面条，丫丫在她身边转。

安杰：哎呀！找你爷爷去！没看我在这儿忙着吗？

江德福来了：哎，她说晚上到哪儿吃饭去？

安杰：她没说，她只说去饭店吃饭，没说哪个饭店。

江德福：哼！她还到饭店去吃饭！她跑到人家王海洋家吃饭去了！

安杰不相信：不会吧？她还让我去呢。

江德福：你信她的！她那是以攻为守！

安杰：你是怎么知道的？

江德福：德华刚来电话说的，她跟老丁亲眼看见的！

安杰：这个死丫头，连我都骗！

江德福：哼！骗你还是轻的呢！

安杰：你别老哼哼的！老哼有什么用！

江德福：哼！看我回来怎么收拾她！

安杰撇嘴：你收拾她？她不收拾你就不错了！这她还让你给她赔手机呢！

江德福：我赔她手机？我没让她付我养育费就不错了！

安杰笑了：你别跟我在这嘴硬，你当着她面要吧。

江德福：哼！现在还没到时候，到时候我会要的！

安杰：哼！到时候鸡也飞了，蛋也打了，我看你给谁要去！

39　傍晚　安杰家餐厅

一家三口在吃饭，江德华来了。

江德华：哎呀，你们还吃得下饭去！

江德福看了她一眼，"哼"了一声。

安杰：我们还能不吃饭了？还能饿死？

江德华：一顿不吃饿不死！

江德福：你来干什么？你来劝我们不吃饭？

江德华：我都没吃下饭去，你们还吃什么饭！

安杰：你坐下吃点儿吧。

江德华拍着胸口：我不吃！我这里堵得慌，什么也吃不下。

安杰叹了口气。

江德华：你叹气管什么用？还吃这么多饭！

安杰笑了：那你说怎么办？你有什么好办法？

江德华：咱俩到他们家去，去堵她！看她还怎么说！

江德福放下饭碗，抹着嘴：哎，这是个好主意，这是谁想起的点子？肯定又是老丁！

江德华：不是他是谁？他说是脓包早晚要挑破，长痛不如短痛！

江德福：他还说什么了？

江德华：他还说，咱们早晚要跟他们正面交锋，说与其让他们来找我们的麻烦，还不如我们去找他们的麻烦！

江德福笑了：到底是老丁啊！真是宝刀不老。

安杰也笑了：是啊！真是老奸巨猾呀！

江德华不干了：你说他什么？你骂他什么？

安杰赶紧赔笑：我哪骂他了？我这是夸他！

江德华：有你这么夸人的吗？

江德福：也有这么夸人的，反着夸，你不懂。

江德华：哼！我不懂！你懂！（又训安杰）你还没吃完呢？你去不去？

江德福赶紧代答：去去！哪能不去呢？剩下这点儿别吃了！

安杰笑了：你不是说浪费粮食，天打五雷轰吗？我怕天打五雷轰。

江德华夺下了她的饭碗：就你倒掉的那些剩饭剩菜，早就该天打五雷轰了!

江德福:你胡说什么?

江德华撇嘴:看看,看看,你还是我哥吗?

安杰高兴地放下筷子:别啰唆了,咱们走吧!

江德福:快去快回,速战速决!

安杰:要是速决不了怎么办?

江德福:那说明你们没本事!

安杰:那还是你去吧,你去速战速决!

江德福:还没到我出马的时候。

安杰:你什么时候出马呢?

江德福:该出的时候自然就出了。我是不出则已,一出准叫他们人仰马翻,溃不成军!

40 晚上 葛老师家餐厅

饭菜很丰盛,一家人其乐融融。葛老师殷勤备至,给江亚菲又夹这个,又夹那个的,搞得江亚菲很不适应。

江亚菲:哎呀,葛阿姨,你今天这是怎么了?让我受宠若惊啊!

葛老师:你这是第一次到我们家吃饭,我得热情点儿!

江亚菲笑了:你热情得我都受不了了,吃不下了!

王副政委:就是!你热情得有点儿过分了,有点儿见外了!

葛老师:我过分了吗?亚菲,你见外了吗?

江亚菲:我没见外,是你见外了!把我逼成了客人,我不得不客气了!

全家人笑起来。

太平大叫:你们笑什么呀?

大家笑得更欢了。

41　晚上　葛老师家院门外

安杰和江德华在推让。

安杰：还是你在前边，你先进。

江德华：为什么让我在前边？你为什么不先进？

安杰：是你要来的，当然你要先进了。

江德华：里头是谁的女儿？是我的女儿吗？

安杰：不是你的女儿，但是你的侄女呀！哎呀，求求你，你在前边吧，我真的有点儿紧张了。

江德华：你紧张什么？不就是串个门吗？

安杰：是串个门，但我也紧张啊！

江德华撇嘴：不都是渔霸的女儿怕资本家的女儿吗？怎么现在反过来了？

安杰：你以为我是怕她呀？我怕她干什么！

江德华：那你怕谁呀？

安杰没好气：我怕你侄女！我怕那该死的江亚菲！

江德华笑了：不瞒你说，我这心里也有点儿打鼓，我也是害怕那死丫头。要不，咱不进去了？

安杰：都到门口了，还能再回去吗？

江德华：怎么不能回去，顺原路再走回去不就得了！

安杰：你说得倒轻巧！你哥让啊？咱们这么回去，还不得让他给骂死！

江德华点头：嗯，这话不假。他不敢骂你，我可倒霉了。

安杰：那就快进去吧！

江德华：进就进！她还能吃了咱们！

42　晚上　葛老师家餐厅

门外有人敲门，太平跳下椅子，跑了出去，喊着：我去开门，我去开！

外边传来江德华的声音：太平啊，还没吃完饭吗？

江亚菲一惊：哎呀，糟了！怎么是我姑姑？

外边又传来安杰的声音：你奶奶呢？你奶奶在家吗？

葛老师慌了：天哪！还有你妈！

王副政委皱起眉头：她们来干什么？找你干什么？

葛老师：我哪知道？我哪知道她们来干什么！亚菲呀，你快进厨房躲一躲吧。

王海洋按住江亚菲：躲什么呀？有什么可躲的。

江亚菲笑了：就是！躲得了初一，躲得了十五吗？

太平的声音：奶奶，有两个奶奶找你！

太平进来了，后边跟着安杰和江德华。

家人都站了起来。

王副政委：来了？

王海洋点头微笑。

葛老师：什么风把你俩给吹来了？

安杰假装吃惊：亚菲？你怎么在这儿？

江亚菲：我怎么不能在这儿？

安杰：你不是到外边吃饭去了吗？

江亚菲：这不是外边吗？

安杰眉头皱起来了，口气也不好了：你不是要到饭店去吃吗？

江亚菲：这儿的饭比饭店的可好吃多了！不信，你坐下来尝尝。

葛老师：就是！坐下来尝尝我的手艺。

江德华：我们吃过饭了，我们不吃。

葛老师：你们找我有事吗？

江德华：没事就不能来你家串门吗？

葛老师：看你说的，欢迎欢迎！咱们去客厅吧。

江亚菲：姑姑，我们还没吃完饭呢，你们要是没事，改日再来串门吧！

江德华扭头去看安杰，安杰没办法，只好硬着头皮上了。

安杰：这哪有你说话的份儿，用得着你在这儿多嘴多舌！

江亚菲不说话了。

葛老师：我吃完了，你们吃吧，我们到客厅坐着去。

安杰瞪了江亚菲一眼，转身跟着葛老师出去了。

王副政委：亚菲，你没事吧？坐下再吃点儿吧？

江亚菲：叔叔，我没事，你也没事吗？

王副政委：你没事我就没事。

王海洋：都没事，就坐下接着吃吧。

江亚菲：就是！这么多好吃的，不吃多可惜！

43 晚上 葛老师家客厅

三个女人坐在沙发上，谁都不说话。

太平跑了进来：你们怎么都不说话呀？

葛老师：你吃饱了吗？

太平：我吃饱了，奶奶，你还没吃饱呢。

葛老师：乖孩子，奶奶等一会儿再吃。

安杰突然站了起来：你吃饭吧，我们走了！

安杰一溜烟出去了，江德华也赶紧跟了出去。

江德华：那……那什么，那我也走了。

44　晚上　院门口

葛老师在送客，冲着两人的背影喊：再来玩呀！

45　晚上　干休所院内

安杰在前边走，江德华在后边追。

江德华：哎，你等等我！你走那么快干什么！

江德华追上了安杰，扯了她袖子一下。

安杰吼：干什么你？

江德华吓了一跳：你干什么？吃枪药了？

安杰继续快走，江德华不得不追着她跑。

江德华咂着嘴：你看看咱们这一趟，去干什么？去碰一鼻子灰吗？

安杰站住了：是谁让去的？是谁让去碰一鼻子灰的？

江德华有点儿理亏：又不是我！是我家老丁！

安杰：你家老丁这辈子就没出过什么好主意！

江德华不爱听：你可以不听啊。谁让你听了！

安杰：说得对！你说得真对！我今天脑子真是进水了！怎么稀里糊涂地就跟着你跑去找这个不自在！碰了一鼻子灰不说，还搞得自己像个傻瓜！大傻瓜！

江德华生气了：你这个人怎么这么不知好歹？我们这是为了谁呀？还不是为了你们家吗？！

安杰:谢谢!谢谢你们家!以后别再为我们家瞎操心了!
江德华也火了:谁再管你们家的破事,谁就不姓江!
两人分道扬镳,气呼呼地各自回家了。

第四十集

1　晚上　干休所院内

王海洋送江亚菲回家,两人默默地走着,一路无语。

快到家门口了,江亚菲停住了脚:行了,别送了,你回去吧。

王海洋爱惜地拍了拍江亚菲的头:回去好好说,别乱发脾气。

江亚菲:你以为好好说能解决问题?

王海洋:乱发脾气同样解决不了问题。

江亚菲:你懂什么,天下大乱,方能天下大治!

王海洋笑了,他看了看四周,想吻江亚菲,江亚菲笑着跑掉了。

2　晚上　安杰家楼上

外边大门响,安杰急忙掀开窗帘往外看。

安杰有些紧张:她回来了。

江德福:回来就回来呗,你紧张什么?

安杰:我哪紧张了?

江德福:你没紧张吗?

安杰拍着心脏：我是有点儿紧张，这里怦怦直跳。

江德福：看你这点儿出息！你还叫安杰吗？

安杰：我不叫安杰我叫什么？

江德福：我看你叫安小胆算了，或者干脆就叫胆小鬼！

安杰：你胆大，你下去跟她说吧。

江德福：我干吗要下去跟她说？咱们谁也别下去，别去理她，晾一晾她，看她怎么办！

外边传来上楼的声音。

安杰小声地：哎呀，坏了！她上来了！咱们不下去惹她，她上来惹咱们了。

江德福：看把你给吓得，你还真成胆小鬼了！

门开了，江亚菲气势汹汹地进来了。

江亚菲走到安杰跟前，盯着她看。

安杰：你这么看着我干吗？

江亚菲：你是不是前世跟我有仇哇？我是不是前世得罪你了？

安杰：你什么意思？

江亚菲：我什么意思你不知道吗？

安杰：我不知道。

江亚菲：你为什么总是跟我过不去？为什么总是跟我对着干呢？凡是我喜欢的人，你就看着不顺眼！你就要反对！你就要破坏搞乱！你就要给我拆散！你什么意思？是何居心！

安杰：我也不想这么做，可你得让我们省点儿心哪。你看看你看上的这两个人，哪个能登上大雅之堂？一个是做饭的，一个是离婚的，哪个像点儿样儿？哪个能配上你！

江亚菲：离婚的怎么了？你不也找了个离婚的吗？你能找，我怎么就不能找呢?

安杰:你的情况和我的情况不一样,年代不同,没法比!

江亚菲:怎么没法比?年代再不一样,事情不都一样吗?不就是男大当婚、女大当嫁吗?你能在如花似玉的年龄嫁给我爸这样的大老粗,我这个三十多岁的老姑娘,为什么就不能嫁个离婚的!

安杰没好气地:我那是出身不好,不得已,你呢?

江亚菲更没好气:我比你强!我好歹还是为了爱情,你呢?

江亚菲一阵风似的离开了,安杰喘着粗气,半天缓不过劲儿来。一直坐在一旁没吭声的江德福站了起来。

安杰大声地:刚才你哑巴了?怎么不说话!

江德福:你想让我说什么话?

安杰:她的事不是你要管吗?不是不用我管吗?你怎么不管了?

江德福:人家也没找我的事,人家也没说跟我前世有仇,我凭什么要帮你说话?再说了,我连自己的事都管不好,我还有脸去管别人的事!喊!

安杰:你喊什么喊!你什么事你没管好了?

江德福:我问你,当初你跟我结婚,是不得已的吗?

安杰望着他,都不知说什么好了。

3 白天 院子里

江德福在打太极拳,安杰出来了。

安杰:哎,王副政委让你接电话!

江德福:说我不在!

安杰:对不起!我已经说你在了!

安杰扭头就走,江德福停了下来,自言自语:烦人!没一样顺心的事!

4　白天　葛老师家客厅

王副政委在打电话：伙计，我想找你谈一谈。

江德福的声音：谈什么？

王副政委：咱们见面再说。

江德福的声音：在哪儿见？

王副政委：咱们对面刚开了家茶馆，咱们到那谈，出去谈。

5　白天　安杰家客厅

江德福重重地放了电话：出去就出去！别说谈谈了，就是决斗我也不怕呀！

安杰进来了：你要跟谁决斗哇？

江德福：你管我跟谁决斗了！我愿跟谁决斗就跟谁决斗！

安杰没好气：你去斗吧！斗得头破血流再回来！

江德福：你就这么盼着我头破血流哇？

安杰：我说你还有完没完了？

江德福：我跟你没完！

安杰笑了：你什么时候变得这么小心眼了？人家都是越老心胸越宽阔，你怎么越老心胸越狭小了呢？

江德福"哼"了一声，站起来走人了。

6　白天　茶馆

江德福进来，服务员迎了上来：老先生，您是一个人吗？

江德福：还有一个人！

王副政委在里边招手：哎，在这里。

江德福走过去，居高临下地望着王副政委。

江德福：你跑得倒挺快。

王副政委仰望着他：你喝点儿什么？

江德福：什么贵，喝什么！

王副政委笑了：行，来壶西湖龙井。

服务员点头要走，被江德福拦住。

江德福：你们这是西湖龙井最贵吗？

服务员摇头：不，我们这里大红袍最贵。

江德福：有多贵？

服务员：最贵的三百八一壶。

江德福手一挥：就来三百八一壶的！

服务员高兴地走了，王副政委心痛得直皱眉头。

江德福：你皱什么眉？

王副政委：这里是屠宰场吗？什么茶要三百八一壶。

江德福：这里是你要来的，不关我的事！

王副政委：那我也没让你点这么贵的茶呀！

江德福：你说什么贵喝什么！

王副政委：我没说，是你说的！

江德福：是你答应的！

王副政委摆手：好好好，咱不争这个了，咱说正事吧。

江德福：说吧，你有什么正事？

王副政委单刀直入：我问你，你凭什么看不上我儿子？我儿子哪点配不上你女儿？

江德福坐了下来：我看不上你儿子，还是受你的影响呢！

王副政委：受我的影响？我影响你什么了？

江德福：过去你不是老跟我唠叨你儿子不争气吗？

王副政委：我哪跟你唠叨我儿子不争气了？

江德福：你看你还不承认！你嫌他留长头发！还嫌他穿喇叭裤！

王副政委：那都是什么年代的事了？我早忘了！

江德福：你忘了，我可没忘！我记得清清楚楚！

王副政委：就为这个？

江德福：还有！

王副政委：还有什么？

江德福：还有你儿子结过婚，连孩子都有了！

王副政委：还有吗？

江德福：这些还不够吗？你还想有什么？

王副政委：……

江德福：你说呀！

服务员将茶端上来了，王副政委更不说话了。

江德福喝了一口茶，咂着嘴品了半天，直摇头：哎呀，这是什么茶呀！

服务员：这是大红袍！

江德福：什么大红袍哇！这么难喝！还不如树叶子好喝呢！不信你尝尝。

王副政委瞪着江德福不说话。

江德福又喝了一口茶，还跷起了二郎腿：我说老王啊，我看这事就算了吧！你也知道，我女儿脾气不好，哪是那当后妈的料！到时候她虐待你那宝贝孙子，你们能干吗？到那时，你们再跟她闹起来，就不好了嘛！再说，你们也不是她的对手哇。她那厉害劲儿，你们是从小就领教过的,你说是不是?再说了,你们闹到不可开交了,能不扯上我们吗?咱们两家再反目成仇了,你说这上算吗?

王副政委听不下去了,忽地站了起来,头也不回地走了。

江德福望着他的后背,露出了胜利的笑容。

服务员过来:老先生,这壶茶是您买单吗?

江德福跳了起来:奶奶的!他这不是坑我嘛!

7　白天　安杰家客厅

电话响了,安杰接起:哎,怎么是你呀?什么?带四百块钱去?带钱干什么?难道你把人给打伤了?

8　白天　茶馆

江德福在打电话,没好气地:你快拿钱来吧,我让人给打伤了!

江德福重重地扣了电话,刚要离开,想起了什么,又拿起了电话:哎,老丁吗?你快过来,我请你喝茶!喝三百八一壶的大红袍!

9　傍晚　安杰家

江亚菲进家,丫丫迎上来。

丫丫:姑姑,你吃饭了吗?

江亚菲:吃了。

丫丫:在哪儿吃的?

江亚菲大声地:在王爷爷家吃的!

丫丫:你怎么老到他们家吃饭呢?

江亚菲声更大了:以后我要天天到他们家吃饭了!

10　傍晚　安杰家客厅

正在看电视的老两口对视了一眼,安杰还撇了撇嘴。

江亚菲的声音:丫丫,把这个送给你爷爷奶奶。

丫丫的声音:这是什么呀?

江亚菲的声音:这是请柬!

丫丫的声音:请柬是什么?

江亚菲的声音:请柬是通知!

丫丫跑了进来:爷爷奶奶,这是姑姑给你们的通知!

安杰接过请柬,江德福凑了过来。

安杰疑惑地打开大红的请柬,看了一眼,气得扔到了茶几上。请柬又从茶几上掉到地上,江德福弯腰捡了起来。

江德福打开请柬,上边写着"谨订于本周末于假日酒店龙凤厅举办新婚喜宴,恭候盛装出席。王海洋、江亚菲敬约"。

安杰一把夺过请柬,起身就往外走。

江德福:哎,你干什么?你冷静点儿!

江德福叫不住她,只好追了出去。

11　傍晚　安杰家卫生间

江亚菲在洗脸,一脸的白泡沫。

安杰站在门口,摇着大红的请柬:我问你,你这是什么意思?

江亚菲一脸白沫:怎么?没写清楚吗?

安杰气急败坏:我问你!谁同意你结婚了?

江亚菲弯着腰继续洗脸。

安杰声更大了:我问你话呢!谁同意你结婚了!

江亚菲直起腰来,一脸的水珠子:政府啊,人民政府!我们有政府发的结婚证。

安杰不信：在哪儿？我看看！

江亚菲擦着脸：好，你等我一会儿。

江亚菲不急不慢地用毛巾擦脸，安杰更气了。

安杰喊：你磨蹭什么？你快点儿！

江亚菲口气也不好了：你急什么？又不是不给你看！

12　傍晚　江亚菲房间

安杰捧着结婚证看着，气得手都抖了。

江德福：行啦，别看了，有什么看头。

安杰将结婚证向江亚菲身上扔去，江亚菲闪开了，结婚证掉到了地上。

安杰大步离开，大腿撞到了床角上，痛得叫了起来：哎哟！

江德福上前扶她：你慢点儿。

安杰甩开他：你放开我！

13　晚上　楼上卧室

安杰坐在床上生气，江德福劝她。

江德福：算了，胳膊拧不过大腿！

安杰：你说谁是胳膊？谁是大腿？

江德福：按说应该咱们是大腿，可咱们拧得过她吗？

安杰：都是让你给惯的！没大没小，无法无天！

江德福：怎么又赖到我头上了？你斗不过她，就来欺负我呀！

安杰：早知这样，干吗要把她留在身边！

江德福：说这些没用的干吗？睡觉吧，睡吧。

安杰：你还睡得着觉？

江德福：不睡也解决不了问题啊，睡睡试试吧。

安杰起来。

江德福紧张地：你要干什么？

安杰没好气：我要上厕所！怎么，不行吗？不让吗？

江德福笑了：行行，你赶紧去上吧。

安杰回来时，江德福已经打起了呼噜。

安杰自言自语：真是没心没肺！

14　白天　安杰家院子

江德福在浇花，老丁两口子来了。

老丁：哟，情绪不错嘛！

江德福：你什么意思？

江德华：你们没收到请柬？

江德福：你们收到了？

江德华：我们收到了，吓了我们一跳！

老丁：吓了你一跳，我可没吓着！我早就料到会是这个结果了。

江德福：你什么时候料到的？

老丁：我跑去喝那三百八一壶的大红袍的时候。

江德福：你是怎么料到的？

老丁：人家连茶钱都不给你付了，人家那是要跟你决一死战了。

江德华：她妈呢？

江德福：在里头牙痛呢。

江德华笑了：气的吧？

江德福：你去问问她吧。

15　白天　安杰家客厅

安杰捂着腮帮子躺在沙发上，江德华进来了。

江德华笑着：听说把你气得牙都痛了？

安杰放下手，让江德华看她的脸。

江德华：娘吔，脸都肿了！真气得不轻！

安杰：气得我几乎一夜没睡！

江德华：现在的孩子也太不像话了！结婚嫁人这么大的事，也不跟爹妈商量，自己说结就结了！你们事先一点儿也不知道？

安杰：又没人跟我们说，我们怎么知道！

江德华：那边做父母的也不像话，孩子不懂事，大人也不懂事吗？那个葛美霞还跟你是朋友！

安杰：什么朋友哇，狗屁朋友！

江德华：这什么都没准备，怎么办？

安杰：准备什么？

江德华：准备嫁妆呀！

安杰：想好事！我还给她准备嫁妆？我连一个线头都不给她！

江德福和老丁进来了。

老丁：不给谁呀？

江德华：不给亚菲呗！我们在这说陪嫁的事呢。

老丁：这倒好，这倒省钱了。

江德华：谁家愿省这种钱呢！

江德福：你家愿省！他愿省！

老丁笑了：有气你别往我身上撒呀，咱们还是商量商量参加婚宴的事吧。

江德福：有什么可商量的！

老丁：哎，你不要有情绪嘛！还是要商量商量的，你没看人家请柬上要求要盛装出席嘛！

江德福：哼！什么盛装出席！

江德华：盛装出席，就是让我们穿着好衣服去吃饭！

安杰：哼！谁去吃？他们想好事！

老丁：哎，饭还是要去吃的，酒还是要去喝的，毕竟这是亚菲的喜酒。养了女儿一场，最后连顿酒都没捞上喝，那不亏大了嘛！

安杰：要去你们去，反正我不去！打死我也不去！

江德华：你先别嘴硬。

安杰：你看我是不是嘴硬！哼！

16　白天　马路上

小车上挤得满满的人。

江德华：哎呀，人家叫咱们盛装，咱们却连衣服都没换！

江德福看了安杰一眼：能去就不错了，还换什么衣服！

安杰：哼！

丫丫坐在安杰腿上：奶奶，姑姑会穿新娘子的衣服吗？

安杰：谁知道！

江德华：他们能请几桌客呀？在那么高级的饭店请客，那得花多少钱呢？

老丁：花多少钱都是应该的，伙计，是不是呀？

江德福又看了安杰一眼：就是！把他们家吃穷才好呢！

车上的人都笑了，连安杰都跟着笑了。

17　白天　包间门口

包间门开着，里边就一桌。

江德华对老丁说：真抠门！就一桌！

老丁笑笑。

江德华又跟安杰说：真抠门！就一桌！

安杰撇起了嘴。里边的人迎了出来。

葛老师：来了？快请进！快请进！

王副政委：请！请！

江德福昂首挺胸进去了，其他人紧随其后。

江亚菲跑了过来：妈！

安杰上下打量她，并不答应。

江亚菲抬高了声音：妈！

安杰还不答应。

葛老师赔着笑：孩子叫你呢。

安杰：我耳朵没聋！

江亚菲：我礼节尽到了啊！

安杰没好气：我谢谢你！

江亚菲笑了，扭头又去叫父亲。

江亚菲：爸！

江德福也不理她。

江亚菲：你就别再添乱了！

江德福：你先叫你妈再叫我，还嫌我添乱？

江亚菲：我错了，对不起！以后改正还不行吗？

江德福：看在今天的分儿上，饶你一次！

王副政委问江德福：亲家，咱们开始吧？

江德福：听你的！你说开始就开始！

王副政委望着大家：那我们就入座吧？

大家入座。

江亚菲：开始吧！

安杰望着她：怎么？还用你自己主持吗？

江亚菲嬉皮笑脸：新事新办嘛！

安杰假笑了一下：哈，你这事可够新的！

老丁赶紧圆场：快开始吧！我们都饿了！

王副政委端着酒杯站了起来：今天是个大喜的日子，孩子们要新事新办，不搞婚礼，也不搞酒席，提出来只是家人们聚一聚，吃顿饭。我们尊重孩子们的选择。我提议，大家共同举杯，为了孩子们的幸福，干杯！

全体起立，举杯都干了。

王海洋又站了起来：爸爸妈妈，姑姑姑父，感谢你们的光临。我特别要感谢爸爸妈妈，把亚菲这么好的女儿嫁给我，谢谢爸爸，谢谢妈妈，我先干为敬了。

江德福端起酒杯一口喝干，安杰却只抿了一口。

江德福：你不喝完吗？你应该喝完！

安杰不得不干了。

江亚菲也站了起来：亲爱的爸爸妈妈们，亲爱的姑姑姑父，请你们举杯。

大家都举起杯来，唯独安杰不举。

江德福：你为什么不举杯？你不是妈妈吗？

安杰：我是她妈吗？

江德福：你不是她妈又是谁妈？

江亚菲：她是我妈，是我亲爱的妈妈！

江亚菲走了过去，将酒杯端了起来：妈妈，亲爱的妈妈，麻烦你端一会儿。

大家都笑了，安杰也笑了，接过了酒杯。

江亚菲：亲人们，长辈们，我的千言万语，我的万语千言，都在这杯喜酒里了，大家干了吧！

大家又都笑了，笑着将酒喝完。江德华喝急了，呛着了，直咳嗽。江亚菲急忙上前给她拍背。江德华不咳了，笑了。

江德华：亚菲，你别拍了，你没看有人吃醋了吗？

江亚菲：吃醋我也没办法，我还要单独跟您喝杯酒呢！

江亚菲给江德华倒上酒，又给自己满上，举了起来：姑姑，我单独敬您一杯，谢谢姑姑的养育之恩！

江德华笑了：快别这么说，你妈不愿听！

江亚菲：我妈不会的！难道不是您给我带大的吗？

江德华眼圈红了，站了起来。

江亚菲：妈，您不陪一杯吗？

安杰不得不站了起来，重重地跟江德华碰了一下杯。

安杰：你行啊！你比我这当妈的待遇都高！你不能喝一杯，你得喝两杯！

大家都笑了，气氛热烈起来。

葛老师端着酒杯走到安杰身边：亲家，咱俩喝一杯吧？

安杰站了起来，叹了口气：唉！想不到咱俩竟成亲家了！

葛老师赔着笑：这不是托孩子的福吗？

安杰又叹了口气：唉！真是人生如梦啊！

葛老师：是啊是啊！梦如人生啊！

江德华过来了：你俩大白天说啥梦话呀！

安杰和葛老师相视一笑，碰了下杯。

江德华：带上我！带上我！

江德华跟葛老师郑重地碰了下杯。

江德华：葛老师，我们亚菲是个急脾气，以后你要让着她点儿！

葛老师笑了：她亲姑！你放心，亚菲是我看着长大的，就跟我自己的女儿一个样儿！

江德华望着安杰：可不是嘛，咋忘了这茬了！

安杰：美霞，说真的，这孩子是个直性子，遇事还请你多包涵！

葛老师：亲家，看你这是说哪儿去了！一家人怎么说起两家话了！

那边王副政委在哈哈大笑，这边的人都望了过去。

葛老师无限感慨：这里数我们家老王最高兴了，昨晚上说梦话，都直喊亚菲的名字呢！

安杰：说什么了？

葛老师笑了：说亚菲，快吃快吃！

那边王副政委正好在喊：亚菲，你先坐下吃点儿垫垫！

大家哈哈大笑起来。

18　白天　干休所

江德福和安杰上街回来，正好碰上下班的江亚菲。

江亚菲：上街了？买什么好东西了？

安杰：你都是泼出去的水了，管我们买什么东西了？

江亚菲：不管就不管，你以为我愿管呢？再见！拜拜！回头见！

江亚菲头也不回地走了，老两口望着她的背影，半天回不过神来。

安杰：别看了！看也是白看！

江德福叹了口气：唉，养女儿干什么？

安杰：养女儿当水泼！你也别难过了，就当是泼水节，泼着玩儿了！

江德福笑了：想不到你越老还越幽默了。

安杰：不幽默怎么办？唉！

江德福：你也别难过了，过些日子卫民他们不是就回来了吗？

安杰：你快别提他们了，提他们我心里就烦！

江德福：烦有什么办法？你还能不让他们回来？

安杰：唉！喜欢的管不住，烦的又甩不开，你说这叫什么事呀！

江德福：这就是生活！生活就是又让你喜欢又让你烦！

安杰站住了，盯着他看：你行啊！什么时候变哲学家了！

江德福笑了：这就是哲学吗？我怎么不知道？

19　白天　安杰家楼下

江德福进家，见餐桌上摆放着早凉了的早餐，皱着眉头进了厨房。

20　白天　安杰家厨房

安杰在收拾厨房，江德福进来了。

江德福：他们怎么还不起床？

安杰看了他一眼：你应该去问他们！怎么问起我来了？

江德福：哼！

安杰：你哼什么？

江德福：我心烦！

安杰：你心烦？我心比你还烦！

丫丫（九岁）跑进来：奶奶，我的涂改液怎么不见了！

安杰：好好找找！不要动不动就找奶奶！奶奶还给你看着涂改液呀！

丫丫：噢，我知道了。

江德福：丫丫，去叫你爸妈起床！

丫丫：唉。

丫丫跑走了，安杰跷着脚擦抽油烟机。

江德福：这些活让卫民媳妇儿干！

安杰：你看她干吗？她连床都不按时起，她还给你干这些！

江德福摇头：卫民怎么找了这么个老婆！怎么这么懒！

安杰：哼！鱼找鱼，虾找虾，他那样的，只能找这样的！这俩人才配套呢！

21　白天　江卫民房间

两口子还在床上躺着。

江卫民：快起来吧，都叫咱们了。

许红：你怎么不起来？

江卫民：你老攀我干什么？你是这家的媳妇儿！

许红：媳妇儿怎么了？媳妇儿就要当牛做马呀？

江卫民：谁让你当牛做马了？你大面上总要过得去吧？别让我爹妈嫌弃你！

许红：我当牛做马地给你家干活，你爹妈就不嫌弃我了？那样的话，他们就更看不起我了！以为是我高攀上你们家，心甘情愿给你家当牛做马呢！

江卫民：你心眼可真多！可惜长得都是歪心眼！

339

江卫民起来穿衣服，许红翻了个身还要睡。

江卫民：你怎么还不起？你不吃饭了？

许红：我不饿，我再睡一会儿，中午一起吃。

22　白天　安杰家客厅

江德福在看电视，江卫民提着裤子进来了。

江德福皱着眉：你怎么起来了？还没日上三竿呢！

江卫民笑了：不是你让丫丫叫我们的吗？

江德福：这么说，我不叫你们，你们还不起呀？

安杰拿着抹布进来了：你媳妇儿呢？还没起？

江卫民：她头痛。

安杰：她哪天不头痛呢？你们来了半个月了，她就是第一天按时起了床，吃了早饭，后来我就没见她准点起过床！

江卫民：我不是也没准点起来嘛！

江德福：你还有脸说！晚上不睡，早晨不起，你们这是什么生活习惯！你们在自己家也这样吗？

江卫民点头：对，也这样。

江德福火了：你对个屁！怪不得你们都下岗了呢！我要是领导，早就让你们下岗啦！

江卫民也不高兴了：我们下岗以前又不这样！

江德福：哼！那也好不到哪去！就看你们这半个月的表现，就知道个八九不离十！我告诉你，家里可不养懒人，也不养闲人！你们不能再这样下去了，赶紧给我想办法，赶紧给我出去工作！

江卫民：你们以为我们不急呀？我们比你们还急呢！可我们要学历没学历，要本事没本事，你让我们怎么办？我们总不能出去偷、出去抢吧？你们看我们天天睡大觉，那是愁的！晚上睡不着，白天不敢起！你们知道吗？！

江卫民扭头就走，剩下父母目瞪口呆。

安杰：他怎么现在变成无赖了？

江德福叹了口气：唉！也不全赖他。

安杰：那还赖谁呀？赖我吗？赖你吗？赖社会吗？

江德福又叹了口气：唉，当初要是不让他回老家下乡去就好了。

安杰：你别说这个！别净说这没用的！再说了，这跟在哪儿下乡有什么关系？

江德福：还是有关系的。要是他不回老家下乡，就不会留在那儿参加工作了，也不会在那儿结婚生孩子了。他要是早回到我们身边，有我们给他把关，他也不至于混成现在这个样儿！

安杰：那可不一定！是金子在哪儿都闪光，是笨蛋在哪儿都不行！

许红从门口走过，江德福有些紧张。

江德福压低了声音：你刚才说的话，她没听见吧？

安杰：听见又怎么了？你以为我怕她？

江德福：啥！这不是谁怕谁的问题！

安杰：那是什么问题？

江德福：是安定团结的问题！是家庭和睦的问题！

安杰：哼！你要的这种家庭和睦，得我们忍气吞声才能换来！

23 白天 安杰家卫生间

江卫民在刮胡子，许红进来，随手将门关上。

江卫民：你关门干什么？

许红：你爸和你妈在那儿说咱们的坏话。

江卫民：说什么坏话？

许红：说咱们是笨蛋！说咱们在哪儿都不行！

江卫民：这是我爹妈说的？

许红：是你妈说的，你爸直点头，我从客厅门口路过，正好让我给听见了！

江卫民：……

许红：你哑巴了？怎么不吱声了？我还以为你们家人光看不起我，谁知道连你也看不起！你还活个什么劲儿呀！还刮什么胡子、洗什么脸哪！

门开了，安杰站在门口，吓了一跳：你俩怎么都在里头？

许红赔着笑：我们在洗漱。

安杰：都什么时候了，刚洗漱！

安杰将门关上，声音比较大，许红的笑脸马上就没了。

许红：这就是寄人篱下的好处！

江卫民：你少说两句吧，什么寄人篱下，这是我父母家，也就是我的家！

许红：可不是我的家！你以为我愿在这受这个气呀！

24　白天　大超市

江亚菲推着车子，直奔卖肉的地方。

卖肉的：您要来点儿什么肉？

江亚菲：我要猪肉。

卖肉的笑了：我知道您要买猪肉，要不您上这来干吗？我是问您，您想买哪儿的肉！

江亚菲也笑了：哪儿的肉我可说不上来，哪儿的肉好，我买哪儿的。

卖肉的：明白了！您是要买精肉，买好肉，对吧？那就来这块儿，后臀尖！这都是好肉！

江亚菲：那就来这后臀尖！

卖肉的：您要多少？

江亚菲：是呀，我要多少呢？

卖肉的：您可真有意思，我哪知道您要多少！

江亚菲：对不起，你等一会儿，我问一问。

江亚菲掏出手机，打电话。

卖肉的笑了：一看就是不管家的！

25 白天 安杰家客厅

安杰在接电话：你怎么想起来去买肉了？你婆婆呢？

江亚菲的声音：今天是我婆婆的生日，六十六啦！人家说，六十六，吃女儿一刀肉，我就跑出来给她买一刀肉来了。

安杰：你是她女儿吗？用你买这一刀肉吗？

江亚菲的声音：她不是没有女儿吗？我就滥竽充数冒充一回女儿呗！

安杰：你倒挺孝顺！

26 白天 大超市

江亚菲在打手机，笑着：行了！你就别吃醋了！你就告诉我该买多少吧！

安杰的声音：买多少？不是让你买一刀吗？

江亚菲更笑了：一刀是多少哇？

安杰的声音：顾名思义嘛！一刀下去就是一刀肉！

江亚菲笑得更厉害了：你看你这个人，心胸怎么这么窄呀？不是你让我要做个贤惠孝顺的儿媳妇儿吗？

安杰的声音：我让你做儿媳妇儿，又没让你做女儿！

江亚菲不耐烦了：好了！行了！别没完没了了！快告诉我，买多少算一刀？

安杰的声音：有钱你就买一大刀！没钱你就买一小刀！

江亚菲：行了行了，这电话算我没打！

江亚菲跟卖肉的说：师傅，给我来上一大刀！

卖肉的乐了，扬起了菜刀：好嘞！一大刀！

江亚菲的手机响了，又是安杰。

安杰的声音：你干脆扛块后臀尖回去得了，又朴实，又大方，你婆婆准喜欢！

江亚菲笑了：你也知道后臀尖呀？你知道的还不少呢！

27　白天　安杰家客厅

安杰重重地扣了电话，自言自语：德行！

江德福正好进来：谁呀？你说谁德行？

安杰：你那宝贝闺女！

江德福：她又怎么惹你了？

安杰：今天她婆婆过六十六岁的生日，她跑出去给人家买肉！说六十六，吃女儿一刀肉！

江德福笑了：你吃醋了？

安杰：我吃什么醋哇？不就一刀肉吗？能值几个钱！

江德福：这不是钱的问题！

安杰：那是什么问题？

江德福：是亚菲把她婆婆当亲妈的问题！你说是不是？

安杰叹了口气：唉！看看人家的媳妇儿，再看看自家的媳妇儿！

许红又从门口路过。

江德福：你以后说话注意点儿！

安杰：我在自己家里说话，有什么可注意的！

江德福：一个巴掌拍不响！你要想让媳妇儿好，首先你这婆婆要做好！

安杰：我这婆婆做得还不好吗？一天三顿饭供着他们一家三口吃喝，一分钱也不收他们的，这样还不行吗？

江德福：你别再提收钱的事了，现在孩子不是在困难时期吗？我们做父母的，能帮还是要帮的。

安杰：我也没说不帮他们呀。可他们这个样子，你帮着心里舒服吗？

江德福：不舒服又怎么办？你能眼看着他们没饭吃吗？

安杰：都没饭吃了，还懒成这样！又不让别人说，以后有你受的！

江德福：以后再说以后的事吧，你先管好你的嘴！

外边传来丫丫的哭声，老两口马上站了起来。

28 白天 江卫民房间

丫丫躲在江卫民身后哭，许红在骂她：涂改液不见了也赖我！我是贼吗？我就这么不招人待见？

345

29　白天　楼下走廊

江德福拽住安杰,不让她往前走了。

江德福小声地:咱别进去,别找气生。

江卫民的声音:谁说你是贼了?你不要乱说话!

许红的声音:我还用别人指着我鼻子说吗?我耳朵聋啊?我听不见哪!

江卫民的声音:你又听见什么了?

许红的声音:就你耳朵聋!就你什么也听不见!

安杰往他们屋里走,江德福又拖着不让。

江德福小声地:你进去干什么?你别去!

安杰大声地:你拽着我干什么?你松手!

江德福松开了手:神经病,你去干什么?

安杰大声地:我去劝架!能让他们在家里这么吵吗?你不嫌丢人,我还嫌呢!

30　白天　江卫民房间

安杰站在门口,一脸严肃。

安杰:你们在这儿吵什么?谁是贼呀?

丫丫跑过来:奶奶,我没说我妈是贼,是她自己多心!

安杰:以后咱们说话注意点儿,别让你妈多心!

许红小声地:我多什么心了?

安杰大声地:没多心你干吗说自己是贼呢?你是贼吗?

许红不说话了,却一脸的不高兴。

安杰:你们要是想在这个家里住下去,就安分守己地给我待着。你们要是想在这儿惹是生非,就马上给我滚蛋!

346

江卫民：妈！你怎么这么说话？

安杰：我这话哪说得不对吗？

江卫民：……

安杰：我们做父母的，把你们养大成人了，应该说是尽到我们的责任了。你们有困难，我们可以帮助，但你们要自觉！要有分寸！

江卫民：我们哪不自觉了？哪没分寸了？

安杰厉声：你们天天睡到日上三竿，你们这是自觉吗？你们刚才在这儿大喊大叫的，你们这是有分寸吗？

许红忍不住了：我们什么时候大喊大叫了？

安杰：你刚才那还不叫大喊大叫吗？你还想怎么喊？怎么叫？我告诉你许红！我对你的要求并不高，也给了你足够的面子了！在这个家里，你要找准自己的位置，既不要自卑，也不要自大。注意自己的身份，做好自己的事！今天这事我就不跟你计较了，以后再这样，你给我试试！

安杰拉着丫丫走了，许红半天缓不过神来。

江卫民关上了门：这下好了，你舒服了吧？

许红扑到床上，"呜呜"地哭了起来。

江卫民又跑去关上了窗户：你哭什么？你小声点儿！

许红：哭都不行吗？连哭都不让吗？呜……我为什么跑来受这个气呀！

江卫民坐到床边：那……那咱回去吧？

许红坐了起来：房子都卖了，咱回去住哪儿呀！

江卫民没好气：住你妈家！

许红更没好气：凭什么住我妈家？我家凭什么养咱们！

江卫民：我家一直养着丫丫，凭什么再养咱俩呀！所以说，咱们要赶紧出去找工作!

许红:咱们上哪儿找工作去?不是他们帮咱们找吗?

江卫民:咱们不能光干等着!要多帮家里干点儿活!起码不能再睡懒觉了!

许红:你不睡,我就不睡!

江卫民叹了口气:唉,真难受哇!这么大人了,还要靠父母!

许红:谁让你没本事呢?谁让你下岗了呢?

江卫民跳了起来,喊了起来:又来了!你又来了!你要嫌我没本事,你就跟我离婚!

许红:你就有本事威胁我!刚才你妈在这儿,你怎么连个屁都不敢放!

江卫民:你还说我!你呢?你敢放了吗?

许红:你妈不愧是个资本家小姐!平时笑里藏刀,到时候翻脸不认人!

31　白天　安杰家客厅

江德福在埋怨安杰:你至于那样吗?说那些没用的干什么!

安杰:没用也要说!她今天这个样子,是在试探我们,是在向我们发威!如果我们任她这样下去,以后她会得寸进尺的!我们会不得安宁的!你知不知道!

江德福点头:我知道,我知道。是该给他们点儿颜色看看了,他们是有点儿不像话了。

安杰:岂止是有点儿不像话,是非常不像话!你看那个许红,像个小市民似的,借着骂孩子,在那指桑骂槐的。她把市井那一套,都搬到我们家里来了!我要是不给她点儿颜色看,她就把小市民的习气都带到我们家来了!

江德福又点头:对,你说得对。

安杰:那你还不让我去说她呢!

江德福:我不是怕你说不过她吗?我不是怕你不是她的对手吗?

安杰:我怎么会不是她的对手呢?

江德福:你是个大家闺秀,我怕你吵不过小市民。

安杰得意地:结果呢?结果怎么样?

江德福:你厉害!还是你厉害!想不到大家闺秀也跟泼妇似的!

安杰:我跟泼妇似的吗?

江德福:你比泼妇还厉害!把小市民吓得一声都不吭!

安杰:去你的!要是按你的绥靖政策,过不了多久,她就该成婆婆了,我就成媳妇儿了!

外边大门响,江德福探头看。

安杰:谁呀?

江德福:你的亲家母!

安杰:难道不是你的亲家母吗?她来干什么?

江德福:好像是来送东西的。

安杰:今天是她的生日,又不是咱们的生日,送什么东西呀?

江德福:你看看不就知道了?唠叨什么!

外边传来葛老师的声音:有人吗?

安杰起身:没人!

32 白天 安杰家餐厅

葛老师一脸喜气,将手里的塑料袋放到餐桌上。

安杰:你拿来的什么呀?

葛老师：嗐！别提了，亚菲这孩子真是傻实在！

安杰：她又怎么了？

葛老师：今天不是我的生日吗？她不知从哪听说，六十六，要吃女儿一刀肉，还真跑出去给我买回了一刀肉来！好家伙，这一刀下去，足足有二十斤！你说我们能吃得了吗？你们家人多，分给你们一半！

安杰：这是人家孝敬你的，分给我们干什么！

葛老师：你们家在家吃饭的人多，不像我们家，他们经常在外边应酬不回来吃！

安杰：……

葛老师：我走了，我家老王还在门外等着我呢！

安杰：你走吧，我就不留你了。

葛老师出了门，安杰才想起来。

安杰探出头去：噢，对了，祝你生日愉快！

葛老师回过头来，笑容满面：谢谢！

安杰自言自语：德行！

江德福出来了：送肉来了？

安杰没好气：对！人家吃不了了，让咱家帮着吃！

江德福：你看你这个人，怎么这么不知好歹呢？

安杰：你看你这个人，见到不要钱的东西就眼开！你以为她这是来送肉哇？她这是来炫耀的！

江德福：人家炫耀什么？

安杰：炫耀什么？炫耀她儿媳妇儿孝顺她呗！炫耀她儿媳妇儿把她当亲妈呗！

江德福：这有什么不好的？这说明咱们亚菲做得好！也说明咱们教育得好！

安杰：这个死丫头，自己的亲妈过六十六的时候，也没见过她的一刀肉！

江德福笑了：原来你是因为这个呀！是在吃女儿的醋呀！人家亚菲原来不是不知道吗？不是刚听说的吗？

安杰：你倒挺会替她打马虎眼！其实，我不光是因为这个！

江德福：还因为什么？

安杰：你没听她刚才说话有多气人！什么你们家吃饭的人多，我们家吃饭的人少！好像我们家的人都是饭桶似的！还有，什么他们家的人应酬多，经常在外边吃饭！

江德福：人家亚菲和海洋就是经常在外边吃饭嘛，人家他们家就是经常不开伙嘛！这有什么不服气的！

安杰：这有什么可炫耀的呢？

江德福：人家哪炫耀了？人家好心好意地给你来送块肉，看你这毛病多的！

安杰：看你傻的！什么也看不出来，就看见这块儿肉了！

江德福：安杰呀，不是我说你，你知道你最大的问题是什么吗？

安杰没好气：是什么？

江德福：是聪明反被聪明误！

第四十一集

1 白天 安杰家院子

江德福买油条回来,见江卫民正在扫院子。

江德福:把那几个烂花盆扔掉!

江卫民:哎,我知道了。

2 白天 安杰家楼下

江德福进家,见许红正弯着腰在拖地。江德福笑了。

3 白天 安杰家厨房

安杰在做早饭,江德福进来了。

江德福小声地:看样子骂一顿,还是有效果的。

安杰:光看这一天可不行!

江德福:那以后你就经常骂着他们点儿!

安杰:你倒不傻!好人你来当,让我做恶人!

江德福:你以为好人那么好当?是谁都可以当的?

安杰不高兴地瞪着他。

江德福笑了：当然了，恶人也不好当！当起来也挺辛苦的！

4　白天　菜市场

安杰在买菜，被一个铁皮房外贴着的小广告吸引。

小广告：本人欲转让一处干洗店，地处黄金地段，设备高档齐全。有意者，请拨打139××××××××找谢先生。

安杰跑进铁皮房内，向卖烧鸡的人借纸和笔。

安杰：小伙子，借我纸和笔使使，我记个电话号码。

5　白天　安杰家客厅

江德福在沙发上看报纸，安杰进来。

安杰：你让开点儿，我打个电话。

江德福：给谁打电话？

安杰不理他，照着纸条拨号：哎，是谢先生吗？

江德福放下报纸，认真地听着。

安杰：你好！我刚才看到你贴的广告了。对，对，我想问一下具体地址和具体价钱。噢，这么贵呀？噢，噢……

安杰放了电话，江德福迫不及待。

江德福：这是谁呀？你想干什么呀？

安杰：我看中了一个洗衣店，我想把它给盘下来。

江德福：什么？你想干什么？你想开洗衣店？

安杰：不是我想开洗衣店，是我想帮着那两口子开个洗衣店！

江德福：他俩行吗？

安杰：他俩再没有文化，再没有本事，开个洗衣店，洗洗衣服总还可以吧？这年头工作哪那么好找？人家大学生都用不完，谁还用两个高中生！而且，都那么大年纪了。而且，还这山望着那山高的！技术活干不了，力气活不爱干的！咱们帮他们开个洗衣店，让他们自己当老板，自食其力地养活自己，总还是可以的吧？

江德福点头：噢，不错，听着是不错。

安杰：那我们下午就过去看看去！实地考察考察去！

江德福：用不用叫上他俩一起去？

安杰：不用！叫他们去干吗？咱们看上了就行！

江德福：我看还是要跟他们商量一下，毕竟是他们干，不是我们干。

安杰：让他们当现成的老板还不好吗？有什么可商量的！再说了，你让他们跟着去，万一要是谈不成，他们能高兴吗？能不埋怨你吗？

江德福点头：行！听你的！你说了算！

6 白天 马路上

出租车上，江德福坐在前边，安杰坐在后边。

江德福回过头来：三十万是不是太多了点儿？

安杰：不多！

江德福：怎么不多？看你说得这么轻巧！不多你能拿出来吗？

安杰：坐你的车吧！回去再说！

江德福：干吗要回去说？现在不能说呀！

安杰把脸转向车外，不再理他。

7 白天 干休所大门口

老两口下了车，进了院。

安杰：说吧！现在可以说了！

江德福：说什么？什么可以说了？

安杰：转让费呀！那三十万的转让费可以说了。

江德福：刚才为什么不能说？

安杰：你守着个生人，说什么钱哪！再说了，说的还是拿不出来的丧气话，你不嫌丢人哪？

江德福：这有什么丢人的？我就是没有三十万嘛！我就是拿不出来嘛！

安杰：拿不出来，你也没必要当着外人说呀！

江德福：我又不认识他，说说怕什么？

安杰：你不认识他，你不认识自己的自尊心吗？

江德福：闹了半天，你是放不下自己的臭架子呀！在外人面前，还要端着有钱人的架子！你是有钱人吗？

安杰：曾经是过！

江德福：还曾经是过！你现在又敢提曾经了！你忘了你过去了？

安杰：我过去又怎么了？

江德福：过去别人一提你是有钱人出身，你就吓得脸蜡黄！

8　白天　安杰家楼下

江德福进家，听见卫生间里水在哗哗地流。他走过去，见安杰正挂着拖把发呆。

江德福几步上前，将水龙头拧死：这水不要钱哪？你让它这么流。

安杰笑了：看你会过的！看你小气的！

江德福：我这穷人哪能跟你这有钱人比呀？你多有钱哪！你在这儿发什么呆呀？是不是让那三十万愁的？

355

安杰叹了口气：唉，你别这么跟我说话，你不愁哇？

江德福：我没钱，我愁情有可原！你那么有钱，你还愁什么？

安杰不高兴了，白了他一眼，又拧开了水龙头。

江德福：你干什么？

安杰：我拖把还没涮完呢！

9　晚上　楼上卧室

江德福在吃药，安杰哼着小曲进来了。

江德福：还哼上小曲了！怎么，钱有着落了？

安杰：你看不成我的笑话了！我有办法了！

江德福：你有什么办法？

安杰：我要搞集资，我要向孩子们集资！这下可显出孩子多的好处了！早知这样，当初还不如再多生几个，当当排长呢！

江德福：你可真能！连这么危险的办法你都想出来了！你不知非法集资犯法呀？

安杰：我向自己的子女们集资，犯了哪家的法了？

江德福：虽然不犯法，但传出去不好听！你这个资本家的大小姐，为了区区三十万，向这个张口、向那个伸手的，你不嫌丢人呢？

安杰：我是他们的妈，有什么丢人的！

10　白天　安杰家客厅

安杰抱着电话、对着电话本在打电话：卫国吗？我是妈妈呀……

11　白天　走廊里

许红从卫生间出来，听见婆婆在打电话，就站在那儿听了起来。

安杰的声音：我跟你爸爸看上了个洗衣店，对！就是洗衣服的店！对，正好人家想转让，我们想盘下来，让卫民两口子去干。对，他们不是都下岗了吗？也找不到合适的工作，正好开个洗衣店，好歹也能养家糊口哇，你说是不是？

许红的脸沉了下来，进了自己房间。

12　白天　江卫民房间

江卫民正在呼呼大睡，许红上前摇醒了他。

许红：睡！睡！你一天就知道像猪一样呼呼大睡！你快起来吧！你快出去听听吧！你妈给盘了个洗衣店，让你去给人家洗脏衣服呢！

江卫民清醒了，声也高了：什么？你说什么？

许红没好气：你耳朵聋了？听不见哪？你妈要让你当用人！去给别人洗衣服！洗脏衣服！

江卫民下了床。

13　白天　干休所院内

江德福碰上了江亚菲：干什么去？

江亚菲：回家去。

江德福：回哪个家？

江亚菲笑了：回你家！

江德福：回我家干吗？

江亚菲：我也不知道干吗，是你家属打电话叫我回家的。

江德福：噢，我知道了。我劝你别回去，回去也没好事。

江亚菲：怎么了？家里又打架了？

江德福：快了！快打起来了。以前报纸的社论上是怎么说的来着？形容快打起来的时候？

江亚菲想了想：是不是山雨欲来风满楼哇？

江德福：对对，就是这句诗！咱们家也快山雨欲来风满楼了。

到家门口了，江亚菲推开了大门：是吗？什么事呀？

屋子里传来吵吵声，好像是安杰和江卫民。江德福和江亚菲对视了一眼。

江德福：怎么样？我说什么来着？

14　白天　安杰家客厅

安杰抱着电话坐在沙发上，江卫民抱着胳膊倚在门上，许红躲在门外。

江卫民：反正我不去给别人洗脏衣服！谁爱去谁去！谁爱洗谁洗！

安杰：又不用你洗！都是机器洗！

江卫民：机器能自己洗吗？还不得我帮忙！

安杰：你帮忙怕什么？你为什么不能帮忙？

江卫民：我怕丢人！行了吗？这个理由可以吧！

安杰：靠自己的双手，靠自己的劳动所得吃饭，有什么丢人的？

江卫民：你不嫌丢人我嫌丢人！是我干又不是你干！

安杰：想不到你江卫民眼光还挺高的！还这山望着那山高！

江卫民：这有什么错吗？这也没什么错呀？毕竟人往高处走，水往低处流嘛！

安杰冷笑：哼！就你们那两股水，顶多洗洗衣服罢了！你们还想流到哪儿去！难道还想流到金水桥下边去吗？

15　白天　院子里

江亚菲对父亲摇头：听听！听听！这就是你家属的不对了！

江德福也摇头：我也没说她对呀。

里头传出许红的声音：有你这么说话的吗？你也太伤人了！

江亚菲：哎呀，糟了！麻烦了！

江亚菲跑着进家，江德福倒不急不慢的。

16　白天　客厅

许红站在丈夫身边，情绪激动。

安杰的情绪也很激动：我在跟我儿子说话，我跟你说话了吗？我伤你什么了？

许红：他就是我！我就是他！说他就是说我！我不爱听！

安杰：你不爱听？你不爱听你可以不听！我是说给你听的吗？用得着你跳出来！

江亚菲挤了进来：妈！你就少说两句吧！

安杰：我为什么要少说两句？这里是我的家，我爱说多少句就说多少句！

许红：我们知道这儿是你的家！你用不着时时刻刻挂在嘴边！

江亚菲回过头去，不满地望着她：你也少说两句吧！

许红：我们在这儿连说话的份儿也没有吗？也太欺负人了吧！

江亚菲冷冷地：谁欺负你了？

许红：你没看见吗？你没听见吗？

江亚菲：她是长辈，说你们两句，你们听着不就得了？干吗要一句接一句地顶？

许红：你还说我？你有什么资格说我！平时数你顶得厉害，你还有脸说别人!

江亚菲火了:江卫民!你从哪儿找的这不知好歹的老婆呀?怎么连好赖话也听不懂呢?

许红:江亚菲!你少在这儿挑拨离间!

江亚菲冷笑:不错呀,你还知道什么是挑拨离间,你还知道什么?

江卫民:你也少说两句吧!还让别人少说两句!

江亚菲:原来你没哑巴呀?你会说话呀?刚才你老婆跟妈那么说话,你怎么不出声呢?怎么不说话呢?就由着她那么顶撞长辈吗?真是少教!

江卫民:你别在这儿来劲了,你是饱汉不知饿汉饥!你要是像我们一样,我看你还能不能这个样儿!

江亚菲:江卫民,我就是饿得要死了,我也不会跑回来为难父母的!

江卫民火了:江亚菲!你太过分了!你欺人太甚了!我要是像你似的,沾了父母这么多光,我才不会跑回来受这个窝囊气呢!

江亚菲也火了:江卫民!我要是你,我就说不出这种不要脸的话来!你不要以为你在这个家受了多少委屈,吃了多少亏!你现在这个样子,怨不得别人,要怨就怨你自己!怨你的运气不好,怨你的命不好!那年,让你在岛里当兵,是你自己不当的!你说你在岛里待够了,不想再待了,有这事没有?转过年,你再想当兵,就没有机会了,你只能去上山下乡接受贫下中农的再教育了。当初让你回老家去下乡,不是没有征求你的意见,是你自己同意的吧?你回老家去下乡,第二年就到县拖拉机厂去当工人,也是你自作主张的吧?当初妈不让你留在那里,让你在农村再待一段时间,找机会再回来工作,是你自己不干的吧？这都是有据可查的，你写的那些信还都在，白纸黑字还都存在那呢！用不用咱们找出来看看？

江卫民：……

江亚菲：不知从什么时候开始，你倒变成这个家里的替罪羊了！好像你去上山下乡，吃了多少苦，受了多少罪似的！好像上山下乡耽误了你大好前程似的！人家有那么多人上山下乡，人家怎么就能大有作为、出人头地呢？你怎么就不能呢？家里人觉得你一个人留在老家，生活得不宽裕，都在尽量地帮助你，又给你带孩子，又给你寄钱的，你不但不知足，不心存感激，反而还感到委屈了！好像家里人都欠了你似的！今天咱们在这里索性把话说开了，说清楚。你跟我们说说，这个家里欠了你们什么？你们又为这个家付出了什么！

江亚菲望着江卫民两口子，安杰也解气地望着他俩。

江卫民不说话，许红更开不了口了。这个时候，江德福进来了。

江德福做总结：行了，今天就到这儿吧。你俩先回自己屋去，好好地想一想，反省反省。

江卫民和许红趁机走了。

安杰不满地：你干什么你？用得着你来作总结发言？刚才你干什么去了？你躲到哪儿去了？

江德福：我就在外边坐着，听亚菲的政府工作报告。

江亚菲笑了：怎么样？还算精彩吧？

安杰抢答：亚菲呀！真是太精彩了！你说得真是太好了！说出了我憋在心里多少年的话，你真给我解了气！

江亚菲：是吗？我有这么厉害吗？

安杰：你当然厉害了！我都奇怪了，你都气成那样了，怎么没被气糊涂，反而越气越清楚，越气越有条理，越滔滔不绝了呢？

江亚菲得意地：这你就不知道了吧？别人是越气越糊涂，我是越气越清醒！我不是一般的人，我是特殊材料做成的人！

安杰笑了：越说你胖，你越喘上了！

江德福叹息：唉！真是青出于蓝胜于蓝哪！

江亚菲也叹息：唉！真是几家欢乐几家愁哇！那两口子在干什么呢？不会在哭天抹泪吧？

安杰：哭天抹泪也是自找的！不知天高地厚！不知自己几斤几两！

江亚菲：妈，你别这样说话，听起来像个后妈。

安杰：我又不是没当过后妈！

江德福"哼"了一声，江亚菲笑了，安杰也笑了。

江亚菲：妈，你就别再强求他们了，他们不愿开，千万别勉强他们干。

安杰：那你说让他们干什么好？

江亚菲：你既然给他们集资了三十万，就让他们用这笔钱自己去创业。至于干什么，让人家自己选择。

江德福：我看开个茶馆挺好的，一壶大红袍，能卖三百八呢！

17　白天　安杰家院子

安杰在晾晒大米，江德华抱着一盆咸菜来了。

江德华：你在干什么？

安杰：大米招蛾子了，我晒晒它！

江德华笑了：你现在会过日子了！

安杰：你这是在夸我吗？

江德华：我不是在骂你吧？你忘了你过去，见大米招虫招蛾子了，就要扔掉，说不敢再吃了。

安杰：那是哪个年代的事了？我现在可不这样了！我连一粒米也不舍得扔了！

江德华：要不说你会过日子了嘛！

安杰：你那是拿的什么？

江德华：我在电视上学会腌泡菜了，挺好吃的，让你们也尝尝！

安杰：就给这么点儿，够谁吃的！

江德华笑了：你不但会过了，还贪财了！过去你可不这样，别人送来东西，你都不好意思要！人家送来一升，你偏要还给人家一斗！

安杰：就是！过去我们那个时候多廉洁呀！哪像现在的人，什么都敢收！什么都敢要！

江德华：后悔了吧？什么也没收，什么也没要。

安杰：我才不后悔呢！这么干干净净地过一辈子，多好！

江德华：就是！要那么多钱干什么？又花不完，又担惊受怕的！

18　白天　茶馆

茶馆已经装修得有些眉目了，看着就很豪华。

安杰不满地：装这么豪华干什么？

江亚菲笑着：要不一壶茶怎么能卖三百八？

江德福：这里可比那里高级多了，一壶茶怎么也得比那卖得贵！

江亚菲：看！奸商的嘴脸出来了吧？

安杰不满地看了她一眼，江德福高兴了。

江德福：看！你妈不高兴了吧！

安杰：我不高兴什么了？

江德福：不高兴她这样说我。

安杰：她说得对，你做得也对，无商不奸嘛！

江亚菲：看，怎么样？还是老牌资本家厉害吧！

安杰：去你的！哎，那两个人呢？

江亚菲：谁呀？你说哪两个人？

安杰：开茶馆的老板和老板娘呗！

江亚菲笑了：人家两口子现在可忙了，全市所有茶馆差不多都跑遍了，到处取长补短呢！

安杰叹了口气。

江亚菲：你又叹什么气？

安杰：唉，我担心哪！我这心里七上八下的！这要是搞砸了，我集资的那三十万，可怎么还哪！

江德福：呸呸！你这乌鸦嘴！还没开张呢，你就咒它搞砸了！

19　白天　干休所院内

安杰漫无目标地走着，碰上了老丁。

老丁上下打量着她：你怎么了？

安杰：我怎么了？我没怎么呀。

老丁：怎么看着失魂落魄的？

安杰笑了：你的眼可真毒！你应该到街上算命去。德华在家干什么？

老丁：还能干什么？在家腌泡菜！搞得家里一股子泡菜味！

安杰抽了抽鼻子：岂止你们家有泡菜味，连你身上都有股子泡菜味呢！

老丁也抽着鼻子闻自己：哪儿呀？我怎么闻不到？

安杰笑了：你是只缘身在此山中！

安杰走了，老丁望着她的后背自言自语：有文化就是好哇！还知道只缘身在此山中！

20　白天　广场上

安杰来到广场上，精神好多了。

正在跳扇子舞的葛老师跑了过来：哎，你怎么来了？你可是这儿的稀客！

安杰：我这个稀客来看看你这个常客！

葛老师：以后你也来活动活动吧，光闷在家里干什么！

安杰：我哪有你这福哇！家里有干不完的事。

葛老师：你让儿媳妇儿干嘛！

安杰：她？别说她懒得不愿干，她就是愿意干，我还看不上她干的活呢！擦个地，像猫舔脸似的。

葛老师笑了：你的要求也太高了，猫舔脸就猫舔脸呗！总比不舔强！

安杰：我跟你可不一样，我是宁愿她不舔！看着她拖的地我就生气！

葛老师：你的气也快生到头了，他们不是要搬出去住了吗？

安杰看了她一眼：是呀，这还要感谢海洋呢！

葛老师：感谢他什么，他那套房子空着也是空着，有人住更好，添点儿人声！哎，他们什么时候搬？

安杰：快了，就这几天吧。茶馆马上就开张了，他们搬过去就方便了。

葛老师：哎，他们茶馆里有咖啡吗？

安杰：看你说的！茶馆就是喝茶的地方，喝什么咖啡呀！不伦不类的！

葛老师：有什么不行的？中西合璧嘛！哎，咱俩好多年没在一起喝咖啡了吧？

安杰点头：是啊，是有年头了。咱们最后一次喝咖啡还是你结婚离开岛上的时候。

葛老师也点头：真快呀！这日子真不经过，一眨眼就二十多年过去了！

安杰叹了口气：唉，我们都成老太婆了！

葛老师笑了：想当年，我们俩第一次在你家喝咖啡的时候，我俩多年轻啊！还，还……

安杰：还什么？

葛老师有些难为情：还都那么漂亮！

安杰笑了：这有什么说不出口的？我们那时就是漂亮嘛！

两个老太太放声大笑，把树上的鸟儿都惊飞了。

葛老师：到我们家喝咖啡去吧？

安杰诧异地看着她。

葛老师：你别这么看着我，难道在我家就不能喝咖啡吗？

安杰：谁说在你家不能喝咖啡了？

葛老师：那你这么看着我干吗？

安杰：我怎么看着你了？

葛老师：你就这么看着我！好像，好像，好像我家就不配喝咖啡似的！

安杰笑了：你现在是毛病越来越多了！年轻的时候，你可不这样！

葛老师：你还说我！你也变了！你也变得跟年轻的时候不一样了！

安杰：我哪不一样了？

葛老师：我也说不上来，反正你就是不一样了！

安杰：是吗？我怎么不觉得呢？

葛老师：你这是只缘身在此山中！

安杰笑了：这话我刚说过老丁。

葛老师：你为什么说他？

安杰：因为他一身的泡菜味！

葛老师笑了：自从电视上教了怎么腌泡菜，这里好多人身上都是泡菜味！

21　白天　葛老师家院子

安杰坐在葡萄架下的藤椅上，四下打量着，面露奇怪的神色。

葛老师端了套精美的咖啡杯具出来，安杰上下打量着她，似乎更奇怪了。

葛老师：你为什么这样看着我？

安杰：葛美霞，葛老师，这里的一切，怎么让我有似曾相识的感觉呀？

葛老师笑了：你有这种感觉就对了！

安杰越发奇怪了：为什么？

葛老师：为什么？你没觉着我家很眼熟吗？

安杰点头：是呀，要不怎么说有似曾相识的感觉呢？

葛老师叹道：安杰呀，安老师，你真是老了，真是迟钝了！这么多年了，愣是一点儿也没看出来？你真的什么也看不出来吗？

安杰：你说什么呀？你什么意思呀？我没看出什么来？你家难道还有什么秘密吗？

葛老师：有秘密，当然有秘密了！你看，这里是不是跟你在岛里的院子很像啊？这葡萄架，这藤桌藤椅，这果树，这菜地，是不是你岛里院子的翻版呢？

安杰恍然大悟：还真是呢！真是这样呢！怪不得我觉得这么眼熟呢！

葛老师：我一直都很纳闷，纳闷你为什么一直都没发现，都没看出来！

安杰：每次上你家，不是这个事，就是那个事的，反正都是有事。来了就说事，说完事就走，哪有这闲心情仔细看你家的院子！要不是坐在这儿等着喝咖啡，我还看不出来呢！

葛老师摇头：可见咱们的关系还不如从前呢。

安杰笑了：咱们都成亲家了，怎么不如从前！哎，你的咖啡呢？怎么还端不上来？

葛老师有些得意：你别着急呀！我现在的咖啡，比你过去的咖啡可强多了，我用的是咖啡豆，是现磨现煮的！可香了！

安杰撇着嘴笑了：原以为你不过是鸟枪换炮了，哪想到都换成原子弹了！

葛老师：哎呀，好了，都有香味了，我去端来去。

22　白天　葛老师家

葛老师从咖啡机上端下来煮好的咖啡，她似乎又想起了什么事，放下咖啡，跑进了客厅。再出来时，手里多了纸巾盒。

23　白天　葛老师家院子

安杰和葛老师陶醉地品着咖啡。

安杰：哎呀，真是恍如隔世呀！

葛老师：就是！就好像又回到岛上你们家了！我第一次闻到咖啡的香味，我就在心里想，这是什么日子呀？这是神仙过的日子吧？我什么时候能过上这种日子啊！

安杰：你这不是过上了吗？

葛老师点头：是呀，虽然晚了些，但我毕竟还是过上了！

安杰：行了！你就知足吧！

葛老师：是呀，我已经很知足了！我年轻的时候，心里只有一个目标，什么时候能过上安老师那样的日子，哪怕是只过一天，我活得也值了！

安杰笑了：我的日子就那么好吗？值得你这么羡慕？

葛老师叹了口气：安杰呀！你真是身在福中不知福呀！咱俩的出身都不好，可你这一生是怎么过来的？我这一生又是怎么过来的？人比人，真是能气死人哪！

安杰笑得更欢了：让你这么一说，我都有点儿惭愧了，我是有点儿身在福中不知福啊！

24　白天　茶馆

茶馆开张了，门前摆了许多花篮。王海洋在门前抽烟。

一辆面包车来了，王海洋赶紧丢掉了香烟。

江亚菲先跳下车来：你接着抽哇，扔了多可惜！

王海洋笑了，跑上去拉车门。江德福、安杰、老丁、江德华、王副政委、葛老师等人下了车。

王副政委掐着腰，望着门匾：春来茶馆？这不是人家阿庆嫂开的茶馆吗？这是谁起的名字？简直是公开地剽窃！

江亚菲：爸爸，这是您儿子王教授起的名字！

大家都笑了，王副政委不说话了。

老丁：先别说这名字，你们先看看这字吧！怎么样？有点儿大家风范吧？

江亚菲：可不是嘛！要不是您的印章在那儿碍眼，别人肯定以为是范曾的字！

老丁不好意思了：哪有那么好，哪比得了人家范曾的字！

江德华：你姑父为了写这几个字，练了整整一个星期呢！光宣纸就用了一大摞！

江亚菲：姑姑，你别跟我说，你去跟江卫民说！

江德华：你俩是双棒，跟谁说不一样！

江亚菲：我俩人是双棒，但是钱包可不是双棒！

江德华：宣纸一直都是你供的，我不跟你要，跟谁要！

江亚菲：我可真倒霉，让你们给赖上了！

25　白天　茶馆内

大家坐下，许红拿着茶单站在一旁。

许红：妈，你们喝点儿什么呀？

安杰：你的业务可不行！你不给我们上茶单，我们怎么点茶？

许红笑了，双手递上茶单：可不是嘛！我太紧张了。

安杰：紧张什么！开茶馆的人，要眼观六路、耳听八方才行！

江亚菲：妈，你这也属于剽窃！这是人家阿庆嫂说的，小心人家告你侵权！

安杰：阿庆嫂能说，别人就不能说了？

江德华：你娘俩别斗嘴了！快点儿点吧，我真有点儿渴了。

安杰：你想喝什么？

江德华：老听你们说大红袍大红袍的，让我也尝尝大红袍吧！

老丁：你喝这么贵的茶干什么？自家的茶馆，你省着点儿吧！

安杰：省什么呀！又不差咱们这一口！喝！就喝大红袍！

江德福：行！大红袍就大红袍！

安杰：你是这儿的老板吗？你行个什么劲儿！

江卫民满头大汗地回来了。

老丁：掌柜的，喝你的大红袍了！

江卫民：姑父，你们敞开喝！喝极品的大红袍！

江德华：那得多少钱呢？

江卫民：姑，你们喝不要钱！

江德福：我知道我们喝不要钱！我问别人喝要多少钱！

安杰指着茶单：喏！这上边写着呢！一壶三百八！

江德福：怎么才要三百八呢？应该多要点儿！

茶上来了，大家品茶。

老丁放下茶杯：嗯，好茶！不愧是极品茶！

江德华：我怎么喝着都一个味呀？

老丁：这么好的茶，让你喝都可惜了！

安杰又撇嘴。

江亚菲小声地：妈，你又撇嘴！你注意点儿！

安杰扭头看了她一眼，见江亚菲端着茶杯，还翘着兰花指。

安杰的嘴又撇开了：你自己注意点儿就行了！你以为你翘着兰花指好看哪？你知不知道旧社会都是什么人翘兰花指？

江亚菲：什么人？

安杰：戏子！戏子们！

江亚菲望着自己的兰花指：怎么好东西都让唱戏的给占上了？怎么就不给我们良家妇女留下一点儿呢？

26　白天　安杰家楼下

安杰手忙脚乱地在换鞋，大喊：哎！你快点儿！没听见亚菲都按喇叭了吗！

江德福从客厅出来：我还去吗？还用我去吗？

安杰不满地盯着他。

江德福：我的意思是，你到车站去迎接他们，我在家里等候他们。

安杰：为什么要这样？

江德福：这是国际惯例！你没看电视上吗？都是副总统去机场迎接，总统都在总统府里等着。

安杰：你是总统吗？这里是总统府吗？

江德福：我是打比方，大体是这个意思。

安杰沉下脸来：你到底去不去？

江德福：我去！我去！我去还不行吗？

安杰：哼！你这个人，就是牵着不走，打着倒退！

江德福：我哪是倒退呀，我这不是前进嘛！

27　白天　院门口

江德福和安杰上了车，江亚菲发动起来车。

江亚菲：你俩干什么呢？这么长时间！

安杰：问你爸！

江亚菲：怎么又是你？你怎么老拖别人的后腿呢！

江德福：我在跟你妈商量，她去车站接，我在家里等，你妈不干。

江亚菲：为什么呢？

江德福：谁知道她为什么，你问她。

江亚菲：我干吗要问她？我问你！你为什么不去车站接呢？

江德福：他们来，哪用得着我亲自到车站接呢？

江亚菲：你为什么就不能亲自到车站去接呢？请问，您是谁呀？

江德福：我是你爸！我还是堂堂的守备区司令。

江亚菲：您是我爸这倒不假，但您早就不是什么司令了！您早就解甲归田了！我们叫你们一声老首长，那不过是个尊称，您千万别当真！如果您真还把自己当首长了，还摆着首长的谱，那可就闹笑话了！

安杰在后边笑了起来。

江德福回过头去：你笑什么？

安杰：我笑你！不但把自己当首长了，还把自己当总统了！

江亚菲惊叫：是吗？这是真的吗？爸爸。

江德福：别听你妈胡说！她这是断章取义！

江亚菲：这么说，你还是说过类似的话，才让人家揪住了辫子！

江德福：好好开你的车吧！开车不要说话！

江亚菲：我再说最后一句话，我劝你不要在我姨父面前摆架子，尤其不要摆你首长的架子！

江德福：我还用在他面前摆架子？我什么也不用摆，那个老欧在我面前自然就矮三分！

江亚菲：那可不一定了！太不一定了！

江德福：不一定？不信咱等着瞧！

江亚菲：不用等！马上就能见分晓！

28　白天　火车站站台上

火车进站了，安欣和欧阳懿站在车窗前向下边招手。

江亚菲：哎呀我姨父，更洋气了！

江德福：洋气什么呀？有什么洋气的！

江亚菲：爸，我友情提醒你一句，在我姨父面前，你要有一颗平常心。

安杰：对，亚菲说得对！你不要跟人家攀比，尤其不要跟人家的穿戴攀比！

江德福：我跟他攀比？我跟他攀比什么了？

安杰：人家穿睡衣，你也非要穿！

江亚菲：就是！人家穿着睡衣睡觉，你穿着睡衣到处乱窜！

江德福生气了：你俩今天这是怎么了？怎么老是一唱一和地欺负我？

江亚菲搂着江德福的胳膊：爸爸，我们哪敢呢！我们就是有点儿担心你！

江德福：担心我什么？

江亚菲：担心您在青岛人面前出洋相！

江德福更生气了，使劲抽出自己被江亚菲搂着的胳膊。

江德福：你离我远点儿！

江亚菲哈哈大笑起来。

火车门开了，安欣先下来了：亚菲，你这是笑什么呢？

江亚菲笑容满面：亲爱的姨妈！我这是高兴的，见到您高兴的，想不笑都不行!

安杰也笑了:你听她胡说八道。

安欣也笑了:我就愿听亚菲说话,胡说八道也好听,哎呀,你怎么也来了?这规格也太高了!

江德福:老欧怎么还不下来?

安欣:他把他的帽子落下了,又回车厢里拿去了!

安杰:这个天戴什么帽子!

安欣:谁说不是呢?他偏要戴!你能怎么着他?

江德福一语双关:他那是帽子还没戴够!

安杰在一旁扯他的衣角。

江亚菲趴在他耳边:爸,你是不是也想戴帽子了?

江德福眼一瞪:我想戴什么帽子了?

江亚菲:你忘了祸从口出了?

江德福推开她:你离我远点儿!

江亚菲退后一步:这么远行吗?

江德福:再远点儿!

欧阳懿戴着礼帽出现了,江亚菲笑出声来。

安杰制止她:你这丫头,老笑什么!

安杰自己也笑开了,安欣有些难为情了:这帽子很难看吧?我不让他戴,他偏要戴!

江德福认真地:我看挺好看的!什么时候我也去买他一顶戴戴!

欧阳懿下来了,江德福迎了上去。

江德福伸出手来:欢迎欢迎,热烈欢迎!

欧阳懿直接伸开双臂,拥抱了江德福。江德福不太习惯,挣脱了他的拥抱。

江德福：你别这样！我还有点儿不习惯！

安杰：人家这才是真正的国际惯例呢！

欧阳懿向亚菲张开了双臂，江亚菲拥抱了姨父。

江亚菲：姨父，让你一比，我们都成乡下人了！

欧阳懿：乡下人也是人！

江德福：你倒挺平易近人的！

江亚菲：哎呀！姨父！您可真时尚啊！还背着电脑来了！

欧阳懿：我现在在炒股，一刻也离不开这玩意儿！

安欣撇嘴：你光炒股离不开它呀！

江亚菲好奇地：还有什么离不开它？

安欣：你问他！问你姨父！

江亚菲：姨父，你还用电脑干什么？

欧阳懿直摆手：别听你姨妈胡说！

29　傍晚　安杰家餐厅

一桌子的饭菜，很丰盛。老丁和江德华作陪。

江德福亲自给欧阳懿倒酒：这茅台酒是特供的，专为人民大会堂特供的！

欧阳懿：什么特供！不就为了好卖钱嘛！现在茅台酒也不那么珍贵了，普通老百姓都能喝上了，旧时王谢堂前燕，飞入寻常百姓家了。茅台酒厂也不像过去那样当大爷了，他们也要想方设法地赚钱了！

江德福很扫兴，又不得不点头：对，你说得对。

安杰看了对面江亚菲一眼，江亚菲冲她挤了挤眼。这一切都被安欣看在了眼里。

安欣：你这人怎么这么不知好歹呀！

欧阳懿：我怎么又不知好歹了？

安欣：让你喝茅台就行了！你哪来这么多的废话！

欧阳懿：我说什么了？我不就说了点儿实际情况嘛！

安欣：实际情况用得着你来说！

欧阳懿：那让谁来说？

安杰：好了，你俩别吵了，快开始吧！

江德福没了情绪，都懒得站起来了。

江德福端着杯子：来！虽然不是什么好酒了，但我们的确是好心！我们实心实意地喝一个吧！

欧阳懿高兴地：喝！一口干！

老丁没喝干，欧阳懿不干了。

欧阳懿：你这没喝干，你想养鱼呀？

老丁只好喝干，欧阳懿讲评。

欧阳懿：嗯！这才有点儿当兵的样子！

老丁和江德福对视了一眼，都有点儿不高兴。

江亚菲站了起来：姨父姨妈，我们两口子敬你们一杯！

欧阳懿：亚菲呀，你们结婚也不请我们喝喜酒，我们对你们很有意见。

江亚菲笑了：那这杯酒就双管齐下，既是欢迎酒，又是赔罪酒！

欧阳懿：这可不行，得分开请，请两次！

江亚菲：没问题！请八次也行！来！干了！

欧阳懿一口喝干，王海洋恭维他。

王海洋：姨父好酒量！

欧阳懿一摆手：不行了！老了！想当年我在岛上当"右派"的时候，比这能喝多了！

桌上的人面面相觑，安欣都不好意思了：行啦！还没喝就醉了！提岛上干什么！你当"右派"有功啊？

欧阳懿：没有功也没有罪呀！"右派"怎么了，你以为谁都能当"右派"呀？那得有那个资格！

江德福点头：对，对对，我们是没这个资格！老丁，你说是吧？

老丁：是，没错。

大家都笑了，老丁举起了杯：老欧，来，为了你的资格，干一杯！

30 晚上 干休所院内

江亚菲和王海洋从家里出来，手拉手散着步。

江亚菲：我姨父逗吧？

王海洋：嗯，是挺逗的，有意思。

江亚菲：我挺喜欢他的，他人很单纯，很可爱！

王海洋：嗯，这种人在那种年代很容易吃亏。

江亚菲：这种人，在现在就不容易吃亏了？你看他今晚上把我爸妈烦的，连我姑和我姑父都烦他了！

王海洋笑了：连你姨都烦他了，一直在跟他吵。

江亚菲：他俩下了火车就开始吵了！上了汽车又吵，几乎是吵了一路！他俩这是怎么回事呀？

王海洋：我哪知道呀！

江亚菲松了手：你不是教授吗？你不是什么都懂，什么都知道吗？

王海洋笑了，伸出胳膊：挎上，挎上！

江亚菲挎上了他的胳膊。

王海洋幸福地：我特别喜欢你挎着我的胳膊走路。

江亚菲：为什么？

王海洋：这有点儿……有点儿小鸟依人的感觉。

江亚菲抽出了手，用力拧了他一下。

王海洋大叫：哎呀！

江亚菲：我还是小鸟吗？

王海洋揉着胳膊摇头：你不是。

江亚菲：那我是什么？

王海洋：你是老虎，母老虎！

31　晚上　楼上卧室

安杰躺下了，江德福坐在床边打饱嗝。

安杰：你吃多了？

江德福：我吃多了？我吃顶了！吃的东西都顶在这里，下不去！

安杰：怎么会下不去呢？

江德福回头望着她：你说呢？

安杰笑了：让老欧气的？

江德福：这个老欧，几年不见，怎么变成这德行了！

安杰：他本来就是这德行！还用变！

江德福：他以前可不这样，尤其是在岛上的时候！

安杰：那是什么时候？那是他落难倒霉的时候！他可不就老实了吗？

江德福：咱们上次去青岛的时候，他好像也不这样！

安杰：他那时还知道夹着尾巴做人，现在他的尾巴不用夹了！完全放开了！

江德福点头：说得没错，这家伙是变得无法无天了！

安杰：可不！再加上又有了几个臭钱，他就更不知道自己有几斤几两了！

江德福：我说我不去火车站接他吧，你偏不让！

安杰：这跟你接不接他有什么关系！

江德福：嗯，你不懂，这里关系可大了。我不到车站去接他，不给他那么高的待遇，他就不会这么张狂了！

安杰：那是你不了解他！不了解他们这种知识分子！他们这种人，越活越不懂事，越不懂事就越张狂。他们还把这当成个性，标榜自己这是放浪不羁！

江德福：什么不急？他不急什么？

安杰望着他不说话了。

江德福：你看你这个人，我在请教你呢！我在不耻下问呢！

安杰更生气了：你不耻下问？论文化，你在上还是我在上？

江德福：你在上！行了吧？

32　白天　楼上卧室

江德福躺在躺椅上烤周林频谱仪，听到楼下的吵吵声，坐起来竖着耳朵仔细听，安杰进来了。

江德福：他们怎么老吵架呀？

安杰：……

江德福：你姐是不是有病啊？

安杰：我姐有什么病？

江德福：她有更年期的病！

安杰笑了：她都多大了，还更年期！

江德福：我看她八成是转成慢性的了，治不好了！通过这几天的观察，我得出了一个结论。

安杰：什么结论。

江德福：他俩吵架，你姐姐是元凶，是罪魁祸首！每次吵架，都是她惹起的！我怎么觉得她在处处找老欧的碴呢？

安杰笑了：你觉得对了！她就是在处处找老欧的碴！

江德福：怎么样？我的感觉很准确吧？她为什么找老欧的碴呢？

安杰：唉！说来你可能都不信，老欧网恋了！

江德福：这我知道哇，他一来不就说了吗，他是个网迷，有网瘾！一天二十四小时随时上网。

安杰：你知道他上网干什么吗？

江德福：他不是炒股吗？不是网上能炒股吗？

安杰：你听说一天二十四小时随时上网炒股的吗？他在网上还干别的！这个不正经的东西！

江德福：他在网上干什么了？怎么就不正经了呢？

安杰：他在网上谈恋爱！跟一个叫漫漫长夜的女人谈恋爱！

江德福：什么？

江德福大吃一惊，猛地坐了起来，头碰到仪器上，烫得他龇牙咧嘴。

有人敲门。

安杰：进来。

欧阳懿推门进来：大白天关门干什么？

安杰：我们在说悄悄话！

欧阳懿：说什么悄悄话？

安杰：说什么悄悄话能告诉你吗？

欧阳懿点头：是不能让别人听到。哎，你烤完了没有？咱们不是要到茶馆去看看吗?

江德福:马上就完!你先下去等着我,我马上就下去,咱们马上就走!

欧阳懿:好,我在下边等你,你快点儿啊!

欧阳懿走了,江德福起来了。

江德福直摇头:我这个人就这点儿不行,还不够老练。

安杰:你怎么不老练了?

江德福:明明是他老欧作风有问题,我倒臊得不好意思看他的眼睛,你说这叫什么事呀!

安杰笑了:这说明你是个正派的好人!

江德福:哎,你说我能不能在茶馆里跟他谈一谈呢?

安杰:你要跟他谈什么?

江德福:我本着惩前毖后、治病救人的方针,拉他一把,好好帮助帮助他。

安杰点头:也行,你侧面敲打敲打他。

江德福高兴地:这没问题!找人谈话,敲山震虎是我的强项。不管是什么人,只要他到了我手里,他就什么也别想瞒!

安杰:什么呀!又不是让你去搞逼供信!人家都承认了,也认错了!

江德福:人家都认错了,你姐姐还不依不饶干什么?

安杰:哪个女人碰上这种事能轻易过去!你懂什么!你快下去吧!一会儿他又该上来了!

欧阳懿在下边大喊:老江,你快点儿!

江德福:这家伙,都敢用这种口气喊我了!

安杰:他都敢喊你老江了!

江德福：他不喊我老江喊我什么？

安杰：他以前都喊你司令！还是点头哈腰地喊。

江德福笑了。

安杰：你笑什么？

江德福：我笑你说他点头哈腰。

安杰：你是想起他从前点头哈腰的日子了吧！

江德福点头：都有，都有点儿。

安杰：行啦！你别点头哈腰的了，快点儿下去吧！

江德福站住了：我这一辈子，点头是可以的，哈腰是从来没有的！

安杰：我知道！我佩服你！行了吧！

欧阳懿又喊：你在干什么？还不快点儿！

江德福出了卧室门，又折回来：哎，那个跟他胡搞的女人叫什么来着？

安杰：叫漫漫长夜！

江德福：还有叫这个名的？

安杰：这是网名，都是假的！

江德福：假的还跟她瞎搞什么！

安杰瞪眼：真的就能跟她瞎搞了？

江德福笑了：我不是这个意思，我是说，怎么起了这么个假名，一看就不是好东西，就不正经！

33 白天 楼梯上

江德福下楼，欧阳懿在楼梯口仰望着他。

欧阳懿：你可真拖拉，还是个军人呢！

江德福：是去喝茶，又不是行军打仗！你们这些人，就是沉不住气！干什么都心急火燎地往前冲，所以吃亏的总是你们！

欧阳懿点头：你这话说得对，说得有哲理。

江德福笑了：我哪些话说得不对了！

34 白天 茶馆里

欧阳懿差点儿被烫着，一口茶喷了出来。

江德福：你慢点儿！你没喝过好茶呀！

欧阳懿：你听谁说的？

江德福：要让人不知，除非己莫为。你就说有没有这事吧？

欧阳懿：你别听她们胡说八道！我连那个漫漫长夜的面都没见过，我跟她胡搞什么了！

江德福不信：你没见过她？

欧阳懿：我哪见过她了？我甚至都不知道她是个男的还是个女的！她说她是个女的，我就暂且把她当个女的了！

江德福更不信了：你这是在蒙谁呢？你把我当傻子了？你跟外人胡搞，你都不知那人是男是女，那你还胡搞个什么劲儿！

欧阳懿急得站了起来：哎呀，我真是秀才遇到兵了，我真是跳进黄河也洗不清了！

江德福：你跳进黄河就更麻烦了，你就更黄了！

欧阳懿坐了下来，端起茶杯又喝了一口水：你听我跟你解释，是这么回事……

柜台里，江卫民正在计算器上算账，许红过来了。

许红：哎，你爸好像在教训你姨父。

江卫民笑了：一直以来，一直都是我爸在教训我姨父！

许红：凭什么呀？你姨父是个大知识分子，你爸是个大老粗，凭什么大知识分子被大老粗教训呀？

江卫民：你不懂！这是历史遗留的问题！

许红：我不懂，我不懂你家的事多了！

江卫民：你还不懂什么？

许红：我不懂你家该有地位的人没地位，该没地位的人有地位！我还不懂你们家该厉害的人不厉害，不该厉害的人却那么厉害！

江卫民：你懂什么呀？你在这瞎叫唤！该你操心的事不操心，不该你操心的事瞎操心！

江德福不信任地望着欧阳懿。

欧阳懿：你别这么看着我，我说的都是千真万确的！

江德福：没有了？就这些了？

欧阳懿：不就这些，我还能有什么！我用我的人格做担保！

江德福：我们正在怀疑你的人格呢，你不能用人格做担保！

欧阳懿认真地：那我用我的生命做担保！这总行吧？我要是还有别的，出门坐车让我撞死去！

江德福：哎，你可别这么说，一会儿我还要跟你坐同一辆车呢！

欧阳懿：总之我就是这个意思，用我的生命做担保！我就是跟漫漫长夜在网上虚拟的世界里亲密了一点儿，说了些不该说的亲热话！

江德福：那你也不应该！你是有老婆孩子的人，你甚至都是做了姥爷的人了，还跟别的女人说一些肉麻的话，这要是搁在以前，这就是流氓罪！

欧阳懿：这不是不是"文革"时期吗？这不都改革开放了吗？

江德福不高兴了：改革开放你就可以耍流氓胡搞了？

欧阳懿：谁要流氓了？我不是都告诉你我没有胡搞吗！

江德福：没有胡搞，也是在胡搞的边缘上了！今后你要注意了！

不能再犯了!

欧阳懿猛点头:是呀是呀,我哪还敢再犯哪!这就够我受的了!那个老太婆现在动不动就找我的碴,我真是受够了!

江德福:受够了你也要受着,谁让你找了这种麻烦!这是女人们最受不了的,她能那么轻易饶过你吗?

欧阳懿:你倒是挺懂女人的,怪不得那么有女人缘呢!

江德福:我有什么女人缘了?我又没有什么漫漫长夜的网友!

欧阳懿:安欣现在动不动就拿我跟你比,把我比得一无是处!

江德福笑了:那是她不对!你怎么可能一无是处呢?一个人总得有一点儿优点吧!

欧阳懿不爱听了:我就有一点儿优点?好吧,就算我有一点儿优点,我想请教阁下,你说我的优点是什么?

江德福有些为难了:你让我想一想,你这样猛地一说,还真把我给难住了。

欧阳懿的白眼珠都出来了,他动作一大,将桌子上的礼帽碰到了地上。

江德福想起来了:对了,你这个人穿衣打扮还是有一套的,起码比我强,尤其是你这个礼帽,戴起来就很有风度。

欧阳懿没好气地:穿衣服比你强还叫优点?

江德福笑眯眯地:那总不能算缺点吧?把礼帽让我戴一戴,我看我戴上是个什么样儿。

欧阳懿将礼帽推过去,江德福拿起来戴到了头上。

江德福:好看吗?

欧阳懿口气不好:好看!

江德福:你的态度不对嘛!

第四十一集

欧阳懿：有什么不对的？说你好看还不行啊！

江德福：有你这么夸人的吗？口气一点儿都不好！

欧阳懿：我这是在嫉妒你！这行了吧？

江德福摇头：这还是气话，还不行。

欧阳懿：那你到底想听我说什么？

江德福认真地：我想听你说实话。

欧阳懿也认真起来，他认真地打量着戴着礼帽的江德福，认真地点了点头：嗯，不错。

江德福：真的不错吗？

欧阳懿：当然是真的不错了，我骗你干吗？

江德福：那我也去买一顶戴戴？

欧阳懿点头：嗯，我看行。

江卫民走了过来，笑着：爸，你别说，你戴这帽子还挺有风度的。

江德福：真的有风度吗？

江卫民点头：真的有风度。

江德福：那好，我就去买他一顶戴戴！

江卫民：什么时候去？我陪你去，我来给你买，我来孝敬孝敬爸爸。

江德福高兴地站了起来：那就现在去吧，免得夜长梦多！

欧阳懿：什么夜长梦多？你是怕卫民变卦又不给你买了？

江德福：我干吗怕他不给我买？我又不是买不起！我是怕他妈知道了，不让我买！我来个先斩后奏，戴着礼帽回家，看她能把我怎么样！

江卫民笑了：嗯，我看这样行。

欧阳懿摇头：唉，就你的办法多，还总能化险为夷。

387

35　白天　安杰家客厅

安杰和安欣在客厅聊天。

安杰：哎呀，他们怎么还不回来？怎么谈这么久？会不会谈崩了，打起来了？

安欣：不会，他哪敢跟你们那口子打！

安杰：他怎么不敢？你以为他还是过去那个老欧哇？他现在什么不敢呀？

安欣不高兴了：那你让他跟他谈什么劲儿？有什么好谈的？你不嫌丢人我还嫌呢！你告诉他干什么！

安杰：哪是我告诉他的？是人家自己看出来的！是他追着我问的！

安欣叹了口气：唉，你看看人家，表面上看大大咧咧的，实际上这么心细！老欧跟人家没法比！

安杰忍住笑：男人心细有什么好！天天追着你屁股后边这个那个的，烦都把你烦死了！

安欣望着她，安杰笑了。

安杰：我这是不是有点儿王婆卖瓜了？

安欣：岂止是自卖自夸！你简直就是在故意气我！

安欣站了起来。

安杰：你干什么去？

安欣没好气：我上厕所！

外边大门响了，安欣看了一眼，咯咯笑出声来。

安杰：你笑什么？

安欣：你自己看吧！

安杰站起来,向院子里张望,看见了戴着礼帽回来的江德福。江德福后边是也戴着礼帽的欧阳懿,欧阳懿后边的江卫民,头上竟然也戴了顶礼帽。

安杰倒吸了一口冷气,安欣哈哈大笑。

安杰拉着脸:你笑什么?

安欣更笑了:你不觉得好笑吗?

安杰:有什么好笑的!我家男人都让你家男人带坏了!

安欣笑得蹲到了地上。

安杰自言自语:真是和平演变哪!

安欣笑得坐到了地上。

第四十二集

1 晚上 安杰楼上卧室

安杰:让你去劝别人学好,没把别人劝好,倒让别人把你给带沟里了!你多能啊!多容易被拖下水呀!

江德福:我被谁拖下水了?我哪下水了!

安杰:你跟老欧都学什么好了?一会儿学他穿睡衣,一会儿又学他戴礼帽的!都是些资产阶级的生活方式!你哪还有点儿革命老干部的样子!

江德福:老干部应该什么样子?

安杰:老干部应该是艰苦朴素的样子!

江德福:我们都艰苦朴素一辈子了,黄土都埋到脖颈上了,你还让我们艰苦朴素?

安杰:艰苦朴素有什么不好?艰苦朴素是我党和我军的光荣传统!

江德福:我党和我军?你是我党和我军的什么人?你有资格说我党和我军吗?

安杰：我跟了你一辈子，耳濡目染地也该变成红色的了吧？我怎么就不能说我党和我军呢？难道那不是我们的党、不是我们的军队吗？

江德福笑了：想不到你的觉悟都这么高了，境界也挺高的了，要不你写份儿申请书，我介绍你入党得了！

安杰：我要是入党，也不要你来当入党介绍人！

江德福：这个世界上，还有谁比我更了解你？

安杰：你了解我，可我却不了解你！看你戴了个礼帽回来，我都快不认识你了！

江德福：不是我说你，你这个人落后于形式了，不能与时俱进了。我跟你说，时代在变，我们的观念也要跟着变，要不然你会落伍的！会被历史的车轮甩掉的！不光是你，还有你姐姐！

安杰望着他：我姐姐又怎么了？

江德福：你姐姐的心眼也太小了！人家老欧跟那个漫漫长夜又没怎么着，人家俩连面都没见过！不就是在网上聊聊天吗？再亲热不也白搭吗？你姐睁一只眼闭一只眼不就得了？假装看不见、假装不知道不就得了？都快七十的人了，还吃别的女人的醋，你说她有意思吗？

安杰用脚踢了他一下：你给你滚一边去！还说要去帮助教育老欧去，我看你是让老欧帮助教育了！帮助得黑白不分了！教育得胡说八道了！我看要让他们赶紧走！你不能再跟老欧待在一起了！你再跟他待下去，连你也要学坏了！

2 白天 干休所院门口

江德福和欧阳懿出去，碰上了扛着鱼竿回来的老丁。

江德福：钓鱼去了？

老丁点头，欧阳懿吃惊。

欧阳懿：这里还能钓鱼吗？在哪儿钓？

江德福笑了：看你大惊小怪的，哪儿不能钓鱼呀！就在前边不远，有一条河沟！

欧阳懿跑过去，看老丁提的袋子。

欧阳懿：钓了多少？让我看看！

老丁难为情地打开袋子，两条很小的鱼。

欧阳懿很失望：你怎么连这么小的鱼崽子也钓哇？这能吃吗？

老丁更难为情了：又不是我逼着它们上钩的！

欧阳懿：你可以放了它们呀！一点儿人道主义都不讲！

老丁不说话了，欧阳懿大发感慨。

欧阳懿：哎呀！要说还是岛上的鱼好钓呀！鱼那么厚，下钩就咬，下钩就咬，你钓都钓不完！

老丁无限向往：谁说不是呀！真想再去钓鱼呀！

欧阳懿：我也是！我也很怀念那里！

老丁上下打量他：你怀念那里什么？

欧阳懿：怀念的多了！山清水秀的环境，蓝天白云的空气，质朴讲义气的渔民。

老丁：他们就没歧视过你？没给你气受？

欧阳懿：刚去的时候有过，后来他们看我人不错，就对我很好了，很关照我，也很保护我！唉！有时候真想他们哪！

老丁：那还不好办？那就去一趟呗！

欧阳懿：真的？什么时候？

老丁：想什么时候就什么时候，这还不好说！

欧阳懿扭头对江德福：老江，咱们去一趟吧？上岛里看看吧？

江德福：看看就看看，这还不简单！

老丁：就是！现在的守备区政委是他小女婿，还不跟他在位时一个样儿嘛！

欧阳懿手舞足蹈：那就马上去！最好明天就动身！哎呀！哎呀！我老欧也"重上井冈山"，要故地重游了！

老丁小声对江德福：这话说得真是没数！

江德福点头：是没数啊！要不人家怎么有资格当"右派"呀！

3　白天　军舰上

军舰在全速前进，江德福、安杰、老丁、江德华、欧阳懿、安欣、王副政委、葛老师等一干人，在甲板上三三两两地聊天说话。

安杰和安欣。

安杰：时间过得真快呀！真是弹指一挥间哪！

安欣：是啊！想当年，我们一家四口，失魂落魄地被下放进来时，坐的是一艘破破烂烂的打鱼船。甲板上堆的都是渔网渔线，没地站、没地坐的，我们只好靠在渔网上。那渔网又腥又臭，不晕船，也要被熏吐！唉！那天我们一家四口吐得，脸色惨白的，像四个要死的一样。当时我心里想，还不如跳下去死了算了。要不是那俩孩子，说不定我就真跳海了。

安杰同情地望着安欣，握住了她的手：姐，跟你比，我这一辈子算是幸运的。

安欣：你不仅仅是幸运，你还幸福，很幸福。而且，不光是跟我比，你跟任何一个女人比，你都应该是幸运和幸福的。

正好传来江德福的笑声，安杰深情地看了他一眼，无限感慨。

安杰：是啊！托他的福，我这一辈子可真是没白活！

江德华和葛老师。

葛老师：也不知抽什么风，怎么想起来进岛了！

江德华：是他姨父想进岛看看，说可想岛里了！

葛老师：哼！有什么想头的！

江德华：那可是你的娘家，难道你不想家吗？

葛老师摇头：不想！我一点儿都不想！我一想起在岛上过的日子，心里就不痛快！

江德华点头：嗯，这话我信。你娘家还有啥亲戚吗？

葛老师：没有了，我就一个侄女，嫁到大连去了，剩下的都是八竿子外的亲戚了。

身后的欧阳懿哈哈大笑起来，江德华看了他一眼，也笑了起来。

江德华：你看人家他姨父，出身也不好，还是个"右派"，还是被赶下来的，你看人家，咋就那么高兴，那么愿回岛里。

葛老师叹了口气：唉，人和人不一样。有的人记事，有的人不记事。

江德华：你这不是记事，你这是记仇。

4 白天 码头上

江亚宁和孟天柱站在码头上，看着越来越近的军舰，江亚宁有点儿激动了。

江亚宁：你看我妈！你看我爸！你看我姑！你看……

孟天柱：江校长，我看见了！你不用一一介绍，我认识他们。

江亚宁笑了：人家是高兴的嘛！

孟天柱：你岂止是高兴，你简直都有点儿激动了！

江亚宁：敢情不是你爹妈！

孟天柱：正因为不是我爹妈，我才不激动而紧张哪！

江亚宁：你紧张什么？

孟天柱：这么一个高规格的代表团，接待起来我能不紧张吗？

江亚宁笑了：你紧张得对！你要好好接待他们，高规格地接待！

孟天柱：我请示一下，该用哪种规格接待呢？

江亚宁：军区首长级的。

孟天柱摇头：这恐怕不行。

江亚宁瞪眼：怎么不行？

孟天柱：这有点儿低了，我准备启动军委领导的规格。

江亚宁笑了：去你的！

船靠码头了，一行人上来了，江亚宁挨个拥抱，最后拥抱江德福，不料却被拒绝。

江德福：你别碰我！

江亚宁：为什么？

江德福：最后才拥抱我，你还有脸问！

江亚宁笑了，扑上去抱着他不松手。

江德福：你干什么？你松手！

江亚宁：我不松！我要多抱一会儿！

江德福笑了：行了！够了！

江亚宁：真的行了吗？

江德福：真的行了。

江亚宁：你不吃醋了？

江德福：不吃了！不吃了！

大家都笑了，安杰笑得最欢。

安杰：都当校长了，还跟小孩儿一样！

江德福：她就是当教育部部长了，在我眼里还是个孩子！

孟天柱向江德福敬礼，给他介绍前来迎接的一干人马：司令员、副司令、参谋长、副政委、政治部主任。

江德福高兴地：嚄！这叫倾巢出动吧？这规格也太高了！

司令员：老首长们回老部队视察，我们理应盛情！

江德福问王副政委：伙计，我都有点儿受宠若惊了，你呢？

王副政委手一摆：那是你！我可没有！

江德福点头：还是你官大呀，心理素质比我好！

众人大笑，众星捧月地往车上走。欧阳懿对老丁发表见解。

欧阳懿：怎么净是些当官的，没有一个老百姓呢？

老丁：老百姓来干什么？哪用他们来接！

欧阳懿摇头：你们这种高高在上、脱离群众的做法可不好！

老丁站下，仔细打量他：老欧，你行啊！进了岛里，马上就跟换了个人似的！

5　白天　江亚宁家

汽车停到门口，江德华很是吃惊：咦，这不是俺嫂子家吗？

江亚宁笑了：咦！现在又是你侄女的家了！

江德华：你这丫头，行啊！这么年轻，就住这么高级的房子！

江亚宁：姑姑，这是托您的福！

江德华：这哪是托我的福，你这是托你男人的福！

大家进了院子，七嘴八舌。

江德福：嚄！怎么不种菜了！

王副政委：你以为岛上还跟咱们那时候似的，经常吃不上菜，还得自己种！

江德福：这不是吃得上吃不上的问题，这是扎根海岛、建设海岛的问题！

孟天柱：是是是，我们一定改正，马上种菜，都种上蔬菜！

安杰：也不能都种上蔬菜，还要种上点儿花草，不但美化环境，还陶冶情操！

江亚宁：行行行，这个交给我，我来办！

老丁一声惊叫：你干什么？

大家抬头看去，只见江德华正顺着梯子往屋顶上爬。葛老师一见，也高兴地奔了过去。

6　白天　屋顶

江德华站在屋顶，大口喘气，心情激动，葛老师上来了。

江德华：还是过去的老样子！俺也好像回到了以前！

葛老师笑了：触景生情，你也变得会说了。

安杰和安欣上来了。

安杰欣喜地：哎呀！真是心旷神怡呀！

安欣：是啊！这里多好！远看碧蓝的大海，近看袅袅的炊烟！

安杰咯咯笑了起来，越笑越厉害，最后竟然蹲下了。

安欣踢了她一下：你笑什么？我说得不对呀？

安杰笑得喘不过气来：对，太，太对了！

江德华和葛老师凑了过来。

葛老师：你这是笑什么呢？

江德华：喝了傻老婆的尿了吧？

安杰刚要站起来，听见这话，又笑得蹲下了。

7　一组宴请的镜头、参观的镜头、钓鱼的镜头……

8　白天　招待所食堂

江亚宁、孟天柱两口子陪着大家在吃午饭。

孟天柱：大家想一想，还有什么地方落下了，没参观到？

大家七嘴八舌，争先恐后。

葛老师：都看了！没有了！

王副政委：你安排得很周到，想得很细，我们大家都很满意！

安欣：就是，让你们费心了，给你们添麻烦了。

安杰：自己的孩子，有什么麻烦的！

江德福：就是！你说得对！不过我建议给他们口头嘉奖一次！

王副政委：我同意！

老丁：我也同意！举双手赞成。

江德华：天柱啊，能不能再让我们看场电影啊？就在大操场上看，坐着马扎子看！

葛老师：对呀！好久没那么看电影了！

安杰：最好是老片子，过去的电影！

孟天柱：这没问题，我记得俱乐部里有一部老片子，好像是《地雷战》什么的！

安杰：都行！只要是老三战，哪一部都行！

江德福：想不到你革命情结还挺重的。

安杰：托你的福，还不是你给改造的！

大家都笑了，唯独欧阳懿在那欲言又止的样子。

江亚宁：姨父，你有什么要求吗？

欧阳懿：亚宁，天柱，咱们能不能，能不能……

亚宁：能不能什么呀？

安欣：你是不是想去黑山岛？

欧阳懿点头：不行吗？

安欣：当然不行了！你想什么呀！

江德福：怎么不行啊！我看行！我举双手赞成！

老丁：行啊，去吧！

王副政委：就是！也不远，一个多小时的事！去！

欧阳懿站了起来：我以水代酒，敬大家一杯！

9　白天　招待所院内

大家出了食堂，远处传来密集的枪声。

江德福一愣：哪里打枪？

孟天柱：今天有实弹射击，打靶。

江德福侧耳聆听了一会儿，无限向往：多久没听见枪声了！

老丁：多久没摸手枪了！

孟天柱：要不下午安排大家打个靶？

江德福高兴地：我看行！我同意！

老丁：我举双手赞成！

江德福：老王，你不想打枪吗？

王副政委：我嘛，无所谓！

老丁：他一个政工干部，当然无所谓了！

江德福点头：对！他那是担心，他害怕。

王副政委：我害怕什么？

江德福：你担心打不及格。

老丁：打光头都有可能呢！

10　白天　靶场

男人们握着手枪跃跃欲试，女人们坐在椅子上观望。

安欣担心地：他行吗？

安杰：怎么不行！打不好还打不赖吗！

安欣：看把你得意的，敢情你老公没问题！

安杰得意地：那当然了！我老公！别的我不敢吹，打枪打靶，他两只眼睛都闭上，也不会脱靶！

江德福在给欧阳懿讲要令：三点一线！你记住三点一线就行了！

欧阳懿：我就是有点儿紧张。

江德福没了耐心：你紧张什么！那是靶子，又不是人！看你这份儿出息！

哨声响，旁边有人举起了小红旗。

举旗人：各位首长，可以开始了，准备射击！

枪声大作，江德福先打完，放下手枪，笑眯眯地看着欧阳懿。老丁第二个打完，放下手枪，指导起王副政委。

老丁：你握枪的姿势有问题。

王副政委不虚心：马上就完了，管那么多呢！

王副政委也打完了，放下手枪去看欧阳懿。

老丁摇头：这么个射击法，打不死敌人，早被人家消灭掉了。

欧阳懿终于打完了，他放下手枪，活动肩膀，像干了什么重活似的。

江德福表扬他：老欧，不错！十发子弹射出去，就是胜利！

欧阳懿很虚心：我的要求不高，不打秃头就可以了。

江德福：打秃头也没关系！你第一次打枪，这样就很不错了！

四个战士拿着靶纸跑了过来。战士甲将靶纸举给江德福看。

江德福很吃惊：怎么回事？这是怎么回事？怎么少两发子弹呢？

战士甲：首长，大概脱靶了。

江德福：脱靶了？这怎么可能呢？

老丁和王副政委走了过来。

老丁：伙计，怎么样？

江德福一把将靶纸扯烂，团了团，丢到地上。

老丁吃惊：这是干什么，是不是没打好？

江德福：我这手枪有问题，准星偏了！

王副政委：你这叫拉不出屎来赖茅房！

欧阳懿惊叫：你们看！快来看！我还打了个十环！

老丁和王副政委围了过去，果真有一个十环。

老丁数枪眼：一二三四五六七八九十，哎，你行啊，竟然没有脱靶！

欧阳懿谦虚地：行什么呀，我这是瞎猫碰上了死耗子了！哎！

欧阳懿去看江德福，江德福正像煞有介事地检查手枪。欧阳懿要过去，被老丁一把拽住：你别过去！

欧阳懿：他打了几个十环？

老丁：不知道，也不用问。

一行人往回走，欧阳懿凑到江德福身边。

欧阳懿：老司令，没关系，骏马也有失前蹄的时候。

江德福：滚一边去！我还用你来安慰！

欧阳懿笑了，笑得很舒心。

几个男人走过来了，几个女人站了起来。

江德华大声问：打得怎么样？

老丁大声答：打得不错！

江德华：谁打得最好？

老丁：打得都差不多！

江德华：不可能吧？你们还能跟俺哥打得一样好？

老丁忍着笑：不信你问你哥吧！

江德华：哥，你是不是打得最好？

江德福：你不说话，没人把你当哑巴！

安杰看了安欣一眼，安欣眼里全是笑。安杰走过去，将江德福拖到一边。

安杰：怎么，你没打好？

江德福：爷们儿的事，娘儿们少管！

安杰笑了。

江德福：你笑什么？

安杰：我多久没听你这么说我了，猛地一听，还挺亲切的。

江德福没好气：亲切个屁！

11 晚上 大操场

操场上在放电影《地雷战》。

女人们坐在前边小马扎上昏昏欲睡，男人们坐在后边长条椅上昏昏欲睡。

江亚宁捅了一下孟天柱：哎，你看他们，哪是来看电影的，简直是来睡觉的！

孟天柱笑了：重温旧梦嘛，就是要睡觉的。

江亚宁拧了他一下，孟天柱龇牙咧嘴。

12　白天　军舰上

一船上的人，数欧阳懿激动难耐。欧阳懿在甲板上走来走去，江德福、老丁、王副政委在指挥台上议论纷纷。

王副政委：你这个连襟，都多大岁数了，还这么不老练！

老丁：这正是他的可爱之处。

王副政委：他还可爱？老江，你说他可爱吗？

江德福又朝下看了一眼，笑容满面：反正也不讨厌！

安欣不满地喊：你别在那儿转了！我没有晕船，也让你转得要吐了！

欧阳懿：你吐你的，关我什么事？

女人们都笑了，江亚宁笑得尤其欢：我姨父真可爱！

安欣：你姨父哪儿可爱？

江亚宁：哪儿都可爱！我特别喜欢他！大姨，你嫁给我姨父这样的人，这一辈子肯定特别有意思吧？

安欣深深地叹了口气：是呀！是有意思，特别地有意思！

码头上突然锣鼓喧天起来，欧阳懿停了下来，侧耳聆听。

欧阳懿：不会是欢迎我的吧？

安欣：欢迎你的？你想好事吧！

指挥台上，江德福他们也莫名其妙：怎么回事？怎么回事？

船长递过望远镜来，江德福举起来看。他放下望远镜，更莫名其妙了。

江德福：都是老百姓，当兵的很少。

老丁看着望远镜：他们这是来欢迎谁的？

王副政委：不是欢迎我们的吧？

老丁将望远镜塞给他：你自己看吧！看看是不是欢迎你的！

江德福自言自语：会不会是……

老丁：是什么？

江德福指了指下边：是来欢迎他的？

老丁：那个"右派"？

王副政委放下望远镜：这怎么可能呢？

江德福点头：这很有可能！

王副政委急忙又架起望远镜，自言自语：这是些什么人呢？怎么香臭不分呢？

13　白天　码头上

码头上有人喊：看！老欧！那是老欧！

大家七嘴八舌。

渔民甲：还真是老欧呢！

渔民乙：老欧一点儿也没变！一点儿也没老！

渔民丙：老还是老了，但更精神了！

渔民甲：可不是嘛！"右派"帽子摘了，又是大知识分子了，能不精神嘛！

渔民乙大喊：老欧！

渔民丙跟着喊：老欧！

许多人一起喊：老欧！

14　白天　军舰上

老欧听到喊声，激动万分，大叫：看！就是来欢迎我的！说了你们还不信!

安欣激动地跑了过去:真的?还真是呢!

其他的女人们面面相觑,不知说什么好了。安杰"哼"了一声,撇了一下嘴。

江亚宁笑了:妈,你哼什么呀?你不服气呀?

安杰:我有什么不服气的?

江亚宁:看见人民群众这么热情欢迎我姨父,你心里不舒服,是不是?

安杰叹了口气:唉,你爸他们还没人这么欢迎呢!

江亚宁笑了:部队就是不搞这一套,要是搞起来,不比他们热闹十倍!

安杰:这都是些什么人呢?怎么一点儿原则都不讲呢?敲锣打鼓地欢迎一个"右派",像什么话!

江亚宁:这就是人民群众的可爱之处,不趋炎附势,却同情弱者。

安杰指了一下在那又蹦又跳的欧阳懿:就你姨父那样的,能算是弱者吗?

江亚宁笑出了声。

15 白天 码头上

欧阳懿神采奕奕地下了船,码头上的人将他团团围住,争先恐后地同他握手。

16 白天 军舰上

指挥台上,江德福他们正准备下船,见到这一幕,停了下来:这个老欧,威信还挺高!

王副政委:一个"右派",谈何威信!就是些渔民瞎起哄罢了!

老丁:也不能这么说,起码老欧在这挺有人缘的!

江德福点头:对!这就是夹着尾巴做人的好处!

老丁笑了,王副政委不笑。

王副政委:我就不下去了!要下你们下吧,我在船上等着。

江德福:哎,这是为什么?

老丁更笑了:左派不愿与"右派"为伍。

江德福:那咱们就愿与"右派"为伍吗?

老丁:你的意思是?

江德福:我的意思是,咱们也别下去了,咱们也别去沾人家老欧的光了,咱们也在船上等着吧!

老丁:你们这是狐狸心态!是吃不着葡萄嫌葡萄酸的心态!

江德福问王副政委:你是这种心态吗?反正我不是!

王副政委说老丁:要不你下去吧,别在这儿说三道四!

老丁:你们都不下去,我还下去干什么?我就少数服从多数吧!

江德华在下边大喊大叫:哎,怎么回事?你们不下来了?

老丁大声说:我们就不下去了,要下你们下吧!

安杰、江德华、葛老师你看看我,我看看你,都莫名其妙。还是江亚宁反应快,她笑出声来。

安杰:你笑什么?

江亚宁:我笑我爸爸他们好玩。

安杰:他们怎么好玩了?

江亚宁:他们像孩子一样,在吃我姨父的醋呢!

安杰恍然大悟,也笑了起来,葛老师也笑了。

江德华：你们笑啥呀？咱们还下不下船了？

安杰：要下你下吧，反正我们是不下了！

江德华：你们为啥不下了？

安杰：我们吃醋倒牙了，我们牙痛！

江德华吃惊地：你们啥时候吃醋了？我咋没看见？

安杰她们哈哈大笑。

17　白天　码头上

欧阳懿寒暄完毕，回头去看，没看见江德福他们，纳闷地抬头望去，见他们还在指挥台上不动。

欧阳懿大喊大叫：哎！老江！老丁！老王！你们怎么还不下来？快下来！快点儿下来！

18　白天　军舰上

王副政委不高兴了：他喊我什么？

老丁：他喊你老王！

王副政委：老王也是他喊的！

老丁：不是他喊的，是谁喊的？

王副政委：谁喊都可以，就他不可以！

上来了两个年轻的军官。

军官甲：首长，我们是三连的连长和指导员，奉命来迎接各位首长。

王副政委：我们不是首长了，我们不下去了！

两个军官有些吃惊，对视了一眼，指导员开口了：首长……

19　白天　码头上

欧阳懿还在大叫：你们这是怎么了？出什么毛病了？

江德华跑到船舷边：他姨父，你别喊了，喊也没用，我们都不下去了，都在船上等着你们，你俩快点儿呀！

欧阳懿：为什么？这到底是为什么？

江德华：他们牙痛！不舒服了！

欧阳懿不信：怎么会牙痛呢？刚才还好好的。而且怎么会一起痛开了？

江德华拿不准：他们说……他们吃醋了。

欧阳懿笑了，又冲指挥台上大喊大叫：老江！老丁！老王！你们就别再吃醋了！快下来吧！下来有好吃的！海参、鲍鱼敞开吃！

渔民甲补充：还有螃蟹，大螃蟹！

欧阳懿：还有螃蟹！大螃蟹！

老丁探下头来：你刚才说我们什么？

欧阳懿笑了：你们没吃醋啊？

老丁：谁说我们吃醋了？

欧阳懿：你老婆！你太太！

老丁不高兴了：你太太个头哇！

老丁不见了，江德福的头又探出来了。

江德福：老欧，我们就不下去了，我们在船上等着你！

欧阳懿：为什么呀？

江德福笑眯眯地：你不是说我们吃醋了嘛？

欧阳懿：那不是我说的！是你妹妹说的！

江德福：不管是谁说的吧，我们就是不下去了！

安欣跑了过来：怎么了？怎么了？

欧阳懿：他们都不下来了！他们都在船上等着了！

安欣：是吗？那咱也赶紧上船走吧！

渔民们不干了，七嘴八舌地不让走。

渔民甲：这怎么行啊？连家都没进，怎么能走呢？

渔民乙：就是！水还没喝一口呢！怎么也得喝口水吧？

渔民丙：光喝水也不行！还得喝酒！

渔民丁：就是！东西都准备好了，不吃哪行啊！

欧阳懿问安欣：你说怎么办？

安欣：还是走吧。

围过来的妇女不干了，吵吵着不让他们走。

妇女甲：他大姨，你们不能走！

妇女乙：就是！哪有你们这种人，到家了，连家门也不进！

妇女丙：就是！太不像话了！

妇女丁：你们这是看不起俺们！

妇女甲：说得对！不当"右派"了，人也不实在了！

妇女丙：架子也大了！

妇女丁拉住安欣的胳膊：大姐，你不能走！俺们不让你们走！

安欣眼圈红了，对欧阳懿下起了指示：算了，让他们走吧，咱们在这儿住几天！

码头上一阵欢呼，有人鼓掌，锣鼓声又响了起来。

20　白天　军舰上

几个人吓了一跳。

王副政委：怎么了？怎么又敲上了？

老丁：会不会是他们不转了？马上就走了？

江德福笑了：欢迎的锣鼓改成欢送的了？

欧阳懿的叫声：老江！老江！

老丁：哎，叫你呢！

江德福跑到船边。

王副政委：哼！都是他对"右派"太客气了，让人家蹬着鼻子上脸了！

江德福探出头去：干什么？

欧阳懿：你们走吧！先走吧！我们不走了！我们得住几天！

江德福：不走了？住几天？

欧阳懿：是啊，大伙不让走！

大伙七嘴八舌地喊：你们走吧！别等他们了！俺们会把他们送回去的！

江德福收回身子，一脸不高兴。

老丁：怎么了？下边吵吵什么？

江德福一摆手：咱们走！启航！开船！

汽笛声声，军船准备启航了，女士们不安起来。

安杰：怎么回事？你大姨他们还没上来呢。

葛老师：会不会是他们不走了？

江亚宁点头：很可能。

安欣跑了过来：安杰，对不起，我们要在这儿住上几天！

安杰：住几天哪？

安欣：两三天吧！

安杰：那好，你们注意身体，多保重！

安欣：谢谢，你们也一样！

江亚宁笑了起来。

安杰：你笑什么？

江亚宁：我笑你俩客气的，都有点儿生分了。

安杰：谁说不是呢！你说这叫什么事呀！

军舰慢慢离开码头，码头上的人不管不顾簇拥着老欧两口子，头也不回地走掉了，就剩下两个当兵的，在那孤零零地招着手，尽着地主之谊。

指挥台上，三个老男人望着码头上的一切，心里都不是滋味。王副政委先叹了口气。

江德福：你叹什么气？

王副政委：这是什么世道！

江德福：你说是什么世道？

王副政委不说话了，江德福穷追不舍。

江德福：你还是个政工干部呢，怎么能说这么出格的话。

王副政委没好气：你别光说我！说说你自己吧！

江德福：我有什么可说的？

王副政委：守着这么个连襟，让他这么的猖狂。

老丁笑了：你这叫欲加之罪，何患无辞！

王副政委：有你什么事？

老丁不笑了：我是路见不平，拔刀相助！

王副政委：你俩是亲戚，穿一条裤子都嫌肥！

江德福：咱俩也是亲戚呢，咱俩穿一条裤子了吗？

21 白天 岛外码头

船到了，江亚菲和王海洋在码头上。三对老夫妻疲惫不堪地下来了,江亚菲数了数,奇怪了。

江亚菲:哎!怎么丢了一对儿?

安杰:唉!别提了!

江亚菲来了兴趣,一迭声地追问:怎么了?怎么了?发生什么事了?

江德华:你姨和姨父,让人家给留下了!不让走了!

江亚菲笑了:那你们呢?怎么没人留你们呢?

江德福:我们是军人!是军人家属!谁搞拉拉扯扯那一套哇!

安杰:对!庸俗不堪!

王副政委:小家子气!

江德华:你们想留,得有人请你们留呀!

大家站住脚,一齐怒视着江德华。

老丁:你给我住口!你告诉老欧我们吃醋,我还没找你算账呢!

江德福点着她:你说你这长了张什么嘴呀!

江德华不干了:这不是我说的!这是你老婆说的!

江亚菲在一旁笑弯了腰。

22 白天 干休所院内

江德福和安杰买菜回来,碰上坐在车里的江亚菲。

江亚菲探出头来:买什么好东西了?

江德福:买的韭菜和肉,老欧他们要回来了,给他们包饺子吃!

江亚菲:我能不能回去吃?

安杰:欢迎!热烈欢迎!

江亚菲笑了:欢迎就好!走!开车!

江德福大喊:哎,干什么去?

汽车跑远了,安杰笑了。

江德福:你笑什么?

安杰:我笑你没趣,自讨没趣!

23 白天 安杰家厨房

安欣在择韭菜,安杰在切肉,自己笑出声来。

安欣:你笑什么?

安杰:我笑姐夫进家就趴到电脑前了。

安欣:可不是嘛,岛里上不了网,他又惦记着那几只股票,急得吱吱的。

安杰:不是惦记漫漫长夜吧?

安欣:你说你这个人,我这刚好点儿,你又提这个人!

欧阳懿大喊大叫地跑过来:哎呀哎呀!上帝呀!老天爷呀!这次我可赚大了!

安欣:哪只股赚了?

欧阳懿:三只股都赚了!

安欣:赚了多少?

欧阳懿:赚了七万!光建行一只股就赚了五万!

安杰手里的菜刀掉到了地上,吓了大家一跳。

安欣:哎呀!你小心点儿!多危险哪!

欧阳懿:就是!掉到脚上怎么办!

安杰:我也要炒股!姐夫你教我!

欧阳懿笑了:这还不容易?这年头,连要饭的都拿要来的钱去炒股,还给炒发了!

安杰也笑了:别胡说了!

欧阳懿：怎么是胡说呢？这是真事！不信你问她！

安欣也笑了：还真有这回事呢，《青岛晚报》上登的！

安杰：真的？炒股真那么容易？真那么容易赚钱？

欧阳懿：你炒炒就知道了！只要你有内部信息，随便你赚！怎么炒怎么赚！

安杰：你有内部信息吗？

欧阳懿：我要是没有内部信息，我能三只股票都赚？

安杰：你哪来的内部信息？

欧阳懿：这你就别管了！你只管听我的信就行了。我让你买你就买，我让你抛你就抛。只要你一切行动听我指挥，我保证你只赚不赔！

安杰将肉馅剁得咣咣直响：好！这股我是炒定了！

欧阳懿：好！这钱你是赚定了！

24　白天　餐厅里

大家在吃饺子。

安杰猛不丁地：我要炒股了！

江德福被烫了一下，他吐出咬了一口的饺子：你要干什么？

安杰：你没听见吗？我要炒股！

江德福盯着欧阳懿：是你鼓动的吧？

欧阳懿：应该说是我带动的。

江德福：你在我家都带了些什么头哇！

安欣笑了：就是！他在这儿就没带什么好头！带着你买礼帽不说，还要带着她炒股！

江德福：说得没错！礼帽我以后不戴了，你也不准去炒股！

安杰：礼帽你爱戴不戴，但股我是要炒的！我炒定了！

25　白天　火车站站台上

火车开走了，江德福笑了。

江德福：奶奶的，他可走了！

江亚菲也笑了：爸，有你这样送客的吗？

江德福：你姨父这种客，就得这么送！

安杰：怎么送？

江亚菲：这样欢天喜地地送！

江德福笑了起来：这哪是送客人哪，这简直他娘的是送瘟神！

26　白天　证券市场

安杰伸着脖子看电子屏幕。

27　白天　安杰家餐厅

餐桌上泡了两个碗装方便面，江德福一看就不干了。

江德福：中午就吃这个？

安杰赔着笑：你先凑合着垫垫，晚上我好好做一顿饭，都是你爱吃的！

江德福：你这个人也太得寸进尺了吧？让你炒股了，你倒越炒越来劲了，炒得连饭都不愿做了。

安杰：要奋斗就会有牺牲！不付出哪来的收获！

江德福：你少给我来这套！你不用付出了，不要去炒股了！我不稀罕投机倒把赚来的钱！

安杰赶紧赔笑脸：好好好，要不咱们出去吃？我炒股赚的钱足够咱们天天出去吃了。

江德福坐下，拿起了筷子：哼！烧得你！你把赚来的钱捂好吧，免得过几天又赔进去！

安杰松了口气，笑了：别说这儿不吉利的话，你这乌鸦嘴！

28　白天　安杰家

江德福提着烙饼回来了，碰上了正下楼的江亚菲。

江德福：咦，你什么时候来的？

江亚菲：我都来了一会儿了，我妈不舒服，我就跑来了。

江德福：早晨去炒股的时候还好好的，怎么现在就不舒服了呢？她哪儿不舒服？

江亚菲：她血压有点儿高。

江德福：她怎么血压高了呢？她没有高血压呀！

江亚菲笑了：她这是急的，上火急的。

江德福：她急什么？

江亚菲：今天股市全线大跌，我妈损失惨重。

江德福一惊：损失多少？

江亚菲：具体多少我不知道，但恐怕不少，否则她血压会高吗？

江德福手里的烙饼掉到了地上：这个败家的娘儿们！大手大脚也就罢了，好歹也算自己吃了用了。你说这算是怎么回事？我挣的工资让她去打水漂玩呀？

江亚菲正弯腰捡烙饼，听到这话，笑得蹲到了地上。

29　白天　干休所院内

安杰买菜回来，无精打采地走着，江亚菲在后边叫住了她。

江亚菲：安杰同志，等等我。

第四十二集

安杰站住了，转过身来：干什么？有事吗？

江亚菲笑了：有事，我要跟你谈一谈。

安杰：谈什么？

江亚菲：谈你精神风貌的问题！你看你现在这无精打采的样子，哪像个新时期的老太太呀！你这像霜打了似的，多给我们社会主义祖国丢脸呢！

安杰：去，我没心思听你耍贫嘴。

江亚菲：我这哪是耍贫嘴呀，我这是在给你打气！鼓励你从哪儿跌倒，再从哪儿爬起来！

安杰：我还爬起来呢，我现在是心有余而力不足了。

江亚菲笑了：这还是过去那个朝气蓬勃的安杰同志吗？这么点儿小挫折就能把你压垮？我前一阵儿还给我爸商量，我俩要做你的介绍人，介绍你入党呢！你这样遇到点儿挫折就打蔫，这怎么行啊？我问你，你到底赔了多少钱？怎么赔成这样了？

安杰看了她一眼：把你爸一年的工资都赔进去了。

江亚菲大吃一惊：什么？你赔了八九万？

安杰点头：将近九万，还不到九万。

江亚菲：还不到九万？听你说得轻巧的！哎呀，怪不得我爸说你是败家的娘儿们呢，你果然名不虚传！

安杰叹了口气：我自己也损失惨重呀！被你爸剥夺了财政大权，每天给我十块买菜的钱。你说，这十块钱能买什么菜呀？他还要天天有肉吃！

江亚菲笑了：十块钱别人可以用，你用就有点儿困难了。

安杰：每天装着十块钱去市场，你说我的心情能好吗？

江亚菲点头：嗯，我理解你，是好不了。

417

安杰：我也想通了，也想好了，既然把财权交出去了，索性我就把所有的权力都交出去得了。

江亚菲：你还有什么权哪？

安杰：买菜的权！做饭的权！我都不干了，统统交出去！交给你爸爸。

江亚菲：这样行吗？他能接吗？

安杰：不接也得接，否则他就把财政大权再还给我！

江亚菲：这不大有可能。他窥视你的财政大权也不是一天两天了，好不容易夺过去了，能这么轻易再放弃吗？

安杰：这我不管，两条路由他选。要么交权，要么干活！他不能又掌权，又不干活！你没见我以前掌权的时候，家里的活都是我干的？

江亚菲点头：我见了，我知道。那我现在就拭目以待，等着看我爸买菜做饭吧！

30 白天 干休所广场

江德福提着青菜，碰上了提着挂着红穗子宝剑的王副政委。

王副政委：哎哟，亲家，你家改朝换代了？老婆主外炒股、你主内买菜做饭了？

江德福看了他手里的宝剑一眼：我不像你！游手好闲，不劳而获！

31 白天 安杰家院子

安杰在院子里背着手闲溜达，江德福提着一大堆菜回来了。

安杰：你买这么多菜干什么？

江德福放下手里的菜，甩着胳膊，有些得意：看！花很少的钱办很多的事，这才叫本事呢！你知道这一大堆菜，才花了多少钱吗？

安杰踢了那堆菜一脚：哼！这种论堆卖的菜，你再晚点儿去，连钱都不要！

江德福：不要钱？那你晚点儿去，去给我拿点儿不要钱的菜来！

安杰：我凭什么给你拿菜来？我都交权了，我才不管这闲事呢！你快点儿做饭吧，我都饿了！

江德福：那你帮帮我，给我打个下手。

安杰回过身来：你以前帮过我吗？给我打过下手吗？

江德福：……

安杰转身往家里走，边走边发话：你快点儿做！我上楼睡会儿觉，饭好了叫我。

32 白天 安杰家厨房

江德福扎着围裙手忙脚乱地忙活着，安杰背着挂着长长的红穗子的宝剑英姿飒爽地回来了。

安杰站在门外探进头来：饭还没好！

江德福没好气地：马上就好，你等着吃现成的吧！

安杰：哎！你这种态度可不对！以前你也是吃现成的，我就没对你这种态度！

江德福：我以前是去工作，又不是出去舞刀弄剑！

安杰：你以前都是出去工作的吗？再说了，只有你工作，我没工作吗？我是靠你养着的吗？再说了，我是出去锻炼身体，又不是出去违法乱纪！你这么大的意见干什么？我身体好了难道你不高兴？

江德福挥着铲子：行了行了！你是墨索里尼！你总是有理！我说

不过你！你到客厅歇着，等着吃饭吧！

安杰笑了：这还差不多！

33　白天　餐厅里

安杰一看桌上的饭菜，就皱起了眉头：这是清真吗？你是回民吗？

江德福：这就不错了！你赔了那么多钱，回到家还能吃上饭，你就知足吧！再挑肥拣瘦就不对了，就过分了！

安杰：你别总把赔钱的事挂在嘴边！我又不是没有工资，我又没赔你的钱！

江德福：哎，你那点儿工资经得起你这样赔吗？一下子就赔了九万！

安杰：不到九万！是八万多！

江德福：就算是八万多，你那工资得挣多少年啊？

安杰：我这一辈子的工资，加到现在，早就不止这个数了吧？

江德福：那你不吃饭了？你把脖子扎起来？

安杰：这话你也好意思说出口！难道你结婚娶老婆就没准备养家糊口、没准备养老婆？我难道还不如你妹妹，还不配被娶回去养着？

江德福：哎呀！你真能胡搅蛮缠！我说不过你！不说了，吃饭吧！

安杰：这饭能吃吗？我不能再吃这清汤寡水的饭菜了！我今天练剑的时候，差点儿晕倒！我大概是贫血了，营养不良贫血了！

江德福：越说你还越来劲了，还贫血了你！我跟你吃一样的饭，我怎么没贫血？怎么光你的血贫了呢？

安杰：我怎么知道？大概你的血从小就贫惯了，经受考验了呗！

江德福：胡说八道！你们这种人，就是不能给你们好脸！给你们点儿好脸，你们就不知道东南西北！你不吃拉倒！不吃你就饿着吧！

江德福坐下来吃饭，安杰转身进了客厅。

过了一会儿，传来安杰打电话的声音。

安杰的声音：德华呀，你家中午吃什么？是吗？那太好了！我最爱吃你包的包子了！你哥哥？你哥跟别人下馆子去了，他去吃香的、喝辣的去了！

江德福生气地：都变成什么样儿了！瞎话张口就来！

安杰出来了，笑眯眯的情绪很好：我去吃包子了，用不用给你带回两个来？

江德福：不用！我下馆子去了！我吃香的、喝辣的去了！

安杰笑着走了。

江德福自言自语：什么东西！

34　白天　老丁家

安杰在狼吞虎咽地吃包子，江德华坐在一旁看。

江德华：哎呀，哎呀，你慢点儿！你慢点儿！又没人跟你抢！

安杰笑了：哎呀，太好吃了，好久没吃你包的包子了。

老丁端着茶杯过来：听说你罢工了？什么也不干了？

安杰笑了：我不是罢工了，我是解放了！什么都不用我干了，由奴隶到将军了！

老丁：这个江德福真有意思！你说他精吧，他还真没精到哪儿去！你说他傻吧，他还真是挺傻的！

江德华不高兴了：我哥又怎么傻了？

老丁：你哥不傻谁傻？别人炒股赔了那么多钱，不但一点儿事没有，反而还从奴隶到了将军。他呢？好像掌管了家里的财政大权，但那种权他掌它干什么？都让人家赔成那样了，分明就是个烂摊子嘛！他捡了个烂摊子不说，还由将军变成了奴隶！你说他傻还是不傻？

江德华点头：嗯！是够傻的！

安杰笑了，胃口大开：哎呀，真好吃，我再吃一个！

老丁摇头：哎呀，你别说，我还真是挺服气你的。

安杰：服气我什么？

老丁：你这个人果然大气，不愧是大家闺秀！

安杰和江德华都望着他。

老丁喝了一口茶，不急不慢。

江德华：哎呀，你快点儿说！急死人了！

老丁：我表扬人家，你急什么？

江德华：我想听听你表扬她什么！

老丁：你看看人家，赔了那么多钱，一百块一捆的钱，起码要摞这么高吧？要是换了你，要是搁到我身上，还能吃下去饭吗？别说吃三个包子了，恐怕连半个包子也吃不下呀！

安杰将手里的半个包子往桌子上一丢，真的有点儿恼火了。

江德华：你不吃了吗？

安杰：我哪还吃得下呀！刚才吃下去的，也都堵到这儿了！

老丁笑了：看看，我这法子管用吧？我要不这么说，咱家的包子就不够晚上吃的了！

安杰站了起来，命令道：德华！给我打包！把剩下的包子带回去给你哥吃！

35　白天　安杰家卫生间

江亚菲在卫生间里洗手,安杰从外边经过。

江亚菲:你家水管子坏了,也不找人来修修。

安杰:水管哪儿坏了,这是你爸在偷国家的水!

江亚菲:什么?你说什么?

安杰:你爸在菜市场认识了几个爱占便宜的老太太,学到了许多勤俭持家的好办法,这是办法之一!

江亚菲不信:不会吧?

安杰:怎么不会?他在院子里,你自己去问吧!

36　白天　院子里

江德福在院子里穿着睡衣打太极拳。江亚菲上去拉着他就往屋里拽。

江德福:干什么?干什么?你到底想干什么?

37　白天　安杰家卫生间门口

江亚菲扯着江德福的袖子,指着一个正用大塑料桶接着的滴滴答答流水的水龙头,质问父亲:这是你干的吗?

江德福:怎么了?

江亚菲大声地:你说怎么了?你不是一直标榜自己一身正气、两袖清风、从不占国家便宜的吗?为了几滴自来水,您老人家晚节不保,多不值呀!

江德福:谁让你妈炒股把家里的钱都赔光了,我不省点儿行吗?

第四十三集

1 白天 安杰家
江德福回家,进门就直抽鼻子。他抽着鼻子,直接进了厨房。

2 白天 安杰家厨房
安杰在砂锅里炖鸡,正用勺子尝咸淡,江德福抽着鼻子进来了。

安杰笑了:你长的是狗鼻子吗?

江德福:你哪儿来的钱买鸡?

安杰:我跟亚菲要的,一只鸡的钱她还是给我的!

江德福:哼!

安杰笑眯眯地:你哼什么?

江德福:我哼你资产阶级的恶习不改!什么时候都忘不了享受!

安杰依然笑眯眯地:对,你批评得对。我这好吃的毛病,这辈子恐怕是改不了了,没办法,你多理解吧!

江德福:哼!我理解你?我那不就跟你们这种人同流合污了!

江德福转身走了,安杰笑了。

安杰：你早就跟我同流合污了，说什么说！

江德福突然进来，吓了安杰一跳。

江德福：你说什么？

安杰：哎呀！你没走哇？

3　白天　安杰家饭桌上

老两口在吃饭。

安杰在喝鸡汤，故意香得直吧嗒嘴，把江德福烦得要命。

江德福：你怎么也吧嗒起嘴来了？这不是没有教养的农村人的习惯吗？

安杰：哎呀！太香了！太好喝了！原来太好吃的东西的确容易让人吧嗒嘴！我以前错怪你了，对不起！

江德福：哼！你少来这一套！

安杰：真的！我是实心实意地向你道歉。为了表示我的诚意，我请你喝碗鸡汤吧？

江德福：我再给你说一遍！你那破鸡汤，我不稀得喝！好像谁没喝过鸡汤似的，我早喝够了！闻到这个味我就恶心！像闻到鸡屎味！

安杰：好好好！你不喝就算了，用不着来恶心我！不过，你就是恶心我也没用。我已经不是从前那个安杰了，你说什么我都无所谓了！

江德福：你变得脸皮太厚了！

安杰点头：这个我承认！不过，你也变了，你变得脸皮太薄了！虚荣心太强了！不就是一碗鸡汤吗？你喝了能怎么着？我劝你还是喝了吧，犯不着为了省几个钱，把自己身体搞坏了。你从牙缝抠出的那点儿钱，还不够你将来看病的！

江德福挺了挺胸：我看病又不花钱，我是公费医疗！

4　白天　安杰家厨房

江德福在厨房里偷着吃鸡，安杰悄悄进来了。

安杰站在他身后：你在吃鸡屎吗？

江德福吓了一跳，手里的砂锅盖掉地上摔了两半。

安杰呷着嘴：你看看，你看看，这才叫偷鸡不成，反蚀两把米呢！

5　白天　安杰家

江亚菲抱着一盒开塞露回来，安杰迎了上来。

安杰：你这拿的什么？

江亚菲：我爸要的开塞露。

安杰：你爸怎么跟你要？

江亚菲笑了：我爸临上卫生间的前夕，发现开塞露快用完了，命令我到卫生所去要一盒来。我爸呢？

安杰：还在卫生间里呢。

江亚菲：他都多长时间了？他要创蹲厕所的吉尼斯纪录吧？

安杰叹了口气：唉，你爸这是让吓的，让你姑父的死给吓的。

江亚菲也叹了口气：唉，人老了，真是奇怪！想当年我爸那么个不怕死的人，现在却让死吓成了这样！简直都快成胆小鬼了！

安杰不高兴了：不许你这样说你爸！你也有老的一天，你也有怕死那一天的！

江亚菲：我也许会怕死，但我不会怕成这样的。怕得都不敢自己解大便了，非要用什么开塞露了！而且一解就是大半天，一天二十四小时，一半是在厕所里坐着！真有意思。

安杰：唉，你爸这也不完全是胆小怕死，他是让你姑父的死给刺激的，好好的一个人，上午还在一起下棋吵得不可开交，下午人就没了，还是因为便秘大便干燥！你爸现在晚上经常说梦话，梦里都老丁老丁地喊个不停，听得我都难过。

江亚菲：行啦！你别说了，我现在就难过了！我现在一闭上眼睛，我姑父的音容笑貌就全在眼前。怪不得别人经常说某个人活在自己的心中呢，我姑父就活在我的心中！

卫生间里的水箱响了，母女俩对视了一眼。

安杰：你别提你姑父了，免得你爸难过。

江亚菲：这还用你嘱咐？你把我当弱智了！

江德福提着裤子出来了：谁敢把你当弱智？她胆子可真大！

江亚菲闭上了眼睛：哎呀爸爸，你怎么越来越不文明了？怎么提着裤子就出来了？

江德福笑了：这里又没外人，一个是我老婆子，一个是我女儿，我怕什么？

江亚菲：不是您怕我们，而是我们怕您！是我们这些穿皮鞋的怕您这个穿草鞋的！

江德福有点儿不高兴了：你不用讽刺我！我这个穿草鞋的，不怕你们这些穿皮鞋的讽刺！

安杰：你看，你惹他干什么？

江亚菲跑到江德福面前，将开塞露举到他脸前，单腿微屈：大人，这是您要的开塞露，小的给您取回来了。

江德福笑了，接过了开塞露。

江亚菲站了起来：大人，您不生小的的气了吧？

江德福：不生了！

江亚菲对母亲：看见了吧？就是这么容易被搞定！

外边大门响。

安杰：看看去，看看谁来了。

江亚菲：看什么，一会儿就进来了。

江德华的声音：有人吗？

江亚菲笑了，大喊：没人！

6　白天　安杰家客厅

大家在客厅坐下。

安杰：有什么事吗？

江德福：没事就不能来呀？看你问的这话！

安杰：我不是这个意思，我是……

江德华：我来的确有事。

江德福探起身子：有什么事？

江德华：这不马上到清明了吗？孩子们商量着，要让他爸入土为安呢。

江德福点头：对，是该入土为安，人最后都应该入土为安。我最后也要入土为安，到地下找老丁下棋去。

江亚菲：爸，你别打岔，听我姑说完。

江德华：孩子们要把他妈和他爸一起下葬，埋到一起。

安杰马上坐直了身子：那你呢？你以后怎么办？

江亚菲喝道：妈！你们能不能先别插话！让我姑先把话说完！

安杰：好好好，你先说吧，你接着说。

江德华：我刚才说到哪儿了？

安杰：你刚才说到要把老丁和王秀娥合葬。

江亚菲：谁是王秀娥呀？

安杰：你也别打岔！

江亚菲：我问问还不行吗？

安杰：你这是只许州官放火，不许百姓点灯！

江德福：你们都给我住嘴！你接着说！

江德华对江亚菲：王秀娥是你姑父前边的老婆，是四样他妈。

江亚菲点头：噢，我知道了，您接着说。

江德华：我还说什么？我都说完了，就是清明节他俩要合葬！

江亚菲：把他俩合葬了，以后你怎么办？

江德福喝道：江亚菲！

江亚菲并不怕他，而且头头是道：爸，你别这样！我们都是共产党人，我们要实事求是！我们早晚都要面临这样的问题，我姑也不例外！是吧？姑？

江德华点头：谁说不是呀！我又不是属王八的，能活一千年、一万年。

江亚菲：所以说，我姑父和王秀娥合葬了，那你百年以后怎么办？你难道不想跟我姑父在一起吗？

江德华：我怎么能不想呢？我做梦都想！可是，可是人总得讲个先来后到吧？是人家王秀娥先跟了你姑父的，还给丁家生了四个儿子，人家理应跟你姑父在一起。

江亚菲：你这个算法不对，有问题。首先，生儿子生女儿并不重要，并不能说，生了儿子就是丁家的功臣，生了女儿就低她一等了。其次，这种事按先来后到也不合理。应该按谁跟我姑父在一起过得时间长来算！你跟我姑父在一起快三十年了吧？

江德华：三十一年了！

江亚菲：就是嘛！你都跟他过了三十一年了，那个王阿姨呢？她跟我姑父过了多少年？

江德华：她过了不到二十年。

江亚菲：就是嘛！三十年跟二十年比，这是一目了然的事！是明摆着的事！

江德福：你别乱插嘴！不要乱说话！你懂什么呀？这不是谁跟谁过了多长时间的事情，而是谁先进了丁家、谁为大的事情！

安杰的脸吊了下来：你说她俩谁为大？

江德福脖子一梗：当然是人家王秀娥为大了！人家是父母之命、媒妁之言、明媒正娶、光明正大进的丁家的门！这是谁也改变不了的事实！

江德华生气了：照你这么说，我是偷偷摸摸进的丁家的门了？

江德福：我没这么说，我不是这个意思。

安杰：我听你就是这个意思！

江德华：看，别人都听出来了吧？你还想赖！

江德华站了起来，居高临下地怒视着江德福。

江德华：我本来想找你商量商量，让你帮我拿个主意。没想到你却胳膊肘往外拐！你还是当哥的呢，你这当的什么哥！

江德华扭头就走，江亚菲追了过去。

江亚菲：姑姑，你干吗这么大的火呀？有话坐下来好好说嘛。

江德华：我没话了！我跟你爸没话了！

江德华出去了，江亚菲跟着出去了。

江德福站了起来，怒视着安杰。

江德福：都是你干的好事！

安杰：怎么赖到我头上了？是我帮丁家说话了吗？

江德福：帮丁家说话怎么了？谁那边有理我帮谁！不能因为她是我妹妹，我就昧着良心不讲公理。

安杰：你少给我来这一套！

江德福：说人家的事，你这么来劲干什么？关你什么事呀？

安杰：当然关我的事了！

江德福：关你什么事了？

安杰：我又不是父母之命、媒妁之言、明媒正娶的大老婆，我怕将来跟你葬不到一起！

江德福愣在那儿，定定地望着安杰，有些感动了。

安杰：你这么看着我干吗？

江德福：老伴儿，谢谢你！我来世还要跟你做夫妻！我还没有跟你做够呢！

安杰笑了：行啊！咱俩就在地底下接着做吧！

7　晚上　江亚菲卧室

江亚菲倚在床头发呆，王海洋穿着浴袍进来了。

王海洋擦着头发：还想你姑的事呢？

江亚菲没好气：让你想，你又不帮我想！

王海洋：不是我不帮你想，而是这事别人不要插手。

江亚菲：我是别人吗？我不是别人吧？

王海洋：你不要什么事都往自己身上扯，都要往上冲。这不好，很不好！这既是你的优点，也是你的缺点，而且结果往往是弊大于利。你吃这种亏，吃得还少嘛！你怎么就不总结经验教训呢！

江亚菲：你们这些地方上的人，就知道明哲保身！动不动就埋怨这个社会冷漠，要是人人都像你们这样，事不关己，高高挂起，这世界能不冷漠吗？

王海洋笑了：你们领导真是知人善任哪，要把你从副所长改成政委，真是人尽其才呀！

江亚菲：你少来这一套！关灯！睡觉！

王海洋：先别关灯，我这还没搞完呢。

江亚菲：给你三分钟，三分钟以后熄灯！

王海洋恳求：五分钟，给我五分钟。

江亚菲：不行！说三分钟就三分钟！我当领导不能朝令夕改，一分钟了！

王海洋开始手忙脚乱。

江亚菲：两分钟了！三分钟了！

灯熄了，王海洋叫了起来。

王海洋大叫：哎哟！

江亚菲：怎么了？

王海洋：碰我头了。

江亚菲：活该！住了这么久的地方，就是个瞎子，也该了如指掌了！

8　白天　火锅店里

江亚菲请丁家两兄弟吃火锅。

江亚菲：今天没有外人，就咱仨，我要甩开膀子大吃一场！

丁家兄弟都笑了。

老四丁庚武：我每次跟你吃饭，每次都见你大吃大喝，从来没见你在乎过外人。

江亚菲：是吗？我是这种人吗？我怎么不知道？咱们还喝酒吗？

老三丁庚文：你说呢？

江亚菲：让我说就喝点儿呗，无酒不成席嘛！

江亚菲拍手：服务员！拿酒来！

丁家兄弟都笑了。

酒过三巡，丁家兄弟都有点儿感觉了。

丁庚文：江亚菲，你怎么那么能喝酒哇？我怎么从来就没见你喝醉过呢？

江亚菲笑了：你俩这么不经喝，还没等我醉，你俩早醉得不省人事了，你怎么会见到我喝多的时候呢？

丁庚文点头：对，有道理，有道理呀！

丁庚武：这是遗传，是他们江家的遗传！你没见姑姑就很能喝吗？咱爸都喝不过她！

丁庚文又点头：对，是遗传，怪不得她这么能喝呢！咱俩脸都红了，可她还面不改色心不跳！

江亚菲笑出了声：你过奖了！我要是心不跳，还不麻烦了！来，我再敬你一杯，争取早日把我的脸喝红！

丁庚文举着酒杯：你的脸喝不红，你属于那种越喝脸越白的人。

丁庚武：我听说这种人不好对付。

丁庚文点头：对，咱俩对付不了她。

丁庚文一口将酒喝干，把杯子重重地放到桌上，抹了一把嘴，表情也严肃起来：说吧！你找我俩什么事？

江亚菲也重重地将酒杯放下，也学他那样抹了一把嘴，自己先"咯咯"地笑开了。

江亚菲笑够了：好！痛快！这是我喜欢的风格！来，满上满上，咱仨再喝他一杯！我要借酒壮壮胆！来！我先干了！

江亚菲一口把酒干了,丁家兄弟只好也干了。

江亚菲:今天请你们来,的确是有话要跟你们说。

丁庚文:什么话?你尽管说!

江亚菲:是关于你们的父亲、我的姑父下葬的事。

丁庚文:这事怎么了?

江亚菲:你说怎么了?你们这事跟我姑姑商量过吗?

丁庚文看了一眼:姑姑不知道吗?她不是都知道了吗?

江亚菲:我不是问你们她知道不知道,而是问你们跟她商量过没有!

丁庚文:我们,我们事后都跟她说了,她也没有反对呀。

江亚菲:我姑姑进了你们家三十年了,你们见过她反对你们干任何事过吗?她在你们丁家主过任何事了吗?噢,她主过事,她自作主张地主过事,那就是给老四你带孩子!老四你忘了吗?那年姑姑的胳膊摔断了,你老婆去进修,女儿在家没人带,姑姑要帮你们带,姑父不让她带,她跟姑父大吵了一架,吊着绷带给你带了半年的孩子!你忘了吗?你忘了我可没有忘!有一次,你女儿发烧输液,姑姑用那只好手抱着你女儿,一动也不动地坐在那儿。我从卫生所前路过,在窗前看到这一幕,我在心里想,世上还有这样的继母吗?就是亲生母亲,也不过如此吧?还有你,三样哥,你儿子出生不到三个月就送回了家,不是姑姑一把屎一把尿地给你带大的吗?你们家的第三代,除了老二的孩子是自己带大的,哪一个不是姑姑带大的呢?她那么大年纪了,连口气也没喘,一口气带大了三个孙子孙女,她有过一句怨言吗?同你们发过哪怕一句牢骚吗?

大家听完都摇了摇头。

江亚菲:我今天也不是要管你家的闲事,我只想开诚布公地跟你们说说这件事，我觉得这事太不公平了！对姑姑太残酷了！她进了你们丁家，任劳任怨、埋头苦干了三十一年，到头来，她竟像个外人似的，被你们不当回事地通知了一声，眼睁睁地看着什么都没她的份儿！你们替她想一想，她会是什么心情啊？

丁家兄弟低下了头。

江亚菲自斟自饮地连喝了两杯酒，眼角流出泪来，哽咽地：人们常说，好人将会有好报，姑姑是个好人吧？你们见过比她还要善良的人吗？可她为什么就没有好报呢？

江亚菲又给自己倒酒，丁庚武站了起来。

丁庚武：亚菲，你别喝了，再喝就多了。

江亚菲流着眼泪笑了：你们不是没有见我喝醉过吗？好，我今天就醉一个让你们看看！

江亚菲又喝了一杯酒，大概喝呛着了，她剧烈地咳嗽起来，蹲到了地上，竟哇哇地吐开了。

丁家兄弟大吃一惊，面面相觑。

9　白天　安杰家院子

院门开了，丁家兄弟架着江亚菲进来了。

10　白天　安杰家客厅

正在看电视的安杰探头向外看，大吃一惊：哎哟，她这是怎么了？

11　白天　安杰家卫生间门外

安杰砸卫生间的门。

安杰：哎呀，老头子，你快出来吧！亚菲喝多了！

丁家兄弟架着江亚菲进来了，江德福提着裤子出来了。

安杰迎上去：哎呀！谁让你喝这么多酒的！

江德福：你说她干什么！你们这两个王八蛋！两个男的喝一个女的，这算什么本事！

丁庚武：江叔叔，不是我们灌她喝的，是她自己非要喝的，我们拉都拉不住！

江德福：放你娘的屁！她是个傻子呀？她是个酒鬼呀？她还非要喝！还拉不住！

安杰：你别在这乱骂人！快提上你的裤子吧！你们俩快把她扶进那屋，快让她躺下！

12　白天　楼下卧室

丁家兄弟将江亚菲扶到床上，喘了一口长气。

江德福跟了进来：你们站在那干什么？还不快给她倒杯开水去！

丁庚武赶紧跑了出去，剩下丁庚文在那心惊胆战。

江德福：你们三个喝了多少酒？

江庚文：不到一瓶，还剩下一两多。

江德福：难道都让她一个人喝了？

丁庚文摇头：没有，我俩也喝了，也喝了不少。

江德福纳闷了：那不会呀！以她的酒量，一个人喝一瓶，也不至于醉成这样啊！她是不是有什么心事啊？

丁庚文不敢说话了。

江德福：你们三个怎么想起在一起喝酒了？

丁庚文：是，是她请客，她找的我们俩。

江德福：她请客？她请你们俩？她为什么要请你们俩？

丁庚文：也，也没什么事，她说好久没在一起坐坐了。

江德福声音高了起来：放屁！根本不会有这回事！

江亚菲睁开了眼睛，咯咯地笑了起来：爸！骂得好！你使劲骂骂他们！

13　白天　江德华卧室

江德华坐在床边发呆，丁庚文、丁庚武进来了。

丁庚文推了推丁庚武。

丁庚武：姑，我俩，我俩想跟你商量点儿事。

江德华：什么事？说吧。

丁庚武看了丁庚文一眼，示意他说。

丁庚文：姑姑，我们先前那个方案考虑不周，让你难过了，对不起。

江德华定定地望着他俩，不敢相信这是真的。

丁庚武咕咚一下跪在了江德华面前。

丁庚武：姑，对不起，真的对不起！我们太自私了！考虑问题太不周到了，请你原谅我们！

江德华泪流满面了。

丁庚武：我们兄弟和老妹都商量过了，最后征求您的意见，一切都听您的。

丁庚文：我们想买三块儿墓地，挨在一起，百年以后，你们在一起做伴。

江德华泣不成声：谢谢！孩子们，谢谢你们！

14　白天　墓地

风和日丽，江亚菲、王海洋陪着丁庚文、丁庚武到墓地。

江亚菲：哎呀，这里山清水秀的，一看就是个风水宝地！

王海洋点头：嗯，是不错，是个好地方。

江亚菲：哎，你俩是怎么找到这个地方的呀？

丁庚文：是朋友推荐的。

丁庚武：我俩几乎跑遍了所有的公墓，最后才定在这儿的。我们心里还不踏实，这不请你们来把关嘛。

江亚菲点头：嗯，你俩不错，够孝顺的，真是苍天可鉴哪！

三个男人都笑了起来。

江亚菲：嘘！肃静！在这里不要嬉皮笑脸！

丁庚武：你别再逗我们了！我发现你的本事可真大，想让人家哭，就能让人家哭，想让人家笑，就能让人家笑！

王海洋：你什么时候让人家哭了？

江亚菲笑了：我哪光让他们哭了，我是以身作则先哭的！

几人到了最高处，有三个空着的墓地。

江庚武：看，就这儿，怎么样，还行吧？

江亚菲认真地点头，认真地肯定：真不错！真的，真的不错！是吧？王教授？

王海洋也认真地点头，表示赞同。

江亚菲一扭头，看见了过道旁的一块儿墓碑，她好奇地跑了过去。

墓碑上写了三个人的名字，显然是一个男人两个女人。

江亚菲冲他们招手。

江亚菲：哎，你们快过来！

丁家兄弟和王海洋过来了，大家在这块儿显而易见的墓碑前，半天都没说话。

　　还是江亚菲先开口了：我看这样也挺好的，你们说呢？

　　王海洋狡猾地不说话，丁家兄弟互相看了看。

　　丁庚武：这样行吗？他们愿意吗？

　　江亚菲笑了，她指了指这边墓地，又指了指那边墓地。

　　江亚菲：你问谁愿意吗？是他们？还是他们？

　　丁庚武也笑了，指着三块空墓。

　　丁庚武：当然是他们了！外人咱管得着吗？

　　江亚菲：你可以问问呢，可以征求本人的意见哪！

　　丁庚文：这话我们可不好开口问，我们都说了要买三块儿墓了，现在又要只买一块儿了，老太太别以为我们怕花钱，想省钱呢。

　　江亚菲：你们先别提钱的事，你们就说这样好不好吧。

　　丁庚文：按说这样挺好的，合葬合葬嘛，葬在一起才算合葬。就是不知姑姑愿不愿意。

　　江亚菲：这任务交给我了！我去问她，我来做她的工作！

　　王海洋在后边扯她的衣服。

　　江亚菲：你扯我衣服干什么？别在这儿鬼鬼祟祟的！我害怕！

　　丁家兄弟笑了，连王海洋也笑了。

15　白天　路上

　　王海洋开车，江亚菲坐在前边，丁家兄弟在后边小声嘀咕什么。

　　江亚菲转过身来：大点儿声，让我也听听！

　　丁庚武：我哥说，那三块儿墓是托朋友好不容易才定下的，现在又只要一块儿了，他说他不好意思跟人家说。

　　江亚菲：不好意思说，就自己留着吧！哎，王教授，我们买下吧？

给我爸妈一块儿，给你爸妈他们一块儿，你们家也照此办理，让你爸爸也妻妾成群！

王海洋笑着打了江亚菲头一下。

江亚菲：怎么样，行不行啊？

王海洋按了一下喇叭：OK！就这么定了！

16　白天　江德华家厨房

江德华在擀面条，听到外边有动静，拿着擀面杖就跑了出去。

17　白天　江德华家客厅

江亚菲将江德华按到沙发里，自己坐在沙发扶手上，搂着她。

江亚菲：你俩谁汇报呀？

丁家兄弟异口同声：还是你汇报吧！

江亚菲笑了，坐到了江德华的对面。

江亚菲：我还是面对面地给您汇报吧，我这样汇报工作惯了。嗯嗯，是这样的，那个公墓叫凤凰岭公墓……

丁庚武插话：这些我们都说过了，姑姑早就知道了。

江亚菲佯装生气：是你汇报还是我汇报？要不改成你汇报？

丁庚武赶紧摆手：你汇报，你汇报，还是你汇报！

丁庚文：你不要插嘴！

江亚菲：就是，数你不懂事！

大家都笑了，数江德华笑得欢。

江亚菲：哎，我刚才汇报到哪儿了？

丁庚武：你汇报到凤凰岭公墓了。

江亚菲：你这爱插嘴的毛病什么时候能改！

大家又笑了起来。

王海洋：你别闹了，快说正事吧，我早饿了，一看姑姑擀的面条我更饿了。

江德华：我知道你们都爱吃手擀面，特意为你们擀的！

江亚菲拍起了桌子：工作还没汇报完呢，你们就说起吃来了，像话吗？

王海洋笑了：不像话！你快说吧！

江亚菲：哎呀，让你们这一闹腾，我好像也饿了，那我就长话短说吧。姑姑，本来不是要买三块儿墓吗？

江德华：我正要给你们说这事呢！我打听了一下，现在的墓地可贵了，比人住的房子都贵！真不像话！我想了一上午，我想咱们不能便宜了那些挣这种没良心的钱的人，咱别买三块儿了，咱就买两块儿，让你们的妈妈跟你们的爸爸住一块儿，她是原配，是老大，理应她跟你爸待在一起！我嘛，我跟他俩挨在一起住，也就可以了，我也就心满意足了！你们的妈妈那时对我可好了，我可不能跟她争！

江亚菲看了丁家兄弟一眼，见他们感动得直点头，有点儿急了。

江亚菲：你俩又改主意了？

丁庚文：没有哇。谁说我俩改主意了？

江亚菲：那你俩点什么头？

丁庚文问丁庚武：你点头了吗？

丁庚武摸着脑袋：我不知道哇。

江亚菲：你们就是点头了，还想不承认！

王海洋：人家俩那是感动的，难道你没感动啊。

江亚菲：我当然感动了，我感动得要命！你呢？你没感动吗？

王海洋点头：我也感动了，我真的感动了，姑姑，您太好了！太善良了！

江德华不好意思了：我好什么，善良什么！我刚开始心里还不痛快呢，还埋怨过他们呢。

丁庚文：是我们做得不对，你应该埋怨我们！

江亚菲：行啦，你们就别各自做自我批评了！姑姑，我报告你个好消息！

江德华：什么好消息？

江亚菲：现在时兴一种新的方法，就是三个人可以住在一起！我们在公墓里看见许多人这样住。三个人的照片挤在一起，三个人的名字挨在一起，和和气气的可好了！

江德华：是吗？现在真的时兴这样吗？

江亚菲：我骗你干吗？不信你可以自己去看嘛，吃完面条我就拉你去！

江德华用围裙擦着眼角，自言自语：还有这样的好事？可便宜我了！可美了我了！

江亚菲去看那几个人，王海洋向她伸出大拇指，丁庚文也如法炮制，丁庚武干脆伸出了两个大拇指。

18　白天　墓地

老丁和王秀娥的合葬仪式。来了许多人：江德福、安杰、江德华、王副政委、葛老师、丁家所有的子女、江亚菲、王海洋、江卫民、许红等。

墓碑上嵌着老丁和王秀娥的照片，老丁旁边还空了个框子，刻着三个人的名字，江德华的名字是红色的，表示是未亡人。

江德华一直在流眼泪,石板盖上的那一刻,她哭出声来,随即又被她用手捂住了。

安杰、江亚菲、葛老师等人也泪流满面。王副政委表情肃穆,站在他身边的江德福也一直在哭。

19　白天　路上

王海洋开着车,后边坐着王副政委和葛老师。

王副政委:这个墓挺好的!我很满意!

葛老师:哎呀,你说什么呀,怪瘆人的!

王副政委:这有什么瘆人的?我们早晚都要走这一步!

葛老师:到那时再说呗!这么早买块墓放在那,什么时候想起来,什么时候别扭!

王海洋从后视镜中去看父亲的表情,正好王副政委也担心地在看他,父子俩在镜中会心地一笑。

20　白天　路上

司机开着公车,江亚菲坐在前边,江德福和安杰坐在后边。

江亚菲回过头来:怎么样?办得还不错吧?

江德福点头:嗯,是不错,比我想象的还要好。

江亚菲:你想象的是什么样儿?

江德福:不如这个好!

江亚菲笑了:这不跟没说一样嘛!

安杰:德华的名字刻在上面,我看着有点儿心惊胆战。

江德福:有什么可心惊胆战的?不就是个名字嘛!

安杰:一个大活人的名字,上了墓碑上,你不害怕呀?

江德福：我不害怕！我还想早点儿上墓碑上呢，好去跟老丁下棋去！

安杰：哎呀！你别说了！瘆死我了！

江亚菲在前边笑了起来。

安杰：你笑什么？

江亚菲越笑越厉害了。

安杰：死丫头，你到底笑什么？

江亚菲转过身来：哎呀，爹妈，这下你俩可倒霉了！

安杰：我俩怎么倒霉了？

江亚菲笑得说不出话来。

江德福：你快别笑了，让你姑他们看见了，能愿意吗？

连司机都笑了起来。

好不容易江亚菲不笑了，抹着眼角去训司机：你笑什么！

司机：我看你笑，我才笑的！

江亚菲：你知道我笑什么呀，就跟着傻笑！

安杰：是啊，你刚才那是笑什么呀？

江亚菲又转过身去：你们想过了没有？以后人家那两家，都是一夫两妻三个人，就你俩是两个人，一旦你们跟人家打起来，你俩能打得过人家吗？

安杰愣了，江亚菲又放声大笑起来。

等江亚菲笑够了，江德福开口了。

江德福拍着安杰的肩膀：不要紧，你不用担心，咱们吃不了亏。

安杰：怎么吃不了亏？

江德福：你想啊，从大格局上，无论从哪方面讲，我们和丁家总是要近一些的吧？咱们两家，打他们一家，应该不成问题吧？从局部上讲，江德华应该算是可以团结的力量吧？她应该算半个人吧？我们两家一家一半，这就势均力敌了吧？就凭咱们俩，还打不过老丁和王秀娥吗？再说了，咱俩都磨合了一辈子了，把三十六计都快磨秃了，而他俩都分开几十年了，早生分了！

安杰认真地：人家俩从现在起，不又开始重新磨合了吗？

江亚菲：哎呀妈呀！你俩别说了！我都起鸡皮疙瘩了！

21　白天　饭店里

饭店里开了两大桌，坐得满满的人。

安杰和葛老师挨着，在窃窃私语。

江亚菲走过来，趴在安杰耳边，小声地：你注意点儿，别冷落了我姑姑。

安杰虚心接受：你说得对，我马上就改。

葛老师悄悄地：亚菲说什么？

安杰：她说咱俩冷落了她姑！

葛老师笑了：真是谁带跟谁亲！

安杰：这话不假！这丫头，对她姑比对我都上心！

江德华转过头来：你俩又在说我什么坏话？

葛老师：你有亚菲护着，谁敢说你坏话呀！刚才她跟我说，亚菲这丫头，对她姑比对她都上心！

江德华笑了：可不是！这个侄女我可没白疼！

江德华流泪了，用手抹着眼泪，江亚菲冲了过来。

江亚菲冲着母亲和婆婆：你俩谁惹我姑姑了？

安杰和葛老师都笑了，连江德华都抹着眼笑出声来。

22　白天　马路上

江亚菲的车，王海洋坐在前边，江德福和王副政委坐在后边。

王副政委：你知道亚菲马上就要改政委了吗？

江德福：你问的这都是废话！干休所都知道了，我能不知道吗？

王副政委：你高兴吧？

江德福：哎，你今天没喝几杯酒呀？怎么净说废话了？

王副政委：这怎么能是废话呢？孩子进步，你不高兴啊？

江德福：海洋啊，你爸没喝多吧？

王海洋笑了：没喝多。

江德福：怎么像喝多了似的，废话连篇呢！

王副政委：你这个老家伙真是不可理喻！我说点儿高兴的事，让你分享一下喜悦，怎么就成了废话连篇了呢？

江德福：什么？你让我分享一下喜悦？分享什么喜悦？

王副政委：亚菲当政委的喜悦！什么喜悦？还能有什么喜悦用你跟我分享！

江德福不高兴了：亚菲是你们家的吗？

王副政委也瞪了眼：她当然是我们家的了！她是我们王家的儿媳妇儿，是我们王家的骄傲！这还错得了吗？

江德福：儿媳妇儿比得上女儿吗？她是我江德福的女儿，用不着别人跟我分享喜悦！

王副政委：反正她现在是我王振彪的儿媳妇儿了！吃住都在我们家，不在你们家！

江德福：吃住在谁家重要吗？

王副政委：当然重要了，要不怎么叫一家人呢？

江德福：有本事你让她改姓王啊？让她叫王江氏啊？

王副政委：……

江德福笑了：你没这本事吧？你连这点儿事都做不到，还想跟我分享喜悦！

王海洋在前边饶有兴趣地听着他俩在后边斗嘴。

王副政委：我不跟你争这些！争这些有什么意义呢？就像先有鸡还是先有蛋一样，既无聊，又没有意义！你要当鸡也好，要当蛋也罢，随你的便，随便你挑一样。

王海洋笑了，司机也笑了，还笑出了声。

江德福真的生气了：我鸡和蛋都要！就不给你留一样！停车！我要下去！

司机笑着停了车。

23 白天 马路上

江亚菲开着车，葛老师坐在前边，安杰和江德华、丁小样坐在后边。

前边车突然停下，江亚菲吓了一跳，赶紧踩刹车，车里的人叫了起来。

江亚菲：哎呀，怎么回事？

前边车门开了，江德福下来了，气呼呼地往后边走。

安杰：天哪！你爸这是怎么了？

江亚菲：还能怎么了，肯定是打架了呗！

安杰：跟谁打架了？

江亚菲：这还用问吗？司机敢跟他打架吗？王海洋敢跟他打架吗？剩下那人还用我说吗？

葛老师：那是你爸跟他打架了？

江亚菲笑了：对，恐怕是我那个爸跟我这个爸打起来了！而且……

安杰：而且什么？

江亚菲笑出了声：而且恐怕是您丈夫没占到什么便宜！

葛老师笑出声来，她正笑着，旁边的门打开了，门外站着气呼呼的江德福。

江德福：你下来！上前边那辆车上吧！

葛老师老老实实地下了车，江德福坐了上来，用力关上了车门。

车子重新启动。

江亚菲拖着长腔：阁下，谁胆大包天惹您了？

江德福：还能有谁？你那不要脸的公公！

江亚菲大吃一惊，一脚刹车，车子一颠，车上的人又叫了起来。

江亚菲：你怎么骂人哪？

江德福：我怎么骂人？我骂他还算轻的呢！我还想打他呢！

安杰：他怎么惹你了，把你惹成这样？

丁小样：就是，舅舅，怎么了？发生什么事了？

江德福回过头去：你们知道她公公刚才对我说什么吗？

安杰：说什么？

江德福：他说，亚菲当了政委，是他们王家的骄傲，让我们分享他们家的喜悦！

安杰：是够不要脸的了！

江德福：是吧？我说得没错吧？

安杰：你在这儿骂他有什么用？跑回来生气有什么用？有本事你当着他的面骂他！

江德福：哎，女婿还在车上呢，再说还有司机呢。不过，我把他说了一顿，说得挺狠的。

安杰：你说什么了？

江德福：我说他，有本事你让她把姓改了，改叫王江氏！

丁小样笑出了声，江亚菲也笑了起来。

安杰：他说什么了，他怎么回答的？

江德福：他说不过我，回答不上来，就开始胡搅蛮缠了，问我是先有鸡还是先有蛋。

江德华：他问这个干什么？

江德福：我说亚菲是我的女儿，他说亚菲是他的儿媳妇儿，我问他是女儿亲还是儿媳妇儿亲，他就问我是先有鸡还是先有蛋。

丁小样哈哈大笑，江亚菲按了下喇叭。

江亚菲：丁小样，别笑了！

丁小样终于不笑了，江亚菲扭过头问父亲：后来呢？

江德福：后来我不就下车了吗？我懒得跟他坐在一个车里！

江亚菲摇头，还直咂嘴。

江德福：你摇什么头？

江亚菲：爸，你说是鸡打过了蛋，还是蛋打过了鸡？

安杰：这还用问？鸡飞蛋打了呗！

江亚菲和丁小样同时大笑起来。

丁小样：哎呀亚菲姐，你现在成了香饽饽了，大家都抢着跟你套近乎。

江亚菲瞥了一眼父亲：他们呀，是典型的见成绩就上，见困难就绕的人！

24　白天　安杰家客厅

安杰在打电话。

安杰：亚菲呀，你今天有没有空？能不能抽时间陪我上街买点儿毛线去？

江亚菲的声音：买毛线干吗？

安杰：我想给你爸织身毛衣毛裤。

江亚菲的声音：哎呀，这年头谁还织毛衣穿呢？你是不是闲得没事干了？

安杰：今年你爸八十了，是个大生日，我要亲手给他织身毛衣毛裤穿！

25　白天　江亚菲办公室

江亚菲吃了一惊。

江亚菲：我爸今年不是七十九吗，明年才八十呢，你今年就表忠心，是不是早了点儿？

安杰的声音：我听人家说，大生日都是过单不过双，八十岁的生日就要七十九岁的时候过。

江亚菲：为什么？

安杰的声音：我也不知道为什么，但咱们要守这个规矩！

26　白天　干休所会议室

会议刚结束，大家准备离开，江亚菲招手。

江亚菲：同志们！请留步！都请留步！

同志甲：政委，有什么指示？

江亚菲：没有指示，有请教，请问，为什么要过单不过双呢？

所长：什么过单不过双啊？你这问的是什么呀？

江亚菲笑了：我问的是，人过八十岁生日的时候，为什么要在七十九岁那年过,而不能在八十岁那年过!

大家七嘴八舌。

同志甲:我没听说。

同志乙:我也没听说,为什么呢?

江亚菲笑了:你问我干什么,我要知道,还问你们哪!

副所长慢悠悠地:对,我们老家是有这个讲究,老人过生日要过单不过双。

同志乙:为什么呢?

副所长:这还不好理解?不能满着过呗,满则溢嘛!

江亚菲点头:中国文化呀,真是博大精深哪!

27　白天　安杰家客厅

江德福正在看电视里的篮球比赛,安杰和江亚菲提着大包小包地回来了。

江德福:你们可真不像话!出去瞎逛这么长时间,你们想饿死我呀!

安杰:对不起,对不起,我们给你买麦当劳了。

江德福:我不爱吃那种垃圾食品!

江亚菲:不愿吃算了!我带回去给我公婆吃,他们爱吃!

江德福:你妈给我买的,凭什么给他们带回去吃?

江亚菲:对不起,你搞错了,这是我花钱买的!

江德福:你花钱买的就不能吃了?这是哪家的规定?

江亚菲笑了:你不是不爱吃吗?我去给你泡包方便面。

江德福:算了!不麻烦你了!我就凑合吃点儿吧。

江德福吃着汉堡,看着沙发上的大包小包。

江德福：这些东西都不要钱吗？

安杰笑了：这些东西都倒找我们钱！

江德福：你买毛线干什么？

安杰：织毛衣呗。

江德福：给谁织？

安杰：还能给谁织？给你织呗！

江德福：怎么想起给我织毛衣了。

江亚菲进来了：我妈要表达她对你的一片深情厚谊！也就是人们常说的爱情！我妈要表达她对你的爱情！

江德福被噎着了，咳嗽起来。

安杰笑了：看把你爸吓得。

江亚菲也笑了：爸，你这是典型的叶公好龙！

江德福咽下嘴里的东西，翻着白眼问：我怎么是叶公好龙了？

江亚菲：享受了一辈子的爱情，却不能提"爱情"两个字！一提这两个字还害羞。

江德福：我害什么羞哇！我有什么可害羞的，真是的！

江亚菲：爸，你这个大生日准备怎么过？

江德福奇怪地：我什么生日呀？

江亚菲：你八十岁的生日呗！

江德福：我哪到八十了？我明年才八十呢！

江亚菲：哎，你不懂！上了年纪的生日不能满着过，满则溢嘛！这是有讲究的。

江德福：是吗？这么说，我今年要提前过八十岁的生日了？

江亚菲点头：对，是要这样。当然了，你要是不想大过，也可以不过，顶多让我姑来给你擀一碗长寿面，你吃完了了事。

江德福：那要是想大过，会怎么过呢？

江亚菲：那就隆重了，非常隆重！俗话说，人过七十古来稀，你都要八十了，你有多厉害呀！

江德福笑了：我哪厉害呀，这有什么厉害的。

江亚菲：够厉害的了！我能活到七十就不错了！

安杰：说你爸的生日，怎么又扯到你身上了！

江亚菲笑了：就是就是，我有点儿离题万里了。总而言之一句话，你想不想隆重地过你的八十岁生日？

江德福点头：想！想！怎么不想啊！

江亚菲：那好，咱们先成立一个筹备生日的领导小组。你当组长，我当副组长，我妈当组员，是资深组员。

江德福：给我自己过生日，我当组长不好吧？不太合适吧？

江亚菲笑了：对！你这个提醒对！你过这么大的生日，别人自然不好意思空着手来，肯定要给你送生日礼物，而且这个礼物还不好太轻了，你说是不是啊。

江德福点头：是，肯定是。

江亚菲：所以说，这名义上是在给你过生日，实际上是在大肆搜刮钱财，搜刮民脂民膏，你最好不要当这个组长。这个组长让我来当，大家要骂就骂我好了！

江德福不高兴了：那我就不过了！

江亚菲：哎，你这个老同志，怎么遇到点儿困难就要打退堂鼓呢？我劝你还是过吧，过了这个村，可没这个店了。你一辈子也没有收过什么正儿八经的礼，这一次你可要补上这一课！

安杰：什么话到了你嘴里，怎么就真真假假、假假真真的了呢？真是的！

江亚菲：你别真是的！你也要跟我一起承担点儿！你由组员升为副组长，要挨骂，咱俩一起挨！

28　白天　干休所院内

江德福出门倒垃圾，碰上了亲家王副政委。

王副政委：你还亲自去倒垃圾呀！

江德福斜眼看他：你没倒过垃圾？

王副政委：我经常倒！

江德福：你经常倒垃圾就了不起呀？

王副政委：我哪说我了不起了？

江德福：你的口气说了！

江德福往前走，王副政委叫住了他。

王副政委：哎，老江，你站住！

江德福转过身来：你又有什么废话？

王副政委：我给你提个意见！

江德福：提什么意见？

王副政委：你这么大操大办地过生日，好像有点儿不妥吧？

江德福：我过我的生日，碍你什么事了？

王副政委：怎么不碍我的事了？我收到通知了，让我们准备一份儿拿得出手的礼物！我想请问你，什么样儿的礼物算拿得出手的礼物？

江德福：是谁通知你的？

王副政委：是你女儿通知的。

江德福：我哪个女儿通知的你？

王副政委：亚菲呀！亚菲通知的我们！

江德福：那不是你的儿媳妇儿吗？关我什么事呀！

王副政委：你不是说那是你的女儿吗？不让我们跟你争吗？

江德福：我不让你争，你就没跟我争过吗？你忘了你那先有鸡还是先有蛋的理论了？哼！

江德福提着垃圾袋扬长而去，王副政委在那边气得要命，自言自语：他现在怎么变得这么会胡搅蛮缠了呢！

29　白天　安杰家客厅

江德福在打电话：江政委，你回来一趟，我有很重要的事情。马上啊！

江德福放了电话。

安杰：你有什么重要的事呀？

江德福：等组长来了再说。

30　白天　干休所院内

江亚菲一路小跑，碰上了买菜回来的江德华。

江德华喊：哎，亚菲，你跑什么？

江亚菲回过头来：不跑不行啊，你哥命令我快点儿回去。

江德华：回去干什么？

江亚菲：不知道，他说有重要的事。

31　白天　安杰家客厅

江亚菲站在门口上气不接下气。

安杰：你跑什么？你急什么？

江德福高兴地：你懂什么？这叫令行禁止！是军人的基本素质。

江亚菲：你有什么重要的事？快点儿说，我还有事呢！

外边大门响，安杰伸头看。

江德福：谁呀？

安杰：德华。

江德福：她来干什么？

安杰：她来串门！不行吗？

江亚菲：你快说吧，我真的还有事！

江德福：我想，我想把生日提前过。

江亚菲：什么？你要提前过生日？为什么？你怕别人变卦不来了吗？

江德华进来了：你有什么重要的事呀？让我也听听。

江德福没好气：有你什么事呀？哪儿也少不了你！

江德华笑了：我听听怎么了？你能少块儿肉哇！

江亚菲：你快说，快说理由！

江德福：我的理由很充分，也很有意义。

江亚菲：你别说这些没用的，说有用的！

江德福：我的生日本来就不准，也不知那是阴历还是阳历。再说，我也从来没正儿八经地过过生日，你们说是吧？

江德华点头：对，主要是咱们老忘。老记不住！

江德福：你们怎么能记住孩子的生日？老忘我的生日呢？

安杰笑了：我们自己的生日也老忘啊！

江亚菲：又跑题了！说主题！说你想改在什么时候过生日！

江德福：我想改在"八一"建军节那天过。我是个老兵，我想跟咱们军队一起过生日。

江德华：这下好了，这下可忘不了了！

安杰：你还挺会来事的！你还是个老党员呢，为什么不改在"七一"，跟党一起过？

江亚菲：安老师！小心你的"右派"言论！江德福同志，你这个生日改得有意义，我支持你！并向您致以革命的军礼！

江亚菲一个立正，向江德福敬了一个标准的军礼，江德福乐得满脸开花。

江亚菲：我走了，别人还等着我呢。

江亚菲走到门口，又折了回来：哎，江德福同志，过生日你想要什么礼物哇？大家都在问这个问题，派我来打听一下。

安杰：反正我就送毛衣、毛裤了，是我亲手织的。

江德华：那天我亲手给你擀一碗长寿面，你吃了好长命百岁！

江德福：吃有什么意义？

江亚菲故作吃惊：吃没有意义，那什么有意义？

江德福：哼！这是你们这代人的认识，我们那代人可不这样认为！

江亚菲：人不吃不就死了吗？关系到生死存亡的大问题都没有意义，那什么有意义？

江德福：哼！你们这代人，就是知道吃！

安杰：就是！国家都快让你们吃穷了！

江德华：可不是！天天下馆子！天天在外边吃！

江亚菲笑了：我走了！我再待下去，该改成我的批斗会了！

第四十四集

1 白天 干休所广场

安杰和葛老师在舞剑,中间休息。

葛老师:听说亲家把生日改到"八一"建军节过了?

安杰点头:对。

葛老师笑了:我老头子说,他这是别有用心,是想让全军上下一起给他过生日。

安杰握着宝剑,大义凛然的样子:你那口子就会给别人上纲上线乱扣帽子!怎么了?我们就是想同全军上下一起过生日!不行吗?我们还想改在"十一"过生日呢!我们还想举国同庆呢!怎么了?不行吗?

葛老师:谁说不行了?谁能管得了你们家呀!又是领导小组,又是组委会的!听说你还是领导小组的副组长?

安杰笑了:怎么了?不行吗?

葛老师也笑了:怎么不行啊,副组长!你这个副组长也得帮忙干点儿什么呀,不能都让组长一个人干呢。

安杰：她都干什么了？

葛老师：她天天打电话，到处跟别人要礼物！

2 晚上 王海洋的书房

江亚菲抱着电话盘腿坐在沙发里打电话：长脑袋干吗？自己想去！哎，吃的东西可不行啊！不收吃的礼物！为什么？因为吃的东西没意义呗！

江亚菲放了电话，王海洋进来了。

王海洋：你光督促别人准备礼物了，你的礼物准备好了吗？

江亚菲：当然准备好了！

王海洋：你准备的什么东西？

江亚菲：自然是好东西了！不过现在还不能说，到时候会让你们大吃一惊的！

王海洋：这我相信，你江亚菲是什么人呢！

江亚菲：就是嘛！我是特殊材料制成的人！

王海洋：你们家的事很有意思，写出来肯定是一部很棒的小说。

江亚菲：那就拜托你了，有空你就写吧！

王海洋：你爸和你妈也很有意思。

江亚菲：他们有什么意思？

王海洋：你想啊，你爸和你妈，想当年一个是农村的穷光蛋，一个是城里的阔小姐，因为一场史无前例的大革命，阴差阳错地就结了婚，成了夫妻。按说这样天上地下反差巨大的夫妻，肯定过不好吧？幸福不了吧？可你看你爸你妈，他们比谁过得都好，过得都幸福！这很奇怪吧？更奇怪的是，他俩过了一辈子，磨合了一辈子，都在努力地向对方走近，向对方靠拢。眼看着要走到一起了,就要胜利会师了,他俩却又来了一个擦肩而过,继续向前走去了!这样一来,你妈走上了你爸来的那条乡间土路,向纯朴的农村走去了。你看你妈,现在有多朴实、多实在,哪还有一点儿资本家娇小姐的样子了?你不说,别人还以为她就是个普通的随军家属呢!而你爸呢?穿睡衣、戴礼帽、喝大红袍,哪还有一点儿农村穷光蛋的样子了?

江亚菲笑了:让你这么一分析,我爸我妈还真是这么回事呢,他们怎么会这样呢?怎么会出这种结果呢?

王海洋:这就是润物细无声的结果!你爸和你妈,这辈子都在努力地改造对方,又都努力地抵抗对方的改造,结果呢?他们矫枉过正了,角色互换了!

江亚菲:你说,他们是在什么时间、什么地点擦肩而过的呢?

王海洋:这我可就说不清了。

江亚菲叹气:唉!你说我妈怎么这么倒霉呢?现在人家农村人都拼了命往城里跑,她怎么就倒行逆施地去上山下乡了呢?

王海洋笑了:你不用替你妈抱屈,我看你妈现在这个样子挺好!又纯朴又亲切,又勤劳又善良,多好!

江亚菲笑出声来。

王海洋:你笑什么?

江亚菲:我笑我爸前两天给我妈做了一次总结,说我妈勤劳不勇敢、任劳不任怨、美丽不善良。

王海洋笑了:你爸和你妈这样多好哇!像古人诗里说的那样,你中有我,我中有你,你变成了我,我变成了你,真是上乘姻缘,夫妻楷模呀!

3　白天　路上

江德福打饭回来，碰上了下班的江亚菲。

江亚菲：首长，怎么又打饭呢？你家不能自己做点儿饭吃吗？

江德福：哼！还不都赖你！要提前过什么八十大寿！害得我天天吃食堂，还要自己去打饭！

江亚菲：老同志，要奋斗就要有牺牲！你又要大家给你献大礼，你自己又不肯吃点儿苦，世上哪有这么好的事？

江德福：毛衣毛裤是大礼吗？

江亚菲：那样满含深情、一针一线织出来的毛衣，比什么值钱的珠宝不强？您真是身在福中不知福啊！您快回去吧，饭都凉了！

4　白天　安杰家

江德福打饭回来，探头进客厅，见安杰正在那儿织毛衣。

江德福：吃饭吧！

安杰：你先吃吧，我织完这个花再吃！

江德福：那都凉了！

安杰：凉了我再热热吃！

江德福：哼！真是脱裤子放屁，不嫌麻烦！

5　晚上　安杰家

江德福洗漱完，路过客厅，探头进去：你还不睡吗？

安杰：你先睡吧，我织完这只袖子再睡！

江德福：哼！你不困你就织吧！

江德福离开，剩下安杰在飞针走线。

6　晚上　安杰家卧室

江德福醒来，见床铺还空着一半，他探身看了看床头柜上的表，见已经一点多了，他嘟囔着：不要命了！

江德福起身下了床。

7　晚上　安杰家客厅

江德福进了客厅，见安杰头歪在一边，毛衣掉在地上。

江德福推她：哎，醒醒，你怎么在这儿睡上了？

安杰不动，江德福慌了。

江德福大声地：老婆子！老婆子！你怎么了？你这是怎么了？

8　晚上　干休所大门口

一辆救护车开了出来，在夜色中疾驰。

9　晚上　医院急诊室

江德福和江卫民两口子坐在椅子上，江亚菲在门口走来走去，王海洋站在一边陪着她。

急诊室门开了，护士出来了。

江亚菲：我妈怎么样了？她没事吧？

护士：病人是蛛网膜下腔出血，现在情况有些好转，不过人还昏迷着。

江德福站起来：同志，她什么时候能醒？

护士：这……这我可说不好。

江德福一个趔趄，又一腚坐了下去。

江亚菲训江卫民：你也不扶着点儿！

江卫民想说什么，最终忍气吞声什么也没说。

王海洋：你少说两句吧。我看大家也别都在这儿守着了。卫民你们带爸爸回去休息一下，我俩在这儿守着，有情况再通知你们。

江德福摆手：我不回去！我就在这儿守着，我要等着你妈醒！

江亚菲：你还是先回去吧！你要再有个好歹，我们可怎么办呢！

江德福：你别管我！我不回去！你妈要是有个好歹，我可怎么办呢！

江德福哽咽了，孩子们吃惊地望着他。江德福见孩子们这样望着他，更委屈了，竟像个孩子似的抽泣起来，孩子们受到震撼。

10　早晨　病房

双人病房，只住着安杰一人。安杰依然昏迷，江德福和江德华坐在对面的床上。江亚菲坐在母亲床前。

江卫民两口子来送早饭，四个人到阳台上吃饭，江亚菲看着站着大口吃饭的父亲，流下了热泪。

11　白天　机场出站口

江亚菲和王海洋等在那儿。

江卫东和老婆郑小丹出来了。

江卫东：妈怎么样了？

江亚菲：还那个样儿，还昏迷着。

郑小丹：其他生命体征还好吧？

江亚菲：医生说，还算平稳。

江卫东：爸还好吧？

江亚菲：从妈犯病到现在，爸还没离开医院过，怎么劝都不走，说急了他就哭,跟个小孩儿似的!

郑小丹:人老了就跟孩子一样,越老越小!

江卫东:快走吧,快去医院。

12 白天 车上

王海洋开车,江亚菲坐在前边,江卫东两口子坐在后边。

江亚菲:大哥一家晚上到,亚宁岛里刮台风,人出不来,干着急。

13 白天 江亚宁家屋顶

江亚宁站在屋顶上,看着远处的大海上白浪滔天,起了疱的嘴角紧抿着。

14 傍晚 病房

江亚菲提着饭盒来了,江卫国、江卫民陪着江德福在病房里守着。

江德福起身,朝阳台上走。

江卫东:干吗要出去吃,在这儿吃不行吗?

江卫民:爸不让,爸说有味,妈不愿闻。

江亚菲给江德福盛好饭,抽了抽鼻子,皱起了眉头。她示意江卫东出来。

15 傍晚 病房外

江亚菲:二哥,爸爸身上都有味了!

江卫东叹了口气:我也闻到了,但他不走哇,他人不回去怎么办?

江亚菲:明天就是爸爸的生日了,不能让爸爸浑身是味地过生日吧？

江卫东：那你说怎么办？

江亚菲：你跟卫民带爸爸到外边洗个澡吧，让他放松一下，最好能好好睡上一觉。

江卫东：这当然好了，但爸爸能干吗？刚才卫民还劝他回去睡一觉，让他给骂了一顿。

江亚菲：那我再说说看。

16　傍晚　病房

江亚菲和江卫国进来，见江德福正站在阳台上吃饭，江亚菲走了过去。

江德福被呛住了，剧烈地咳嗽起来，江亚菲急忙给他拍背，眼里涌出了热泪。

江亚菲哽咽地：爸，你慢点儿吃。

江德福回过头来，看见了女儿眼中的泪水，他听话地点了点头，嘴上答应着：唉。

江亚菲搬出椅子：爸，您坐着吃。

江德福又"唉"了一声，坐了下来。

江亚菲给父亲按着肩膀，父亲吃着饭。

江德福：亚菲呀，你妈要是醒不过来怎么办呢？

江亚菲：爸，我妈会醒过来的！

江德福手中的筷子掉到了地上，他弯下腰去捡筷子，拿起了筷子，馒头又掉了。他又捡起了馒头，开始仔细地扒馒头皮。

江德福：你妈以前馒头掉到了地上，就捡起来扒了皮吃，我还训她是资产阶级思想。

江亚菲：我妈的毛病又让你学会了，你不也扒了皮吃吗？你也是资产阶级思想？

江德福摇头：我不是资产阶级思想，但我想让你妈快点儿醒，所以我也这样吃。

江亚菲流下泪来：爸，你放心吧，我妈会醒过来，她不会丢下你一个人先走的。

江德福连连点头：我知道，我知道，我知道她不会这么干。

江亚菲：爸，明天是你的生日了。

江德福：是吗？我都忘了。

江亚菲：您身上都有味了，老寿星哪能这么味呀！

江德福：你别劝我回去！我不回去！

江亚菲：不是让你回家，而是让你跟我哥他们去洗个澡再回来！

江德福摇头：我不去洗澡，我哪儿也不去！我就守在这儿，等着你妈醒过来！

江德福不吃了，将馒头和筷子放下。

江亚菲：好好好，您不去就不去吧，但您得把饭吃完哪！

江德福听话地又拿起了筷子和馒头。

17 深夜 病房

江德福在另一张床上睡了，江亚菲坐在母亲床前，握着母亲的手。

江亚菲望着母亲，在心里说：妈妈，您快醒来吧！为了这么爱您的爸爸，您也应该醒过来呀！

安杰的手动了一下，江亚菲不相信似的盯着母亲的手。

江亚菲心里说：这是真的吗？是真的吗？妈妈，您能感知到我心里的话吗？咱们俩有心灵感应吗？

安杰的手又动了一下,这一下很明显,江亚菲喜极而泣,将母亲的手捧到脸前,眼泪打湿了母亲的手。

江亚菲心里喊:妈妈!妈妈!亲爱的妈妈!

安杰睁开了眼睛,虚弱地:亚菲。

江亚菲惊喜万分:妈!你醒了?你终于醒了?

江德福一下坐了起来:你妈怎么了?

江亚菲:爸!我妈醒了!

江德福急忙下床,没站稳,差点儿摔倒。

安杰:你慢点儿,急什么。

江德福跟跄地跑过来,一把抓住安杰的手,哆嗦着嘴唇,半天才说出话来。

江德福:你……你怎么才醒呀?你多吓人哪!你不知我有多着急吗?!

江德福热泪滚滚,安杰也流泪了,江亚菲更是泪水长流。

护士进来,大吃一惊:你们别这样!病人现在不能激动!

18 白天 病房

江德福坐在床边,握着安杰的手,两人对视着,深情款款。

安杰抽了抽鼻子:你身上有味了。

江德福笑了:你长的是狗鼻子,这么灵!

安杰:回家洗个澡,再好好睡一觉。

江德福点头:行,听你的!我是该洗澡了,今天是我的生日,我得干干净净地过生日。

安杰:今天是"八一"了吗?

江德福:是。今天是建军节,也是我八十岁的生日。老婆子,我都八十了,你看时间过得有多快!

安杰:祝你生日愉快。

江德福:我愉快,我很愉快!

安杰:可惜给你的生日礼物没赶出来。

江德福:老婆子,你醒过来,就是给我最好的生日礼物!

19　白天　安杰家院门口

江亚宁和孟天柱下了车,江亚菲等人迎接。

江亚菲:辛苦了,你们辛苦了!

江亚宁:谢谢首长,首长辛苦了!

江亚菲:将军夫人,这话听起来怎么酸溜溜的呢?

江亚宁:你难道不是首长吗?

江亚菲:我这个团首长,能在人家军首长面前提吗?是吧,孟副政委?

孟天柱:你怎么还这么厉害?

江亚菲:你普通话怎么还这么不好?

20　白天　安杰家卫生间门外

江亚菲敲门:爸爸,你洗完了没有?

江卫东的声音:快了,马上就完!

江亚菲:爸,您最喜欢的小女儿回来了,您快点儿出来吧!

江亚宁跑过来:爸爸,别着急,您慢慢洗吧!

江亚菲:你嘴上怎么起了这么多疱?

江亚宁:你说呢?

江亚菲:不服不行啊!该长痘的时候长痘,该起疱的时候起疱!

江亚宁笑了，扑上去打她。

江亚菲：妈见了你说什么了？

江亚宁：妈说我急什么呀，她死不了，她跟爸还没过够呢！

江亚菲：爸妈这次可真是爱情大展示，真是令人感动。

江亚宁：妈不会再有事了吧？

江亚菲：医生说，像妈这种情况预后都会不错，不会有什么大问题。不过，我们也不能掉以轻心了。

21　白天　安杰家卫生间内

江德福在浴盆里，江卫国给他搓背，江卫东给他搓肩膀，他非常享受。

江德福：你们俩快点儿！这么磨磨蹭蹭的，什么时候能洗完！

江卫国：爸，多少年没跟您一起洗澡了，小时候老跟您去澡堂泡大池子，想想真好哇！

江卫东：你现在觉得好了，你忘了你那时让爸爸搓背，搓得叽哇乱叫了！

江卫国笑了：你还不一样！

江卫东：爸，那时您多有劲儿呀，我身上都让您搓得出血道子了！

江卫国：就是，您使那么大劲儿干吗！

江德福笑了：不使劲儿能下泥吗？那时候你们多脏啊！身上的泥一条一条的，怎么会那么脏啊！

江卫国和江卫东大笑。

江亚菲在外边大喊：你们在干吗？在开座谈会吗？

22　白天　安杰家客厅

江家兄妹在聊天，等着江德福下来。

江卫东：这次都赖江亚菲，这么兴师动众的，搞得动静这么大，差点儿乐极生悲！

江亚菲：真令人寒心哪！干的不如不干的，干得越多，落埋怨越多！

江亚宁：二哥，这就是你的不对了！你这样打击江政委的积极性，她要是甩手不干了，你转业回来照顾爸妈！

江卫国：就是！说得好！我同意！

王海洋：我也同意！

江亚菲：你怎么才同意？要不是人家亚宁仗义执言，你老婆还不得委屈死！

江卫国：江卫东，你还不赶紧道歉！

江卫东跳了起来，双脚一并，行了个党卫军礼：哈！希特勒！

江卫东和王海洋都笑了。

江亚菲：你们笑什么呀？

江卫东：你问你男人吧！他以前可没少让我们受委屈！

江德福穿着一身白色的猎装进来了，江亚菲和江亚宁大惊小怪地叫了起来。

江亚菲：爸爸，请问您是谁呀？

江德福大笑：你废什么话！我不是你爸吗？

江亚菲：我们有这么洋气的爸爸吗？怎么看怎么像归国华侨！

江亚宁：就是！爸爸您也太精神了！您这哪像八十了呀？真是人是衣服马是鞍哪！

丫丫：这衣服是我爸爸买的生日礼物，还是名牌的呢！

江亚宁把蛋糕上的蜡烛点上。

江亚宁：爸，对不起了，只能这样给您过生日了。

丫丫：爷爷不到饭店过！爷爷说，奶奶不出院，他哪儿也不去！

江德福：这样就很好了，我很知足了！

江亚菲：老寿星，你许个愿吧？

江德福很认真地双手合十，默默地许愿。

丫丫：爷爷，我知道你许的什么愿。

江德福：我许的什么愿？

丫丫：你许的祝我奶奶早日康复、长命百岁的愿。

江德福点头：对，这是我最大的心愿了！

江亚菲：爸！您别说了，再说我就要哭出声了！

众人大笑。

江德福也笑：你还哭出声，你是笑出声了吧！

江亚菲：大家肃静！江德福同志生日筹备领导小组发布第三号令：献礼活动开始！从江家长子、摩步旅江旅长开始。

江卫国双手捧着一个档案袋，恭恭敬敬地交到父亲手里。

江卫国：老爸，我的一个战友在军区档案馆工作，我求他偷偷复制了一套您的档案，您自己看看吧。

江德福的手都抖了：是吗？这个礼物太珍贵了，太有意义了！

江德福激动地戴上老花镜，一页一页地认真翻着。翻到最后一页，他长长地舒了一口气。

江德福高兴地：我这一生，干干净净的一点儿污染也没有！我不虚此生啊！

大家鼓起掌来。

江卫东提了个大箱子上前，箱子上写着"军需"二字。

江亚菲喊：江部长，你这可有点儿监守自盗的嫌疑啊！

江卫东：这你放心，我交过钱的！

江卫东把箱子打开，竟然是崭新的军装。

江卫东：爸，我的礼物是新式军装，您穿穿试试吧！

江德福：怎么这么多？

江卫东：这是全套的，连裤头袜子都有了！

江德福穿上新军装，摇头。

江卫东有些失望：怎么？爸，您不喜欢？

江德福：说实话，真没有我穿过的军装好看！

江亚宁：爸，你这是狐狸心态！

江亚菲补充：还是一只老狐狸。

大家都笑了，连江德福也笑了。

丫丫：你们看，连老狐狸都笑了！

江亚菲打了她一下：去！没大没小的！

江亚宁：还不都是受你的影响！

江亚菲笑了：我身上那么多优点她怎么不学？

丫丫：你身上的优点不突出，缺点突出！

江亚宁感叹：唉！真是长江后浪推前浪啊！

江亚菲笑着：唉！真是革命自有后来人啊！

江亚宁双手呈上一本白皮书。

江德福：丫头，这是什么呀？是白皮书吗？

江亚宁笑了：爸，这是您在守备区当领导期间所有的讲话汇编，我给整理出来，自编成册。

江德福：是吗？我讲了这么多话吗？我这么能讲吗？

江德福赶紧戴上眼镜，饶有兴致地翻看起来。

江德福自言自语：这都是我讲过的话吗？我怎么一点儿也不记得了？怎么一点儿印象也没有了？

江亚菲：你当领导的时候，也不用自己动脑子，鹦鹉学舌，照本宣科就行了！不是自己想出来的话，哪记得住啊！

江德福：你别净说废话了！你的呢？你的礼物是什么？

江亚菲去看王海洋，王海洋一下紧张起来：哎呀，坏了！我忘到车上了，车子让同事借走了。

江亚菲气急败坏：王海洋！你这个纨绔子弟！

23 晚上 病房

江德福在另一张床上呼呼大睡，呼噜声很大，安杰、江亚菲和江亚宁都笑了起来。

安杰：你爸累坏了。

江亚菲：你以为？自从你昏迷以来，我爸就没出过这个病房，没睡过囫囵觉！

江亚宁：妈醒了还不一样？还非得来医院睡，说在这才睡得踏实！

安杰深情地望着江德福，姐妹俩深情地望着母亲。

江亚宁：妈妈，您真幸福！

安杰点头：是呀，我很幸福！

江亚宁：想当初，您嫁给我爸的时候，想到过这种幸福吗？

安杰摇头：说实话，没想过。

江亚菲：那你还嫁给我爸！

安杰：那时，心里也不踏实，总觉得嫁给你爸这样的人有点儿……有点儿委屈自己，不大甘心。

江亚菲：现在呢？你还觉得委屈吗？觉得不甘心吗？

安杰又扭头去看江德福，深深地叹了口气。

江亚宁：妈，您还真的不甘心哪？

安杰：我没有不甘心，但我觉得委屈。不过，不是替自己委屈，而是替你爸爸委屈。你爸爸要不是有我的拖累，以他的为人和能力，早就升上去了，哪是现在这个职务哇！但你们的爸爸，一句埋怨的话也没有，从来不跟我提这个。他越是这样，我心里越是愧疚哇！

江亚菲：都老夫老妻了，哪来什么愧疚不愧疚哇！你跟我爸爸，和和睦睦地过了一辈子，又给他生了这么好的一群儿女，他感激你还来不及呢！所以你不必愧疚！

江亚宁笑了：你成了爸爸的代言人了？也不管爸爸让不让你代言！

江德福翻了个身，睁开了眼睛：代什么言呢？

江亚菲笑了：我当你的发言人！行不行？

江德福嘟囔着：行，怎么不行！

江德福又翻了个身，呼噜声又起来了，娘仨笑出了声。

江亚宁握住母亲的手，爱抚着：妈，真的，您不必愧疚。爸爸虽然在仕途上失去许多，但他在生活中却得到了许多。比如，文明的生活，有情趣、有情调的生活，等等。有许多像爸爸这样的老干部，虽然事业有成，身在高位，但由于娶的是乡下的老婆，所以不管做到多大，在什么样儿的大城市里，住多好的房子，但关起门来，过的还是他熟悉的乡下日子。就像我姑父和我姑，就精神面上，我姑父过的是什么日子？我爸享受的是什么生活！

江亚菲笑了：嚄，不愧是大学生，理论结合实际，既有高度又有深度。

安杰也笑了：就是让你这么一说，我心里舒服多了。

24　晚上　病房阳台上

姐妹俩喝着咖啡在聊天。

江亚宁：姐，你就不准备要孩子了？

江亚菲摇头：不要了，不打算要。

江亚宁：为什么？

江亚菲看了她一眼：我怕我这个后妈偏心眼！

江亚宁笑了：瞎说什么呀！

江亚菲认真地：真的，这是真的！

江亚宁不笑了，望着她不说话。

江亚菲说得很认真：你也知道，我是个非常情绪化的人。不高兴的时候，生气的时候，控制不住自己，我也会朝孩子发脾气。没有自己亲生的孩子，我怎么发脾气都没事，一旦我有了自己的孩子，那孩子会怎么想呢？他就会时时刻刻地想到我是个后妈，是个偏心眼的后妈。不管怎么说，这对孩子都是一种伤害。让孩子在伤害中长大，我于心不忍。

江亚宁：也不尽然。你看姑姑，不也是后妈吗？但姑姑跟丁家的孩子处得多好哇！

江亚菲：我不是姑姑，我做不到姑姑那样任劳任怨、忍辱负重。如果这样，那岂不是又要委屈我自己吗？我不干！所以，我只当后娘，不做亲妈！

江亚宁：这何尝不是委屈你自己呢？

江亚菲笑了：这种委屈不要紧！反正我也不是特别喜欢孩子，生不生都无所谓！

江亚宁叹了口气，江亚菲不干了。

江亚菲：你别这样！好像我吃了多大的亏似的！我现在的儿子挺好，一点儿也没有把我当后妈看！

查房的护士推门进来，姐俩站了起来。

江亚宁：你辛苦了。

护士：这是我的工作，你们辛苦了。

江亚菲：这是我妈，还是你辛苦！（对江亚宁）小夏婆家也是咱们干休所的，这是咱们的弟媳妇儿！

夏护士笑了：怪不得我婆婆说，所里的老头儿老太太都爱听你说话。连你骂人他们也爱听！

江亚宁：你还骂人吗？

江亚菲笑了：对不起，经常骂。不过，都是骂工作人员，所以老干部他们才爱听！

三人笑了起来，安杰翻了个身，三人止住笑。

夏护士：阿姨恢复得很好，医生说很快就可以出院。

江亚宁：这要归功于你们，是你们治疗得好，护理得好。

夏护士：也是你们家照顾得好！你们家的孩子都很孝顺，我们医护人员都夸你们呢！

江亚菲：你们难道没有夸夸我们老爷子吗？

夏护士笑了：当然夸了！我们护士长甚至还唱着歌夸你爸爸。

江亚菲：唱什么歌？

夏护士小声地唱：骑马要骑千里马，戴花要戴大红花，嫁人要嫁这样的人！

三人又笑了起来，吵醒了江德福，他坐起来，大声地嚷嚷：你们在那干什么？别吵醒你妈妈！

安杰醒了,也坐了起来。

安杰:你吵什么呀?

25 白天 医院门口

安杰出院,江德福、江亚菲等人一起出了住院部。

安杰:天多蓝哪!

江亚菲笑了:活着多好哇!

江德福:活着当然好了,还用你废话!

江亚菲:爸!你真是不解风情啊!妈,这么多年,你是怎么过来的!

安杰:我过得很好!我很满足!

江德福:该!这就是挑拨离间的下场!

江亚菲笑了:真是活该!我才是不解风情呢!不解你们伉俪的风情!

26 白天 车里

王海洋开车,江亚菲坐前边,江德福和安杰坐在后边。

江德福:江德华把她的被子都抱过来了,说要在咱家住上一段时间。

安杰:干吗要抱自己的被子,家里又不是没她盖的!

江亚菲:我看我姑也别走了,以后你们三个人相依为命住一起得了!

安杰:这话得你跟你姑说,你说比我们说管用!

江亚菲:行!包在我身上了!

27　白天　安杰家

江德华在擀面条,听到动静跑了出去。

28　白天　家门口

安杰在江亚菲的搀扶下,望着站在门口、握着擀面杖的江德华,微笑起来。

江德华:你笑什么?

安杰:德华,你还记得咱俩第一次见面时的情形吗?

江德华:咋不记得呢?那时你抱着老大站在门口迎俺,虽然笑眯眯的,但俺还是吓得够呛!

江亚菲:你吓什么?

江德华一挥擀面杖:你问你妈!你妈那时有多厉害!

江德福走过来:你也不是那省油的灯!

江德华:你老这么护着她!

江德福:她是我老婆,我当然要护着她了!

江德华:俺还是你妹妹呢!

江德福:妹妹能跟老婆比吗?真是没数!

江亚菲笑了:姑,原来你是这么过来的?真可怜!

江德华:谁说不是呢!

江德福:你除了挑拨离间,还会干什么?

29　白天　客厅

客厅里放了个大花篮。

江德福:这是谁送来的?

江德华:是亚菲的公婆!是祝亲家母出院的!

江德福：哼！真是狗长犄角，闹洋事！

江亚菲：爸，有你这么不懂事的吗？

江德福：他们懂事？我过那么大的生日，才给我送了条围巾！我一辈子也没围过那玩意儿，送了也是白送！

30　白天　餐厅

江德福和安杰坐在那儿吃面条。

安杰：唉，真香啊！还是德华擀的面条好吃呀！

江德华：好吃以后就天天擀给你吃！

安杰：这可是你说的，你可别反悔呀！

江德华：我不反悔，保证不反悔！

江德福：你光嘴上保证可不行，你得写保证书！

江德华：写啥保证书？

江德福：写保证你俩不打仗！

安杰：是不打架，不是不打仗！

江德华：要写你写，俺又不识字，俺可不会写！

安杰：行！我写就我写！

江德福：你要写两份儿，你一份儿，她一份儿。你那份儿签字，她那份儿按手印！

江德华：俺卖给你家了吗？还要像杨白劳那样按手印？

三人都笑了。

江亚菲双手捧着什么进来，王海洋笑眯眯地跟在身后。

江德华：你捧的什么呀？

江亚菲：给我爸的生日礼物。

江德福被呛着了，安杰笑了。

安杰：你可真会挑时间送礼！你还想不想让你爸吃饭了？

江德福：什么礼物呀？快拿来我看看！

江亚菲：我这礼物不是看的，是听的！你们坐在那儿别动，好好听，这是什么美妙的声音。

嘹亮而悠扬的军号响了起来。

安杰手里的筷子掉了，激动地：军号！这是军号！

江德华：是呀，都多少年没听到了！以前在岛上天天听！

江德福：你们别吵！让我听听这都是什么号！嗯，这是起床号！这是出操号！这是开饭号！这是熄灯号！这是行军号！这是露营号！这是冲锋号……

号声中，江德福和安杰的影像，一一再现。

（完）

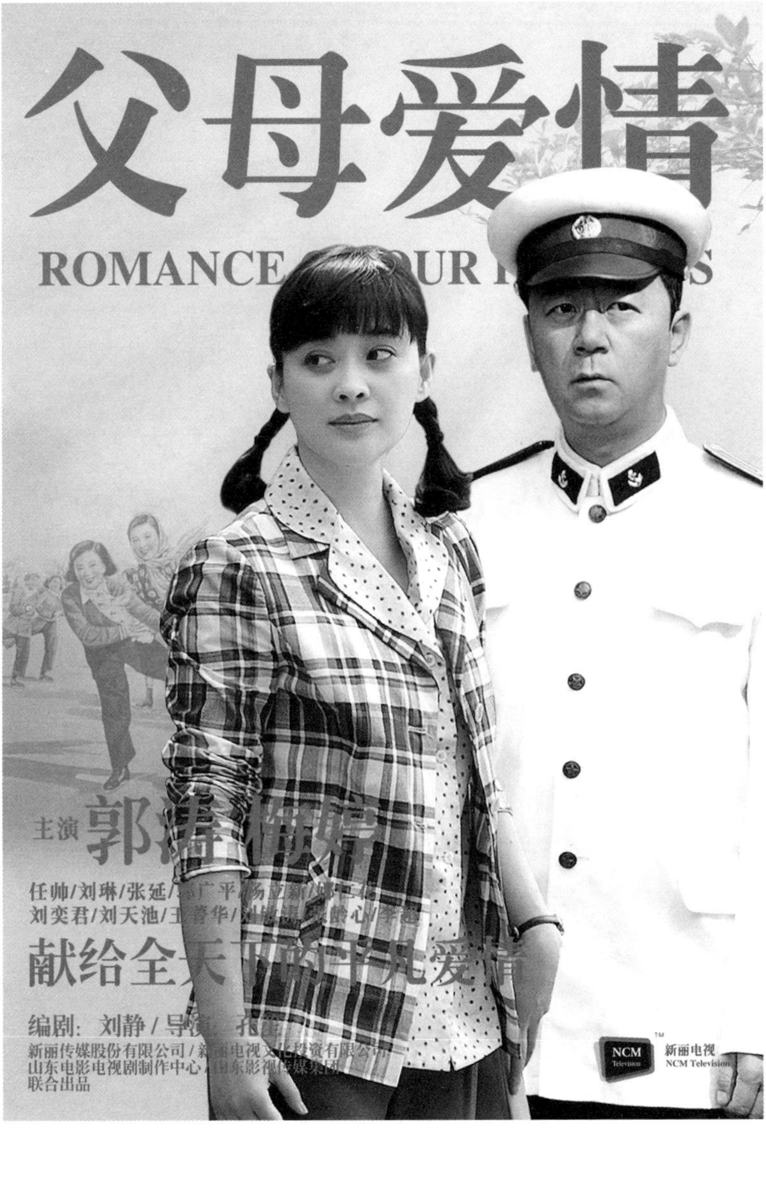

图书在版编目（CIP）数据

父母爱情：珍存集：全三册/刘静著． －－武汉：长江文艺出版社，2024.7
ISBN 978-7-5702-3568-1

Ⅰ.①父… Ⅱ.①刘… Ⅲ.①电视文学剧本－中国－当代 Ⅳ.①I235.2

中国国家版本馆CIP数据核字（2024）第082710号

父母爱情：珍存集：全三册
FUMU AIQING ZHENCUN JI QUAN SAN CE

刘静 著

选题产品策划生产机构｜北京长江新世纪文化传媒有限公司
总　策　划｜金丽红　黎　波
责任编辑｜张　维　　　装帧设计｜别境Lab　　　责任印制｜张志杰　王会利
助理编辑｜武　斐　　　内文制作｜张景莹　　　媒体运营｜刘　冲　刘　峥　洪振宇
法律顾问｜梁　飞　　　版权代理｜何　红

总　发　行｜北京长江新世纪文化传媒有限公司
电　　话｜010-58678881　　　传　　真｜010-58677346
地　　址｜北京市朝阳区曙光西里甲6号时间国际大厦A座1905室　　邮　编｜100028

出　　版｜长江出版传媒　长江文艺出版社
地　　址｜湖北省武汉市雄楚大街268号湖北出版文化城B座9-11楼　　邮　编｜430070
印　　刷｜天津盛辉印刷有限公司
开　　本｜880毫米×1230毫米　1/32　　印　　张｜48.25
版　　次｜2024年7月第1版　　　　　　　印　　次｜2024年7月第1次印刷
字　　数｜1200千字
定　　价｜298.00元（全三册）

盗版必究（举报电话：010-58678881）

（图书如出现印装质量问题，请与选题产品策划生产机构联系调换）